Alle Rechte, einschließlich das des vollständigen oder
auszugsweisen Nachdrucks in jeglicher Form, sind vorbehalten.

Sämtliche Personen dieser Ausgabe sind frei erfunden.
Ähnlichkeiten mit lebenden oder verstorbenen Personen sind rein
zufällig.

Der Preis dieses Bandes versteht sich einschließlich der
gesetzlichen Mehrwertsteuer.

Umwelthinweis:
Dieses Buch wurde auf chlor- und säurefreiem Papier gedruckt.

Nora Roberts

Rebeccas Traum

Seite 7

Versuchung pur

Seite 99

MIRA® TASCHENBUCH
Band 25862
1. Auflage: April 2015

MIRA® TASCHENBÜCHER
erscheinen in der Harlequin Enterprises GmbH,
Valentinskamp 24, 20354 Hamburg
Geschäftsführer: Thomas Beckmann

Copyright © 2015 by MIRA Taschenbuch
in der Harlequin Enterprises GmbH

Titel der nordamerikanischen Originalausgaben:
Impulse
Copyright © 1989 by Nora Roberts
erschienen bei: Silhouette Books, Toronto

Temptation
Copyright © 1987 by Nora Roberts
erschienen bei: Silhouette Books, Toronto

Published by arrangement with
Harlequin Enterprises II B.V./S.àr.l

Konzeption/Reihengestaltung: fredebold&partner GmbH, Köln
Umschlaggestaltung: pecher und soiron, Köln
Redaktion: Mareike Müller
Titelabbildung: Getty Images, München
Autorenfoto: © Bruce Wilder
Satz: GGP Media GmbH, Pößneck
Druck und Bindearbeiten: CPI books GmbH, Leck – Germany
Printed in Germany
Dieses Buch wurde auf FSC®-zertifiziertem Papier gedruckt.
ISBN 978-3-95649-241-9

www.mira-taschenbuch.de

Werden Sie Fan von MIRA Taschenbuch auf Facebook!

Nora Roberts

Rebeccas Traum

Roman

Aus dem Amerikanischen von
Michaela Rabe

1. KAPITEL

Rebecca wusste, es war verrückt. Aber genau das war es, was sie daran reizte. Es war gegen jede Vernunft und widersprach eigentlich ihrem Wesen. Aber sie erlebte gerade die aufregendste Zeit ihres Lebens. Vom Balkon ihrer Suite aus hatte sie einen wundervollen Ausblick auf das tiefblaue Wasser des Ionischen Meeres. Die Sonne ging gerade unter und warf leuchtend rote Strahlen über das nur leicht bewegte Wasser.

Korfu. Allein schon der Name klang geheimnisvoll und verlockend. Und sie war hier, wirklich hier. Sie, Rebecca Malone, eine nüchtern denkende und ebenso handelnde Frau, die sich vorher nie mehr als ein paar Hundert Kilometer von Philadelphia entfernt hatte, war in Griechenland! Und zwar auf Korfu, einem der bevorzugten Ferienparadiese Europas.

Aber so hatte sie es sich auch vorgestellt. Nur vom Besten, solange es eben ging. Dazu war sie fest entschlossen.

Rebeccas Chef hatte sie ungläubig angesehen, als sie ihm von ihrem Vorhaben erzählte und ihm anschließend die Kündigung überreicht hatte. Ihr war klar gewesen, dass er für ihren Entschluss niemals wirkliches Verständnis aufbringen würde. Rebecca arbeitete bei einer der besten Steuerberatungsfirmen Philadelphias als Buchhalterin. Sie bekam ein ansehnliches Gehalt und hatte gute Aufstiegschancen.

Auch ihre Freunde hatten sich sehr gewundert, dass sie diesen Job aufgab, ohne einen besseren gefunden zu haben.

Aber Rebecca hatte sich um all dies nicht gekümmert. Als ihr letzter Arbeitstag gekommen war, hatte sie ihren Schreibtisch aufgeräumt, ihre Sachen eingepackt und war gegangen.

Als sie dann auch noch ihre Wohnung mitsamt der Einrichtung innerhalb einer Woche verkauft hatte, zweifelten wirklich einige Freunde und Bekannte an ihrem Verstand.

Aber Rebecca hatte sich niemals klarer bei Verstand gefühlt.

Nun besaß sie tatsächlich nicht mehr, als in einen Koffer passte. Sie hatte keinerlei Verpflichtungen und seit sechs Wochen keine Rechenmaschine und Steuerbelege mehr zu Gesicht bekommen.

Zum ersten Mal, und vielleicht zum letzten Mal in ihrem Leben, war sie völlig frei und ungebunden. Sie stand nicht unter Zeitdruck, brauchte morgens ihren Kaffee nicht in Eile hinunterzustürzen und nach der Uhr zu leben. Sie hatte nicht einmal einen Wecker eingepackt. Sie besaß gar keinen mehr. Verrückt? Nein! Rebecca schüttelte den Kopf und lachte. Sie war entschlossen, das Leben in vollen Zügen zu genießen, solange es nur irgend ging.

Der Tod ihrer Tante Jeannie war der Wendepunkt in ihrem Leben gewesen. Völlig unerwartet stand Rebecca ohne jeden weiteren Verwandten in der Welt allein da.

Tante Jeannie hatte ihr Leben lang hart gearbeitet. Sie war immer pünktlich gewesen, immer zuverlässig. Ihre Stellung als Leiterin einer Bibliothek war ihr einziger Lebensinhalt gewesen. Sie hatte niemals auch nur einen Tag gefehlt oder auch nur ein Mal ihre Pflicht nicht erfüllt. Sie war ein Mensch gewesen, der seine Versprechen immer einhielt und auf den man sich verlassen konnte.

Mehr als nur ein Mal hatte man Rebecca gesagt, sie ähnle ihrer Tante sehr. Sie war zwar erst vierundzwanzig, aber sie war ebenso korrekt und solide wie ihre unverheiratete Tante. Tante Jeannie hatte gerade zwei Monate Zeit gehabt, Reisepläne zu schmieden und ihr wohlverdientes Rentenalter zu genießen. Dann war sie im Alter von fünfundsechzig Jahren gestorben. Mehr Zeit war ihr nicht geblieben, die Früchte ihres langen Arbeitslebens zu genießen.

Zuerst hatte Rebecca außer großer Traurigkeit nichts verspürt. Doch nach und nach war ihr klar geworden, dass sie das gleiche Schicksal erwartete, wenn sie weiterlebte wie bisher. Sie arbeitete, schlief und aß allein in ihrer schönen Wohnung, die sie von ihrer Tante geerbt hatte. Sie besaß einen kleinen Kreis netter Freunde, auf die sie sich in schwierigen Zeiten verlassen konnte. Rebecca war ein Mensch, der sich immer zu helfen wusste. Sie würde niemals jemanden mit ihren Problemen belasten – sie hatte nämlich keine.

Irgendwann begriff sie dann, dass sie ihr Leben ändern musste. Und sie tat es.

Es war eigentlich kein Davonlaufen gewesen, eher ein „Sichbefreien" von vielen Zwängen und starren Gewohnheiten. Bisher hatte sie immer getan, was man von ihr erwartete. Sie hatte immer versucht, wenig Aufhebens um ihre Person zu machen. Während ihrer Schulzeit war sie ein eher schüchternes Mädchen gewesen, das lieber las, als mit ihren Altersgenossen herumzutollen. Als sie dann aufs College ging, wollte sie Tante Jeannies Erwartungen erfüllen und saß noch mehr über ihren Büchern als vorher.

Rebecca hatte schon immer gut mit Zahlen umgehen können, und zudem war sie sehr gewissenhaft. Was lag da näher, als dies zu ihrem Beruf zu machen? Es war eine Arbeit gewesen, die ihr entsprach und Spaß machte. Sie hatte nie von einem anderen Leben geträumt.

Und nun war sie dabei, sich selbst kennenzulernen, die Rebecca Malone, die sie nicht kannte. In den Wochen oder Monaten, die vor ihr lagen, wollte sie mehr über sich erfahren. Außerdem war sie entschlossen, sich so zu akzeptieren und zu mögen, wie sie war.

Wenn ihr Geld aufgebraucht sein würde, würde sie sich einen neuen Job suchen und wieder die vernünftige, praktische Rebecca werden. Aber bis zu diesem ungewissen Zeitpunkt würde sie reich sein, ohne Verpflichtung und bereit, alles auf sich zukommen zu lassen. Und plötzlich merkte sie, dass sie Hunger hatte.

Stephanos sah Rebecca, als sie das Restaurant betrat. Sie war eigentlich keine wirkliche Schönheit. Schöne Frauen sah man jeden Tag. Aber an dieser war etwas, das ihn faszinierte. Sie ging stolz und aufrecht, als gehöre ihr die Welt.

Stephanos betrachtete die Fremde genauer. Sie war schlank und besaß eine gute Figur und helle Haut. Sie muss gerade angekommen sein, dachte er. Das weiße Strandkleid ließ Schulter und Rücken frei und stand in aufregendem Gegensatz zu dem pechschwarzen, kurz geschnittenen Haar.

Sie blieb stehen und holte Luft, wie es schien. Dann lächelte sie dem Kellner zu und ließ sich von ihm an einen freien Tisch führen. Stephanos gefiel ihr Gesicht. Es wirkte fröhlich, intelligent und offen. Besonders beeindruckend fand er ihre Augen. Sie waren von einem blassen, beinahe durchsichtigen Grau. Aber in ihrem Ausdruck war absolut nichts Blasses. Wieder lächelte die Frau dem Kellner zu und sah sich im Raum um. Sie machte auf ihn den Eindruck, als wäre sie in ihrem Leben nie glücklicher gewesen als jetzt.

Schließlich trafen sich ihre Blicke.

Rebecca schaute rasch in eine andere Richtung, als sie bemerkte, dass der hochgewachsene, gut aussehende Mann an der Bar sie ansah. Sie wurde oft von Männern bewundernd betrachtet, aber diese Blicke machten sie verlegen. Sie wusste nie, wie sie damit umgehen sollte. Um ihre Verwirrung zu verbergen, nahm sie die Speisekarte zur Hand.

Eigentlich hatte Stephanos gehen wollen, aber impulsiv entschied er sich anders. Er winkte den Kellner heran und sprach ein paar Worte mit ihm. Der Kellner nickte und verschwand. Gleich darauf brachte er eine Flasche Champagner an Rebeccas Tisch.

„Mit der besten Empfehlung von Mr Nikodemos", sagte er und deutete unauffällig mit dem Kopf zur Bar.

Rebecca sah überrascht hinüber. „Also, ich …", stammelte sie. Doch dann riss sie sich zusammen. Eine Frau von Welt durfte sich doch nicht von einer Flasche Champagner aus dem Gleichgewicht bringen lassen.

Warum sollte sie das Geschenk eines ausgesprochen attraktiven Mannes nicht annehmen? Und vielleicht sogar ein wenig mit ihm flirten?

Fasziniert beobachtete Stephanos das wechselnde Mienenspiel auf dem Gesicht der Unbekannten. Kurz zuvor hatte er noch ein Gefühl der Langeweile empfunden. Plötzlich war es wie weggeblasen.

Als sie die Hand leicht hob und ihm zulächelte, ahnte er nicht, dass ihr Herz heftig schlug. Er nahm es nur als eine Geste des Dankes – und als Einladung, an ihren Tisch zu kommen.

Als er auf ihren Tisch zukam, bemerkte Rebecca erst, wie blendend dieser Mann aussah. Er war schlank und hochgewachsen und hatte dichtes blondes Haar. Seine Haut war sonnengebräunt, und an seinem Kinn entdeckte sie eine kaum sichtbare Narbe. Es war ein ausdrucksstarkes Gesicht mit einem Kinn, das Willensstärke und Energie ausdrückte. Die Augen des Mannes waren dunkelblau.

„Guten Abend, ich bin Stephanos Nikodemos." Er sprach ohne Akzent, mit tiefer voller Stimme.

„Hallo. Ich heiße Rebecca, Rebecca Malone." Rebecca hob zur Begrüßung die Hand. Zu ihrer Überraschung führte er sie an den Mund. Die Berührung seiner warmen Lippen war wie ein Hauch. Unwillkürlich zog Rebecca die Hand schnell wieder zurück. „Vielen Dank für den Champagner."

„Er schien mir Ihrer Stimmung zu entsprechen." Er sah ihr forschend ins Gesicht, so als erwarte er etwas von ihr. „Sind Sie allein?"

„Ja." Vielleicht war es ein Fehler, dies zuzugeben, aber wenn sie ihr Leben genießen wollte, musste sie eben Risiken eingehen. „Möchten Sie nicht ein Glas mit mir trinken?"

Stephanos setzte sich ihr gegenüber. Als der Kellner einschenken wollte, bedeutete er ihm, er würde es selbst tun. „Sind Sie Amerikanerin?", fragte er, nachdem er beide Gläser mit dem perlenden Getränk gefüllt hatte.

„Sieht man das nicht?"

„Nein, ich hatte eher gedacht, Sie seien Französin, bis ich Ihre Stimme hörte."

„Wirklich?" Rebecca fühlte sich geschmeichelt. „Ich komme gerade aus Paris." Sie musste sich zwingen, sich nicht ans Haar zu fassen. Sie hatte es in Paris schneiden lassen.

Stephanos hob das Glas, und sie stießen an. Rebeccas Augen leuchteten.

„Waren Sie geschäftlich dort?", fragte er.

„Nein, nur zum Vergnügen." Was für ein schönes Wort, dachte sie. Vergnügen. „Es ist eine wundervolle Stadt."

„Ja, das stimmt. Fliegen Sie öfter dorthin?"

Rebecca lächelte. „Nicht oft genug. Und Sie?"

„Ab und zu."

Beinahe hätte sie neidvoll aufgeseufzt. „Fast wäre ich noch länger dort geblieben, aber ich hatte mir vorgenommen, auch noch Griechenland zu sehen."

Sie war allein, ein wenig rastlos und reiselustig. Vielleicht hatte sie ihn deswegen angezogen, denn er war nicht anders. „Ist Korfu Ihr erstes Reiseziel, oder waren Sie schon anderswo in Griechenland?"

„Nein, ich bin direkt nach Korfu gekommen." Rebecca trank einen Schluck. Sie hatte das Gefühl zu träumen. Griechenland, Champagner und dann noch dieser Mann … „Es ist wundervoll, viel schöner, als ich es mir vorgestellt habe."

„Ah, dann sind Sie zum ersten Mal hier?" Er konnte nicht sagen, warum er sich darüber freute. „Wie lange werden Sie bleiben?"

„Solange es mir gefällt." Rebecca lächelte über das Gefühl der Freiheit, das sie empfand. „Und Sie?"

Er hob das Glas. „Voraussichtlich wohl länger, als ich eigentlich geplant hatte." Als dann der Kellner neben ihnen am Tisch auftauchte, bestellte Stephanos auf Griechisch. „Wenn Sie gestatten, suche ich Ihnen Ihr erstes Mahl auf dieser Insel aus", sagte er höflich.

Rebecca trank einen weiteren Schluck Champagner. „Ja, sehr gern. Vielen Dank."

Es war so einfach. So einfach, hier zu sitzen, Neues zu erfahren und zu erleben. Sie hatte völlig vergessen, dass sie diesen Mann überhaupt nicht kannte, und sie hatte auch vergessen, dass sie nur für eine begrenzte Zeit auf diese Art würde leben können. Sie sprachen über nichts Bedeutsames, sondern redeten über Paris, das Wetter und den Wein. Trotzdem kam es Rebecca so vor, als wäre es die interessanteste Unterhaltung, die sie je geführt hatte.

Stephanos Nikodemos sah sie währenddessen an, als würde er es ebenfalls genießen, sich mit ihr eine Stunde lang über gänzlich Belangloses zu unterhalten.

Rebecca hatte das Gefühl, der Mann ihr gegenüber wollte einfach nur ihre Gesellschaft beim Essen und nichts weiter. Deswegen erklärte sie sich auch sofort einverstanden, als er nach dem Essen einen Strandspaziergang vorschlug. Wie konnte man einen solchen Abend besser beenden als mit einem Spaziergang im Mondlicht?

„Von meinem Balkon aus habe ich vorhin eine Weile aufs Meer geschaut", sagte sie und streifte sich die Schuhe ab, als sie den Strand erreicht hatten. „Ich hätte nicht gedacht, dass es noch schöner aussehen könnte als bei Sonnenuntergang."

„Das Meer wechselt seinen Ausdruck im Licht – wie das Gesicht einer Frau", meinte er nachdenklich. „Deswegen fühlen sich die Männer auch zu ihm hingezogen."

„Ja? Fühlen Sie sich vom Meer angezogen?"

„Ich habe viel Zeit auf dem Wasser verbracht. In meiner Kindheit habe ich an dieser Küste gefischt."

Beim Essen hatte Stephanos ihr erzählt, dass er mit seinem Vater viel zwischen den Inseln umhergereist war. „Es muss aufregend gewesen sein, von einem Ort zum anderen zu reisen, jeden Tag etwas anderes zu sehen."

Er zuckte mit den Schultern. Stephanos wusste nicht zu sagen, ob die Rastlosigkeit in ihm angeboren oder eine Gewohnheit aus seiner Jugendzeit war. „Nein, schlecht war es nicht."

„Ich reise gern." Lachend warf Rebecca ihre Schuhe auf den Sand und ging ans Wasser. Der Champagner und auch das sanfte Mondlicht wirkten leicht berauschend auf sie. Die Brandung schwappte gegen ihren Rock und nässte den Saum. „In einer solchen Nacht wie heute kann ich mir gar nicht vorstellen, einmal wieder nach Hause zu gehen."

Sie steckt voller Lebensfreude, fuhr es Stephanos durch den Sinn. Ihre Gesichtszüge strahlten eine Lebhaftigkeit aus, die bewundernswert ist. „Wo ist Ihr Zuhause?", fragte er.

Sie blickte ihn über die Schulter an. „Ich habe mich noch nicht entschieden. Aber jetzt will ich erst einmal schwimmen." Mit einem Hechtsprung war sie unter der Wasseroberfläche verschwunden.

Stephanos blieb beinahe das Herz stehen, als er sie nicht mehr sah. Er hatte gerade seine Schuhe ausgezogen, um ihr nachzuspringen, als sie wieder auftauchte.

Sie lachte, und das silberne Mondlicht ließ ihr Haar schimmern. Das Wasser lief ihr in Bächen über die Wangen, und die Tropfen glitzerten wie Diamanten auf ihrer Haut. Sie bot einen hinreißenden Anblick.

„Es ist herrlich! Kühl und sanft und wundervoll …"

Kopfschüttelnd ging Stephanos tief genug ins Wasser, damit sie seine Hand ergreifen konnte. Sie ist vielleicht ein wenig verrückt, aber gerade das gefällt mir an ihr, dachte er. „Sind Sie immer so impulsiv?"

„Ich versuche es. Sie nicht?" Sie fuhr sich mit den Fingern durch das nasse Haar. „Oder schicken Sie fremden Frauen immer Champagner an den Tisch?"

„Wie ich auch antworte, es wird mich in Schwierigkeiten bringen", lachte er. „Hier." Stephanos legte ihr sein Jackett um die Schultern. „Sie sind bezaubernd, Rebecca", sagte er weich.

Er rückte ihr das Jackett am Hals zurecht, und sie sah ihn an. „Ich bin nass", erwiderte sie dann.

„Und schön", sagte er leise. Sanft zog er sie an sich. „Und faszinierend."

Darüber musste Rebecca lachen. „Das glaube ich zwar nicht, aber trotzdem vielen Dank." Seine Augen hatten einen besonderen Ausdruck angenommen, der sie erregte. Ihre Haut begann zu prickeln, als sein Blick an ihren vom Meerwasser feuchten Lippen hängen blieb. Sie standen dicht beieinander, so dicht, dass ihre Körper sich berührten. Rebecca begann zu zittern, und sie wusste, es hatte nichts mit ihrer nassen Kleidung und dem leichten Wind zu tun ...

„Ich glaube, ich muss mich umziehen."

Ihre offensichtliche Unbefangenheit, beinahe Naivität, fesselte Stephanos. Er fühlte, dass er sich mit dem heutigen Abend nicht zufriedengeben würde. Er wollte mehr ... Er wollte diese Frau besser kennenlernen.

„Wir sehen uns wieder."

„Ja." Rebeccas Herz schlug heftig. „Die Insel ist ja nicht sehr groß."

Er lächelte und ließ ihre Hand los. Rebecca empfand Erleichterung und Bedauern zugleich. „Morgen. Ich habe morgen früh zuerst etwas Geschäftliches zu erledigen. Um elf Uhr bin ich sicher fertig damit. Falls es Ihnen recht ist, werde ich Ihnen dann Korfu zeigen."

„Einverstanden. Wir können uns in der Hotelhalle treffen." Es fiel Rebecca schwer, zurückzutreten, aber sie tat es. „Gute Nacht, Stephanos."

Dann vergaß sie, sich wie eine Frau von Welt zu benehmen, und rannte zum Hotel zurück.

Stephanos sah ihr nach. Sie verwirrte ihn, weil er sie nicht verstand – und er wollte sie haben. Er kannte diese Gefühle natürlich. Rebecca war jedoch die Erste, die sie so rasch und so heftig in ihm geweckt hatte.

Aus einem plötzlichen Einfall heraus hatte er ihr den Champagner geschickt, und nun war sie für ihn zu einem Geheimnis geworden, das er lösen wollte – und musste. Er lachte leise vor sich hin, dann bückte er sich und hob die Schuhe auf, die sie vergessen hatte.

Seit vielen Monaten hatte er sich nicht mehr so lebendig gefühlt.

Stephanos gehörte nicht zu den Männern, die ihre Pläne über den Haufen warfen, nur um den Tag mit einer Frau zu verbringen.

Vor allem nicht mit Frauen, die er kaum kannte. Er war zwar ein wohlhabender, aber auch ein viel beschäftigter Mann. Er war es gewöhnt, hart zu arbeiten, und es machte ihm Spaß, Verantwortung zu übernehmen.

Sein Zeitplan für Korfu sah keine freie Zeit vor. Normalerweise hielt er Geschäftliches und Vergnügen strikt getrennt. Und doch war er plötzlich damit beschäftigt, Termine zu verschieben, nur um auch noch den Nachmittag für Rebecca freizuhaben.

Aber er hatte eine Ausrede für sich bereit. Jeder Mann würde eine Frau besser kennenlernen wollen, die bei einer Flasche Champagner mit ihm geflirtet und sich bei einem Strandspaziergang in voller Kleidung ins Wasser geworfen hatte.

„Ich habe das Treffen mit Theoharis auf heute Abend um halb sechs verlegt." Stephanos' Sekretärin schrieb rasch ein paar Notizen auf ihren Block. „Er wird hier ins Hotel in die Suite kommen. Ich habe bereits ein paar Kleinigkeiten zu essen und eine Flasche Ouzo bestellt."

„Sie sind wie immer ausgesprochen tüchtig, Eleni."

Sie lächelte und strich sich eine vorwitzige Locke wieder hinter das Ohr. „Ich versuche es."

Als Stephanos aufstand und ans Fenster trat, blieb sie abwartend stehen.

Sie arbeitete nun schon fünf Jahre für ihn, bewunderte seine Energie und seinen Geschäftssinn. Anfangs war sie ein wenig in ihn verliebt gewesen, aber glücklicherweise für sie beide war sie ohne Schaden darüber hinweggekommen. Viele, die sie kannten, rätselten, in welcher Beziehung sie wohl zueinander standen. Aber obwohl sie beinahe freundschaftlich miteinander umgingen, blieb besagte Beziehung auf das Geschäftliche beschränkt.

„Rufen Sie Mitsos in Athen an. Er möchte den Bericht bis fünf Uhr per Telex schicken. Und ich möchte auch von Lereau aus Paris bis um fünf gehört haben."

„Soll ich ihn anrufen, damit er es nicht vergisst?"

„Wenn Sie es für notwendig halten." Rastlos schob er die Hände in die Hosentaschen. Warum bin ich auf einmal so unzufrieden, überlegte er. Ich bin reich, geschäftlich äußerst erfolgreich und frei. Als er hinaus aufs Meer schaute, erinnerte es ihn plötzlich an Rebeccas Haut. „Schicken Sie bitte Blumen in Rebecca Malones Suite, Eleni. Wildblumen, nichts Elegantes. Heute Nachmittag."

Eleni machte sich einen Vermerk. Sie war neugierig, diese Rebecca Malone kennenzulernen. Stephanos hatte ihr erzählt, dass er gestern Abend mit einer Amerikanerin gegessen hatte. „Und was soll auf der Karte stehen?"

„Nur mein Name." Stephanos hielt nicht viel von großen Worten.

„Kann ich noch etwas für Sie tun?"

„Ja." Er wandte sich um und lächelte sie freundlich an. „Nehmen Sie sich eine Stunde frei und gehen Sie ein bisschen an den Strand", schlug er ihr vor.

Eleni stand auf. „Irgendwie werde ich es wohl einrichten können, danke. Einen schönen Nachmittag, Stephanos", sagte sie lächelnd.

Stephanos hatte vor, diesen Nachmittag zu einem schönen Erlebnis werden zu lassen.

Als Eleni gegangen war, warf er einen Blick auf seine Armbanduhr. Es war eine Viertelstunde vor elf. Er hätte eigentlich noch etwas erledigen können. Stattdessen nahm er Rebeccas Schuhe zur Hand.

Nach längerem Überlegen entschied Rebecca sich für eine mit großen Blüten bedruckte, weich fallende Hose und eine weiße Wickelbluse aus feinem Leinen mit einem auffallend großen Kragen, der Rebeccas schönes Dekolleté betonte. Sie hatte keine große Auswahl, da alle ihre Kleider gut in einen Koffer passten. Allerdings hatte sie auf ihrer Reise quer durch Europa hier und dort etwas Schickes gesehen und gekauft. Jedes einzelne Kleidungsstück unterschied sich grundlegend von den gedeckten Farben und dem schlicht-eleganten Stil, den sie in der Firma getragen hatte.

Rebecca wusste nicht, wo sie den Tag verbringen würde, aber es machte ihr nicht das Geringste aus.

Der Tag hatte schon herrlich begonnen. Als sie aufwachte, fühlte sie immer noch die Wirkung des Champagners. Aber ein appetitliches Frühstück und ein Bad hatten die Benommenheit sogleich vertrieben. Noch immer fiel es ihr schwer zu glauben, dass sie mit ihrer Zeit anfangen konnte, was sie wollte – und dass sie den gestrigen Abend mit einem Mann verbracht hatte, den sie kaum kannte.

Tante Jeannie hätte bestimmt die Hände über dem Kopf zusammengeschlagen und sie besorgt an die Gefahren erinnert, denen eine alleinstehende Frau ausgesetzt war.

Aber ganz bestimmt würden einige ihrer Freundinnen gern an ihrer Stelle gewesen sein, wenn sie wüssten, dass sie mit diesem beeindruckenden Mann im Mondschein spazieren gegangen war.

Wenn sie sein Jackett nicht als Beweis gehabt hätte, vielleicht hätte Rebecca geglaubt, sie habe alles geträumt. Wie oft hatte sie sich heimlich in ihren Träumen vorgestellt, an einem romantischen Ort mit einem faszinierenden Mann bei Mondlicht und sanfter Musik zusammen zu sein?

Aber die Wirklichkeit war ganz anders gewesen. Noch immer konnte sie sich sehr gut an dieses kribbelnde, beunruhigende Gefühl erinnern, das sie in seiner Nähe erfüllt hatte. Als sein voller, sinnlicher Mund nur einige wenige Zentimeter von ihrem entfernt gewesen war und der Champagner sie empfänglicher für erotische Stimmungen gemacht hatte ...

Und wenn er sie geküsst hätte? Wie hätten seine Lippen geschmeckt?

Unwillkürlich strich sie sich über den Mund. Schon nach diesem ersten Abend war Rebecca sicher, dass Stephanos ein erfahrener und sicher auch einfühlsamer Mann war. Wie hätte sie sich jedoch verhalten?

Sicherlich wäre sie fürchterlich unsicher und verlegen gewesen, wenn er sie einfach geküsst hätte. Kopfschüttelnd griff sie nach der Haarbürste und fing an, sich die Haare zu bürsten.

Aber er hatte sie wiedersehen wollen.

Rebecca war sich nicht ganz sicher, ob sie nun enttäuscht sein sollte, weil er sie nicht geküsst hatte, oder nicht. Natürlich hatte sie früher schon andere Männer geküsst. Sie wurde allerdings das erregende Gefühl nicht los, dass es mit Stephanos völlig anders sein würde.

Und es konnte sein, dass sie mehr von ihm wollte, mehr geben würde, als sie je einem Mann gegeben hatte ...

Warum machst du dir eigentlich solche Gedanken? fragte sie sich und seufzte leise. Sie hatte nicht vor, sich mit ihm auf eine kurzfristige Affäre einzulassen. Weder mit ihm noch mit irgendeinem anderen Mann. Selbst die „neue" Rebecca Malone fand keinen Gefallen an solchen Abenteuern. Aber, wer weiß ... Vielleicht würde sich doch eine Beziehung entwickeln, an die sie sich noch erinnern würde, wenn sie Griechenland schon längst wieder verlassen hatte.

Rebecca warf einen letzten prüfenden Blick in den Spiegel. Sie war mit ihrem Aussehen zufrieden. Sie sah auf die Uhr. Noch ungefähr eine Viertelstunde. Erst wollte sie hinuntergehen und in der Hotelhalle auf ihn warten. Dann überlegte sie es sich anders. Sie wollte nicht den Eindruck erwecken, als könne sie sein Kommen kaum erwarten.

Da klopfte es an der Tür.

„Hallo." Stephanos sah sie lächelnd an, als sie die Zimmertür öffnete. Er streckte ihr die Schuhe entgegen. „Ich dachte, Sie bräuchten sie vielleicht."

Rebecca lachte bei dem Gedanken an ihr ungewöhnliches Bad gestern Abend. „Ich habe noch gar nicht bemerkt, dass ich sie am Strand vergessen habe. Kommen Sie doch herein." Sie nahm die Schuhe und stellte sie in den Schrank. Dann drehte sie sich wieder um. „So, ich bin fertig. Meinetwegen können wir gehen."

„Ich bin mit dem Jeep gekommen", meinte Stephanos. „Einige Straßen bei uns sind nicht gerade im besten Zustand."

„Ach, davor habe ich keine Angst", lachte Rebecca. Sie nahm ihre Strandtasche und einen breitkrempigen Hut gegen die Sonne. Dann erinnerte sie sich an etwas und öffnete den Schrank noch einmal. „Hier. Ihr Jackett. Mit vielem Dank zurück. Ich habe vergessen, es Ihnen gestern Abend zu geben." Sie hängte sich die Tasche über die Schulter. „Macht es Ihnen etwas aus, wenn ich ein wenig fotografiere?" Fragend sah sie Stephanos an.

„Nein, warum?"

„Gut, weil ich gern Fotos mache. Manchmal kann ich kaum aufhören." Sie lachte.

2. KAPITEL

Als Rebecca neben Stephanos im Jeep saß und durch die Landschaft fuhr, machte sie Bilder von den Schafen, den Eseln, den schwarz gekleideten alten Frauen und den silbern schimmernden Kronen uralter Olivenbäume.

Schließlich machten sie eine kleine Pause, nicht weit vom Meer. Steil fiel der Abhang neben der Straße bis zum Meer ab. Unten leuchteten die weiß gekalkten und ziegelgedeckten Häuser eines kleinen Dorfes in der grellen Sonne. Die Luft war klar und voller unbekannter Düfte. Rebecca wusste, diese Stimmung würde sie nicht mit ihrer Kamera einfangen können, und sie legte sie wieder in ihre Tasche.

Versonnen schaute sie auf das tiefblaue Meer hinaus. Fischerboote lagen vor der Küste, und große, weiß-grau gefiederte Möwen kreisten mit schrillem Schrei dicht über den Kuttern. Am Strand lagen weit ausgebreitet die Netze der Fischer zum Trocknen.

„Es ist wunderschön. Alles wirkt ruhig und voller Frieden. Ich stelle mir vor, wie die Frauen in den alten Öfen ihr Brot backen, und sehe die heimkommenden Fischer vor mir. Es duftet nach warmem Brot und dem Salz des Meeres", sagte Rebecca verträumt. „Hier sieht es aus, als habe sich in den letzten hundert Jahren nichts verändert."

„Das hat es sich auch kaum. Wir hängen an den alten Dingen." Stephanos sah nun selbst hinab auf das Meer. Es freute ihn, dass Rebecca sich an so schlichten Sachen begeistern konnte.

„Ich habe die Akropolis bisher nur auf Abbildungen gesehen, aber ich kann mir nicht vorstellen, dass sie sehr viel beeindruckender ist als dies hier", meinte sie und hob das Gesicht in den Wind. Es war ein unvergesslicher Eindruck, den sie von hier mitnehmen würde – die unvergleichliche Aussicht, der würzige Geruch des Meeres ... und dieser Mann neben ihr. Sie wandte sich um. „Ich habe Ihnen noch gar nicht dafür gedankt, dass Sie sich die Zeit nehmen, mir all dies zu zeigen."

Er ergriff ihre Hand, führte sie diesmal aber nicht an seine Lippen, sondern hielt sie nur fest. „Es gefällt mir, das Gewohnte durch die Augen eines anderen Menschen zu sehen. Durch Ihre Augen."

Auf einmal schien Rebecca der Rand des Kliffs zu nahe und die Sonne zu heiß zu sein. Reichte allein seine Berührung, um diese seltsamen Gefühle in ihr auszulösen? Rebecca schaffte es mit Mühe, ein Lächeln zustande zu bringen und ihre Stimme normal klingen zu lassen.

„Wenn Sie jemals nach Philadelphia kommen sollten, würde ich mich gern revanchieren", erwiderte sie charmant.

Stephanos hatte das Gefühl, in ihren Augen kurz den Ausdruck von Furcht zu entdecken. Ja, sie schien verletzlich zu sein. Bislang hatte er es sorgsam vermieden, nähere Bekanntschaften mit Frauen einzugehen, die ihm ängstlich erschienen waren.

„Versprochen ist versprochen", antwortete er lächelnd.

Sie stiegen wieder in den Jeep und fuhren weiter die holprige Straße entlang, die sie immer weiter bergauf führte. Stephanos zeigte ihr auch einige der seltenen wilden Bergziegen Griechenlands. Oft kamen sie auch an großen Schafherden vorbei, die sich auf den kargen Bergweiden mühsam ihr Futter suchten. Und überall blühten wunderschöne Wildblumen, die Rebecca noch nie vorher gesehen hatte.

Mehrere Male bat sie ihn anzuhalten, damit sie fotografieren konnte. Voller Entzücken beugte sie sich über die zartblauen sternförmigen Blüten eines niedrigen Busches, der zwischen Felsspalten wuchs. Stephanos wurde klar, wie lange er diese kleinen und doch so wichtigen Dinge um sich herum nicht mehr wahrgenommen hatte.

Immer wieder warf er einen verstohlenen und bewundernden Blick auf Rebecca, die mit im Wind flatternden Haaren im Sonnenlicht stand und eine Blüte oder einen knorrigen Baum fotografierte.

Oft führte die Straße an steil in die Tiefe abfallenden Kliffs entlang, aber Rebecca empfand seltsamerweise keine Angst bei dem Blick in die gähnende Tiefe.

Sie hatte das Gefühl, ein völlig anderer Mensch zu sein. Lachend hielt sie ihren Strohhut fest, als der Fahrtwind ihn fortzuwehen drohte. Sie hatte sich in ihrem Leben noch nie so frei und lebendig gefühlt.

„Die Landschaft ist atemberaubend schön!", rief sie gegen den Wind und den Lärm des Motors an. „So etwas Wundervolles habe ich noch nicht gesehen."

Rebecca holte ihre Kamera immer wieder heraus und fotografierte, aus einem plötzlichen Einfall heraus, Stephanos. Gegen die grelle Sonne trug er zwar eine Sonnenbrille, aber keinen Hut. Stephanos bremste und hielt an. Dann bat er Rebecca um die Kamera und machte ebenfalls ein Foto von ihr.

„Hungrig?", fragte er, als er sie ihr wiedergab.

Rebecca strich sich eine Haarsträhne aus dem Gesicht. „Wie ein Bär."

Er beugte sich hinüber, um ihr die Tür zu öffnen. Dabei berührte er Rebecca, und sie empfand diese Berührung wie einen elektrischen Schlag. Unwillkürlich zuckte sie zurück. Er bemerkte es und nahm seinen Arm wieder fort. Sein Gesicht war nicht weit von ihrem entfernt, und in seinen blauen Augen lag ein besonderer Ausdruck. Dann hob er langsam die Hand und strich Rebecca leicht über die Wange. Es war kaum wie ein Hauch.

„Hast du Angst vor mir?" Er duzte sie jetzt, und Rebecca kam es völlig natürlich vor.

„Nein." Es stimmte, sie hatte keine Angst vor ihm. „Sollte ich Angst vor dir haben?" Das Du ging ihr ganz leicht von den Lippen, wie sie verwundert feststellte.

Stephanos lächelte nicht. Durch die getönten Gläser seiner Sonnenbrille sah Rebecca, dass er sie forschend anblickte. „Ich bin mir da nicht ganz sicher."

Als er sich wieder zurücklehnte, schien Rebecca erleichtert zu sein. Er las es in ihren Augen.

„Wir werden erst ein wenig gehen müssen", wechselte er dann schnell das Thema und griff nach dem Picknickkorb auf dem Rücksitz.

Ziemlich verwirrt stieg Rebecca aus. Meine Güte, dachte sie, ich benehme mich ja wie ein Teenager. Sobald Stephanos mir näher kommt, fange ich an zu zittern.

Stephanos hob den Korb heraus und trat neben Rebecca. Er ergriff ihre Hand, und sie ließ es geschehen.

Schweigend gingen Rebecca und Stephanos den schmalen Pfad entlang, der unter uralten knorrigen Olivenbäumen entlangführte. Nur ab und zu fiel ein Sonnenstrahl durch die dichten Kronen der gewaltigen Bäume. Das Meer war hier nicht mehr zu vernehmen, nur manchmal drang dünn der schrille Schrei einer Möwe zu ihnen herüber. Diese Gegend schien unbewohnt zu sein. Rebecca war aufgefallen, dass sie schon seit einiger Zeit niemandem mehr begegnet waren.

Endlich blieb Stephanos vor einem grasbewachsenen Fleck unter einem riesigen Olivenbaum stehen.

„Gefällt dir dieser Platz?"

„Oh, es ist bezaubernd hier." Rebecca sah sich um. Dann nahm sie die Decke aus dem Korb und breitete sie auf dem spärlichen Gras aus. „Ich habe schon lange kein Picknick mehr gemacht. Und noch nie in einem Olivenhain." Da fiel ihr etwas ein. „Dürfen wir uns hier eigentlich aufhalten?"

„Ja, ganz bestimmt." Er lachte.

„Wieso bist du dir da so sicher?", erkundigte sich Rebecca zweifelnd. „Kennst du denn den Besitzer?"

„Der Besitzer bin ich." Er zog behutsam den Korken aus der Weinflasche.

„Oh!" Rebecca sah sich noch einmal um. „Es klingt sehr romantisch … einen eigenen Olivenhain zu besitzen."

Stephanos sah sie nur an, sagte aber nichts. Wenn sie wüsste, wie viele ich davon noch besitze, dachte er amüsiert. Aber für ihn hatte es nichts mit Romantik zu tun, sie brachten ihm Gewinn und ernährten ihn. Er reichte Rebecca ein gefülltes Glas und stieß mit ihr an.

„Dann auf die Romantik", sagte er lächelnd.

Rebecca kämpfte gegen die aufsteigende Schüchternheit an und senkte die Lider.

„Ich hoffe, du bist hungrig. Es sieht alles sehr verlockend aus", sagte er und holte die restlichen Sachen aus dem Korb. Es gab schwarze, glänzende Oliven, Schafskäse, kaltes Lamm und frisches Weißbrot. Dazu mehrere Sorten Obst.

Rebecca fühlte, dass sie sich langsam entspannte.

„Du hast mir eigentlich sehr wenig von dir erzählt", meinte Stephanos. „Ich weiß kaum mehr, als dass du aus Philadelphia stammst und gern reist."

Was soll ich ihm erzählen? dachte Rebecca. Einen Mann wie ihn wird die Lebensgeschichte der Rebecca Malone sicherlich langweilen. So wählte sie einen Mittelweg zwischen Wunsch und Wirklichkeit, weil sie Stephanos auch nicht anlügen wollte.

„Es gibt tatsächlich nicht viel mehr zu erzählen. Ich wuchs in Philadelphia auf. Meine Eltern starben, als ich noch ein Teenager war, und meine Tante Jeannie nahm mich bei sich auf. Sie hat sich sehr liebevoll um mich gekümmert, und ich konnte den schweren Verlust besser ertragen."

„Es ist schlimm, seine Eltern so früh zu verlieren. Es nimmt einem die Kindheit", meinte Stephanos voller Mitgefühl.

Er steckte sich einen der schlanken Zigarillos an, die er rauchte. Er selbst hatte seinen Vater mit sechzehn verloren und erinnerte sich noch zu gut, wie schrecklich es gewesen war, plötzlich als Vollwaise in der Welt dazustehen. Seine Mutter war gestorben, als er noch ein kleiner Junge gewesen war. Er konnte sich an sie nicht mehr erinnern.

„Ja." Rebecca fühlte, dass er sie verstand, und sie empfand auf einmal ein warmes Gefühl für ihn. „Vielleicht reise ich deswegen so gern. Immer, wenn man an einen neuen, unbekannten Ort kommt, wird man in gewisser Weise wieder zum Kind."

„Dann suchst du also nicht nach einem Ort, an dem du zu Hause sein kannst?"

Rebecca warf ihm rasch einen Blick zu. Stephanos hatte sich gegen den Stamm des Olivenbaumes gelehnt und rauchte genüsslich sein Zigarillo. Er beobachtete sie.

„Ich weiß nicht, wonach ich suche", bekannte Rebecca offen.

„Gibt es einen Mann in deinem Leben?"

Sie zuckte mit den Schultern. „Nein."

Stephanos ergriff ihre Hand und zog Rebecca dichter zu sich heran. „Keinen einzigen?"

„Nein, ich …" Sie war nicht sicher, was sie sagen sollte. Unerwartet hob er ihre Hand und küsste die Handinnenfläche. Der Kuss erregte Rebecca stark, und sie zuckte unwillkürlich zurück.

„Du bist sehr empfindsam, Rebecca." Langsam senkte er ihre Hand wieder, ließ sie jedoch nicht los. „Wenn es keinen gibt, müssen die Männer in Philadelphia aber ziemlich blind sein."

„Ich war immer zu beschäftigt."

Er verzog leicht den Mund. „Zu beschäftigt?"

„Ja." Rebecca waren diese Fragen peinlich, so entzog sie ihm die Hand und wechselte das Thema. „Das Essen schmeckt wundervoll, Stephanos." Aus Unsicherheit fuhr sie sich mit den Fingern durch das Haar. „Weißt du, was ich jetzt tun möchte?"

„Nein, sag es mir."

„Noch ein Foto machen." Sie sprang auf und fühlte sich augenblicklich sicherer. Lächelnd sagte sie: „Es soll eine Erinnerung an mein erstes Picknick in einem Olivenhain sein, verstehst du? Also, du kannst dort sitzen bleiben, das Licht ist ausreichend, und ich bekomme auch die Bäume dort drüben noch mit aufs Bild."

Amüsiert drückte Stephanos sorgfältig sein Zigarillo aus. „Wie viele Filme hast du eigentlich noch?", fragte er dann lächelnd.

„Dies ist der letzte, den ich bei mir habe. Im Hotel habe ich aber noch weitere." Rebecca lachte. „Ich habe dich schließlich gewarnt."

„Das stimmt." Stephanos sah ihr zu, wie sie mit geübten Bewegungen den Apparat bediente, und war beeindruckt. Sie war völlig versunken in ihre Tätigkeit, murmelte etwas vor sich hin und warf dann den Kopf zurück, dass die Haare flogen. Stephanos spürte plötzlich einen Druck in der Magengegend.

Wie sehr ich diese Frau begehre, dachte er. Dabei hatte sie offensichtlich bewusst nichts getan, um sein Verlangen zu entfachen. Sie hatte heute weder mit ihm geflirtet noch ihn sonst in irgendeiner Weise herausgefordert. Und dennoch …

Zum ersten Mal in seinem Leben lockte ihn eine Frau, die ihm nur ein Lächeln geschenkt hatte und mehr nicht.

Während sie die Kamera sorgfältig einstellte und immer wieder durch den Sucher schaute, erzählte sie munter, als sei überhaupt nichts gewesen. Aber sie konnte Stephanos nicht täuschen. Er hatte es gesehen. Ihr Blick hatte ihr Verlangen gezeigt, als er ihre Hand geküsst hatte.

„Jetzt fehlt nur noch der Selbstauslöser", erklärte sie, ohne Stephanos' Gedanken auch nur zu ahnen. „Bleib ruhig auf deinem Platz sitzen. Ich komme gleich herübergelaufen, und wenn alles gut geht, sind wir beide auf dem Foto." Schließlich drückte sie auf den Auslöser und rannte auf Stephanos zu.

„Eigentlich müsste alles richtig eingestellt sein, gleich wird es …", begann Rebecca, aber weiter kam sie nicht. Stephanos riss sie an sich und verschloss ihr den Mund mit seinen Lippen.

Die Welt um Rebecca herum hatte sich plötzlich verändert. Stephanos' Lippen versprachen ihr alles. Sie schmeckten wie wilder Honig, und Rebecca genoss es, diesen Geschmack zu kosten, immer und immer wieder. Es war genau so, wie sie es sich in ihren kühnsten Träumen ausgemalt hatte. Erregung stieg in Rebecca auf, und sie vergaß alles andere.

Leidenschaft überfiel sie mit einer Macht, der sie nichts entgegenzusetzen hatte. Langsam hob sie die Hand zu seinem Gesicht. Sie ist bezaubernd und voller Sehnsucht nach Zärtlichkeit, fuhr es Stephanos durch den Sinn. Es hatte ihn ein wenig überrascht, dass sie ihm gar keinen Widerstand entgegensetzte.

Gleichzeitig verstärkte dies seine Erregung nur noch. Aber er hatte genau den kurzen Moment des Zögerns gespürt, bevor sie ihm ihre Lippen öffnete.

Als sie ihm nun sanft über den Rücken strich, seufzte er kaum vernehmbar auf. Es war eine Geste voller Zärtlichkeit, die sein Herz plötzlich schneller schlagen ließ. Es war mehr als nur reine Leidenschaft, was sie ihm jetzt gab. Sie gab ihm Hoffnung.

Er flüsterte zärtliche Worte. Und obwohl sie griechisch waren, verstand Rebecca doch den Sinn. Es war unglaublich erregend für sie, die gehauchten Worte mehr zu spüren als zu hören.

Eine nie gekannte Mischung aus Zärtlichkeit, Verlangen und Erregung breitete sich in ihr aus und ergriff Besitz von ihr. Sie drängte sich an Stephanos.

Er sah ihrem Gesicht an, was in ihr vorging, und es berührte ihn tief. Ihm war, als seien sie füreinander geschaffen, als er sie in den Armen hielt. Es kam ihm so vor, als kannten und liebten sie sich schon sehr, sehr lange.

Rebecca begann zu zittern. Wie konnte es angehen, dass sie seine Umarmung, seine Küsse als etwas so Natürliches, Vertrautes empfand? Wie war es möglich, dass sie gleichzeitig Geborgenheit und Angst in seiner Umarmung empfinden konnte? Sie klammerte sich an ihn.

Immer wieder flüsterte er ihr zärtliche Worte zu, und sie merkte, dass sie ihm ebenfalls Liebkosungen zuflüsterte, die nur für seine Ohren bestimmt waren.

Aber plötzlich bekam sie Angst vor der Macht der Gefühle, die sie in ihren Bann geschlagen hatten. Sie befürchtete, jede Kontrolle über sich zu verlieren. Unwillkürlich begann sie dagegen anzukämpfen wie eine Ertrinkende.

Stephanos bemerkte es. Er löste seine Hände von ihr und sah sie an. Rebeccas Gesicht schien auf einmal verändert. Leidenschaft lag in ihrem Blick, sie hielt die Lippen leicht geöffnet und atmete heftig. Aber er sah auch den Ausdruck von Furcht, und als er sie wieder berührte, spürte er, dass sie bebte.

Es war ihm klar, dass sie nicht spielte.

„Stephanos, ich …"

Aber er ließ sie nicht weitersprechen, sondern zog sie wieder an sich, überwältigt von ihrem Ausdruck und seinen eigenen Gefühlen. Und Rebecca hatte ihm nichts entgegenzusetzen.

Diesmal küsste er sie anders. Kann es sein, dass ein Mann so verschieden küssen kann? dachte Rebecca wie benommen. Nun war es ein Kuss voller Zärtlichkeit, immer wieder anders und doch ewig gleich. Seine Lippen baten mehr, als dass sie verlangten. Sie gaben, anstatt zu nehmen. Rebecca fühlte, wie ihre Furcht verflog. Voller Vertrauen schmiegte sie sich an ihn, und er spürte dieses Vertrauen sogleich.

Es beeindruckte ihn so sehr, dass er sie sanft losließ. Er wusste, er musste es tun, sonst würden sie miteinander schlafen, ohne ein Wort miteinander gesprochen zu haben. Er richtete sich auf und zog ein Zigarillo aus seiner Brusttasche. Rebecca sah ihn stumm an und stützte sich Halt suchend am rauen Stamm des Olivenbaums ab.

Es waren nur einige wenige Momente gewesen, aber Rebecca kam es vor, als seien Stunden vergangen. Ihr war ein wenig schwindlig, und wie um sich davon zu überzeugen, dass sie nicht träumte, berührte sie ihre Lippen. Noch immer konnte sie den Druck von Stephanos' Mund darauf fühlen. Nein, es war kein Traum, und in Zukunft würde nichts mehr so sein, wie es einmal gewesen war.

Stephanos schaute hinaus auf die wilde staubige Landschaft und fragte sich, was er hier eigentlich tat. Wütend auf sich selber, sog er tief den Rauch seines Zigarillos ein. Die Gefühle, die er eben empfunden hatte und auch immer noch stark empfand, waren etwas völlig Neues für ihn. Und es waren äußerst beunruhigende Gefühle, musste er sich eingestehen. Normalerweise bevorzugte er das Gefühl, frei zu sein – und er spürte, dass er es nicht mehr war. Als er seine widerstreitenden Empfindungen einigermaßen unter Kontrolle hatte, wandte er sich wieder Rebecca zu. Er war entschlossen, sich nichts anmerken zu lassen.

Rebecca stand einfach nur da. Helle Sonnenstrahlen, die ihren Weg durch das dichte Blätterdach gefunden hatten, bildeten ein bizarres Schattenmuster auf ihrem Körper. In ihren Augen war weder Abweisung noch Einladung zu lesen. Sie bewegte sich nicht. Unbewegt wie eine antike Statue stand sie da und sah ihn unverwandt an.

Sie sieht aus, als wüsste sie genau die Antworten auf die Fragen, die ich mir stelle, dachte Stephanos. „Es ist spät geworden."

Rebecca fühlte einen bitteren Geschmack im Mund, ließ sich aber nichts anmerken. „Du hast recht." Jetzt erst bewegte sie sich wieder. Sie ging hinüber zur Kamera und nahm sie hoch. „Ich werde noch ein letztes Erinnerungsfoto machen", sagte sie mit erzwungener Leichtigkeit.

Da packte Stephanos sie hart am Arm und riss sie herum. Sie hatte ihn nicht kommen hören.

„Wer bist du?", fragte er leise. „Und was bist du?"

„Ich weiß nicht, was du meinst – und ich weiß auch nicht, was du von mir willst." Rebecca zwang sich, Stephanos anzusehen.

Er zog sie heftig an sich. „Du weißt genau, was ich will."

Rebeccas Herz schlug heftig. Aber es war keine Furcht, die sie seltsamerweise empfand, sondern Verlangen. Sie hätte sich nicht vorstellen können, einmal ein solch unbeherrschtes Verlangen für einen Mann zu empfinden. Und das gleiche Begehren entdeckte sie in seinen Augen, als sie ihn jetzt offen anblickte.

„Ein Nachmittag genügt bei mir nicht." Reicht er wirklich nicht? fragte sie sich zweifelnd und wusste eigentlich schon die Antwort. „Ein nettes Picknick unter Olivenbäumen und ein Spaziergang im Mondschein sind zu wenig für mich."

„Zuerst bist du die personifizierte Versuchung, und dann bist du die reine Unschuld, die sich empört, weil man ihr zu nahe gekommen ist. Tust du das, um mich um den Finger zu wickeln, Rebecca?"

Rebecca schüttelte den Kopf, und sein Griff wurde fester.

„Den Eindruck habe ich aber. Seit ich dich das erste Mal gesehen habe, gehst du mir nicht mehr aus dem Kopf." Einen Moment schwieg er, dann sah er sie herausfordernd an. „Ich möchte mit dir schlafen – hier, im Sonnenlicht", sagte er dann rau.

Rebecca errötete tief. Weniger, weil seine direkte Art sie verlegen machte, sondern vielmehr, weil er genau das ausdrückte, was auch sie sich wünschte. Ein Bild stieg vor ihrem inneren Auge auf. Sie sah sich und Stephanos nackt auf dieser Decke liegen, spürte seine Liebkosungen und stellte sich vor, wie sie sich unter dem Olivenbaum liebten …

Aber was würde dann sein? Auch wenn sie bereits viel weiter gegangen war, als sie sich hätte vorstellen können, so wollte sie doch Antworten auf einige Fragen haben.

„Nein." Es kostete sie allen Mut, dieses eine Wort auszusprechen. „Nicht, solange ich unsicher bin und du böse bist." Rebecca holte tief Luft. „Du tust mir weh, Stephanos. Ich glaube nicht, dass du es absichtlich tust, oder?"

Langsam gab er ihren Arm frei. Es stimmte, er war wütend, aber nicht, weil sie ihn zurückwies. Er kam nicht damit zurecht, dass sie dieses ungezügelte Verlangen in ihm auslöste. Er konnte es nur mit Mühe beherrschen.

„Lass uns gehen", sagte er gepresst.

Ich kann es mir einfach nicht leisten, von morgens bis abends nur an eine Frau zu denken, die ich kaum kenne und noch viel weniger verstehe, versuchte Stephanos sich einzureden. Er hatte Berichte durchzuarbeiten, Entscheidungen zu fällen und an seine Geschäfte zu denken. Ein paar einfache Küsse konnten ihn doch nicht um den Verstand bringen …

Aber diese Küsse waren eben leider alles andere als schlicht gewesen, das wusste er genau.

Wütend schob Stephanos den Stuhl zurück und stand von seinem Schreibtisch auf. Er ging hinüber zur Verandatür und öffnete sie. Eine frische Brise wehte herein, die ihm guttat. Für einen Moment konnte er die auf dem Schreibtisch liegende Arbeit vergessen.

In den letzten Tagen hatte er sich seinen Geschäften nur mit Mühe widmen können. Immer wieder musste er die Gedanken an Rebecca zurückdrängen. Alles hing an ihr. Im Grunde genommen hielt ihn hier auf Korfu nichts mehr.

Stattdessen hätte er in Richtung Athen, London oder auf Kreta andere Geschäfte erledigen können. Trotzdem hatte er nicht daran gedacht, Korfu zu verlassen. Aber er hatte auch keinen Versuch unternommen, Rebecca wiederzusehen.

Sie war für ihn anders als andere Frauen. Die Gefühle, die er in ihren Armen empfunden hatte, waren neu für ihn gewesen. Sich zu einer attraktiven Frau hingezogen zu fühlen war für ihn etwas völlig Natürliches. Aber dass dieses Empfinden bei ihm Beunruhigung, Verwirrung und sogar Zorn auslöste, war eine völlig neue Erfahrung für Stephanos. Und er spürte, dass ihm die wenigen leidenschaftlichen Momente unter dem Olivenbaum nicht genügten. Er wollte Rebecca näher kennenlernen. Dennoch zögerte er, sie anzurufen.

Sie war auf eine merkwürdige Art und Weise ... geheimnisvoll. Vielleicht konnte er sie deswegen nicht aus seinem Kopf vertreiben. Oberflächlich gesehen schien Rebecca eine lebenslustige und attraktive Frau zu sein, die ihr Leben genoss. Aber da gab es die Anzeichen von Schüchternheit und Unschuld, die nicht zu diesem Bild passen wollten. Gerade diese scheinbaren Widersprüche in ihrem Leben reizten ihn besonders.

Oder war es einfach ein Trick von ihr? Eine Masche, um sich interessant zu machen? Stephanos kannte Frauen und auch Männer, die zu solchen Mitteln griffen. Er verurteilte dies nicht, auch wenn er für sich persönlich so etwas ablehnte. Nein, er konnte sich nicht vorstellen, dass Rebecca zu diesen Mitteln griff – es passte einfach nicht zu ihr.

Als er sie das erste Mal geküsst hatte, war es ihm gewesen, als wären sie schon seit langer, langer Zeit Geliebte. Rebecca war ihm auf eine verwirrende Art vertraut gewesen.

Dabei kannte er sie überhaupt nicht.

Das sind doch alles Tagträume und Fantasien, sagte er sich schließlich. Es führte zu nichts, und er hatte auch keine Zeit für so etwas. Stephanos lehnte sich gegen das Geländer, zündete sich ein Zigarillo an und schaute hinaus in die Unendlichkeit des Meeres.

Wie immer zog es ihn magisch an. Plötzlich erinnerte er sich wieder der Ereignisse aus seiner Jugend, als das Leben noch unbeschwert gewesen war. Wie kurz war jene Zeit des Glücks gewesen. Nur selten ließ er Gedanken daran zu. Es waren Momente wie diese, in denen er auf das schimmernde Wasser hinausblickte und sein Blick sich am Horizont verlor. Sein Vater hatte ihm vieles beigebracht. Zu fischen, das Reisen zu genießen und sich wie ein Mann zu benehmen.

Fünfzehn Jahre sind es nun her, dass er gestorben ist, dachte Stephanos, und ein verlorenes Lächeln glitt um seinen Mund. Aber er vermisste ihn noch immer, vermisste seine Gesellschaft und sein Lachen. Sie waren sowohl Vater und Sohn als auch Freunde gewesen, und ein starkes Band hatte sie verbunden. Es war die stärkste Bindung, die Stephanos je gehabt hatte. Aber sein Vater war gestorben – auf See und in den besten Mannesjahren, so wie er es sich immer gewünscht hatte. Vor nichts hatte sein Vater mehr Angst gehabt, als im Alter siech und krank auf den Tod warten zu müssen.

Ganz sicher hätte Rebecca ihm gefallen. Er hatte immer einen Blick für schöne Frauen gehabt. Er hätte ihn ermuntert, eine schöne Zeit mit ihr zu verbringen. Aber Stephanos war nicht mehr der Junge von damals. Er war ein Mann geworden, der versuchte, die Folgen seines Handelns abzuschätzen.

Da sah Stephanos sie. Rebecca kam aus dem Wasser, ihr Körper war nass und schimmerte im hellen Licht der Sonne. In den vergangenen Tagen hatte ihre Haut eine leichte Bronzefärbung angenommen, die ihr ausgesprochen gutstand. Stephanos nahm den Anblick in sich auf und spürte wieder dieses Verlangen nach ihr. Ungewollt presste er die Finger zusammen und zerbrach dabei das Zigarillo. Wie konnte diese Frau nur solche Gefühle in ihm hervorrufen?

Rebecca blieb stehen. Die Wassertropfen liefen an ihrem wohlgeformten Körper hinab, und sie streckte sich ausgiebig in der Sonne. Er war sicher, dass sie ihn nicht gesehen hatte. Es konnte also keine Absicht sein, um ihn zu reizen. Aber dennoch konnte er sich dieser Wirkung nicht entziehen. Sie trug einen knapp sitzenden Tanga, dessen Oberteil ihre festen runden Brüste aufregend betonte. Er hatte das Gefühl, dass sie sich und ihren Körper in diesem Augenblick einfach nur genoss und nicht daran dachte, welch erregendes Bild sie bot. Sie wirkte wie ein schlankes junges Raubtier, und nichts hatte ihn je so fasziniert wie Rebecca in diesem Moment.

Nun strich sie sich mit den Fingern durch das feuchte Haar und hob den Kopf gegen die Sonne, dabei lächelte sie. Unwillkürlich holte Stephanos Luft und atmete dann langsam wieder aus. Die Erregung, die ihn erfüllte, war schmerzlich, und plötzlich stieg Zorn in ihm auf. Er wusste nicht, was er getan hätte, wenn Rebecca in diesem Moment bei ihm gewesen wäre.

Er beobachtete, wie Rebecca ein langes T-Shirt aus ihrer Badetasche holte, es anzog und gleich darauf barfuß auf den Eingang des Hotels zuging.

Stephanos blieb noch eine Weile reglos auf dem Balkon stehen und wartete, dass sein Verlangen nach ihr nachließ. Dennoch blieb selbst dann noch eine Sehnsucht nach ihr zurück, die ihn immer mehr beunruhigte und zornig werden ließ.

Ich sollte einfach nicht mehr an sie denken, sagte er sich. Sein Instinkt warnte ihn, dass sein Leben niemals mehr so sein würde wie vorher, wenn er sich weiter mit ihr einließ. Er musste sie einfach als eine vorübergehende Verwirrung begreifen, etwas, dem es nur zu widerstehen galt. Er musste sich zwingen, nicht mehr an sie zu denken, sich wieder auf seine Arbeit zu konzentrieren. Er hatte schließlich Verpflichtungen und Aufgaben, die erledigt werden wollten, und konnte seine Zeit nicht für irgendwelche Fantasien vergeuden. Stephanos schlug wütend mit der Faust auf das Geländer und ging ins Zimmer zurück.

Es gibt aber Zeiten im Leben, dachte er dann, wo ein Mann dem Schicksal vertrauen und ohne zu zögern einfach ins kalte Wasser springen sollte ...

3. KAPITEL

Rebecca hatte kaum die Tür hinter sich geschlossen, als es klopfte. Die Sonne und das Wasser hatten sie angenehm müde gemacht, aber alle Gedanken an ein kleines Schläfchen wichen schlagartig, als sie öffnete und Stephanos vor ihr stand.

Er sah atemberaubend aus. Sein Haar war vom Wind zerzaust, und er blickte sie kühl an. Um seinen Mund lag ein eigenartiger Zug. Seit ihrem gemeinsamen Picknick hatte Rebecca oft an ihn gedacht, und nicht nur tagsüber. Sie spürte, wie ihr Herz schneller schlug, und sie musste sich zur Ruhe zwingen.

„Hallo, Stephanos, ich wusste nicht, ob du noch auf Korfu warst."

Gelogen habe ich damit nicht, redete sie sich ein, auch wenn sie sich an der Rezeption vergewissert hatte, dass Stephanos noch nicht abgereist war. Aber gesehen hatte sie ihn mit eigenen Augen tatsächlich nicht.

„Ich sah dich vom Strand kommen."

„Oh!" Unbewusst zupfte sie am Saum ihres T-Shirts. „Ich kann einfach nicht genug von der Sonne und dem Meer haben. Aber möchtest du nicht hereinkommen?"

Stephanos antwortete nicht, sondern trat ein und schloss die Tür mit einem kräftigen Ruck. Rebeccas mühsam gewahrte Haltung begann ins Wanken zu geraten.

„Ich habe dir noch gar nicht für die Blumen gedankt." Sie deutete auf den bunten Frühlingsstrauß in der Vase am Fenster. Dann verschränkte sie die Arme vor der Brust. „Sie ... sie sind so schön, und ... ich hatte gedacht, ich würde dir schon irgendwo begegnen, vielleicht im Speisesaal oder am Strand." Sie brach ab, als Stephanos die Hand hob und ihr Haar anfasste.

„Ich hatte viel zu tun." Er sah sie an. Seine Augen erschienen ihr wie kühles Quellwasser. „Geschäftlich."

Rebecca fürchtete einen Augenblick, nicht sprechen zu können. Doch dann schaffte sie es doch, herauszubringen: „Einen schöneren Platz zum Arbeiten hättest du dir nicht aussuchen können."

Er trat einen Schritt auf sie zu. Sie duftete betörend nach Meerwasser und Sonne. „Die Hotelanlage und die Insel gefallen dir also?" Er nahm ihre Hand, und sie ließ es geschehen, auch wenn eine eigentümliche Schwäche sich in ihrem Körper ausbreitete.

„Ja, sogar sehr."

„Vielleicht möchtest du die Insel auch einmal aus einer anderen Perspektive kennenlernen?" Um zu sehen, wie sie reagierte, berührte er sie zart mit dem Mund. Sie verwehrte es ihm nicht, sondern blieb stehen. Aber er spürte trotzdem, dass sie auf der Hut war.

„Was meinst du damit?", fragte Rebecca gepresst.

„Verbringe den Tag morgen mit mir auf meinem Boot."

„Wie bitte?"

Er lächelte. „Hast du Lust mitzukommen?"

Wohin du willst, dachte sie. „Ich habe noch keine Pläne gemacht", sagte sie jedoch nur.

„Gut." Als er dicht bei ihr stand, hob sie spontan die Hand, als wolle sie ihn abwehren, ließ die Hand dann aber wieder sinken. „Wir treffen uns morgen früh. Ist dir neun Uhr recht, Rebecca?"

Ein Boot. Er hatte tatsächlich von einem Boot gesprochen. Rebecca holte tief Luft und versuchte mit aller Macht, sich zusammenzureißen. Sie wunderte sich über sich selbst. Tagträumereien, weiche Knie und dann noch ein nicht zu unterdrückendes Verlangen … Das alles passte so gar nicht zu ihr. Aber es war ein wundervolles Gefühl.

„Ja, ich freue mich schon darauf." Sie versuchte ganz locker zu wirken, als sie ihn anlächelte. So, als käme es jeden Tag vor, dass man sie zu einer Fahrt auf dem Mittelmeer einlud.

„Also bis morgen früh." Stephanos ging zur Tür, wandte sich aber noch einmal um. „Und vergiss deine Kamera nicht."

Kaum hatte er die Tür hinter sich geschlossen, tanzte sie vor Freude durch das Zimmer und musste sich bemühen, dabei nicht laut zu jubeln.

Stephanos hatte von einem Boot gesprochen, und Rebecca hatte sich einen kleinen Kabinenkreuzer vorgestellt. Stattdessen stand sie nun auf dem Mahagonideck einer schneeweißen Jacht von bestimmt dreißig Meter Länge.

„Auf dieser Jacht kann man ja richtig leben!", entfuhr es ihr ungewollt. Im nächsten Moment wünschte sie sich, sie hätte vorher überlegt. Aber Stephanos lachte nur.

„Ich wohne auch oft darauf."

„Willkommen an Bord, Sir." Ein weiß uniformierter Mann in mittleren Jahren begrüßte Stephanos respektvoll und legte die Hand an den Mützenschirm. Er sprach mit britischem Akzent.

„Hallo, Grady. Dies ist mein Gast, Miss Malone."

„Hallo, Madam." Rebecca bemerkte, dass er sie mit einem Blick einschätzte, obwohl an seiner kühlen britischen Haltung nichts auszusetzen war.

„Legen Sie bitte ab, wenn alles fertig ist, Grady", gab Stephanos Anweisung.

„Aye, aye, Sir."

Stephanos nahm Rebeccas Arm. „Möchtest du dir das Boot einmal anschauen?", fragte er sie lächelnd.

„Oh ja, sehr gern." Rebecca konnte es immer noch gar nicht fassen, dass sie sich an Bord einer solch luxuriösen Jacht befand. Es kostete sie einiges an Überwindung, die Kamera in der Handtasche zu lassen und nicht gleich loszufotografieren.

Stephanos führte sie hinunter zu den elegant ausgestatteten Kabinen. Es gab vier Stück, und alle waren sehr geräumig. Rebecca hatte vorhin die Bemerkung über die Größe des Schiffes unbedacht getan, aber es stimmte: Hier konnte man wirklich längere Zeit leben.

Es gab außerdem auch noch eine große, rundum verglaste Kabine, von der man einen herrlichen Ausblick auf das Meer hatte. Dort konnte man liegen, wenn die Sonne zu heiß brannte oder wenn es regnete.

Rebecca hatte solche Jachten natürlich schon in Zeitschriften gesehen, und manche ihrer ehemaligen Kunden hatten eine solche besessen. Aber noch niemals hatte sie sich auf einer solchen Jacht befunden, obwohl sie immer davon geträumt hatte.

Diese Kabine war offensichtlich für einen Mann eingerichtet worden. Schwere Ledersessel, holzgetäfelte Wände und gedämpfte Farben gaben dem Raum ihr Gepräge. An den Wänden hingen Regale voller Bücher, und in einer Ecke stand eine teure Stereoanlage.

„Man könnte fast glauben, sich in einem Haus zu befinden", meinte Rebecca mehr zu sich. Aber ihr entgingen auch die festen Türen und die schweren Läden vor den Fenstern nicht, die bei schwerem Wetter die Scheiben schützten.

Wie mochte es wohl bei Sturm auf dieser Jacht sein, wenn die Brecher gegen den Rumpf schlugen, der Wind den Regen gegen die Bullaugen peitschte und das Schiff gefährlich schwankte?

Als sich genau in diesem Moment das Deck unter ihr senkte, stieß sie einen leisen Schreckensschrei aus. Stephanos ergriff ihren Arm, um sie zu stützen.

„Wir haben bereits abgelegt", erklärte er ihr. Dann sah er sie fragend an. „Hast du Angst vor Schiffen, Rebecca?"

„Nein, ich habe mich nur ein wenig erschreckt." Rebecca konnte natürlich nicht zugeben, dass ihre einzige Erfahrung mit Schiffen ein Ausflug in einem Zweierkanu in einem Ferienlager gewesen war. Ihr war ein wenig übel, und sie hoffte, dass es sich bald wieder geben würde. „Können wir wieder nach oben gehen? Ich würde gern zusehen, wie wir uns vom Land entfernen", bat sie, da sie etwas frische Luft brauchte.

Es half. Kaum stand Rebecca wieder an Deck, fuhr ihr der frische Wind ins Gesicht, und die leichte Übelkeit verschwand. Rebecca lehnte sich gegen die Reling und schaute zu, wie die Insel langsam kleiner und die Küstenlinie undeutlich wurde. Jetzt konnte sie der Versuchung nicht mehr widerstehen. Sie holte die Kamera heraus und machte eine ganze Reihe Aufnahmen.

„Es ist schöner als zu fliegen", sagte sie nach einer Weile. „Hier ist alles viel greifbarer." Sie deutete hinauf zum blauen Himmel. „Sieh nur, die Möwen verfolgen uns."

Aber er schaute nicht nach oben, sondern sah Rebecca unverwandt an. „Bist du immer mit ganzem Herzen dabei, wenn dir etwas gefällt?"

„Ja." Rebecca versuchte sich das Haar aus dem Gesicht zu streichen, aber der Fahrtwind trieb es immer wieder zurück. Sie lachte und hob das Gesicht zur Sonne. „Oh ja."

Ihr Anblick war unwiderstehlich. Stephanos fasste sie um die Taille und wirbelte sie herum. Die Berührung löste sogleich wieder dieses beunruhigende Gefühl aus, und er sah ihrem Gesicht an, dass es ihr nicht anders erging als ihm.

„Alles?" Langsam glitten seine Hände etwas tiefer, und er zog sie so dicht zu sich heran, dass sich ihre Schenkel gegeneinander pressten.

„Ich weiß nicht." Rebecca legte ihm die Hände auf die Schultern, ohne es recht zu bemerken. „Ich habe noch nicht alles ausprobiert."

Aber sie wollte alles ausprobieren, jetzt, wo er sie so festhielt, wo der tiefblaue Himmel sich über ihnen spannte und das Meer silbern in der Sonne schimmerte. Sie schmiegte sich an ihn.

Da fluchte Stephanos kaum hörbar vor sich hin. Rebecca fuhr zurück, als hätte er sie angefahren. Unsicher sah sie ihn an. Stephanos nahm ihre Hand und nickte dem Steward zu, der gerade mit den Drinks erschienen war.

„Vielen Dank, Victor. Ich brauche Sie nicht mehr."

Stephanos' Stimme klang beherrscht, aber Rebecca spürte dennoch die unterdrückte Erregung, als Stephanos sie zu einem der Sessel führte.

Was mag er bloß von mir denken? dachte Rebecca. Er braucht mich nur leicht zu berühren, und schon werfe ich mich ihm in die Arme.

Aber auch Stephanos hatte seine Probleme. Sein Körper befand sich in Aufruhr. Er konnte sich nicht erinnern, in Gegenwart einer Frau jemals Mühe gehabt zu haben, einen klaren Kopf zu bewahren. Er wusste, wie man eine Frau verführte, und hatte auf diesem Gebiet genügend Erfahrungen gesammelt. Aber jedes Mal, wenn er sich in Rebeccas Nähe befand, verließen ihn alle seine Erfahrung und Weltläufigkeit in diesen Dingen. Er kam sich wie ein unerfahrener junger Bursche vor, der völlig den Verstand verlor, wenn er die Frau seines Herzens sah.

Stephanos schaute Rebecca in die Augen. Wie schon im Olivenhain hatte er auch diesmal das Gefühl, diese wundervollen ausdrucksstarken Augen schon sehr lange zu kennen ...

Um sich abzulenken, nahm er ein Zigarillo heraus. Er wusste, diese Vorstellung widersprach aller Logik und dem gesunden Menschenverstand, aber dennoch hatte er das Gefühl, es stimmte. Er fühlte, dass das Verlangen nach ihr ihn immer mehr beherrschte.

„Ich möchte dich besitzen, Rebecca."

Rebecca hatte das Gefühl, ihr bliebe das Herz stehen. Sie hob das Glas und trank einen Schluck, um sich wieder in die Gewalt zu bekommen. „Ich weiß."

Sie schien so kühl zu sein, und Stephanos beneidete sie um ihre lässige Haltung. „Kommst du mit in meine Kabine?"

Rebecca sah Stephanos an. Ihr Herz und ihr Körper gaben eine ganz andere Antwort als ihr Verstand. Es erschien so einfach, so natürlich, Ja zu sagen ... Wenn es einen Mann gab, dem sie sich ganz hingeben wollte, dann stand er jetzt neben ihr.

Aber auch wenn sie Philadelphia verlassen hatte und ein neues Leben versuchte – selbst hier konnte sie ihre strenge Erziehung nicht vergessen. „Ich kann nicht."

„Du kannst nicht?" Stephanos zündete sich sein Zigarillo an. Er fand es befremdlich, dass sie hier standen und über das Miteinanderschlafen redeten, als handle es sich um das Wetter. „Oder willst du nicht?", fragte er dann gedehnt.

Rebecca atmete einmal tief durch. Langsam stellte sie ihr Glas ab. „Ich möchte, aber ich kann nicht." Sie sah ihn mit großen Augen an. „Ich möchte wirklich sehr gern, aber ..."

„Aber?"

„Ich kenne dich kaum." Rebecca nahm wieder das Glas, weil sie plötzlich nicht mehr wusste, wo sie ihre Hände lassen sollte.

„Nein?"

„Nun, ich kenne deinen Namen, weiß, dass du Olivenhaine besitzt und das Meer liebst. Das ist aber nicht genug."

„Dann werde ich dir mehr erzählen."

Rebecca wagte ein Lächeln. „Ich weiß nicht einmal, was ich fragen sollte."

Stephanos lehnte sich im Sessel zurück. Er fühlte, dass die Spannung ebenso schnell wich, wie sie gekommen war. Es ist wirklich erstaunlich, dachte er verwundert, ein Lächeln von ihr genügt.

„Glaubst du eigentlich an das Schicksal, Rebecca? Daran, dass irgendetwas Unvorhergesehenes, etwas Unerwartetes oder irgendein kleines, unbedeutendes Ereignis dein Leben von Grund auf verändert?"

Rebecca dachte an den Tod ihrer Tante und die Entscheidungen, die sie danach völlig unvorhergesehen getroffen hatte. „Ja. Ja, daran glaube ich."

„Gut." Er schaute hinaus aufs Meer und sagte dann wie nebenbei: „Ich hatte beinahe vergessen, dass ich es auch tue – bis ich dich allein am Tisch sitzen sah."

Es gibt mehrere Wege, jemanden zu verführen, dachte Rebecca. Ein Blick oder Worte konnten genauso verführerisch sein wie Zärtlichkeiten. In diesem Moment verlangte es sie mehr als je zuvor nach ihm – und mehr, als sie es sich hätte vorstellen können.

Um etwas Abstand zu gewinnen, wandte sie sich ab und stellte sich wieder an die Reling.

Er empfand selbst ihr Schweigen erregend. Sie hatte gesagt, sie wüsste zu wenig über ihn. Aber er wusste ja noch viel weniger von ihr. Und es machte ihm nicht das Geringste aus. Vielleicht war es gefährlich, gefährlicher als er dachte, aber auch dies machte ihm nichts aus.

Stephanos sah zu ihr hinüber. So, wie sie jetzt an der Reling stand, mit flatternden Haaren, war es ihm völlig egal, wer sie war und woher sie kam oder was sie getan hatte.

Langsam stand Stephanos auf, ging zu ihr hinüber und stellte sich neben sie. Er schaute ebenfalls aufs Meer hinaus.

„Als ich jung war, noch sehr jung, da gab es einen solchen Moment, der mein Leben verändert hat", begann er. „Mein Vater liebte das Meer über alles. Die See war sein Leben, und auf dem Meer ist er gestorben." Stephanos schien mehr zu sich selbst zu sprechen. Rebecca wandte den Kopf und sah ihn an. „Ich war damals zehn oder elf Jahre alt. Vater und ich gingen zusammen am Strand entlang. Er blieb stehen, tauchte die Hand ins Wasser, ballte sie zur Faust und öffnete sie wieder. ‚Du kannst es nicht halten', sagte er. ‚Egal, wie oft du es auch versuchst oder wie sehr du es auch liebst. Es wird dir immer wieder zwischen den Fingern zerrinnen.'"

„Er hatte recht damit", antwortete Rebecca nachdenklich.

„Ja, dann aber nahm er den Sand in die Hand. Er war feucht und klebte an der Haut. ‚Aber dies hier', sagte er, ‚dies kann man festhalten.' Wir haben später nie wieder darüber gesprochen. Als dann die Zeit gekommen war, wandte ich der See den Rücken zu und richtete meine Kraft und Aufmerksamkeit auf das Land."

„Es war richtig, oder?"

„Ja." Stephanos hob die Hand und spielte mit einer ihrer Haarsträhnen. „Ja, ich habe mich richtig entschieden." Dann sah er sie an. „Du hast so schöne, ruhige Augen, Rebecca. Haben sie bereits genug gesehen, damit du weißt, was für dich richtig ist?", fragte er.

„Ich glaube, ich habe meine Augen erst sehr spät geöffnet", erwiderte Rebecca leise. Da war wieder dieses beunruhigende Gefühl, und Rebecca wollte zurückweichen, aber sie war zwischen ihm und der Reling gefangen.

„Du zitterst ja, wenn ich dich anfasse." Langsam strich er ihr mit den Fingern über den Arm, dann verschränkten sich ihre Hände miteinander. „Weißt du eigentlich, wie erregend das ist?"

Rebecca fühlte plötzlich eine süße Schwäche in den Beinen. „Stephanos, ich meinte es ernst, was ich vorhin gesagt habe …"

Er küsste sie hauchzart auf die Stirn. „Ich kann nicht, ich muss erst ...", wieder fühlte sie seine Lippen, diesmal federleicht auf dem Kinn, „... erst einmal nachdenken", endete sie leise.

Stephanos fühlte, wie sich ihre Finger in seiner Hand entspannten. „Als ich dich das erste Mal küsste, ließ ich dir keine Wahl." Er begann ihr Gesicht mit Küssen zu bedecken, vermied es aber dabei, ihren Mund zu berühren. „Aber diesmal hast du sie."

Seine Lippen waren wie ein Hauch, sie spürte sie kaum. Trotzdem brachten seine Liebkosungen sie halb um den Verstand. Rebecca wusste, sie brauchte Stephanos nur von sich zu stoßen, dann hätte alles ein Ende – aber genau dies wollte sie eigentlich gar nicht.

Die Wahl? wiederholte sie in Gedanken. Habe ich überhaupt eine Wahl?

„Nein, die habe ich nicht", flüsterte sie kaum hörbar, bevor er sie auf die Lippen küsste.

Keine Wahl, keine Vergangenheit und auch keine Zukunft. Nur das Jetzt. Rebecca genoss seine Gegenwart, sein Verlangen und seinen Hunger. Seine Küsse wurden fordernder, beinahe verzweifelt. Sie fühlte sein Herz heftig schlagen, als er in ihr Haar griff und ihr sanft den Kopf zurückbog. So hatte sie noch kein Mann geküsst, und niemand hatte sie darauf vorbereitet, dass sie diese fordernde Art auch noch erregen würde. Rebecca stöhnte auf, als Stephanos mit der Zunge ihren Mund erforschte.

Stephanos' Erregung wuchs ebenfalls. Ihr Duft und das Verlangen, das sie ausstrahlte, steigerten seine Leidenschaft. Sie war ganz Frau und doch so anders als alle Frauen, die er kennengelernt hatte. Rebecca atmete heftiger und stöhnte leise auf, als er sie herausfordernd auf die weiche und empfindliche Haut ihres Halses küsste.

Rebecca hatte das Gefühl, zu Boden sinken zu müssen, wenn Stephanos sie nicht gehalten hätte. Noch niemals hatte sie sich so schwach, so verletzlich gefühlt wie jetzt in diesem Augenblick. Sie hatte das Empfinden, ausgeliefert zu sein. Die See war spiegelglatt, aber in Rebecca tobte ein Sturm. Mit einem Seufzer, der wie ein Schluchzen klang, schlang sie die Arme um ihn.

Es war die Hilflosigkeit dieser Geste, die ihn wieder zur Vernunft brachte. Ich muss den Verstand verloren haben, dachte er erschrocken. Es hätte nicht viel gefehlt, und ich hätte sie hier genommen, ohne Rücksicht auf ihre Wünsche oder die Folgen.

Stephanos schloss die Augen und hielt Rebecca nur fest.

Vielleicht habe ich wirklich den Verstand verloren, dachte er weiter. Selbst als die Erregung langsam nachließ, fühlte er etwas anderes, Tieferes in sich aufsteigen und wachsen. Es erschien ihm viel gefährlicher als alles, was er vorher empfunden hatte.

Er wollte sie besitzen – und zwar für immer.

Schicksal, ging es ihm durch den Kopf, während er ihr Haar streichelte. Es sah so aus, als hätte er sich in Rebecca verliebt, ohne es bemerkt zu haben. Wie war das möglich? Er war doch nur wenige Stunden mit ihr zusammen gewesen.

In der Vergangenheit war es ihm schon passiert, dass er eine Frau gesehen und sie gleich begehrt hatte. Auch Rebecca würde er bekommen. Aber er würde sie nicht wieder hergeben.

Vorsichtig trat er einen Schritt zurück. „Vielleicht hat keiner von uns die Wahl", sagte er leise und schob die Hände tief in die Hosentaschen. „Und wenn ich dich jetzt hier noch einmal anfasse und dich küsse, dann würde ich dir auch keine mehr lassen …"

Rebecca brachte zuerst kein Wort hervor. Ihre Kehle war wie zugeschnürt. Sie strich sich das Haar aus ihrem Gesicht und gab sich keine Mühe, das Beben in ihrer Stimme zu verbergen. „Ich würde auch gar keine wollen …"

Da sah sie, dass seine Augen sich verdunkelten, aber sie wusste nicht, dass er die Hände in den Taschen zu Fäusten ballte.

„Du machst es mir sehr schwer."

Noch nie hatte ein Mann sie auf diese Weise begehrt, das wusste sie. Und vielleicht würde sie auch niemand jemals wieder so begehren. „Es tut mir leid, das wollte ich nicht."

„Nein." Er zwang sich, sich zu entspannen. „Das habe ich auch nicht angenommen. Das ist auch eines der Dinge an dir, die mich so faszinieren und anziehen. Ich will dich, Rebecca." Einen kurzen Moment lang glaubte er so etwas wie Panik in ihren Augen zu lesen – aber auch Erregung. „Und weil ich das weiß und du ebenfalls, tue ich mein Bestes, um dir noch ein wenig Zeit zu geben."

Rebecca fand ihren Humor wieder. „Ich weiß nicht, ob ich dir dankbar oder böse sein sollte", sagte sie lächelnd.

Zu seiner Überraschung musste Stephanos ebenfalls lachen. Er strich ihr mit dem Finger über die Wange. „Ich würde dir nicht empfehlen fortzulaufen, *mátia mou*. Ich würde dich doch finden."

Sie war sich dessen nur allzu gut bewusst. Ein Blick in sein Gesicht überzeugte sie. „Dann will ich dir lieber dankbar sein", lachte sie.

„Das freut mich." Er war sich klar, dass er Geduld aufbringen musste. Und zwar sehr schnell. „Hast du Lust zu baden? Nicht weit von hier gibt es eine hübsche kleine Bucht. Wir sind schon beinahe dort."

Das Wasser wird mich ein wenig abkühlen, dachte Rebecca. „Eine tolle Idee!"

Das Wasser war erfrischend kühl und kristallklar. Mit einem Seufzer des Wohlgefühls ließ sich Rebecca hineingleiten. In Philadelphia würde sie jetzt an ihrem Schreibtisch sitzen, den Rechner bedienen, und über ihrer Stuhllehne würde ordentlich ihre Kostümjacke hängen. Wie immer würden die Papierstapel auf ihrem Schreibtisch säuberlich geordnet daliegen.

Die allzeit zuverlässige und korrekte Miss Malone.

Aber stattdessen schwamm sie im kühlen Wasser des Mittelmeeres, und Akten und Papiere waren Welten fort von ihr. Hier, nur einen Meter weit von ihr entfernt, gab es den Mann, der sie alles über ihre Bedürfnisse lehrte, ihre Wünsche und die Verletzlichkeit des Herzens.

Sie bezweifelte, ihm jemals sagen zu können, dass er der einzige Mann war, der sie durch eine kurze Berührung beinahe um den Verstand gebracht hätte. Ein Mann wie er würde natürlich sofort erraten, dass er es mit einer völlig unerfahrenen Frau zu tun hatte.

Aber er wird es nicht herausfinden, dachte sie. Denn wenn er mich in seinen Armen hält, fühle ich mich nicht schwach und unerfahren. Ich finde mich schön, begehrenswert und ein wenig verrucht.

Sie hatte die ganze Zeit Wasser getreten, aber nun tauchte sie mit einem Lachen unter. Sogleich empfand sie ein unglaubliches Gefühl des Freiseins. Ach, wer hätte gedacht, dass ich mich jemals so fühlen würde? ging es ihr durch den Kopf.

„Braucht es immer so wenig, um dich zum Lachen zu bringen?"

Rebecca strich sich die Haare aus dem Gesicht. Stephanos trat neben ihr Wasser. Seine Haut hatte einen Goldschimmer, und das Wasser rann in kleinen Bächen über seine breite Brust. Die Sonnenstrahlen ließen sein feuchtes Haar schimmern, und seine Augen hatten die gleiche Farbe wie das Meer. Es fiel ihr sehr schwer, nicht die Hand auszustrecken und Stephanos zu streicheln.

„Eine abgelegene Bucht, ein wunderschöner Himmel, kristallklares Wasser und ein interessanter Mann – so wenig scheint mir das nicht zu sein." Sie schaute hinüber zu den Kämmen der Berge. „Ich habe mir eins versprochen – was auch immer geschehen mag, ich werde nichts mehr als sicher annehmen."

In ihren Worten lag ein trauriger Unterton, der ihn berührte. „War es ein Mann, der dir wehgetan hat, Rebecca?", fragte er sanft nach einem kurzen Moment.

Sie verzog leicht den Mund, aber er konnte nicht ahnen, dass sie im Stillen lächeln musste. Natürlich hatte sie auch Verabredungen mit Männern gehabt. Sie waren zumeist nett und freundlich verlaufen. Ein- oder zweimal hatte sie auch mehr als freundschaftliches Interesse für einen von ihnen verspürt, aber sie war zu schüchtern gewesen, um mehr daraus werden zu lassen.

Mit Stephanos war es allerdings völlig anders. Weil ich ihn liebe, dachte sie glücklich. Sie wusste nicht, warum, und auch nicht, wieso es so schnell gekommen war. Aber sie liebte ihn, wie eine Frau einen Mann nur lieben konnte.

„Nein, es gibt keinen." Rebecca legte sich auf den Rücken, schloss die Augen und vertraute darauf, dass das salzige Wasser sie tragen würde. „Der Tod meiner Eltern war ein solcher Schlag für mich, dass ich von einem Tag auf den anderen erwachsen wurde, obwohl ich damals noch so jung war."

Als sie schwieg, forderte Stephanos sie leise auf, weiterzusprechen.

„Meine Tante Jeannie war ein sehr freundlicher und praktischer Mensch, und sie liebte mich. Aber sie hatte vergessen, was es bedeutete, ein junges Mädchen zu sein. Nach ihrem Tod begriff ich plötzlich, dass ich nie jung gewesen war, nie Dummheiten wie andere junge Leute in meinem Alter begangen hatte. Da entschloss ich mich, all dies nachzuholen."

Sie bot ein schönes Bild. Das schwarze Haar schwamm auf dem Wasser, und ihr nasser, bronzefarbener Körper schimmerte wie mit Diamanten bedeckt im Licht der hellen Sonne. Sie war keine Schönheit, dafür waren ihre Züge nicht ebenmäßig genug. Aber sie war faszinierend in ihrem Aussehen, ihrer Ausstrahlung und ihrer Art, wie sie alles mit offenen Armen aufnahm, was ihr über den Weg lief.

Stephanos schaute sich in der kleinen Bucht um, als hätte er sie lange Jahre nicht mehr gesehen. Er konnte die Sonnenstrahlen auf der Wasseroberfläche tanzen sehen, die kleinen Wellen, die sich durch ihre Bewegungen um Rebecca herum ausbreiteten. Etwas weiter weg lag der schmale Sandstrand. Bunte Schmetterlinge flatterten darüber hin, ansonsten war er leer. Es herrschte Stille, beinahe eine unwirkliche Stille, nur die leichten Wellen schlugen mit einem immer gleichen Geräusch ans Ufer.

Und er fühlte sich entspannt und eins mit sich und seiner Umgebung. Vielleicht habe ich auch vergessen, was es bedeutet, jung und verrückt zu sein, dachte er.

Aus einem Impuls heraus hob er die Hand und drückte Rebecca unter Wasser.

Hustend kam sie wieder an die Oberfläche und schüttelte sich das Wasser aus den Haaren. Stephanos lachte sie nur an und trat weiter Wasser.

„Es hat mich gereizt. Es war so einfach."

Sie hob den Kopf und sah ihn herausfordernd lächelnd an. „Das nächste Mal wird es nicht so leicht sein, das kannst du mir glauben."

Sein Lächeln wurde breiter. Als er sich dann bewegte, tat er es mit der Eleganz und Geschwindigkeit eines Delfins. Rebecca hatte gerade noch Zeit, Luft zu holen, dann trat sie nach ihm. Er packte ihr Fußgelenk, aber sie war bereit.

Anstatt sich zu wehren, als er sie unter Wasser zog, schlang sie die Arme um seinen Oberkörper und verwickelte ihn in einen Unterwasserringkampf.

„Wir sind quitt", rief sie prustend und lachend, als sie beide wieder auftauchten. Sie rieb sich das Wasser aus den Augen.

„Wie kommst du denn darauf?"

„Wenn wir auf einer Matte gerungen hätten, hättest du mit dem Rücken am Boden gelegen", klärte sie ihn auf.

„Gut, einverstanden." Er fühlte, wie sich ihre Beine ineinander verschlangen. „Aber jetzt würde ich gern etwas anderes machen."

Rebecca wusste, er würde sie gleich küssen. Sie sah es in seinen Augen, und sie war zu ihrer Bestürzung nur allzu gern bereit, sich küssen zu lassen.

„Stephanos?"

„Ja?" Seine Lippen waren nur noch Zentimeter von ihrem Mund entfernt. Dann fand er sich plötzlich unter Wasser wieder, und seine Arme waren leer. Im ersten Moment war er verärgert. Als er auftauchte, sah er jedoch Rebecca wenige Meter entfernt bis zu den Schultern im Wasser stehen. Ihr Gelächter klang zu ihm herüber.

„Es war so einfach!", rief sie ihm übermütig zu.

Stephanos warf sich ins Wasser und legte los. Er schwamm, als wäre er im Wasser geboren worden. Auch Rebecca war keine schlechte Schwimmerin. Beinahe wäre es ihr gelungen, ihm zu entwischen, aber sie musste immer noch lachen und schluckte dabei Wasser. Als sie nach Luft rang, fühlte sie kräftige Arme um ihre Taille. Stephanos schleppte sie erbarmungslos in seichteres Wasser.

„Ich gewinne gern." Rebecca sah ein, es war sinnlos, ihm entkommen zu wollen. Sie hob die Hand zum Zeichen, dass sie aufgab. „Ich weiß, es ist eine Schwäche. Manchmal mogle ich deswegen sogar beim Canasta."

„Beim Canasta?"

Er konnte sich diese lebhafte, sexy Frau in seinen Armen nur schwerlich bei einer gemütlichen Canastapartie vorstellen.

„Ja, leider, ich kann einfach nichts dagegen tun. Ich habe da keine Disziplin", tat sie zerknirscht und legte den Kopf an seine Schulter.

„Mir geht es manchmal ähnlich."

Ehe sie sich's versah, hatte er sie mit einem kräftigen Stoß von sich geworfen, und sie flog durch die Luft. Mit lautem Klatschen landete sie wieder im Wasser und ging prustend unter.

Gleich darauf tauchte sie wieder auf. „Das habe ich wohl verdient", meinte sie lachend und watete zum Ufer. Dort legte sie sich so hin, dass sie halb im erfrischenden Wasser lag. Der feine weiße Sand klebte ihr an Haut und Haaren, aber sie kümmerte sich nicht darum.

Stephanos folgte ihr langsam und legte sich dann neben sie. Sie griff nach seiner Hand.

„Ich kann mich nicht erinnern, wann ich einen schöneren Tag verlebt habe", sagte sie träumerisch.

Er sah auf ihre Hände und wunderte sich, dass diese stille Geste zugleich beruhigend und erregend auf ihn wirkte.

„Er ist schon fast vorbei."

„Meinetwegen bräuchte er niemals zu enden."

4. KAPITEL

Rebecca meinte es aufrichtig. Sie wünschte, dieser Tag möge niemals vergehen. Es war so traumhaft. Blauer Himmel, das Meer. Mit Stephanos zu lachen, ihn zu betrachten. Im klaren kühlen Wasser zu baden. Stunden, die endlos erschienen. Es war noch gar nicht so lange her, dass es völlig anders gewesen war. Auf die Tage waren Nächte gefolgt, und dann wieder die Tage – in monotoner, langweiliger Folge.

„Hast du eigentlich jemals das Bedürfnis verspürt, vor etwas davonzulaufen?", fragte sie nach einer Weile.

Stephanos legte sich zurück und schaute hinauf zum Himmel, an dem einige Schäfchenwolken dahinzogen. Wie lange habe ich eigentlich nicht mehr so gelegen und in den Himmel gesehen? fuhr es ihm kurz durch den Sinn.

„Wohin?"

„Irgendwohin. Fort von dem, was ist, weil du fürchtest, es könnte bis in alle Ewigkeiten so bleiben." Auch Rebecca legte sich zurück und schloss dann die Augen. Sie konnte sich zu Hause sehen, wie sie pünktlich um sieben Uhr fünfzehn ihre erste Tasse Kaffee aufbrühte und genau um neun Uhr die erste Akte im Büro aufschlug. „Einfach verschwinden und dann irgendwo als ein ganz anderer Mensch wieder auftauchen, wo dich keiner kennt."

„Du kannst kein anderer Mensch werden."

„Oh doch, das kannst du." Plötzlich bekam ihre Stimme einen drängenden und beinahe beschwörenden Unterton. „Manchmal muss man es tun."

Stephanos spielte mit ihrem Haar. „Wovor läufst du davon?"

„Vor allem. Ich bin ein Feigling."

Er richtete sich halb auf und sah ihr ins Gesicht. In ihren schönen Augen las er Begeisterung. „Das glaube ich nicht."

„Aber du kennst mich doch gar nicht." Ein Ausdruck des Bedauerns tauchte kurz auf ihrem Gesicht auf, dann machte er einer gewissen Unsicherheit Platz. „Und ich bin nicht sicher, ob ich es überhaupt möchte."

„Glaubst du wirklich, ich kenne dich nicht? Es gibt Dinge im Leben, die keine Monate oder Jahre brauchen, damit man sie versteht. Ich sehe dich an, Rebecca, und plötzlich ist alles so einfach. Ich kann nicht sagen, warum ich so empfinde, aber so ist es eben. Ich kenne dich." Er beugte sich zu ihr hinunter und hauchte ihr einen Kuss auf die Nase. „Und ich mag das, was ich sehe."

„Ja? Wirklich?", fragte sie lächelnd.

„Meinst du, ich verbringe einen ganzen Tag mit einer Frau nur deshalb, weil ich mit ihr schlafen will?", fragte er.

Rebecca zuckte mit den Schultern, sagte aber nichts.

Er sah, dass sie leicht errötete, und es amüsierte ihn. Wie vielen Frauen gelang es schon, einen Mann mit ihren Küssen fast zum Wahnsinn zu bringen und dann zu erröten? „Aber mit dir zusammen zu sein, Rebecca, ist ein sehr besonderes Vergnügen."

Sie lachte leise vor sich hin und malte mit dem Finger Kreise in den feuchten Sand. Was würde er wohl sagen oder denken, wenn er wüsste, wer ich in Wirklichkeit bin? dachte sie. Aber es spielt überhaupt keine Rolle, beruhigte sie sich dann, denn sie wollte sich den schönen Tag nicht verderben lassen. Und auch nicht das, was zwischen ihnen war.

„Das ist das schönste Kompliment, das ich je bekommen habe", sagte sie lächelnd.

Als er sich wieder aufrichtete und sie beunruhigt ein wenig zur Seite rutschte, sagte er sofort: „Nein, ich werde dich nicht mehr berühren. Zumindest jetzt im Augenblick nicht."

„Das ist eigentlich nicht das Problem." Rebecca hob den Kopf und schloss die Augen. Sie genoss die Wärme der Sonne auf ihrer Haut. „Im Gegenteil, ich möchte ja gerade, dass du mich berührst – und zwar so sehr, dass es mir Angst macht."

Er sah sie an, und ein besonderer Ausdruck zeigte sich in seinen Augen, aber er sagte nichts.

Sie setzte sich aufrecht hin und nahm all ihren Mut zusammen. Sie wollte ehrlich sein und hoffte, dabei keinen allzu naiven Eindruck zu hinterlassen. „Stephanos, ich gehöre nicht zu den Frauen, die gleich mit jedem Mann schlafen, der ihnen gefällt. Bitte versteh, es geht alles so rasch. Aber ich fühle auch, dass es nicht oberflächlich ist."

Stephanos fasste sie am Kinn und drehte ihren Kopf, sodass sie ihn ansehen musste. Seine Augen waren tiefblau wie die See und für Rebecca ebenso geheimnisvoll. Er traf eine schnelle Entscheidung, obwohl ihm der Gedanke schon den ganzen Tag im Kopf herumgegangen war.

„Nein, das ist es auch nicht", erwiderte er. „Rebecca, ich muss morgen nach Athen. Komm mit mir."

„Nach Athen?", fragte sie erstaunt.

„Geschäftlich. Ein Tag, höchstens zwei. Ich würde mich freuen, wenn du mitkämst." Er hatte mehr Angst, als er sich eingestehen wollte, sie könne fort sein, wenn er zurückkehrte.

„Ich ..." Sie wusste nicht, wie sie sich entscheiden sollte. Würde es richtig sein, mitzugehen?

„Du sagtest doch, du hättest vor, Athen zu besuchen, oder?" Er war entschlossen, sie auf jeden Fall zum Mitkommen zu überreden, jetzt, da sich die Idee in seinem Kopf festgesetzt hatte.

„Ja, aber ich möchte nicht im Wege sein, wenn du zu tun hast."

„Es würde mich viel mehr von meiner Arbeit ablenken, wenn du hier bliebest."

Sie sah ihn mit einem Blick an, in dem Schüchternheit und Verlockung zugleich lagen. Er hatte Mühe, sein Verlangen zu unterdrücken und sie nicht auf der Stelle im feinen Sand zu lieben. Aber er hatte ihr ja versprochen, ihr Zeit zu geben. Vielleicht brauche auch ich ein wenig Zeit, dachte er.

„Du wirst deine eigene Suite haben. Du bist zu nichts verpflichtet, Rebecca. Ich möchte nur deine Gesellschaft."

„Ein oder zwei Tage ...", sprach sie unentschlossen halblaut vor sich hin.

„Es ist überhaupt kein Problem, deine Suite hier bis zu deiner Rückkehr zu halten."

Bis zu meiner Rückkehr, dachte sie irritiert. Er hat nicht von seiner gesprochen. Wenn er Korfu morgen verließ, würde sie ihn möglicherweise niemals wiedersehen. Er bot ihr einen oder zwei weitere Tage an. Vergiss nicht, du wolltest doch nichts mehr als garantiert ansehen, erinnerte sie sich dann. Niemals mehr.

Aber er hatte ja recht. Sie wollte Athen sehen, bevor sie Griechenland wieder verließ. Normalerweise wäre sie allein dorthin gereist. Noch vor ein paar Tagen hätte es nichts Schöneres für sie gegeben, als frei und ungebunden durch die Stadt zu streifen, sich Sehenswürdigkeiten anzusehen und Menschen kennenzulernen.

Aber die Vorstellung, ihn bei sich zu haben, wenn sie zum ersten Mal die Akropolis sah, mit ihm zusammen durch die Straßen zu schlendern, erschien ihr viel verlockender und änderte alles.

„Ich würde sehr gern mitkommen." Sie sprang rasch auf und verschwand mit einem eleganten Kopfsprung im Wasser.

Athen war weder Ost noch West, weder Orient noch Europa. Es gab hohe Gebäude und moderne, elegante Geschäfte in breiten Avenuen. Aber ebenso gab es schmale Gassen mit heruntergekommenen Häusern mit winzigen Läden, in denen man alles kaufen konnte. Die Stadt war laut und hektisch, und doch besaß sie einen unvergleichlichen Charme.

Rebecca verliebte sich auf den ersten Blick in sie.

Paris war ihr wie eine verführerische Frau erschienen, und auch London hatte sie nicht unbeeindruckt gelassen. Aber an Athen verlor sie ihr Herz.

Stephanos hatte den ganzen Morgen über Geschäfte zu erledigen, und so nutzte sie die Gelegenheit, die Stadt zu erkunden. Das Hotel, in dem sie wohnten, bot zwar allen erdenklichen Luxus, aber es zog Rebecca hinaus auf die Straßen und zu den Menschen. Seltsamerweise fühlte sie sich nicht wie eine Fremde, sondern wie jemand, der nach langer, langer Zeit von einer Reise wieder nach Hause zurückkehrte. Athen hatte auf sie gewartet und war bereit, sie willkommen zu heißen.

Bald hatte sie die *plaka*, die Altstadt unterhalb der Akropolis, erreicht. Enge Gassen voller Touristen und Einheimischer, Tavernen, aus denen es verlockend duftete – und dann sah sie die Akropolis! Es war ein Anblick, den sie nicht wieder vergessen würde. Fasziniert und voller Ehrfurcht schaute sie hinauf zu den jahrtausendealten Bauten mit ihren marmornen Säulen.

Bald hatte sie auch den Zugang gefunden, an dem sich trotz der frühen Stunde schon Urlauber drängten. Rebecca ließ sich dadurch jedoch nicht stören. Der Großartigkeit der Tempelanlage konnte die Betriebsamkeit keinen Abbruch tun. Rebecca war so beeindruckt, dass sie die Kamera an der Schulter hängen ließ und gar nicht daran dachte zu fotografieren.

Sie würde niemandem mitteilen können, wie es war, hier zwischen den Säulen zu stehen, an einem Ort, der den alten griechischen Göttern geweiht gewesen war. Die Akropolis hatte Jahrtausende überstanden, Naturgewalten getrotzt und Kriegen und der Zeit widerstanden. Aber noch immer spürte man die Heiligkeit dieses Platzes. Rebecca erwartete beinahe die Göttin Pallas Athene, Schutzherrin der Stadt Athen, mit ihrem schimmernden Helm und dem Speer hier zu sehen.

Rebecca war zuerst enttäuscht gewesen, dass Stephanos an diesem ersten Morgen in Athen nicht bei ihr sein konnte. Nun aber war sie froh, allein zu sein. So konnte sie einfach auf einem Säulenrest sitzen, alles in sich aufnehmen, und musste ihre Eindrücke und Gefühle nicht erläutern.

Sie stand nach einer Weile wieder auf und wanderte durch die Tempel. Sie fühlte, sie hatte sich verändert. Es waren nicht nur die Orte, an denen sie gewesen war, das Neue, das sie gesehen hatte. Nein, es war Stephanos und alles, was sie dachte, fühlte und sich wünschte, seit sie ihn kennengelernt hatte.

Vielleicht ging sie bald wieder nach Philadelphia zurück, aber sie würde nie wieder die Rebecca Malone sein, die sie vorher gewesen war. Wenn sich jemand einmal richtig verliebte, vollkommen und von ganzem Herzen, dann war er danach ein anderer Mensch.

Sie wünschte, es wäre einfacher, so wie es vielleicht für andere Frauen war. Ein attraktiver Mann, zu dem man sich körperlich hingezogen fühlte. Aber an Stephanos hatte sie, ebenso wie an Athen, ihr Herz verloren. Beide waren seltsamerweise zu einem Teil ihres Lebens geworden.

Aber wie kann ich denn sicher sein, dass ich ihn liebe, wenn ich noch nie verliebt gewesen bin? fragte sie sich verunsichert. Zu Hause in Philadelphia hätte ich zumindest eine Freundin, mit der ich darüber sprechen könnte.

Sie musste lachen. Wie oft hatte sie sich die endlosen Erzählungen der verliebten Freundin anhören müssen – die berauschenden Erlebnisse, die Enttäuschungen und die Faszination. Manchmal hatte sie sie darum beneidet, und manchmal war sie sehr froh gewesen, dass ihr Leben frei von diesen Irritationen gewesen war. Aber immer hatte sie sich bemüht, Verständnis aufzubringen oder die Unglückliche zu trösten, wenn wieder einmal alles zu Ende war.

Es war schon ziemlich seltsam, dass sie für sich selbst in einer ähnlichen Situation keinen guten Rat wusste.

Alles, an was sie denken konnte, war, dass ihr Herz schneller schlug, wenn er sie anfasste, ihre Freude und auch die Panik, die sie jedes Mal empfand, wenn er sie anblickte. Wenn sie mit ihm zusammen war, konnte sie an das Schicksal glauben und daran, dass es gleichgestimmte Seelen gab.

Aber das war nicht genug. Zumindest hätte sie es einer anderen Frau als Rat gegeben. Anziehung und Leidenschaft waren nicht genug. Und doch gab es keine Erklärung, warum sie dennoch anders empfand, wenn sie mit ihm zusammen war.

Es klang alles so einfach – wenn man das Schicksal als Erklärung annehmen konnte. Und dennoch verspürte sie neben all der Freude auch ein unbestimmtes Schuldgefühl.

Rebecca konnte es einfach nicht abschütteln, und sie wusste, sie konnte es auch nicht länger ignorieren.

Sie war nicht die Frau, für die sie sich ausgab. Nicht die welterfahrene, weit gereiste Frau, die das Leben nahm, wie es gerade kam. Egal, wie viele Bindungen sie auch löste, sie würde doch immer Rebecca Malone bleiben. Was würde Stephanos von ihr denken und für sie empfinden, wenn er wüsste, wie ihr Leben bislang verlaufen war?

Und wie sollte sie es ihm sagen?

Nur noch ein paar Tage mehr, sagte sie sich, als sie langsam wieder die Akropolis verließ. Es mochte eigensüchtig sein, vielleicht auch gefährlich, aber sie wollte einfach nur noch ein paar Tage mehr.

Es war später Nachmittag, als Rebecca ins Hotel zurückkehrte. Da sie es nicht erwarten konnte, Stephanos zu sehen, ging sie sogleich hinauf zu seiner Suite. Sie hatte heute so viel gesehen und erlebt, dass sie ihm alles erzählen wollte. Aber ihr Lächeln verblasste augenblicklich, als nicht Stephanos, sondern eine gut aussehende junge Frau die Tür öffnete. Sie stellte sich als Stephanos' Sekretärin Eleni vor.

„Hallo, Miss Malone." Selbstbewusst und elegant, bat Eleni sie mit einer Handbewegung herein. „Bitte, kommen Sie herein. Ich werde Stephanos sagen, dass Sie hier sind."

„Ach, ich möchte nicht stören." Unsicher rückte Rebecca ihre Tasche zurecht. Sie kam sich plötzlich unscheinbar und dumm vor.

„Aber Sie stören doch nicht, Miss Malone. Sind Sie gerade zurückgekommen?"

„Ja, ich ..." Jetzt erst wurde Rebecca bewusst, dass ihr Gesicht erhitzt und ihre Haare zerzaust waren. Eleni dagegen war ein Bild an Gepflegtheit und Eleganz. „Vielleicht sollte ich doch wieder gehen ...", sagte sie unschlüssig.

„Bitte, setzen Sie sich doch. Ich bringe Ihnen gleich einen Drink." Eleni deutete auf einen Stuhl. Sie ging zu der kleinen

Bar und schenkte Rebecca ein Glas mit eisgekühltem Orangensaft ein. Dabei lächelte sie vor sich hin. Sie hatte erwartet, Stephanos' geheimnisvolle Bekannte wäre glatt, beherrscht und eine wahre Schönheit. Sie war erfreut, dass Rebecca so gar nicht diesem Bild entsprach. Sie war dagegen ein wenig unsicher und ganz offensichtlich verliebt.

„Hat Ihnen die Stadt gefallen?", fragte sie, als sie Rebecca das Glas reichte.

„Ja, sogar sehr." Rebecca nahm das Glas entgegen und versuchte sich zu entspannen. Ich bin ja eifersüchtig, wurde ihr bewusst, und sie konnte sich nicht erinnern, dieses Gefühl jemals zuvor empfunden zu haben. Aber wer würde auf sie nicht eifersüchtig sein, dachte sie, als sie Eleni zum Telefon gehen, nein, schreiten sah. Die Griechin sah wirklich atemberaubend gut aus, sie wirkte selbstbewusst und tüchtig. Außerdem stand sie in einer Beziehung zu Stephanos, von deren Art Rebecca nichts wusste. Wie lange kannte sie ihn schon? Und wie gut?

„Stephanos kommt gleich", meinte Eleni, als sie den Hörer wieder auflegte. „Seine Konferenz ist gerade zu Ende." Sie goss sich ebenfalls etwas Orangensaft ein und setzte sich Rebecca gegenüber in einen Sessel. „Athen hat Ihnen also gefallen."

„Ich liebe es." Rebecca wünschte, sie hätte sich zumindest die Haare gekämmt und ein wenig Make-up aufgelegt, bevor sie hierhergekommen war. Sie trank einen Schluck Orangensaft. „Ich hatte eigentlich keine bestimmte Vorstellung von der Stadt, aber ich bin begeistert und beeindruckt."

„Für die Europäer ist es schon halber Orient, während die Orientalen Athen als Europa ansehen." Eleni lächelte. Sie schlug die schlanken Beine übereinander und lehnte sich zurück. „Athen ist Griechenland, und ganz besonders trifft dies auf den Athener zu." Sie sah Rebecca über den Rand ihres eisbeschlagenen Glases an. „Die Menschen schätzen Stephanos oft ebenso ein, und dabei ist er nur er selbst."

„Wie lange arbeiten Sie schon für ihn?" Rebecca war froh, dass Eleni ihr Gelegenheit zu dieser Frage gegeben hatte.

„Fünf Jahre."

„Dann müssen Sie ihn sehr gut kennen."

„Besser als manch anderer. Er ist ein anspruchsvoller und großzügiger Arbeitgeber und ein interessanter Mann. Ich liebe meine Arbeit und reise glücklicherweise gern."

Rebecca spielte mit dem Glas in ihren Händen. „Ich wusste gar nicht, dass das Geschäft mit Oliven so viele Reisen erfordert."

Eleni sah sie ein wenig überrascht an, aber sie ließ sich nichts anmerken. Bis eben hatte sie nicht gewusst, ob die Amerikanerin von Stephanos oder von seinem Geld fasziniert war. Nun kannte sie die Antwort.

„Wenn Stephanos etwas tut, dann tut er es auch sehr sorgfältig", meinte sie lächelnd. „Hat er mit Ihnen eigentlich schon über die Abendgesellschaft heute gesprochen?"

„Er sagte etwas von einem Geschäftsessen."

Eleni lächelte sie zum ersten Mal offen an. „Es wird zwar nur eine kleine, aber dafür umso exklusivere Gesellschaft sein."

Rebecca griff unwillkürlich an ihre Haare, und Eleni deutete diese Geste richtig.

„Falls Sie irgendetwas für den Abend benötigen, ein passendes Kleid oder einen Friseur ... im Hotel finden Sie beides", sagte sie hilfsbereit.

Rebecca musste an die Freizeitkleidung denken, die sich in ihrer kleinen Reisetasche befand. Sie hatte für die zwei Tage nicht mehr mitgenommen, weil sie nicht mit einem derartigen Anlass gerechnet hatte. „Ich brauche alles."

Eleni stand auf und lächelte sie verständnisvoll an. „Ich werde mich darum kümmern."

„Vielen Dank, aber ich möchte Sie nicht von Ihrer Arbeit abhalten", wehrte Rebecca verlegen ab.

„Es gehört zu meinen Pflichten, dafür zu sorgen, dass Sie sich wohlfühlen", entgegnete Eleni. Da öffnete sich die Tür, und Stephanos kam herein. Eleni nahm sofort ihr Glas und ihren

Notizblock und verließ mit einem freundlichen Nicken zu Rebecca das Zimmer.

„Du warst lange fort", wandte sich Stephanos an Rebecca.

„Ach, ich habe so viel Interessantes gesehen, da verging die Zeit wie im Flug. Athen ist eine wundervolle Stadt." Sie wollte aufstehen, aber er war mit zwei schnellen Schritten bei ihr und zog sie hoch. Im nächsten Augenblick fühlte sie seine Lippen auf ihrem Mund. Er küsste sie mit hungriger Leidenschaft. Sie wehrte sich nicht dagegen, sondern ergab sich seinen Zärtlichkeiten.

Stephanos stöhnte leise. Wie kann man sich so sehr nach einer Frau sehnen wie ich mich nach ihr? dachte er. Den ganzen Morgen über hatte er sich nur unter großen Schwierigkeiten auf seine Geschäfte konzentrieren können. Seine Gedanken schweiften immer wieder ab, und er hatte an ihre Lippen, ihre Brüste und ihre Leidenschaft denken müssen. Als sie dann immer noch nicht zurückkehrte, hatte er sich Sorgen um sie gemacht wie nie zuvor um einen Menschen. Er konnte sich ein Leben ohne sie gar nicht mehr vorstellen. Undenkbar, wenn sie eines Tages nicht mehr da wäre ...

Aber dazu wird es nicht kommen, schwor er sich. Sie gehört zu mir – und ich zu ihr, dachte er. Ich brauche sie.

Aber er durfte nicht vollends den Verstand verlieren. Mit Mühe unterdrückte er seine aufsteigende Erregung und löste sich von Rebecca.

Sie hielt immer noch die Augen geschlossen, ihre sinnlichen Lippen waren leicht geöffnet. Seufzend schlug sie schließlich die Lider auf.

„Ich ..." Sie holte tief Luft und atmete langsam wieder aus. „Ich sollte wohl des Öfteren einmal einen Stadtbummel machen", sagte sie lächelnd.

Da bemerkte Stephanos, dass er ihren Arm fest umklammerte. Sofort lockerte er den Griff. „Ich wäre lieber dabei gewesen", sagte er gepresst.

„Aber du hattest doch zu tun. Außerdem, sicherlich hättest du dich gelangweilt. Es wäre nichts für dich gewesen, in alle Läden mit mir zu gehen und dir Sehenswürdigkeiten anzusehen, die du schon lange kennst." Rebecca lachte. Sie bemerkte seine Anspannung nicht.

„Nein, bestimmt nicht." Er konnte sich nicht vorstellen, dass er sich jemals in ihrer Gegenwart langweilen würde. „Ich wäre wirklich gern bei deinem ersten Tag in Athen mit dir zusammen durch die Straßen gegangen."

„Es war, als käme ich nach Hause zurück", sagte sie versonnen. „Alles war so beeindruckend, und ich konnte nicht genug bekommen." Sie deutete auf ihre Schultertasche. „Es ist so ganz anders als alles, was ich bisher kennengelernt habe. Auf der Akropolis habe ich nicht ein einziges Foto gemacht. Ich fühlte, ich würde das Besondere dort nicht mit der Kamera einfangen können und versuchte es deshalb auch gar nicht. Dann wanderte ich durch die Straßen der Altstadt, und mir fielen überall die älteren Männer auf, die mit diesen seltsamen, rosenkranzähnlichen Ketten spielten. Warte mal, wie heißen sie noch …?" Es fiel ihr nicht mehr ein.

„*Komboloi*", half er ihr.

„Ja, und ich stelle mir vor, wie sie vor den *kafeníons* sitzen und die Passanten betrachten. Tag für Tag, Jahr um Jahr." Sie setzte sich und freute sich, dass sie ihm von ihren Eindrücken berichten konnte. „Und dann gab es diese Unmengen von Geschäften, die Souvenirs anboten. Die meisten haben mir allerdings nicht gefallen, vor allem die kitschigen Kopien der antiken Statuen."

Stephanos setzte sich neben sie. „Wie viele hast du denn davon gekauft?"

„Beinahe eine für dich", lachte sie und suchte dann in ihrer Tasche. „Aber dann habe ich es mir doch anders überlegt und dir ein anderes Geschenk mitgebracht."

„Ein Geschenk?"

„Ja, ich habe es in einem winzigen Geschäft in einer kleinen Seitengasse gefunden. Es war ein düsterer, etwas schmuddeliger Laden – aber voll von faszinierendem Krimskrams. Der Besitzer sprach ein wenig Englisch, und ich hatte ja mein ‚Griechisch für Reisende' dabei. Aber bald wurde es schwierig, sich zu verständigen. Schließlich nahm ich dies hier."

Rebecca zog eine s-förmig gebogene, zierliche Porzellanpfeife heraus, die mit Abbildungen von wilden Ziegen verziert war. Ein langer, glänzend polierter Stiel mit einem Mundstück aus Messing befand sich daran.

„Es erinnerte mich an die Bergziegen, die wir auf Korfu gesehen haben", erklärte sie Stephanos, während er sich die Pfeife genauer ansah. „Ich dachte, sie würde dir vielleicht gefallen, wenn ich dich auch noch nie habe Pfeife rauchen sehen."

Stephanos sah auf und lachte. „Normalerweise rauche ich auch nicht Pfeife, und ganz besonders nicht aus einer solchen."

„Eigentlich sollte es auch mehr als Dekorationsstück dienen", meinte Rebecca etwas verwirrt durch seine Bemerkung. „Der Mann versuchte mir noch etwas zu erklären, aber ich habe ihn leider nicht verstehen können. Eine solche Pfeife habe ich vorher auch noch nie gesehen."

„Da bin ich aber erleichtert." Als sie ihn verwundert ansah, beugte er sich vor und strich ihr leicht über die Lippen. „*Mátia mou*, dies ist eine Haschischpfeife."

„Eine Haschischpfeife?" Verblüfft sah sie ihn an und betrachtete dann voller Neugier die schlanke Pfeife. „Wirklich? Ich meine, haben die Leute diese Pfeife wirklich zum Haschischrauchen benutzt?"

„Unzweifelhaft. Und zwar eine ganze Menge Leute sogar. Ich schätze, die Pfeife ist mindestens einhundertfünfzig Jahre alt."

„Nein, so etwas. Es ist wohl kein besonders geeignetes Geschenk für dich, nicht wahr?"

„Warum denn nicht? Jedes Mal, wenn ich es mir ansehe, werde ich an dich denken."

Verunsichert sah Rebecca ihn an, aber dann sah sie das Funkeln in seinen Augen und war beruhigt. Sie lächelte. „Vielleicht hätte ich dir besser eine Statue der Pallas Athene aus Plastik schenken sollen", scherzte sie.

Er stand auf und zog sie mit sich hoch. „Ich fühle mich geehrt, dass du mir überhaupt etwas mitgebracht hast", sagte er lächelnd, und sein Griff wurde auf einmal fester. „Ich möchte viel Zeit mit dir verbringen, Rebecca. Es gibt so vieles, das ich von dir wissen möchte." Er sah sie forschend an. „Was sind deine Geheimnisse?"

„Nichts, was von Interesse für dich wäre."

„Du irrst dich. Morgen werde ich herausfinden, was ich wissen will." Er bemerkte kurz einen sonderbaren Ausdruck in ihren Augen. Andere Männer, dachte er und spürte, dass er eifersüchtig war. „Also, keinerlei Ausflüchte mehr. Ich will alles von dir, ohne Ausnahme. Alles. Verstehst du?"

„Ja, aber ..."

„Morgen." Er unterbrach sie einfach und war ihr plötzlich fremd in seiner bestimmenden Art. „Ich habe jetzt geschäftlich etwas zu tun, das ich leider nicht verschieben kann. Ich hole dich um sieben Uhr heute Abend ab."

„Gut."

Bis morgen ist es noch lange hin, dachte sie. Bis dahin werde ich Zeit genug haben, mir zu überlegen, was ich ihm sage. Vor „morgen" kam erst einmal der heutige Abend. Und heute Abend würde sie noch einmal all das sein, was sie sein wollte, alles, was er von ihr erwartete.

„Ich muss jetzt gehen." Bevor er sie noch einmal berühren konnte, beugte sie sich schnell zu ihrer Tasche hinunter, die auf dem Boden stand, und hob sie auf. Als sie schon an der Tür war, drehte sie sich noch einmal zu ihm um. Er hatte sich nicht gerührt.

„Stephanos, du wirst möglicherweise enttäuscht sein, wenn du mehr von mir erfährst", sagte sie ruhig. Dann wandte sie sich schnell ab und schloss die Tür hinter sich.

Stephanos stand da und sah ihr mit gerunzelter Stirn nach.

5. KAPITEL

Aufgeregt schaute Rebecca immer wieder in den Spiegel, sie war schrecklich nervös. Die Frau, die ihr entgegensah, war ihr nicht fremd. Aber es war eine völlig veränderte Rebecca Malone.

Lag es an der Frisur? Rebecca hatte sich das Haar von der geschickten Hotelfriseurin ein wenig stylen lassen. Oder war es das Kleid aus leuchtend rotem, mit schwarzen Schleifchen bedrucktem Stoff, dessen raffiniert drapierte Korsage die Schultern freiließ? Der weite Rock wurde durch einen schwarzen Tüllpetticoat in Form gehalten. Dazu trug Rebecca eine schwarze Feinstrumpfhose und rote hochhackige Satinpumps. Nein, es war mehr als nur das. Mehr als ein gekonntes Make-up, ungewohnte Kleidung und geschicktes Styling. Es lag an ihren Augen. Es war nicht zu übersehen. Die Frau, die ihr aus dem Spiegel entgegenblickte, war bis über beide Ohren verliebt.

Was sollte sie dagegen tun? Was konnte sie tun? Rebecca wusste, es gab Dinge im Leben, die waren nicht zu ändern. Aber würde sie auch stark genug sein, mit den Folgen ihres Handelns zu leben?

Als es an der Tür klopfte, warf sie einen letzten Blick in den Spiegel, holte tief Luft und ging zur Tür. Heute Nachmittag war alles viel zu schnell gegangen.

Als sie aus Stephanos' Suite in ihre zurückgekommen war, hatte sie dort bereits eine lange Liste der von Eleni getroffenen Termine vorgefunden. Eine Massage, eine Gesichtsbehandlung, Friseur und dazu eine Karte des Managers der hoteleigenen Boutique. Sie hatte gar keine Zeit gehabt, lange zu überlegen. Nicht über den kommenden Abend und auch nicht über das Morgen, die Zukunft.

Vielleicht ist es besser so, dachte sie. Wenn ich meinem Gefühl vertraue, wird sicher alles gut gehen.

Sie sieht aus wie eine Sirene, dachte Stephanos, als sie vor ihm stand. Hatte er jemals gedacht, sie sei keine Schönheit? In diesem Moment glaubte er, noch niemals eine Frau gesehen zu haben, die ihn mehr gefesselt hatte.

„Du bist unvergleichlich, Rebecca", sagte er. Er griff nach ihren Händen und blieb so einen Moment auf der Türschwelle stehen.

„Warum? Weil ich so pünktlich fertig bin?"

„Weil du niemals das bist, was ich erwartet habe." Er führte ihre Hand an seine Lippen. „Und immer das, was ich mir wünsche."

Sein Kompliment machte sie sprachlos, und sie war froh, als er die Tür hinter ihnen schloss und sie zum Fahrstuhl führte. Auch Stephanos sah anders aus als sonst. Normalerweise war er mit lässiger Eleganz gekleidet, aber heute Abend trug er einen Smoking, der ihm ausgezeichnet stand.

„So, wie du aussiehst, Rebecca, ist es fast eine Sünde, dich nur zu einem Geschäftsessen mitzunehmen", meinte er, während sie auf den Fahrstuhl warteten.

„Ach, ich freue mich aber schon darauf, deine Geschäftsfreunde kennenzulernen."

„Geschäftspartner", berichtigte er sie mit einem seltsamen Lächeln. „Wenn du einmal arm gewesen bist und vorhast, es nie wieder zu sein, dann machst du dir im Geschäftsleben keine Freunde."

Rebecca runzelte die Stirn. Diese Seite kannte sie gar nicht an ihm. War er hartnäckig im Durchsetzen seiner geschäftlichen Ziele? Ja, dachte sie, das ist er ganz bestimmt mit allem, was ihm gehört.

„Aber Feinde?", fragte sie nun.

„Im Geschäftsleben gelten die gleichen Regeln für alle. Man unterscheidet nicht zwischen Freund und Feind. Mein Vater hat mich mehr als nur das Fischen gelehrt, Rebecca. Er brachte mir auch bei, erfolgreich zu sein, auf ein Ziel zuzugehen und es zu erreichen. Und er lehrte mich, nicht nur zu vertrauen, sondern auch, wie weit dieses Vertrauen gehen darf."

„Ich bin niemals arm gewesen, aber ich stelle es mir schrecklich vor."

„Es macht stark." Der Fahrstuhl war angekommen, und mit einem leisen Zischen öffneten sich automatisch die Türen. „Wir haben eine verschiedene Herkunft, aber glücklicherweise bewegen wir uns nun auf derselben Ebene."

Wie verschieden wir in Wirklichkeit sind, davon hast du keine Ahnung, dachte Rebecca bedrückt. Er hatte von Vertrauen gesprochen. Wie gern hätte sie ihm jetzt die Wahrheit gestanden. Gestanden, dass sie keine eleganten Partys kannte und nicht das Leben des Jetset führte, wie er von ihr annehmen musste. Ich bin eine Betrügerin, dachte sie niedergeschlagen, und wenn er es herausfindet, dann wird er mich auslachen und mich verlassen. Aber dennoch wollte sie, dass er alles erfuhr.

„Stephanos, ich möchte dir ...", begann sie fast verzweifelt, als sie den Fahrstuhl wieder verließen.

„Hallo, Stephanos, wie ich sehe, hast du wieder eine der schönsten Frauen an deiner Seite", unterbrach sie da eine leutselige Männerstimme.

„Hallo, Dimitri."

Sie blieben stehen. Rebecca sah einen Mann Ende vierzig mit klassischen griechischen Zügen. Sein schon ergrautes Haar stand in reizvollem Gegensatz zu seiner gebräunten Haut. Er trug einen beeindruckenden Schnauzbart, und wenn er lächelte, zeigte er ebenmäßige, glänzend weiße Zähne.

„Es war sehr freundlich von dir, uns einzuladen, Stephanos, aber noch viel freundlicher wäre es, mich deiner reizvollen Begleiterin vorzustellen", sagte er lächelnd.

„Rebecca Malone – Dimitri Petropolis."

Er hatte einen festen Händedruck. „Ich freue mich, Sie kennenzulernen, Miss Malone", begrüßte er Rebecca lächelnd. „Halb Athen ist neugierig darauf, die Frau kennenzulernen, die mit Stephanos gekommen ist."

„Eine nette und charmante Übertreibung", meinte Rebecca lächelnd. „Athen scheint mir ziemlich arm dran zu sein, was Neuigkeiten betrifft", entgegnete sie.

Er sah sie einen Moment erstaunt an, dann lachte er breit. „Ich bin sicher, Sie werden uns mit einer Fülle von Neuigkeiten versorgen."

Stephanos schob seine Hand unter ihren Ellbogen. Er bedachte Dimitri mit einem ziemlich scharfen Blick. Rebecca verstand. Er mochte mit Dimitri über Ländereien verhandeln, aber was sie betraf, duldete er keine Konkurrenz.

„Du wirst uns einen Moment entschuldigen, Dimitri. Ich möchte Rebecca gern ein Glas Champagner anbieten."

„Oh, natürlich." Amüsiert strich sich Dimitri über den Schnauzbart und sah den beiden nach.

Als Stephanos von einer kleinen Abendgesellschaft gesprochen hatte, hätte Rebecca niemals vermutet, er hätte damit über einhundert Leute gemeint. Nachdenklich nippte sie an ihrem Champagner und hoffte nur, sie würde gerade heute nicht in ihre alte Schüchternheit zurückfallen. Oft genug hatte sie auf Partys kaum den Mund aufbekommen. Aber heute Abend soll mir das nicht passieren, versprach sie sich.

Im Laufe des Abends lernte sie Dutzende von Leuten kennen und versuchte die einzelnen Namen zu behalten, aber es war hoffnungslos. Trotzdem fühlte sie sich unter all den fremden Menschen ausgesprochen wohl. Keiner von ihnen gab ihr auch nur einmal zu verstehen, dass sie nicht zu ihnen gehörte. Sie plauderte selbstbewusst und charmant und wurde offensichtlich bewundert.

Vielleicht gab es die neue Rebecca Malone tatsächlich.

Die allgemeine Unterhaltung drehte sich um Hotels und Ferienanlagen. Rebecca fand es seltsam, dass sich so viele Menschen dieser Branche heute Abend hier befanden. Von Olivenfarmern hatte sie eigentlich überhaupt nichts gesehen.

„Du siehst so aus, als amüsiertest du dich gut", hörte sie da Stephanos' Stimme hinter sich und drehte sich um.

„Ja, es gibt hier so viele interessante Leute."

„Interessant. Und ich hatte gedacht, du würdest dich hier langweilen."

„Nein, überhaupt nicht." Rebecca trank den letzten Schluck Champagner und stellte das Glas beiseite. Sofort erschien ein Kellner und bot ihr ein volles an.

Stephanos sah ihr lächelnd zu, als sie es dankend annahm. „Dann bist du also gern auf Partys?"

„Manchmal. An dieser gefällt mir, dass ich einige deiner Geschäftspartner kennenlernen kann."

Stephanos wandte den Kopf und bemerkte, dass man sie beobachtete und über sie sprach. „Sie werden über dich in den kommenden Wochen noch genug zu reden haben, habe ich den Eindruck." Er lachte.

Rebecca lachte ebenfalls und sah sich um. Alle Geladenen waren teuer und elegant gekleidet, und die Frauen trugen Kleider nach dem neuesten Schnitt und kostspieligen Schmuck. Hier waren die Reichen und Erfolgreichen versammelt, da gab es keinen Zweifel.

Stephanos hatte seine Gäste in den Festsaal des Hotels geladen. Dezent in Weiß und Rosé gemusterte Stofftapeten bedeckten die Wände, und der edle Parkettfußboden glänzte wie ein Spiegel. Von der Decke hing ein eindrucksvoller Kronleuchter, dessen geschliffene Kristalle prächtig funkelten. Und an den Wänden gaben vergoldete Leuchter zusätzlich sanftes Licht. Die Tische waren mit blütenweißen Damasttischtüchern gedeckt. Die Blumengestecke harmonierten mit dem wundervollen feinen Porzellan, und das silberne Besteck schimmerte im Kerzenlicht.

„Es ist wirklich ein sehr schönes Hotel", meinte Rebecca anerkennend. „Alles ist unaufdringlich elegant, und die Bedienung ist erstklassig." Sie lächelte Stephanos an. „Ich muss sagen, ich bin hin- und hergerissen zwischen dem Hotel auf Korfu und diesem hier."

„Vielen Dank." Als Rebecca ihn erstaunt anblickte, lachte er leise. „Sie gehören mir."

„Was gehört dir?" Sie begriff nicht sofort.

„Die Hotels", erwiderte er lakonisch und führte sie zu Tisch.

Während der ersten Viertelstunde brachte sie so gut wie kein Wort heraus, und wenn sie etwas sagte, wusste sie schon gleich darauf nicht mehr, was es gewesen war.

An dem Tisch saßen sie zu acht. Dimitri hatte die Tischkarten so getauscht, dass er neben Rebecca sitzen konnte. Rebecca aß mit wenig Appetit, versuchte ein oberflächliches Gespräch in Gang zu halten, aber sie kam sich auf einmal unerträglich einfältig vor.

Er war nicht nur wohlhabend, sondern reich.

Was würde er von ihr denken, wenn er erfuhr, wer und was sie in Wirklichkeit war? Würde er ihr jemals wieder vertrauen? Das Essen schmeckte ihr auf einmal nicht mehr. Würde Stephanos sie für eine der Frauen halten, die es auf reiche, unverheiratete Männer abgesehen hatten? Dass sie sich ihm absichtlich aufgedrängt hatte?

Sie zwang sich, zu ihm hinüberzusehen, und bemerkte, dass sein Blick auf sie gerichtet war. Er musste sie schon eine ganze Weile beobachtet haben. Rasch spießte sie ein Stück Lammfleisch auf ihre Gabel und schob es sich in den Mund.

Warum kann er nicht ein normaler Mann sein? dachte sie mit einem Anflug von Verzweiflung. Jemand, der zum Beispiel in einem der Touristenhotels arbeitet. Warum hatte sie sich in jemanden verliebt, der in einer ganz anderen Welt lebte?

„Haben Sie uns in Gedanken bereits verlassen?"

Rebecca fuhr zusammen und sah, dass Dimitri sie anlächelte. Sie errötete. „Es tut mir leid."

„Eine schöne Frau braucht sich niemals zu entschuldigen, wenn sie sich in ihren Gedanken verliert", meinte er charmant und tätschelte ihre Hand. Er ließ sie länger dort als notwendig. Stephanos sah stirnrunzelnd zu ihm hin, und er sah es auch. Freundlich lächelnd blickte er zurück. Es machte ihm Spaß, Stephanos ein wenig zu ärgern.

„Verraten Sie mir, wie haben Sie Stephanos kennengelernt?", wandte er sich wieder an Rebecca.

„Wir trafen uns auf Korfu." Rebecca musste an das erste Essen mit Stephanos denken und wie schön es gewesen war.

„Ah, laue Nächte und Tage voller Sonnenschein. Sind Sie auf Urlaub hier?"

„Ja." Sie vertiefte ihr Lächeln. „Stephanos hat mir einiges von Korfu gezeigt."

„Ja, er kennt es gut, ebenso wie viele andere Inseln unserer Heimat. In ihm ist etwas von einem Zigeuner." Er sagte es freundlich, nicht herablassend.

Sie hatte es auch schon gespürt. Machte das nicht gerade einen Teil der Faszination aus, die von ihm ausging? „Kennen Sie ihn schon lange?"

„Nun, wir haben eine sehr lange dauernde geschäftliche Beziehung. Ich würde es als freundschaftliche Rivalität bezeichnen. Er hat schon ziemlich früh über umfangreichen Landbesitz verfügt." Er machte eine ausladende Handbewegung. „Und wie Sie sehen, hat er es verstanden, mehr daraus zu machen. Ich glaube, er besitzt auch in Ihrer Heimat zwei Hotels."

„Wie bitte? Dort auch?" Rebecca hob ihr Glas und trank schnell einen Schluck.

„Ja, deswegen hatte ich auch angenommen, er würde Sie von dort her kennen und Sie wären alte Freunde."

„Nein." Rebecca nickte schwach, als der Kellner den nächsten Gang servierte. „Wir kennen uns erst ein paar Tage."

„Wie immer ist Stephanos sehr schnell und von gutem Geschmack." Dimitri ergriff wieder Rebeccas Hand und bemerkte amüsiert, dass Stephanos' Gesicht sich verdüsterte. „Wo wohnen Sie in den USA?"

„In Philadelphia, im Bundesstaat Pennsylvania." Entspann dich endlich, befahl sie sich. Entspann dich und genieß den Abend. „Es liegt im Nordwesten."

Stephanos war wütend, dass Rebecca ungeniert mit einem anderen Mann flirtete. Aber er ließ sich nichts anmerken. Sie aß kaum von den verschiedenen Gängen, die aufgetragen wurden, sondern schenkte Dimitri des Öfteren ihr scheues Lächeln, das auch er so aufregend fand. Nicht ein einziges Mal zog sie ihre Hand zurück, wenn Dimitri ihre berührte, oder wich zur Seite, wenn er sich zu ihr herüberbeugte.

Stephanos konnte sogar den Duft ihres Parfüms an seinem Platz wahrnehmen, und das machte alles nur noch schlimmer. Ebenso wie ihr leises Lachen, wenn Dimitri ihr etwas ins Ohr flüsterte.

Und dann standen die beiden auf, und Dimitri führte sie zur Tanzfläche.

Stephanos saß da und versuchte seine zunehmende Eifersucht unter Kontrolle zu bekommen. Er beobachtete, wie die beiden nach der romantischen Musik tanzten. Sie tanzten sehr eng miteinander, und Rebeccas Gesicht war nur eine Handbreit von Dimitris entfernt. Stephanos wusste, wie es war, sie in den Armen zu halten und ihren Duft zu spüren, sich in ihren Augen zu verlieren und den Wunsch zu haben, die halb geöffneten Lippen zu küssen …

Stephanos war, was seine Geschäfte und das Land betraf, sehr strikt in seinen Eigentumsbegriffen. Aber niemals hatte er diese auf Frauen übertragen. Man durfte Menschen nicht als Besitz betrachten. Jedoch sah nur ein Dummkopf dabei zu, wenn ein anderer Mann sich an die Frau heranwagte, an die er sein Herz schon verloren hatte.

Mit einem unterdrückten Fluch stand er auf, ging auf die Tanzfläche und legte Dimitri die Hand auf die Schulter.

Dimitri begriff sofort. Er sah Rebecca bedauernd an und gab sie frei. „Also, dann bis später", sagte er zu ihr und verschwand.

Bevor Rebecca auch nur etwas sagen konnte, hatte Stephanos sie heftig in die Arme gezogen. Sie wehrte sich nicht, sondern überließ sich ohne zu überlegen seiner Führung. Vielleicht ist dies alles nur ein Traum, dachte sie. Aber wenn es einer ist, dann will ich jeden Moment genießen, bis ich aufwache.

Stephanos spürte, dass sie sich an ihn schmiegte. Ihre Wangen berührten sich, und sie spielte sanft mit seinen Haaren. Hatte sie auch so mit Dimitri getanzt? Die Antwort kannte er. Ich bin wirklich ein Dummkopf, dachte er, dass ich mich so benehme. Aber er war es gewöhnt, um etwas zu kämpfen. Warum sollte es in diesem Fall anders sein?

Am liebsten hätte er sie auf die Arme genommen und hinausgetragen, sich einen stillen, abgeschiedenen Platz gesucht und mit ihr geschlafen.

„Gefällt es dir hier?", fragte er stattdessen.

„Oh ja." Ich will jetzt nicht daran denken, wer er ist, dachte sie. Die Nacht wird schnell genug vorüber sein, und dann wird mich die Wirklichkeit wieder einholen. Sie wollte den Augenblick genießen und sich nur einfach den Gefühlen hingeben, die sie für ihn empfand. „Sogar sehr gut."

Sie hatte diese wenigen Worte in einem solch träumerischen Ton gesagt, dass es ihn wie einen Hieb traf. „Offensichtlich hast du dich blendend mit Dimitri verstanden."

„Hmm, ja. Er ist ein ausgesprochen netter Mann, finde ich."

„Und es ist dir nicht schwergefallen, aus seinen in meine Arme zu kommen?"

Erst jetzt durchdrang der Sinn seiner letzten Sätze ihre Freude. Sie blieb stehen und sah ihn prüfend an. „Ich verstehe nicht, was du damit sagen willst, Stephanos."

„Ich glaube, du verstehst es doch."

Rebecca fand seine Unterstellungen so absurd, dass sie beinahe losgelacht hätte, aber ein Blick in sein verschlossenes, grimmiges Gesicht belehrte sie eines Besseren. Plötzlich empfand sie einen leichten Druck in der Magengegend.

„Falls ich dich tatsächlich richtig verstanden haben sollte, dann halte ich dich für unmöglich. Vielleicht sollten wir lieber an den Tisch zurückgehen", erwiderte sie verärgert.

„Damit du wieder bei ihm sein kannst?"

Kaum waren die Worte heraus, bedauerte Stephanos sie schon. Es war unfair und außerdem sehr dumm, was er gesagt hatte.

Rebecca versteifte sich, und ihr Gesicht wurde ausdruckslos. „Dies ist wohl nicht der richtige Ort für derlei Diskussionen", erwiderte sie kühl.

„Damit hast du wohl recht." Er war ebenso wütend auf sich wie auf sie, als er sie von der Tanzfläche zog.

„Was soll das? Was hast du vor?" Rebecca war inzwischen über den ersten Ärger hinweggekommen und blieb vor dem Fahrstuhl stehen. Schweigend und ohne Widerstand zu dulden, hatte Stephanos sie bis hierher gebracht.

„Ich bringe dich an einen geeigneteren Ort für unsere Diskussion!" Damit schob er sie in den Fahrstuhl, dessen Türen sich gerade vor ihnen geöffnet hatten. Dann drückte er den Knopf.

„Du hast Gäste", erinnerte sie ihn, aber er bedachte sie mit einem Blick, der nichts Gutes verhieß. „Ich möchte gern gefragt werden, ob ich gehen möchte, und nicht wie ein störrisches Maultier hinter dir hergezerrt werden", fuhr sie ihn an.

Als dann der Fahrstuhl hielt und sich öffnete, streifte sie seine Hand heftig ab und betrat den Flur. Sie hatte vor, in ihre Suite zu gehen und ihm die Tür vor der Nase zuzuschlagen.

Aber sie kam nicht weit. Kaum hatte sie zwei, drei Schritte getan, war er bei ihr, und es blieb ihr keine andere Wahl, als ihm in seine Suite zu folgen, wollte sie die Situation nicht noch verschlimmern.

„Ich will nicht mit dir reden", sagte sie, als er die Tür hinter ihnen geschlossen hatte. Sie fühlte, wie sie vor Zorn zu beben begann.

Er erwiderte zunächst nichts, sondern löste seine Krawatte und öffnete dann die obersten beiden Knöpfe seines Hemdes. Als Nächstes ging er zu der Bar und schenkte zwei Gläser Cognac ein. Stephanos wusste, er verhielt sich völlig unbeherrscht, aber er konnte nichts dagegen tun. Es war eine völlig neue Erfahrung für ihn. Aber davon hat es mehrere gegeben, seit ich Rebecca kennengelernt habe, dachte er.

Er ging zu ihr zurück und stellte ein Glas neben sie. Hin und her gerissen zwischen seinen Gefühlen, wusste er nicht, ob er sie anschreien oder vor ihr auf die Knie fallen sollte.

„Du bist mit mir nach Athen gekommen und nicht mit Dimitri oder einem anderen Mann", sagte er hart.

Rebecca wagte nicht, den Cognacschwenker zu berühren, sie fürchtete, er würde ihr aus den Händen fallen, so sehr zitterten diese.

„Ist das in Griechenland so – dass es einer Frau verboten ist, mit einem anderen Mann zu sprechen?" Seltsamerweise klang ihre Stimme klar und fest.

„Sprechen?" Stephanos sah noch immer, wie dicht Dimitris Wange neben ihrer gewesen war. Dimitri war ein erfahrener und gewandter Mann. Er entstammte der gleichen Schicht wie wohl auch Rebecca. Vor Generationen erworbenes Vermögen, behütete Kindheit und gute Erziehung. „Erlaubst du jedem Mann, der mit dir spricht, dich in den Armen zu halten und zu berühren?"

Rebecca wurde blass. Wütend schüttelte sie den Kopf. „Was ich tue und mit wem, geht nur mich und keinen anderen etwas an."

Stephanos nahm das Glas und trank langsam einen Schluck. „Du irrst."

„Wenn du glaubst, du kannst über mich verfügen, nur weil ich mit dir hierhergekommen bin, dann täuschst du dich. Ich bin ein selbstständiger Mensch, Stephanos." Niemand hat das Recht, mir zu sagen, was ich tun soll, dachte sie verärgert. Ich treffe meine Entscheidungen selbst. Mit verstärktem Mut sah sie ihn herausfordernd an. „Ich gehöre niemandem, auch dir nicht. Niemandem. Und ich mag es nicht, wenn man mir etwas befiehlt oder mich zu etwas zwingt, das ich nicht will. Ebenso wenig mag ich es, wenn man mich drängt."

Damit drehte sie sich um. Da fühlte sie seine Hände auf ihren Schultern und spürte seinen Atem auf ihrem Nacken.

„Du wirst nicht zu ihm zurückgehen."

„Du würdest mich nicht davon abhalten können, wenn es das wäre, was ich wollte." Zornig sah sie ihn über die Schulter an. „Aber ich habe nicht die Absicht, wieder hinunterzugehen, weder zu Dimitri noch zu sonst jemandem." Sie riss sich los. „Du weißt ja nicht, was du sagst! Warum sollte ich wohl mit ihm zusammen sein wollen, wenn ich in dich verliebt bin?", entfuhr es ihr.

Erst da begriff sie, was sie gerade gesagt hatte! Verlegen fuhr sie herum und versuchte sich aus seinem Griff zu befreien. „Lass mich zufrieden! Oh, lass mich zufrieden!", rief sie aufgeregt aus.

„Glaubst du, ich könnte dich jetzt gehen lassen?" Stephanos sah sie an und entdeckte das Verlangen in ihren Augen. „Wie lange habe ich auf diese Worte gewartet." Er küsste sie, bis ihr Widerstand nachließ und sie ruhig in seinen Armen lag. „Du machst mich noch verrückt", flüsterte er ihr ins Ohr. „Egal, ob du bei mir bist oder nicht."

„Bitte." Verwirrt senkte Rebecca den Kopf. „Bitte, lass mich nachdenken."

„Nein, du darfst mich um alles bitten, nur nicht um mehr Zeit." Stephanos zog sie an sich und barg das Gesicht in ihrem Haar. „Glaubst du, ich mache mich bei jeder Frau zum Narren?"

Rebecca stöhnte auf, als seine Lippen ihren Mund berührten. „Ich kenne dich nicht, und du kennst mich nicht."

„Doch, das tue ich." Stephanos sah ihr in die Augen. „Als ich dich zum ersten Mal sah, hatte ich das Gefühl, dich schon lange zu kennen. Ich spürte ein heftiges Verlangen nach dir. Ich wollte dich besitzen."

Rebecca fühlte, dass er die Wahrheit sagte. Trotzdem schüttelte sie den Kopf. „Es geht nicht."

„Ich habe dich von Anfang an geliebt, Rebecca." Er sah, dass sie blass wurde.

„Ich will nicht, dass du etwas behauptest, das nicht stimmt oder dessen du dir nicht sicher bist."

„Aber hast du es denn nicht gefühlt, als ich dich das erste Mal küsste?"

Als er die Bestätigung in ihren Augen las, packte er sie unwillkürlich fester. Er spürte, dass ihr Herz genauso rasend schlug wie seines. „Glaub mir, Rebecca. Es kommt mir vor, als seist du wieder zu mir zurückgekehrt." Als sie den Mund öffnete, um zu antworten, hob er die Hand. „Sag nichts mehr. Ich möchte dich heute Nacht besitzen."

Als sie seine Lippen auf ihrem Mund fühlte, war Rebecca auf einmal bereit, ihm alles zu glauben. Ihre Gefühle für ihn waren stärker als ihre Vernunft.

In seiner Umarmung lag keine Zärtlichkeit. Es war, als hätten sich zwei Liebende lange nicht gesehen. Wild und leidenschaftlich umarmten sie einander, und Rebecca erwiderte Stephanos' Liebkosungen auf eine Weise, die sie nie für denkbar gehalten hätte. Ungeduldig streifte sie ihm das Jackett von den Schultern.

Ja, er war zu ihr zurückgekommen ... Aber war es nicht verrückt, wirklich daran zu glauben? Gut, dann werde ich eben heute Nacht verrückt sein, fuhr es Rebecca durch den Sinn.

Stephanos kostete ihre Haut mit den Lippen und sog tief den betörenden Duft ein. Rebecca in den Armen zu halten trieb ihn fast zum Wahnsinn. Er genoss es, mit den Lippen und den Händen ihr Verlangen zu steigern, und ihr Stöhnen erregte ihn. Er wollte sie hilflos in seinen Armen machen, irgendetwas Primitives hatte von ihm Besitz ergriffen und ließ ihn nicht wieder los. Und Rebecca drängte sich an ihn, um ihn zu kühneren Liebkosungen zu ermuntern.

Suchend ließ Rebecca die Hand zu seinem Gürtel hinabgleiten, zog das Hemd aus der Hose und fuhr mit den Fingern unter den dünnen Stoff.

Wie schön ist es, ihn zu fühlen, dachte sie benommen, während sie unter seinen Küssen aufstöhnte.

Im nächsten Moment hob er sie hoch und trug sie zum Bett.

Sanft fiel silbriges Mondlicht durch das Fenster und tauchte das Zimmer in ein unwirkliches Licht. Aber es war kein Traum.

Eng umschlungen fielen Rebecca und Stephanos zusammen auf das Bett.

Sie wirkt so sensibel, so verletzlich, dachte Stephanos. Eigentlich hätte er ihr zeigen müssen, wie tief er für sie empfand, aber seine Leidenschaft ließ es nicht zu, behutsamer vorzugehen. Auch Rebecca schien von dieser Leidenschaft besessen zu sein.

Ungeduldig begann sie sein Hemd aufzuknöpfen. Als Stephanos ihr das Kleid vom Körper streifte, wand sie sich aufreizend und herausfordernd, als könne sie es kaum erwarten, nackt vor ihm zu liegen.

Sein Mund schien überall zu sein, berührte jede Stelle ihres erhitzten Körpers. Rebecca bog sich dem Geliebten entgegen. Sie hatte alle Bedenken und Vorbehalte vergessen und wollte Stephanos nur noch spüren. Keuchend und stöhnend umarmten sie sich voll heftiger Leidenschaft. Rebecca war bereit, Stephanos alles zu geben, was er von ihr fordern würde.

Und sie begriff, dass dies die Liebe war, die wirkliche Liebe, die nichts mehr forderte, sondern nur geben wollte. Sie klammerte sich mit beinahe verzweifeltem Verlangen an ihn.

Stephanos hatte das Empfinden, ihre Haut vibriere unter seinen Händen. Immer wieder sog er Rebeccas Duft ein, und er fühlte, dass sie jetzt bereit war, ihn zu lieben. Sie lag unter ihm, die Augen geschlossen.

Dann konnte er sein Verlangen nicht mehr beherrschen. Mit ungezügelter Leidenschaft kam er zu ihr und war so berauscht, dass er ihren kleinen Schrei kaum vernahm. Da begriff er und wollte zurück, aber sie ließ es nicht zu. Sie wurden eins und vergaßen im wilden Wirbel der Lust alles um sich herum.

Überwältigt lag Rebecca da und hielt die Augen geschlossen. Nichts und niemand hatte sie auf das vorbereitet, was sie eben in Stephanos' Armen erlebt hatte. Niemand hatte ihr gesagt, wie tief Leidenschaft und wie überwältigend Erregung sein konnten, wenn man liebte. Wenn sie es gewusst hätte, sie hätte schon vor vielen Jahren alles hinter sich gelassen und sich auf die Suche nach dem Mann ihrer Träume gemacht ...

Stephanos lag ebenfalls da und verfluchte sich insgeheim. Sie war unschuldig gewesen – so rein wie eine Quelle, und er hatte sie benutzt, genommen und ihr wehgetan.

Voller Abscheu vor sich selbst, richtete er sich auf und griff nach einem Zigarillo. Eigentlich hätte er jetzt einen Cognac gebrauchen können, aber er wagte es nicht, aufzustehen.

Die Flamme des Feuerzeugs erleuchtete die Dämmerung des Raumes wie ein Blitz. Für einen winzigen Moment war Stephanos' düsteres Gesicht sichtbar.

„Warum hast du es mir nicht erzählt, Rebecca?"

Langsam öffnete Rebecca die Augen. Sie schwamm immer noch auf einer Welle der Glückseligkeit. „Was?"

„Warum hast du mir nicht erzählt, dass du noch nie mit einem Mann zusammen gewesen bist? Dass dies ... dass ich dein erster Mann sein würde?"

Ein anklagender Unterton lag in seiner Stimme. Jetzt erst wurde Rebecca sich bewusst, dass sie völlig nackt war. Sie errötete und versuchte sich das Laken über den Körper zu ziehen. Sie hatte das Gefühl, eine kalte Dusche bekommen zu haben.

„Ich habe nicht daran gedacht", flüsterte sie.

„Du hast nicht daran gedacht?" Sein Kopf fuhr herum. „Meinst du nicht, ich hätte ein Recht darauf gehabt, es vorher zu erfahren? Glaubst du wirklich, dies wäre geschehen, wenn ich geahnt hätte, dass du noch unberührt warst?"

Rebecca hatte wirklich nicht darüber nachgedacht. Es hatte für sie einfach keine Rolle gespielt. Er war der Erste, und er würde auch der Einzige bleiben. Aber nun begriff sie schmerzlich, dass manche Männer nicht gern mit unerfahrenen Frauen schliefen. Sie empfand plötzlich tiefe Niedergeschlagenheit.

„Du hast gesagt, du liebst mich und dass du mich begehrst. Alles andere zählt für mich nicht."

Rebeccas Stimme zitterte, und ein Schluchzen lag darin. Stephanos konnte es nicht überhören, und er fühlte sich schrecklich schuldig.

„Doch, es zählt für mich", antwortete er gepresst, stand auf und ging in den Nebenraum, um sich nun doch noch einen Cognac einzuschenken.

Als sie allein war, atmete Rebecca bebend aus. Natürlich hatte er etwas anderes erwartet – nämlich eine erfahrene Frau. Er hatte angenommen, sie wäre erwachsen und wüsste, auf welches Spiel sie sich eingelassen hatte. Worte wie Liebe und

Verlangen konnten durchaus verschiedene Bedeutung haben. Ja, er hatte gesagt, er liebte sie, aber er hatte anscheinend etwas anderes damit gemeint als sie.

Sie hatte sich lächerlich und ihn wütend gemacht. Und sie hatte eine Affäre begonnen, die nur auf Träumen aufgebaut war.

Du hast ganz bewusst das Risiko auf dich genommen, erinnerte sie sich, als sie aufstand. Nun bezahl auch den Preis dafür.

Stephanos hatte sich inzwischen ein wenig beruhigt, auch wenn der Ärger noch nicht ganz überwunden war, als er zum Schlafzimmer zurückging. Er hatte sich vorgenommen, alles wiedergutzumachen und ihr zu zeigen, wie schön es sein konnte. Und wie schön es in einer solchen Situation sein musste. Danach würden sie sich dann unterhalten, ernsthaft und vernünftig.

„Rebecca?"

Aber als er sich im Raum umsah, fand er ihn verlassen vor.

6. KAPITEL

Rebecca war gerade dabei, ihre Kleider in ihre Reisetasche zu packen, als es an der Tür klopfte. Sie hatte sich ihren Morgenmantel übergezogen. Es klopfte noch einmal, und sie wischte sich die Tränen aus dem Gesicht, fest entschlossen, nicht zu öffnen. Noch einmal wollte sie sich nicht demütigen lassen.

„Rebecca?" Stephanos' Geduld war schnell erschöpft, und er schlug heftig gegen die Tür. „Rebecca, mach auf."

Sie versuchte das laute Klopfen zu ignorieren und packte weiter. Geh, dachte sie, ich will dich nicht mehr sehen. Ich werde mir ein Taxi zum Flughafen nehmen und dann mit der nächsten Maschine abfliegen, egal wohin. Ohne dass sie es bemerkte, rannen ihr die Tränen die Wangen hinab.

Da hörte sie Holz brechen und rannte in den Flur.

So wütend wie jetzt hatte Rebecca Stephanos noch nie gesehen. Sprachlos sah sie von ihm zu dem zersplitterten Türrahmen und dann wieder zu ihm.

In diesem Moment tauchte Eleni mit schreckverzerrtem Gesicht hinter ihm auf. Sie hielt ihren Morgenmantel vor der Brust zusammen.

„Stephanos, was ist geschehen? Ist …"

Er fuhr herum und sagte heftig ein paar Sätze auf Griechisch zu ihr. Eleni sah ihn mit großen Augen an, warf Rebecca einen verständnisvollen Blick zu und ging zu ihrem Zimmer zurück.

„Glaubst du, du kannst so einfach vor mir davonlaufen?" Stephanos schloss die beschädigte Tür voller Schwung.

„Ich wollte …" Rebecca räusperte sich. „Ich wollte allein sein."

„Mir ist es ganz egal, was du willst." Er wollte auf sie zugehen, blieb aber stehen, als er tiefe Furcht in ihren Augen sah. Es traf ihn wie ein Schlag. „Ich habe dich einmal gefragt, ob du Angst vor mir hättest. Jetzt weiß ich, dass du sie hast."

Rebecca stand reglos da, und ihr liefen unentwegt die Tränen die Wangen hinab. Sie wirkte wehrlos und entsetzt zugleich.

Stephanos sah sie an. „Ich werde dir nie mehr wehtun, ich verspreche es. Komm, wir gehen hinein." Er schob sie ins Wohnzimmer. „Setz dich doch."

Als sie nur stumm den Kopf schüttelte und stehen blieb, sagte er: „Aber ich werde mich setzen."

„Ich weiß, du bist wütend auf mich", begann sie. „Ich will mich auch gern entschuldigen, falls es hilft. Aber ich möchte allein sein."

Er blickte sie mit zusammengekniffenen Augen an. „Du willst dich entschuldigen? Für was?"

„Für ..." Was erwartet er denn? dachte sie gedemütigt. Sie verschränkte die Arme vor der Brust. „Für das, was geschehen ist ... dafür, dass ich es nicht vorher gesagt habe ... Nun, wofür du willst", fügte sie schließlich hilflos hinzu, als sie wieder weinen musste. „Nur lass mich allein."

„Gütiger Himmel." Stephanos strich sich müde über das Gesicht. „Ich kann mich nicht erinnern, jemals in meinem Leben so schlecht gehandelt zu haben." Er stand auf, blieb aber sofort stehen, als sie zurückwich. „Ich weiß, du willst nicht, dass ich dich anfasse. Aber vielleicht hörst du mir wenigstens zu?" Seine Stimme war rau.

„Es gibt nichts mehr zu sagen. Ich verstehe, was du empfindest, und möchte es dabei belassen."

„Ich habe dich in einer Weise behandelt, die unentschuldbar ist."

„Ich will keine Entschuldigungen hören."

„Rebecca ..."

„Ich will es nicht." Sie sprach nun mit erhobener Stimme. „Es ist allein meine Schuld." Als er einen weiteren Schritt tat, rief sie von Furcht erfüllt aus: „Nein, nein! Ich will nicht, dass du mich berührst. Ich könnte es einfach nicht ertragen!"

Langsam atmete er aus. „Du verstehst es, Salz in die Wunden zu streuen."

Aber sie schüttelte den Kopf und begann im Zimmer auf und ab zu gehen. „Am Anfang habe ich gedacht, es würde keine Rolle spielen. Ich wusste nicht, wer du warst oder dass ich mich in dich verlieben würde. Nun aber habe ich zu lange damit gewartet und dadurch alles verdorben."

„Wovon redest du eigentlich?"

Vielleicht war es wirklich das Beste, ihm jetzt schonungslos die Wahrheit zu sagen. „Du hast einmal gesagt, du würdest mich kennen. Aber so ist es nicht, denn ich habe dich angelogen, schon vom ersten Augenblick an."

Stirnrunzelnd sah er sie an. „Wann hast du gelogen?", fragte er langsam und setzte sich wieder.

„Von Anfang an." Er las tiefes Bedauern in ihren Augen. „Außerdem habe ich heute Abend herausgefunden, dass du mehrere Hotels besitzt."

„Das war kein Geheimnis. Was hat das mit uns zu tun?" Verständnislos schaute er sie an.

„Es würde auch keine Rolle spielen, wenn ich nicht vorgegeben hätte, etwas zu sein, das ich gar nicht bin." Resigniert ließ sie die Hände sinken. „Nachdem wir miteinander geschlafen hatten, begriff ich eins: Von mir getäuscht, hattest du Gefühle für mich entwickelt, eine Frau, die es im Grunde genommen nicht gibt!"

„Aber du stehst doch vor mir, Rebecca. Du existierst."

„Nein, nicht so, wie du denkst."

Nun bereitete er sich auf das Schlimmste vor. „Was hast du denn getan? Bist du aus den USA geflohen?"

„Nein ... Ja." Rebecca lachte traurig auf. „Ja, ich bin davongelaufen. Ich komme aus Philadelphia, wie ich dir schon gesagt habe. Dort habe ich mein Leben lang gelebt. Bin dort zur Schule gegangen und habe gearbeitet." Sie suchte in ihrem Morgenmantel nach einem Taschentuch. „Ich bin Buchhalterin."

Stephanos blickte sie an, während sie sich die Nase putzte. „Wie bitte?", fragte er verständnislos.

„Ich sagte, ich bin Buchhalterin", stieß Rebecca hervor, wandte sich ab und stellte sich mit dem Rücken zu ihm ans Fenster.

„Ich kann mir dich schwer beim Zusammenzählen von Zahlenkolonnen vorstellen, Rebecca. Aber wenn du dich hinsetzen würdest, könnten wir vielleicht darüber sprechen."

„Hörst du nicht, ich bin Buchhalterin! Bis vor einigen Wochen arbeitete ich noch als Angestellte für ‚McDowell, Jableki und Kline' in Philadelphia."

„Gut, aber was hast du denn nun getan? Kundengelder unterschlagen?"

Da konnte Rebecca nicht anders. Sie warf den Kopf in den Nacken und lachte lauthals los. „Nein, ich habe in meinem ganzen Leben noch nichts Unrechtes getan", sagte sie, nachdem sie sich wieder beruhigt hatte. „Ich habe noch nicht einmal einen Strafzettel für Falschparken erhalten. Ich habe nichts getan, was über das Normale hinausging – bis vor ein paar Wochen."

„Wie meinst du das?"

„Ich habe niemals weite Reisen unternommen, noch nie hat mir ein Mann eine Flasche Champagner an den Tisch geschickt, ich bin niemals im Mondschein am Mittelmeer mit einem Mann spazieren gegangen – und habe auch nie einen Geliebten gehabt."

Er sagte nichts, sondern blickte Rebecca nur verblüfft an.

„Ich hatte einen gut bezahlten und interessanten Job, und mein Auto war bar bezahlt. Ich hatte mein Geld gut angelegt, um im Alter versorgt zu sein. Meine Freunde kannten mich immer nur als sehr zuverlässig. Sie wussten, sie konnten auf Rebecca zählen. Wenn sie einen Rat oder jemanden brauchten, der ihre Katze pflegte, mussten sie nicht lange überlegen. Ich kam nie zu spät zur Arbeit oder ging fünf Minuten früher zu Mittag, wie viele meiner Kollegen."

„Sehr lobenswert", war sein einziger Kommentar.

„Also genau der Typ Angestellte, den du gern einstellen würdest, kann ich mir vorstellen."

Er lachte vor sich hin, denn er hatte ganz andere Geständnisse erwartet. Er hatte mit der Existenz eines Ehemanns oder sogar mehrerer gerechnet, oder damit, dass sie vielleicht sogar wegen einer Jugendsünde einmal im Gefängnis gesessen hatte. Stattdessen erfuhr er nun von ihr, dass sie eine Buchhalterin gewesen war, die ihre Pflichten ernst nahm.

„Ich habe nicht das Bedürfnis, dich einzustellen, Rebecca."

„Du wirst deine gute Meinung über mich sowieso gleich ändern, wenn du den Rest hörst."

Stephanos schlug die Beine übereinander und lehnte sich zurück. „Ich kann es kaum erwarten, wenn ich ehrlich bin."

„Meine Tante starb unerwartet vor ungefähr drei Monaten."

„Das tut mir leid. Ich weiß, wie es ist, wenn man jemanden verliert, der einem nahesteht."

„Sie war meine einzige Verwandte." Rebecca stieß die Balkontüren auf. Gleich darauf erfüllte die laue, würzige Nachtluft den Raum. „Ich konnte anfangs nicht begreifen, dass sie plötzlich nicht mehr da war. Es kam so ohne jede Vorwarnung, weißt du? Aber es blieb mir nichts anderes übrig, trotz meines Kummers alles in die Hand zu nehmen – die Beerdigung, die Regelung der Erbschaftsangelegenheiten. Tante Jeannie war zeitlebens ein ordentlicher und nüchterner Mensch gewesen. So fand ich alles an seinem Platz. Man hat mich übrigens oft mit meiner Tante verglichen."

Da Stephanos merkte, dass sie noch nicht fertig war, sagte er nichts, sondern sah sie interessiert weiter an.

„Aber schon sehr bald nach ihrem Tod geschah etwas Seltsames mit mir. Eines Tages dachte ich über mein Leben nach und fand es schrecklich langweilig." Sie strich sich eine Haarsträhne aus dem Gesicht. „Ich war eine korrekte und fleißige Angestellte, wie meine Tante es gewesen war, besaß etwas Geld und hatte eine Reihe guter Freunde. Ich sah in die Zukunft und wusste, selbst in zehn, zwanzig Jahren würde mein Leben noch immer so aussehen wie heute. Da konnte ich es nicht mehr ertragen."

Sie drehte sich wieder zu ihm um. Die leichte Brise erfasste den hauchdünnen Stoff des Morgenmantels und wehte ihn um ihre Beine. „Ich kündigte und verkaufte alles."

„Du hast alles verkauft?", fragte er ungläubig.

„Ja, alles, was ich besaß – mein Auto, meine Wohnung, Möbel, Bücher, Geschirr. Alles. Ich wechselte den Erlös in Reiseschecks ein, ebenso wie das kleine Erbe, das ich von meiner Tante bekommen hatte. Es waren Tausende von Dollars. Für dich mag es keine große Summe sein, aber ich hatte mir nie vorstellen können, jemals frei über so viel Geld verfügen zu dürfen."

„Warte einmal." Stephanos hob die Hand, weil er nicht sicher war, alles richtig verstanden zu haben. „Du willst mir erzählen, du hast alles, was du besessen hast, zu Geld gemacht? Wirklich alles?"

Rebecca war sich noch niemals dümmer vorgekommen, aber sie sah ihn trotzig an. „Ja, bis hin zu meinen Kaffeetassen."

„Erstaunlich", sagte er leise vor sich hin.

„Ich kaufte mir neue Kleider, neue Koffer und flog nach London. Erster Klasse. Ich hatte nie zuvor in einem Flugzeug gesessen."

„Du warst noch nie geflogen und hast gleich einen Transatlantikflug gebucht?"

Sie hörte nicht die Bewunderung in seiner Stimme, sondern für sie klang es wie Belustigung. „Ja, ich wollte einmal etwas anderes sehen als das Gewohnte. Jemand anderer sein. So stieg ich im ‚Ritz' ab. Danach flog ich weiter nach Paris, um mir die Haare schneiden zu lassen."

„Du bist zum Haareschneiden nach Paris geflogen?" Er konnte es nicht fassen, hütete sich aber zu lächeln.

„Ich hatte von einem berühmten Haarstylisten gehört, und so flog ich eben hin." In Philadelphia war sie ihr Leben lang zu derselben Friseuse gegangen, aber das brauchte er ja nicht zu wissen. Sicher würde es ihn auch nicht sonderlich interessieren. „Anschließend flog ich direkt hierher nach Griechenland. Und traf dich. Wir lernten uns kennen, und ich ließ den Dingen einfach ihren Lauf." Tränen stiegen ihr in die Augen. „Du warst so interessant, und ich fühlte mich gleich zu dir hingezogen. Du schienst dich auch für mich zu interessieren – zumindest für die, für die du mich hieltest. Ich hatte noch nie eine Liebschaft. Noch nie hat mich ein Mann so angesehen wie du."

Stephanos überlegte sich seine Worte sehr gut, ehe er sprach. „Willst du ausdrücken, ich sei für dich so etwas wie ein Abenteuer gewesen – ähnlich wie dein spontaner Flug nach Paris zum Haareschneiden?"

Sie würde ihm niemals erklären können, was er ihr wirklich bedeutete. „Erklärungen und Entschuldigungen spielen in diesem Augenblick keine Rolle mehr. Aber es tut mir leid, Stephanos. Es tut mir alles sehr leid."

Stephanos sah nicht die Tränen in ihren Augen, er hörte nur ihr Bedauern. „Willst du dich dafür entschuldigen, dass du mit mir geschlafen hast, Rebecca?", fragte er langsam.

„Ich entschuldige mich für alles, was du willst. Ich wollte, ich könnte wiedergutmachen, was ich getan habe. Mir fällt aber nicht ein, wie. Es sei denn, ich stürzte mich aus diesem Fenster."

„Ich glaube nicht, dass du zu solch drastischen Mitteln greifen musst. Es würde vielleicht reichen, wenn du dich für eine Weile ruhig hinsetzen würdest."

Rebecca schüttelte den Kopf und blieb stehen, wo sie war. „Ich kann heute Abend nicht mehr weiter darüber sprechen, Stephanos. Es tut mir leid. Du hast ein Recht, böse auf mich zu sein."

Er stand ungeduldig auf. Dann sah er, dass Rebecca blass war und verletzlich wirkte. Ich habe sie vorher nicht anständig behandelt, dachte er betroffen, ich sollte es wenigstens jetzt tun.

„Gut, dann morgen, wenn du dich ausgeruht hast." Er wollte schon auf sie zugehen, unterließ es dann aber doch. Es würde Zeit brauchen, wenn er ihr beweisen wollte, dass es auch andere Wege gab, jemanden zu lieben. Zeit, um sie zu überzeugen, dass Liebe mehr als ein Abenteuer sein konnte. „Du sollst wissen, dass es mir leidtut, was heute Abend geschehen ist. Aber auch darüber können wir morgen sprechen." Obwohl er ihr am liebsten über die blasse Wange gestrichen hätte, tat er es nicht. „Ruh dich aus."

Seine Fürsorglichkeit tat ihr weh. Sie nickte nur stumm.

Stephanos ging und machte vorsichtig die beschädigte Tür hinter sich zu.

Seine Worte klangen ihr noch lange in den Ohren. Er bedauerte alles, was heute Abend geschehen war. Also auch, dass er mit ihr geschlafen hatte.

Sie konnte jetzt tatsächlich nur noch eins tun. Aus seinem Leben verschwinden.

Natürlich lag es an ihr. Rebecca hatte mindestens ein halbes Dutzend vielversprechender Anzeigen gefunden, aber nicht eine einzige davon hatte sie ernsthaft interessiert. Wie konnte sie auch? In den vergangenen zwei Wochen hatte sie nur an eines denken können ... Stephanos. Unlustig unterstrich sie dennoch die entsprechenden Anzeigen.

Was mochte er empfunden haben, als er zurückgekommen war und sie nicht mehr vorgefunden hatte?

Missmutig schaute sie hinaus aus dem Fenster ihrer kleinen Mietwohnung. Sie hatte sich die ganzen Tage vorgestellt, er würde fieberhaft nach ihr suchen und dabei keine Kosten scheuen. Aber die Wirklichkeit ist leider nicht so romantisch, sagte sie sich seufzend. Bestimmt war er erleichtert, dass sie von sich aus das Weite gesucht hatte und wieder aus seinem Leben verschwunden war.

Und nun war es an der Zeit, wieder Ordnung in ihr Leben zu bringen.

Das Wichtigste, eine Wohnung, besaß sie bereits. Es war ein hübsches Zweizimmerapartment mit einem kleinen Garten. Es gefiel ihr besser als ihre alte Wohnung, die in einem Neubau im fünften Stock gelegen hatte.

Dieses Apartment lag zwar schon fast außerhalb der Stadt, aber sie konnte hier am Morgen die Vögel singen hören. Es gab einen wundervollen Ausblick auf alte Eichen und grüne Ahornbäume. Zudem konnte sie in ihrem Garten Blumen pflanzen und ein wenig Gemüse ziehen.

Rebecca hatte sich auch ein paar Möbel gekauft, wobei es sich wirklich nur um wenige handelte. Ein Bett, ein schöner, alter Tisch und ein Stuhl. Schränke hatte sie nicht zu kaufen brauchen, da es in der Wohnung Einbauschränke gab.

Früher hatte sie sich eine ganze Wohnungseinrichtung auf einmal gekauft, inklusive Vorhänge. Aber nun tat sie das, was sie sich früher immer heimlich gewünscht hatte – ein schönes Stück für die Wohnung zu suchen und dann zu kaufen. Und nicht, weil es haltbar und praktisch war, sondern weil es ihr gefiel.

Es hatte sich viel geändert in ihrem Leben – und auch sie hatte sich verändert. Sogar die Haare trug sie jetzt anders als früher. Unwillkürlich fuhr ihre Hand hinauf zu ihrem Kopf. Rebecca würde niemals mehr die Frau sein, die sie noch vor so kurzer Zeit gewesen war ...

Oder vielleicht anders ausgedrückt – sie würde die Frau sein, die sie eigentlich immer gewesen war, die sie aber nie hatte annehmen wollen.

Aber warum sitze ich dann hier und kreise Anzeigen ein, die mich eigentlich nicht interessieren, fragte sie sich selbstkritisch. Warum plane ich eine Zukunft, die ich mir gar nicht wünsche? Vielleicht würde sie nie den Mann bekommen, den sie sich so sehr erträumte. Es würde keine Picknicks unter Olivenbäumen, keine romantischen Spaziergänge und keine Nächte voller Leidenschaft mehr geben. Aber sie hatte immer noch ihre Erinnerungen – und ihre Träume. Es würde kein Bedauern geben, was Stephanos betraf. Nicht jetzt und auch nicht in der Zukunft.

Sie war stärker als früher, sicherer und freier. Und das Wichtigste war, sie hatte es alles allein geschafft!

Rebecca lehnte sich im Stuhl zurück. Nichts reizte sie weniger, als wieder ins Büro zu gehen und Zahlenkolonnen zu addieren, Gewinn und Verlust auszurechnen.

Ich werde es auch nicht, dachte sie plötzlich entschlossen. Sie würde sich nicht auf die Jagd nach einem guten Job und ihre Karriere von anderen abhängig machen. Nein, sie würde selbst eine Firma eröffnen. Natürlich würde es eine sehr kleine sein, zumindest am Anfang. Warum nicht? Sie hatte die Kenntnisse und die nötige Erfahrung – und auch den Mut dazu.

Es würde nicht einfach sein. Und riskant. All ihr verbliebenes Geld würde gerade für das Anmieten des Büros, dessen Einrichtung und Anzeigen reichen.

Voller Begeisterung sprang sie auf und suchte nach einem Notizblock. Sie wollte zuerst eine Liste aufstellen. Nicht nur von den Dingen, die sie erledigen musste, sondern auch derjenigen, die sie anrufen wollte. Sie überlegte sogar, ob sie sich an ihre früheren Arbeitgeber wenden sollte. Es bestand eine winzige Chance, dass man sie an Kunden empfehlen würden, um sie nicht abweisen zu müssen.

Es klopfte an der Tür.

„Einen Augenblick, bitte." Rasch kritzelte sie ihren letzten Gedanken auf den Block, dann eilte sie zur Tür und öffnete.

Es war Stephanos.

Noch ehe Rebecca sich von ihrer Überraschung erholt hatte und etwas sagen konnte, hatte er sie zur Seite gedrängt und die Tür hinter sich zugeschlagen.

„Was hattest du eigentlich vor?" Zornig sah er sie an. „Wolltest du mich zum Wahnsinn treiben, oder hast du dir nichts dabei gedacht?"

„Ich … ich …" Rebecca kam erst gar nicht dazu, nach den richtigen Worten zu suchen. Er riss sie einfach in die Arme, und dann fühlte sie seine Lippen auf ihrem Mund. Es war kein sanfter, sondern ein harter, fordernder Kuss. Rebecca ließ den Block zu Boden fallen und schlang die Arme um seinen Hals, ohne lange zu überlegen. Aber da schob Stephanos sie auch schon wieder unsanft von sich.

„Was für ein Spiel spielst du eigentlich, Rebecca?", fragte er böse, nachdem er sich wieder von ihr gelöst hatte, und begann im Raum auf und ab zu wandern. Er war unrasiert, seine Kleidung war zerknittert – und doch war es der schönste Anblick, den Rebecca sich vorstellen konnte.

„Stephanos, ich …"

„Ich habe zwei Wochen und sehr viel Mühe aufgewandt, um dich zu finden", unterbrach er sie. „Ich dachte, wir hätten vereinbart, uns noch einmal zu unterhalten. Ich war ziemlich überrascht, als ich erfuhr, dass du nicht nur Griechenland, sondern sogar Europa wieder verlassen hattest." Er fuhr herum und sah sie scharf an. „Warum?"

Rebecca hatte Mühe, ihm zu antworten. „Weil … weil ich es für das Beste hielt zu gehen", sagte sie schließlich.

„So, das dachtest du?" Er trat einen Schritt auf sie zu und wirkte sehr zornig. „Für wen denn?"

„Für dich. Für uns beide." Rebecca ertappte sich dabei, dass sie nervös mit den Aufschlägen ihres Morgenmantels spielte, und ließ die Hände sinken. „Ich wusste, du warst böse auf mich, weil ich dich angelogen hatte. Du hattest es längst bereut, dich mit mir eingelassen zu haben. Deswegen war ich sicher, es wäre besser für uns, wenn ich …"

„Davonliefe?"

Sie hob trotzig das Kinn. „Gehen würde."

„Du hast gesagt, du liebst mich."

Rebecca schluckte. „Ich weiß."

„War auch das eine Lüge?"

„Bitte nicht", flüsterte sie und sah ihn flehentlich an. „Stephanos, ich habe nicht mehr damit gerechnet, dich jemals wieder zu sehen. Ich bin gerade dabei, etwas aus meinem Leben zu machen, etwas, das nicht nur vernünftig ist, sondern mich auch zufrieden und glücklich machen kann. In Griechenland war ich ebenfalls glücklich, aber ich habe nicht darüber nachgedacht, ob es richtig war, was ich tat. Die Zeit mit dir war …"

„War was?"

Rebecca drehte sich wieder zu ihm herum. Ihr war zumute, als hätte es die vergangenen zwei Wochen überhaupt nicht gegeben. Wieder stand sie vor ihm und versuchte zu erklären, was so schwer zu erklären war.

„Es war das Schönste, das Wichtigste und das Kostbarste, was ich je erfahren habe. Ich werde es niemals vergessen, Stephanos. Und ich werde für diese wenigen Tage immer dankbar sein."

„Dankbar." Er wusste nicht, ob er wütend sein oder lachen sollte. Er trat zu ihr und nahm ihr Gesicht in beide Hände. „Dankbar wofür? Dafür, dass ich mit dir geschlafen habe? Eine schnelle und kurze Affäre ohne jede Folgen?"

„Nein." Sie sah ihm ins Gesicht. „Bist du den weiten Weg hierhergekommen, damit ich mich noch schuldiger fühle?"

„Ich bin hierhergekommen, weil ich das zu Ende führen will, was ich angefangen habe, Rebecca."

„In Ordnung", sagte sie und holte tief Luft. „Wenn du mich jetzt loslässt, dann können wir miteinander reden. Möchtest du einen Kaffee?"

„Hast du dir neues Kaffeegeschirr gekauft?"

„Ja." War das Humor, was sie in seinen Augen las? „Aber ich habe nur einen Stuhl. Du kannst dich ja darauf setzen, während ich in die Küche gehe und Kaffee koche."

Er nahm ihren Arm. „Ich will keinen Kaffee, ich will keinen Stuhl und auch keine nette Unterhaltung."

Rebecca seufzte. „Also gut, Stephanos. Was willst du?"

„Dich. Ich dachte, das hätte ich hinreichend klargemacht." Er sah sich in dem Zimmer um. „Ist es das, was du möchtest? Ein paar Räume, in denen du allein lebst?"

„Ich will das Beste aus meinem Leben machen. Ich habe mich bereits bei dir entschuldigt. Mir ist klar, dass ich dich …"

"… betrogen habe", vollendete er ihren Satz. Dann hob er den Zeigefinger. „Diesen Punkt wollte ich geklärt haben. In welchem Punkt hast du mich getäuscht?"

„Dadurch, dass ich dich habe glauben lassen, ich sei jemand, der ich gar nicht war."

„Du bist keine schöne, interessante Frau? Keine leidenschaftliche Frau?" Erstaunt sah er sie an. „Rebecca, ich bin kein unerfahrener Teenager. Ich glaube einfach nicht, dass du mich in jener Beziehung so sehr hättest täuschen können."

Er will mich absichtlich durcheinanderbringen, dachte Rebecca. „Ich habe dir doch gesagt, was ich getan habe."

„Was du getan hast – und wie du es getan hast." Bei den letzten Worten hob er wieder die Hand und begann ihren Hals zu streicheln. Sein Zorn hatte ihre Knie nicht zum Zittern gebracht, aber nun fühlte sie, wie sie bebten. „Du bist nach Paris geflogen, um dir die Haare schneiden zu lassen. Du hast deinen sicheren Job aufgegeben, um fortan dein Leben zu genießen. Du hast mich fasziniert." Er küsste sie und zog sie an sich. „Meinst du, es wäre dein bisheriges Leben gewesen, das mich an dir so fasziniert hat?"

„Du warst böse auf mich."

„Ja, böse, weil ich annahm, ich wäre nur ein Teil deines Experiments gewesen. Und nicht nur böse, sondern fürchterlich wütend, kann ich dir sagen." Noch einmal küsste er sie leidenschaftlich und fordernd. „Wütend, weil ich nur benutzt werden sollte. Soll ich dir sagen, wie wütend? Ich konnte die letzten zwei Wochen nicht arbeiten, nicht denken, weil ich dich überall vor mir sah – und dich doch nirgendwo finden konnte!"

„Ich musste gehen." Rebecca schob ihre Finger unter sein Hemd. Sie wollte ihn nur noch ein Mal spüren, ihn berühren. „Als du sagtest, du bedauertest es, mit mir geschlafen zu haben ..." Da erst bemerkte sie, was sie tat, und trat hastig einen Schritt zurück.

Er schaute sie einen Moment wortlos an, dann fluchte er leise vor sich hin und ging wieder rastlos auf und ab. „Ich hätte nie gedacht, dass ich mich jemals so dumm benehmen könnte. Ich habe dich in jener Nacht in einer ganz anderen Weise verletzt, als ich selbst angenommen hatte. Und dann verhielt ich mich weniger diplomatisch als bei einem meiner unwichtigsten Geschäfte." Er sprach nicht weiter. Zum ersten Mal sah Rebecca, wie abgespannt er aussah.

„Du siehst müde aus. Komm, setz dich. Ich werde dir etwas zu essen und zu trinken bringen."

Einen Moment lang presste er die Finger auf die Augen. „Du hast mich schwachgemacht, Rebecca. Und du hast mir gezeigt, dass ich doch nicht der Mann bin, der keinen Fehler mehr begeht. Ich bin erstaunt, dass du mir überhaupt noch gestattest, einen Fuß in deine Wohnung zu setzen. Du hättest eher ..." Er brach ab, weil sein Zorn auf einmal verraucht war. Alles, was er jemals im Leben wirklich brauchte, las er in ihren Augen. Ein Mann bekommt nicht oft so viele Chancen, glücklich zu werden, dachte er.

„Rebecca, ich habe niemals bedauert, mit dir geschlafen zu haben. Es war nur die Art, wie es geschehen ist. Zu viel Verlangen und zu wenig Verständnis für dich. Ich werde es immer bedauern, dass es beim ersten Mal zu viel Hitze, aber keine Wärme gegeben hat." Er nahm ihre Hand und küsste sie zart.

„Für mich war es wundervoll, Stephanos."

„In gewisser Weise, ja." Sie ist immer noch so unschuldig, dachte er. Noch immer so großzügig und bereit zu vergeben. „Ich war weder geduldig noch zärtlich zu dir, so wie jede Frau es beim ersten Mal erwarten darf."

Rebecca spürte Hoffnung in sich aufsteigen. „Das hat mir nichts ausgemacht."

„Aber es ist wichtig, wichtiger, als ich dir zu sagen vermag. Nachdem du mir alles gesagt hattest, zählte es sogar noch viel mehr. Wenn ich getan hätte, was ich eigentlich hatte tun wollen, dann wärest du nicht fortgegangen. Aber ich dachte, du brauchtest mehr Zeit, bevor ich dich wieder berühren durfte." Er küsste ihre Fingerspitzen. „Lass mich dir jetzt zeigen, was ich dir damals zeigen wollte." Stephanos sah ihr tief in die Augen. „Willst du?"

„Ja." Es gab für sie nun keine andere Antwort mehr.

Stephanos nahm sie auf die Arme. „Vertraust du mir?", fragte er rau.

„Ja."

„Rebecca, ich möchte dich noch etwas fragen ..."

„Was denn?"

„Hast du ein Bett?"

Rebecca fühlte, wie ihr das Blut ins Gesicht stieg, obwohl sie lachen musste. „Dort drüben, in dem Zimmer."

Stephanos trug Rebecca langsam ins andere Zimmer. Die Sonne schien auf das Bett, als er sie langsam daraufgleiten ließ und sich zu Rebecca legte. Und dann küsste er sie – sanft und voller Zärtlichkeit. Rebecca lag nur da und genoss es, endlich wieder seine erregenden Liebkosungen zu spüren.

Sie hatte mit ihm die Verzweiflung erlebt, die die Liebe mit sich bringen konnte, und auch die Hitze der Leidenschaft. Aber nun zeigte er ihr, was Liebe noch bedeutete.

Und sie stand ihm in nichts nach.

Stephanos hatte geglaubt, er würde sie lehren, nicht er selbst etwas lernen müssen. Aber er lernte etwas, und ihr Verlangen war so stark wie beim ersten Mal. Diesmal ließen sie sich jedoch Zeit.

Rebecca atmete heftiger, als sie nackt nebeneinanderlagen. Sie verstand nun und fühlte sich stark und sicher. Sie zitterte, aber es war keine Furcht, sondern die Erwartung, die sie zittern ließ. Unter seinen erregenden Liebkosungen bog sie sich ihm entgegen. Als er dann mit den Lippen ihre Knospen umschloss, stöhnte sie auf.

Stephanos tat alles, um ihre Erregung zu steigern und ihr Verlangen zu schüren, bis sie seinen Namen rief und sich unter seinen Händen aufbäumte.

Stephanos kam zu ihr und fühlte, wie ein Beben über ihren Leib lief. „Sag mir, dass du mich liebst. Sieh mich an und sag es mir", flüsterte er heiser.

Rebecca öffnete die Augen. Sie vermochte kaum zu atmen, als sie sich im selben Rhythmus zu bewegen begannen, so als seien sie eins. Sie sah ihm in die Augen und hatte das Gefühl, sich darin zu verlieren.

„Ich liebe dich, Stephanos."

Dann hatte sie das Gefühl zu fallen, immer schneller und immer tiefer, hinab bis auf den tiefsten Grund und wieder bis in die höchsten Höhen. Und er war immer bei ihr …

Schließlich lagen sie still und schwer atmend da. Stephanos streichelte Rebeccas Haar und fühlte langsam seine Erregung abflauen. Sie war unschuldig, und dennoch hatte sie in ihm eine Leidenschaft erweckt, wie er sie noch bei keiner Frau erlebt hatte. Aber es war mehr als Leidenschaft, er war eins mit ihr in Körper und Herz gewesen.

„Wir haben dies alles schon einmal erlebt", flüsterte er. „Fühlst du das auch?"

Sie nahm seine Hand und spielte damit. „Ich habe niemals an so etwas geglaubt – bis ich dich kennenlernte. Wenn ich mit dir zusammen bin, habe ich das Gefühl, ich erinnere mich an etwas, das weit zurückliegt." Sie hob den Kopf und sah ihn an. „Ich kann es mir nicht erklären."

„Vielleicht sollte man gar nicht versuchen, alles zu erklären. Ich liebe dich, Rebecca, und das ist genug für mich."

Sie strich ihm zart über die Wange. „Ich möchte nicht, dass du etwas sagst, das du nicht empfindest", meinte sie unsicher.

„Wie kann eine Frau einerseits so klug und zugleich so dumm sein?" Stephanos schüttelte in gespielter Verzweiflung den Kopf und rollte sich dann auf sie. „Kein Mann fliegt von einem Kontinent zum anderen, um eine Frau zu suchen, damit er mit ihr schlafen kann – und sei es auch noch so schön. Ich liebe dich wirklich. Und auch wenn es mich für eine gewisse Zeit ziemlich verwirrt hat, so habe ich mich doch inzwischen daran gewöhnt."

„Verwirrt?"

„Nun ja, ich habe mich all die Jahre für einen Mann gehalten, der wirklich frei ist. Doch dann kommt eine Frau daher, die all ihren Besitz verkauft und ihren guten Job aufgibt, nur um auf Korfu Fotos von wilden Bergziegen zu machen."

„Ich habe nicht vor, mich in dein Leben einzumischen."

„Du hast es bereits getan." Stephanos lächelte, als sie sich ihm zu entziehen versuchte. „Die Ehe schafft, verglichen mit dem Junggesellenleben, eine gewisse Unfreiheit, aber sie gibt auch viele neue Freiheiten."

„Was soll das heißen?"

„Ich möchte, dass du meine Frau wirst, und zwar sehr bald. Am liebsten sofort."

„Ich habe nie gesagt, dass ich dich heiraten will."

„Nein, aber du wirst es." Er begann sie wieder zu streicheln. „Ich kann sehr überzeugend sein."

„Ich brauche Zeit zum Nachdenken", brachte sie mühsam hervor, weil sie erneut diese süße Erregung spürte. „Stephanos, die Ehe ist eine ernsthafte Angelegenheit."

„Der Meinung bin ich auch. Tödlich ernst." Er zwinkerte ihr zu. „Vielleicht sollte ich dich warnen. Ich habe nämlich beschlossen, jeden Mann umzubringen, der dich länger als zwanzig Sekunden lang ununterbrochen ansieht."

„Wirklich?" Rebecca lachte.

Stephanos sah sie mit einem Lächeln an, das ihr Herz schneller schlagen ließ. „Ich kann dich nicht wieder gehen lassen. Ich kann und will es nicht. Komm mit mir zurück. Heirate mich, Rebecca."

„Stephanos ..."

Er legte ihr den Zeigefinger auf die Lippen. „Ich weiß, um was ich dich bitte. Du hast bereits Pläne für ein neues Leben gemacht. Wir sind nur einige wenige Tage zusammen gewesen, aber ich kann dich glücklich machen. Ich kann dir auch versprechen, dass ich dich mein Leben lang lieben werde. Ich schwöre dir, du wirst es niemals bereuen."

Sie küsste ihn sanft. „Ich habe mich immer gefragt, was ich finden werde, wenn ich einmal wirklich meine Augen aufmache. Ich habe dich gefunden, Stephanos." Sie lachte glücklich auf und schlang die Arme um ihn. „Wann reisen wir ab?"

– ENDE –

Nora Roberts

Versuchung pur

Roman

Aus dem Amerikanischen von
Sonja Sajlo-Lucich

1. KAPITEL

"Wenn ich etwas hasse", murmelte Eden, "dann sechs Uhr in der Früh."

Die Morgensonne strahlte durch die dünnen Vorhänge ins Blockhaus. Sie malte Muster auf den Holzboden, auf das Bettgestell aus Metall und auf Edens Gesicht. Laut hallte das Läuten des Weckers in ihrem Kopf nach. Auch wenn sie dieses schrille Klingeln erst seit drei Tagen kannte – Eden hatte bereits eine inbrünstige Abneigung dagegen entwickelt.

Einen fantastischen Moment lang vergrub sie das Gesicht unter dem Kopfkissen und träumte sich in ihr großes Himmelbett. Die feine Bettwäsche roch nach Zitrone, ganz leicht nur, ein Hauch. Die Vorhänge in dem luftigen, in Pastellfarben gehaltenen Schlafzimmer waren gegen die aufdringliche Morgensonne fest zugezogen, und frische Blumen versüßten mit ihrem Duft die Luft.

Doch dieser Kissenbezug hier roch nach Federn und Desinfektionsmittel.

Mit einem leisen Fluch schleuderte Eden das Kissen zu Boden. Der Wecker hatte inzwischen sein aufdringliches Schrillen eingestellt, dafür hörte man jetzt das aufgeregte Krächzen der Krähen. Aus der Hütte direkt gegenüber ertönte laute Rockmusik. Mit schläfrigem Blick sah Eden zu, wie Candice Bartholomew schwungvoll aus ihrem schmalen Feldbett sprang.

"Guten Morgen!" Ein strahlendes Lächeln zog auf Candys vorwitziges Elfengesicht. Mit beiden Händen fuhr sie sich durch den leuchtend roten Haarschopf und zerzauste ihn dabei nur noch mehr. Für Eden bestand Candys Wesen hauptsächlich aus Energie. "Was für ein wunderschöner Tag!", verkündete sie mit bester Laune und reckte sich ausgiebig in ihrem Rüschenbabydoll.

Eden gab nur einen unverständlichen Laut von sich. Sie streckte die nackten Beine unter dem Bettzeug hervor und setzte sich auf. Als ihre Füße den Holzboden berührten, gratulierte sie sich im Stillen zu dieser erstaunlichen Leistung.

„Wenn du so weitermachst, fange ich noch an, dich zu hassen", brummelte sie schlaftrunken. Mit geschlossenen Augen strich sie sich das wirre blonde Haar aus dem Gesicht.

Candy grinste und stieß die Tür auf, um frische Morgenluft ins Zimmer zu lassen. Dann drehte sie sich um und musterte die Freundin. In der frühen Sommersonne wirkte Eden fein und zerbrechlich. Das helle Haar fiel ihr in Stirn und Wangen, die Lider waren geschlossen. Ihre schmalen Schultern sackten zusammen, bevor sie ausgiebig gähnte.

Candy hielt sich mit Kommentaren weise zurück. Sie wusste, dass Eden ihre eigene Begeisterung für den Sonnenaufgang keineswegs teilte.

„Die Nacht kann doch unmöglich schon vorbei sein!", murmelte Eden jetzt gerade. „Ich bin doch eben erst ins Bett gegangen." Sie stützte die Ellbogen auf die Knie und schlug die Hände vors Gesicht. Sie hatte einen hellen Teint, ihre Wangen waren leicht rosig. Ihre Nase war klein, und die Nasenspitze zeigte ein wenig aufwärts. Wäre da nicht der volle, großzügige Mund, hätte man ihr Gesicht als kühl und aristokratisch bezeichnen können.

Candy machte noch ein paar tiefe Atemzüge an der offenen Tür, dann schloss sie sie wieder. „Du brauchst nur eine Dusche und einen Kaffee, dann sieht die Welt schon wieder ganz anders aus. Die erste Woche im Camp ist immer die schlimmste, das weißt du doch."

Eden richtete große dunkelblaue Augen auf Candy. „Du hast gut reden! Du bist ja auch nicht in Giftefeu gefallen."

„Juckt es noch?"

„Ein bisschen." Edens schlechtes Gewissen regte sich. Es gab keinen Grund, ihre üble Laune an der Freundin auszulassen. Und so versuchte Eden sich an einem Lächeln. Sofort wurden ihre Gesichtszüge nachgiebig und weich, die Augen, der Mund, sogar die Stimme. „Es ist ja auch das erste Mal, dass wir die Leiterinnen des Camps sind und nicht die Camper." Noch einmal gähnte sie mit offenem Mund, dann stand sie auf und zog den Morgenmantel über. Die Luft war erfrischend, aber auch eiskalt. Eden wünschte, sie könnte sich daran erinnern, was sie mit ihren Pantoffeln angestellt hatte.

„Versuch's mal unter dem Bett", schlug Candy vor.

Eden beugte sich vor und schaute nach. Tatsächlich, da waren sie. Bestickte pinkfarbene Seidenpantöffelchen, wenig geeignet für ein Feriencamp. Aber irgendwie war es Eden nicht lohnenswert erschienen, sich andere zu besorgen.

Das Anziehen der Pantoffeln lieferte ihr immerhin den passenden Vorwand, sich wieder zu setzen. „Meinst du wirklich, fünf aufeinanderfolgende Sommer in Camp Forden haben uns ausreichend auf das hier vorbereitet?"

Candy hatte mit ihren eigenen Zweifeln zu kämpfen. Sie verschränkte die Hände. „Hast du jetzt etwa Bedenken, Eden?"

Weil sie das Zögern in Candys sonst immer so quicklebendiger Stimme hörte, schob Eden die eigenen Unsicherheiten beiseite. Schließlich hatten sie beide ein sowohl finanzielles als auch emotionales Interesse daran, dass das neu gegründete Camp Liberty ein Erfolg wurde. Herumzujammern würde sie sicherlich nicht dorthin bringen.

Sie schüttelte den Kopf, ging zu Candy und legte ihr die Hand auf die Schulter. „Ich bin einfach nur ein hoffnungsloser Morgenmuffel. Lass mich schnell unter die Dusche springen. Dann bin ich auch bereit, mich unseren siebenundzwanzig Campern zu stellen."

„Eden." Candy hielt sie auf, bevor sie die Badezimmertür hinter sich schloss. „Es wird klappen. Für uns beide. Ich weiß es."

„Ja, davon bin ich auch überzeugt." Doch kaum hatte sie die Tür geschlossen, lehnte Eden sich mit dem Rücken dagegen. Jetzt, da sie allein war, konnte sie es zugeben: Sie hatte eine Heidenangst. Ihren letzten Cent und ihre letzte Hoffnung hatte sie in die sechs Blockhütten, die Ställe und den Speisesaal von Camp Liberty gesteckt. Was verstand Eden Carlbough aus Philadelphia schon von der Leitung eines Sommercamps für Mädchen? Gerade genug, um sich selbst in Angst und Schrecken zu versetzen.

Wenn sie versagte – würde sie dann die Scherben aufsammeln und weitermachen können? Gäbe es dann überhaupt noch Scherben zum Aufsammeln? Zuversicht und Selbstvertrauen, das war es, was hier gebraucht wurde, sagte sie sich, als sie sich in die enge Duschkabine zwängte. Dann drehte sie das Wasser auf; den Hahn, auf dem „Heiß" stand, sogar bis zum Anschlag. Lauwarm tröpfelte das Wasser aus dem Duschkopf. Zuversicht und Selbstvertrauen, sagte Eden sich erneut, fröstelnd unter dem kümmerlichen Strahl. Sowie ein dickes Bündel Banknoten und eine ganze Wagenladung Glück.

Sie griff nach der Seife und begann sich zu waschen. Ein feiner Duft stieg ihr in die Nase. Die parfümierte französische Seife war eines der wenigen Dinge, die sie sich noch gönnte. Vor einem Jahr hätte sie wahrscheinlich gelacht, hätte man zu ihr gesagt, dass sie einmal ein Seifenstück als Luxus betrachten würde.

Vor einem Jahr.

Eden drehte sich, damit das schnell abkühlende Wasser auch ihren Rücken erreichte. Vor einem Jahr wäre sie um acht Uhr morgens aufgestanden, hätte in aller Ruhe eine prasselnde heiße Dusche genommen, dann Frühstück mit duftendem Kaffee und frischem Toast und vielleicht noch luftigen Rühreiern. Gegen zehn wäre sie dann zur Bibliothek gefahren, zu ihrer ehrenamtlichen Arbeit. Danach hätte sie sich zum Lunch mit Eric im französischen Edelrestaurant Deux Cheminées getroffen. Schließlich hätte sie am Nachmittag dem Museum ihre Dienste zur Verfügung gestellt oder Tante Dottie bei einer ihrer vielen Wohltätigkeitsveranstaltungen geholfen.

Die schwierigste Entscheidung des Tages wäre gewesen, ob sie das rosa Seidenkostüm oder doch lieber das elfenbeinfarbene Leinenensemble anziehen sollte. Sie hätte einen geruhsamen, friedlichen Abend zu Hause verbracht. Oder sie wäre zu einer der eleganten Dinnerpartys in Philadelphia eingeladen gewesen.

Kein Druck. Keine Probleme. Aber vor einem Jahr hatte ihr Vater ja auch noch gelebt.

Mit einem leisen Seufzer wusch Eden sich die Seife von der Haut. Der feine Duft haftete an ihr, auch als sie sich mit den eher zweckdienlichen als flauschigen Handtüchern des Camps abtrocknete.

Als ihr Vater noch lebte, da hatte sie Geld als etwas betrachtet, das lediglich dazu da war, um ausgegeben zu werden. Damit war sie aufgewachsen. Sie war dazu erzogen worden, ein Menü zu planen – nicht dazu, es zu kochen. Sie war dazu erzogen worden, einen Haushalt zu führen – nicht zu putzen.

Sie hatte eine sorgenfreie und glückliche Kindheit verbracht. Sie war bei ihrem verwitweten Vater aufgewachsen, in der zeitlosen Eleganz der Carlbough-Villa in Philadelphia. Es hatte immer hübsche Kleider gegeben und Debütantinnenbälle, Teegesellschaften und Reitstunden. Der Name Carlbough war ein altehrwürdiger Name, ein respektierter Name. Das Vermögen der Carlboughs war schlicht immer da gewesen.

Wie schnell sich die Dinge doch ändern konnten.

Jetzt nahm sie keine Reitstunden mehr, sondern unterrichtete sie. Und sie jonglierte mit Zahlen, in der unsinnigen Hoffnung, dass eins und eins vielleicht doch mehr als zwei ergab.

Mit dem rauen Handtuch wischte Eden den beschlagenen kleinen Spiegel über dem ebenso kleinen Waschbecken sauber. Mit einer Fingerspitze nahm sie etwas von der Gesichtscreme. Einen halben Tiegel hatte sie noch, der würde den Sommer über halten müssen. Wenn *sie* diesen Sommer durchhielt, würde sie sich zur Belohnung einen neuen Topf kaufen.

Als Eden aus dem Bad kam, war die Blockhütte bereits leer. So, wie sie Candy kannte – was man nach zwanzig Jahren Freundschaft sicher sagen konnte –, war der Rotschopf längst zu den Mädchen gegangen. Wie mühelos ihre Freundin sich doch den Umständen angepasst hat, dachte Eden. Dann ermahnte sie sich, dass es auch für sie höchste Zeit war, sich daran zu gewöhnen. Sie nahm Jeans und ein rotes T-Shirt hervor und zog sich an.

Selbst als Teenager hatte Eden sich selten so lässig gekleidet. Sie hatte ihr Gesellschaftsleben genossen – die Partys, die Skiurlaube in Vermont, die Einkaufstrips und Theaterbesuche in New York, die Reisen nach Europa. Das Konzept, seinen Lebensunterhalt durch Arbeit verdienen zu müssen, hätte sie niemals für sich in Betracht gezogen, ebenso wenig wie ihr Vater. Die Frauen der Carlboughs arbeiteten nicht. Sie saßen diversen Komitees vor.

Das College hatte eher dazu gedient, ihre Erziehung zu vervollständigen, nicht als Grundlage für eine bestimmte Karriere. Und jetzt, im Alter von dreiundzwanzig Jahren, musste Eden sich eingestehen, dass sie über keinerlei Qualifikationen verfügte, um einen Beruf auszuüben.

Sie könnte ihrem Vater die Schuld dafür geben. Doch wie sollte sie einem so nachsichtigen und liebevollen Mann etwas vorwerfen? Sie hatte Brian Carlbough angebetet. Nein. Sie hatte sich selbst die Verantwortung zuzuschreiben. Sie war es, die naiv und kurzsichtig gewesen war! Ihr Vater konnte nichts dafür. Auch ein Jahr nach seinem plötzlichen und unerwarteten Tod saß die Trauer immer noch tief.

Doch damit konnte sie umgehen. Denn wenn sie etwas gelernt hatte, dann, ihre Gefühle unter würdevoller Haltung zu verbergen. Eiserne Selbstbeherrschung. Tag für Tag, Woche um Woche würde sie in diesem Sommer mit den Mädchen im Camp und den Betreuerinnen, die Candy angeheuert hatte, zusammen sein. Und keiner von ihnen würde merken, wie sehr sie noch immer um ihren Vater trauerte. Oder welch vernichtenden Schlag Eric Keeton ihrem Stolz zugefügt hatte.

Eric – der vielversprechende junge Banker aus der Firma ihres Vaters, immer charmant, immer aufmerksam. Ein überaus untadeliger junger Mann. In ihrem letzten Jahr im College hatte Eden seinen Ring angenommen.

Es tat immer noch weh. Eden beeilte sich, den Schmerz unter einer ordentlichen Portion Groll zu begraben. Vor dem Spiegel band sie resolut ihr Haar zu einem kurzen Pferdeschwanz zusammen. Bei dieser Frisur hätte ihren ehemaligen Coiffeur das kalte Grausen ergriffen.

Nun, es ist aber praktisch, sagte Eden trotzig zu ihrem Spiegelbild. Schließlich war Eden Carlbough jetzt eine praktische Frau. Seidiges Haar, das sanft um die Schultern wehte, wäre beim morgendlichen Reitunterricht wohl eher störend. Und genau der stand jetzt auf dem Programm.

Für einen Moment presste sie ihre Hände gegen die Stirn. Warum waren die Morgen immer am schlimmsten? Wenn sie aufwachte, hatte sie oft das Gefühl, aus einem bösen Traum aufzutauchen und wieder zu Hause zu sein. Dabei war die Villa gar nicht mehr ihr Zuhause. Fremde wohnten jetzt dort. Und Brian Carlboughs Tod war kein Albtraum, sondern grausame Realität.

Ein völlig unerwarteter Herzinfarkt ohne jegliche Vorwarnung hatte ihn über Nacht dahingerafft. Bevor Eden Zeit gehabt hatte, den Schock überhaupt zu begreifen, war schon der nächste gefolgt.

Plötzlich waren da überall Anwälte in strengen dunklen Anzügen, die lange und trockene Monologe hielten. Ihre Kanzleien rochen nach altem Leder und frischer Möbelpolitur. Mit ernsten Mienen und verschränkten manikürten Fingern hatten sie Edens Welt zum Einsturz gebracht.

Unüberlegte Investitionen war der Ausdruck, der immer wieder fiel. Schlechte Marktlage, Hypotheken, zweite Hypotheken, Kredite mit kurzer Laufzeit … Nachdem alle Details gesichtet waren, stand fest: Es blieb kein Cent vom Familienvermögen übrig.

Brian Carlbough war ein Spieler gewesen. Zum Zeitpunkt seines Todes hatte er sich inmitten einer Pechsträhne befunden. Ihm war keine Zeit mehr geblieben, seine Verluste wettzumachen.

Seine Tochter sah sich gezwungen, den gesamten Besitz zu liquidieren, um die aufgelaufenen Forderungen begleichen zu können. Das Haus, in dem sie aufgewachsen war und das sie so sehr liebte, musste verkauft werden. Noch von Trauer betäubt, stand sie plötzlich ohne Heim und ohne Einkommen da. Erics Verrat hatte dem Ganzen dann die Krone aufgesetzt.

Eden riss die Tür des Blockhauses auf. Die frische Bergluft strich sanft über ihre Wangen. Doch sie sah nichts von den grünen Hügeln, nahm den strahlend blauen Himmel nicht wahr. Sie glaubte sich wieder in Philadelphia.

Der Skandal. Auf dem Weg zu der großen Hütte, in der der Speisesaal untergebracht war, hörte sie Erics nüchterne Stimme. *Sein* Ruf. *Seine* Karriere. *Ihr* war alles genommen worden, was sie liebte. Doch er dachte nur daran, welche Auswirkungen es *für ihn* haben könnte.

Er hatte sie nie geliebt. Eden steckte die Hände in die Taschen und ging weiter. Wie dumm von ihr, das nicht von Anfang an zu erkennen. Aber sie hatte etwas gelernt. Auf die harte Tour.

Für Eric wäre eine Heirat mit ihr nichts anderes als eine geschäftliche Verbindung gewesen, bei der ihm der Name der Carlboughs, das Vermögen der Carlboughs und die Reputation der Carlboughs zugefallen wären. Als diese Dinge nicht mehr existierten, hatte er sich aus dem Deal zurückgezogen. Schadensbegrenzung nannte man so etwas wohl in der Welt der Finanzen.

Eden verlangsamte ihre Schritte, als sie merkte, dass sie außer Atem war. Nicht weil sie zu schnell gegangen wäre, sondern weil Wut in ihr aufschäumte. Es wäre nicht gut, mit erhitzten Wangen und blitzenden Augen beim Frühstück aufzutauchen. Sie blieb einen Moment stehen, um tief durchzuatmen, und schaute sich um.

Der Morgen war noch kühl, doch bis zum Vormittag würde die Sonne die Luft aufgewärmt haben. Der Sommer hatte gerade erst Einzug gehalten.

Es war wunderschön hier. Ein halbes Dutzend kleiner Blockhäuser stand auf dem Gelände. Die Fensterläden waren alle geöffnet, um die frische Luft hereinzulassen. Helles Mädchenlachen schallte aus dem Speisesaal, wehte über den Platz. Am Wegrand zwischen Haus vier und Haus fünf wetteiferten erblühte Anemonen mit ihrer Farbenpracht. Weiter hinten stand ein alter Hartriegelstrauch, an dem sich trotzig ein paar hartgesottene Blüten hielten. Über Haus zwei zwitscherte eine Spottdrossel im Geäst.

Jenseits des Hauptplatzes fielen grüne Hügel sanft gen Westen ab. Pferde grasten friedlich, vereinzelte Bäume würden später Schatten und Schutz vor der Frühsommersonne spenden. Es war eine weite, offene Landschaft, mit einem unglaublichen Gefühl von Raum und Platz, das Eden noch immer nicht recht begreifen konnte. Ihr Leben war bisher in der Stadt verlaufen. Straßen, Verkehr, Hochhäuser, Menschenmengen – das war es, woran sie gewöhnt war.

Manchmal verspürte sie einen flüchtigen Stich von Sehnsucht nach dem, was einst gewesen war. Sie könnte es immer noch haben. Tante Dottie hatte Eden ihre Liebe angeboten – und ein Zuhause. Niemand würde jemals erfahren, wie lange und hart Eden mit der Versuchung gerungen hatte, die Einladung ihrer Tante anzunehmen. Und sich weiter durchs Leben treiben zu lassen.

Aber vielleicht lag ja auch ihr das Spielen im Blut. Warum sonst hätte sie auf die Idee kommen sollen, alles, was ihr geblieben war, in ein Sommercamp für Mädchen zu stecken?

Weil sie es versuchen musste! Deshalb. Sie musste irgendetwas tun, musste selbst etwas wagen. Ihr Leben als wohlbehütete, zerbrechliche Porzellanfigur würde sie nie wieder aufnehmen können. Hier, in dieser endlosen Weite, würde sie Zeit haben, sich selbst kennenzulernen. Wer war Eden Carlbough? Was steckte in ihr? Vielleicht, nur vielleicht, würde sie ihren Platz im Leben finden, wenn sie ihren Horizont erweiterte.

Candy hatte völlig recht. Eden holte ein letztes Mal tief Luft. Es würde klappen. Sie würden es schaffen.

„Hunger?" Mit noch feuchtem Haar, welche Dusche auch immer sie benutzt hatte, kam Candy auf Eden zu.

„Ich komme um vor Hunger." Eden legte freundschaftlich einen Arm um Candys Schultern. „Wohin bist du denn abgetaucht?"

„Du kennst mich. Ich kann hier nichts unbeaufsichtigt lassen." Wie auch Eden vorhin, so ließ Candy jetzt den Blick über den Platz schweifen. Auf ihrer Miene stand alles zu lesen, was sie in diesem Moment empfand – die Freude, die Angst, der Stolz. „Ich mache mir Sorgen um dich."

„Candy, du weißt doch, dass ich ein schrecklicher Morgenmuffel bin." Sie blickte einer Gruppe Mädchen nach, die fröhlich schnatternd auf den Speisesaal zustrebten.

„Wir sind beste Freundinnen, praktisch, seit wir in den Windeln lagen, Eden. Niemand weiß besser als ich, was du durchmachst."

Nein, das wusste niemand. Und da Candy die Person war, die Eden am meisten liebte, musste sie sich noch mehr anstrengen, um die offenen Wunden vor ihr zu verbergen. „Ich habe das alles hinter mir gelassen, Candy."

„Mag sein. Aber die Idee mit diesem Camp stammt ursprünglich von mir. Ich habe dich da mehr oder weniger mit hineingezogen."

„Du hast mich in nichts hineingezogen. Ich wollte ein bisschen Geld investieren. Wir beide wissen doch, dass die Summe lächerlich gering war."

„Nicht für mich. Dein Geld hat es ermöglicht, die Pferde mit ins Programm aufzunehmen. Und als du dann auch noch zugesagt hast, die Reitstunden zu übernehmen …"

„Ich muss doch meine Investition im Auge behalten", erwiderte Eden leichthin. „Und nächstes Jahr will ich keine Teilzeit-Reitlehrerin und -Buchhalterin mehr sein. Ich bin dann eine vollwertige Betreuerin. Ich bereue gar nichts, Candy." Und dieses Mal meinte sie es auch so. „Das Camp gehört uns."

„Und der Bank."

Ein Detail, das Eden mit einem Schulterzucken abtat. „Wir brauchen dieses Camp. Du, weil du so etwas schon immer wolltest und darauf hingearbeitet hast. Und ich ..." Sie zögerte, dann seufzte sie. „Machen wir uns nichts vor: Ich habe nichts anderes. Das Camp garantiert mir ein Dach über dem Kopf und drei Mahlzeiten am Tag. Und es steckt mir ein Ziel. Ich werde beweisen, dass ich es schaffen kann."

„Alle halten uns für verrückt."

Der Stolz kehrte zurück, zusammen mit dem Gefühl einer tollkühnen Verwegenheit, die Eden gerade erst zu schätzen lernte. „Sollen sie ruhig."

Lachend zupfte Candy an Edens Pferdeschwanz. „Komm, gehen wir frühstücken."

Zwei Stunden später brachte Eden den ersten Reitunterricht des Tages zu Ende. Das war ihr Beitrag zu der Partnerschaft, die Candy und sie eingegangen waren. Eden war auch die Buchhaltung überantwortet worden, schon aus dem einfachen Grund, weil es auf der ganzen Welt niemanden gab, der so schlecht mit Zahlen umgehen konnte wie Candice Bartholomew.

Candy hatte die Bewerbungsgespräche geführt und die Betreuer, eine Ernährungsexpertin und eine Krankenschwester eingestellt. Sie hofften, eines Tages auch einen eigenen Swimmingpool und einen Schwimmlehrer zu haben. Doch im Moment schwammen die Mädchen noch in dem nahe gelegenen See – unter Aufsicht natürlich –, und es wurden Kunst- und Bastelkurse, Wandern und Bogenschießen angeboten.

Candy hatte das Programm ausgearbeitet, während Eden den Etat aufgestellt hatte. Sie konnte nur hoffen, dass das Geld reichte.

Im Gegensatz zu Candy war Eden sich keineswegs sicher, dass die erste Woche im Camp die schwierigste sein würde. Candy hatte die Ausbildung und die Qualifikationen, um ein Sommercamp zu leiten. Aber Edens optimistische Partnerin besaß ebenso das beneidenswerte Talent, Details wie rote Zahlen in den Bilanzen vollkommen zu ignorieren.

Eden verdrängte die Gedanken und gab den Mädchen von der Mitte des Reitplatzes aus ein Zeichen. „Für heute war's das." Sie besah sich die sechs jungen Gesichter unter den schwarzen Reitkappen. „Ihr macht euch gut."

„Wann lernen wir denn, zu galoppieren, Miss Carlbough?"

„Nachdem ihr Traben gelernt habt." Sie klopfte einem der Pferde auf die Flanke. Wie wunderbar wäre es, über die hügelige Landschaft zu galoppieren, so schnell, dass nicht einmal die Erinnerungen folgen konnten. Albern, schimpfte Eden sich in Gedanken und richtete ihre Aufmerksamkeit wieder auf die Mädchen. „Steigt jetzt ab und geht eure Pferde versorgen. Denkt daran: Sie sind auf euch angewiesen." Der Wind blies ihr die Haarsträhnen ins Gesicht, und sie strich sie abwesend zurück. „Vergesst nicht, das Zaumzeug wieder an seinen Platz zu hängen, damit die nächste Gruppe es findet."

Wie erwartet, erfolgte ein kollektives Stöhnen. Reiten und mit den Pferden spielen war eine Sache, die Arbeit danach eine ganz andere. Dass sie Disziplin erreicht hatte, ohne Trotz und Aufsässigkeit geschürt zu haben, verbuchte Eden als Erfolg für sich.

In der letzten Woche hatte sie gelernt, die Namen der Mädchen den Gesichtern zuzuordnen. Der Enthusiasmus der elf- bis zwölfjährigen Mädchen ihrer Gruppe ließ sie durchhalten, vor allem, weil sie in dreien von ihnen wahre Pferdenarren erkannt hatte. Das war sie in ihrer Teenagerzeit auch gewesen. Es war ein gutes Gefühl, die aufgeregten Fragen der erhitzten Mädchen zu beantworten. Schließlich jedoch hatte sie alle so weit, dass eine nach der anderen mit den Pferden in Richtung Ställe zog.

„Eden!"

Sie drehte sich um und sah, dass Candy auf sie zurannte. Selbst auf die Entfernung hin war zu erkennen, wie aufgelöst sie war.

„Was ist denn passiert?"

„Es fehlen drei Mädchen!"

„Was?!" Panik rollte heran, wollte Eden verschlingen, doch Jahre der Erziehung hielten sie im Zaum. „Was heißt das, sie fehlen?"

„Das heißt, sie sind nirgendwo im Camp zu finden. Roberta Snow, Linda Hopkins und Marcie Jamison." Wenn Candy sich mit den Fingern durchs Haar fuhr, dann war das immer ein Zeichen von Anspannung. „Barbara wollte mit ihrer Gruppe zum Rudern gehen, doch die drei sind nicht aufgetaucht. Wir haben sie überall gesucht."

„Wir dürfen nicht in Panik ausbrechen." Damit ermahnte Eden sich selbst ebenso wie Candy. „Roberta Snow? Ist das nicht die kleine Brünette, die einem anderen Mädchen eine Eidechse in die Bluse gesteckt hat? Und die die Weckglocke am ersten Tag auf drei Uhr morgens eingestellt hat?"

„Richtig, das ist sie. Der kleine Engel", meinte Candy mit zusammengebissenen Zähnen. „Richter Snows Enkelin. Falls sie sich auch nur die Knie aufschlägt, landen wir wahrscheinlich vor dem Kadi." Candy schüttelte leicht den Kopf. „Das letzte Mal, als sie gesehen wurde, soll sie in diese Richtung gegangen sein." Mit einem von ihrem Malkurs farbverschmierten Finger zeigte sie nach Osten. „Die anderen Mädchen hat niemand gesehen, aber ich gehe jede Wette ein, dass sie mit Roberta zusammen sind. Die süße Kleine ist nämlich die geborene Unruhestifterin."

„Wenn sie in diese Richtung gehen, landen sie dann nicht auf der Apfelplantage?"

„Genau." Candy schloss die Augen. „Ich würde ja selbst gehen, aber in zehn Minuten habe ich meine nächste Gruppe – Töpfern. Eden, ich bin eigentlich ziemlich sicher, dass sie zu der Plantage gelaufen sind. Eines der anderen Mädchen hat zugegeben, dass sie sich ein paar Äpfel zum Probieren holen wollten. Wir wollen wirklich keinen Ärger mit dem Besitzer bekommen. Er lässt uns den See auf seinem Land nur benutzen, weil ich ihn schamlos angebettelt habe. Er war nicht unbedingt begeistert, ein Sommercamp für Mädchen als neue Nachbarn zu bekommen."

„Nun, jetzt hat er uns aber als Nachbarn", meinte Eden resolut, „und wir alle müssen uns daran gewöhnen. Da ich diejenige bin, die hier am leichtesten erübrigt werden kann, gehe ich ihnen nach."

„Ich hatte gehofft, dass du das sagen würdest. Ehrlich, Eden, wenn sie sich in die Apfelplantage geschlichen haben – und ich verwette meinen letzten Cent darauf, dass sie das getan haben –, dann sind wir dran. Der gute Mann hat keinen Zweifel daran gelassen, wie er zu seinem Privatbesitz steht."

„Drei kleine Mädchen können ein paar Apfelbäumen wohl nicht allzu viel antun, oder?" Eden setzte sich in Bewegung.

Candy lief hektisch neben ihr her. „Wir reden von Chase Elliot! Du weißt schon, von Elliot Apples. Saft, Cidre, Mus, Gelee, Apfelstückchen in Schokolade – alles, was sich aus Äpfeln produzieren lässt, produzieren sie auch. Er hat unmissverständlich klargemacht, dass er keine kleinen Mädchen in seinen Bäumen herumklettern sehen will."

„Er wird sie auch nicht sehen. Weil ich sie vorher finde und da raushole." Eden kletterte über einen Zaun und ließ Candy zurück.

„Roberta legst du besser an die Leine, sobald du sie findest!", rief Candy ihr nach.

Eden verschwand im Espenhain. Ein zerknülltes Bonbonpapier lag auf dem Boden. Roberta. Mit einem grimmigen Lächeln hob Eden es auf und steckte es sich in die Tasche. Richter Snows Enkelin war bereits allseits bekannt für den Vorrat an Süßigkeiten, den sie mitgebracht hatte.

Inzwischen war es warm geworden. Der Pfad schlängelte sich unter hohen Espen hindurch. Die Sonne fiel durch das Blätterdach und ließ goldene Punkte auf dem Waldboden tanzen. Dieser Spaziergang, obwohl eine Mission, war auch angenehm. In den Baumkronen hüpften Eichhörnchen von Ast zu Ast, sie ließen sich von Eden nicht stören. Einmal jagte sogar ein Kaninchen quer über den Weg und verschwand raschelnd im Unterholz. Irgendwo hämmerte ein Specht an einen Baumstamm.

Eden schoss der Gedanke in den Kopf, dass sie noch nie so allein gewesen war. Kein einziges Zeichen von Zivilisation. Sie bückte sich erneut, um ein weiteres Papierchen aufzuheben. Nun gut – fast kein Zeichen.

Neue Gerüche strömten auf sie ein – Erde, Waldtiere, Pflanzen. Wildblumen reckten ihre Blütenköpfe aus dem Grün, weit widerstandsfähiger als Rosen aus dem Gewächshaus.

Eden freute sich darüber, dass sie inzwischen einige sogar mit Namen nennen konnte. Diese Blumen wuchsen Jahr für Jahr neu, ohne dass sich jemand um sie kümmerte. Sie kamen immer wieder zurück, begnügten sich mit dem, was sich ihnen bot, und machten das Beste daraus. Sie waren wie ein Symbol der Hoffnung für Eden. Sie könnte hier ihren Platz finden. Nein, sie hatte ihn schon gefunden, verbesserte sie sich still. Ihre Freunde in Philadelphia mochten sie für verrückt halten. Aber sie fing an, es hier zu genießen.

Der Espenhain war abrupt zu Ende. Die Sonne stand strahlend am Himmel und blendete Eden. Blinzelnd beschattete sie die Augen mit der Hand und sah zu der Elliot-Plantage hinüber.

Apfelbäume, so weit das Auge reichte. Nach Norden, Süden, Westen, Osten. Reihe um Reihe zogen sie sich über die sanften Hügel, manche alt und knorrig, andere jung und schlank. Eden stellte sich vor, wie wunderschön es hier im Frühling sein musste, wenn die Bäume in voller Blüte standen und die Luft mit ihrem süßen Duft erfüllten.

Überwältigend schön, dachte sie und trat an den Zaun, der den Besitz begrenzte. Ein Meer aus zarten weißen Blüten, inmitten hellgrüner Blätter, das musste einfach betörend sein. Jetzt waren die Blätter von einem dunklen, kräftigen Grün. Eden konnte in den Bäumen, die ihr am nächsten standen, die Früchte hängen sehen. Klein, schimmernd und grün, warteten sie darauf, dass die warme Sommersonne sie reifen lassen würde.

Wie oft in ihrem Leben hatte sie schon Apfelmus gegessen, das seinen Weg genau hier begonnen hatte? Bei dem Gedanken musste sie lächeln, während sie über den Zaun kletterte. Vor allem, weil sie sich immer einen kleinen Apfelhain vorgestellt hatte, gepflegt und gehegt von einem liebenswerten alten Kauz im Overall. Ein malerisches Bild, zudem ein schiefes, das mit der beeindruckenden Realität nichts gemeinsam hatte.

Ein Kichern drang an ihre Ohren. Eden drehte sich in die Richtung, aus der es gekommen war. Ein Apfel fiel von einem Baum und rollte ihr genau vor die Füße. Eden bückte sich und warf ihn mit Schwung fort, während sie auf den Baum zuging. Als sie aufschaute, sah sie drei Paar Turnschuhe auf den Ästen zwischen den Blättern leuchten.

„Meine Damen." Eden hielt ihre Stimme kühl, prompt erfolgten drei erschreckte leise Laute. „Anscheinend habt ihr euch auf dem Weg zum See verlaufen."

Robertas sommersprossiges Gesicht erschien zwischen den Blättern. „Hi, Miss Carlbough. Möchten Sie auch einen Apfel?"

Das freche Gör! Doch noch während sie das dachte, musste Eden sich ein Grinsen verkneifen. „Runter", sagte sie nur und trat näher an den Stamm, um zu helfen.

Die drei brauchten keine Hilfe. Innerhalb kürzester Zeit standen drei Mädchen sicher auf dem Boden vor Eden.

Die eine Augenbraue kritisch hochzog – eine Geste, die einschüchternd wirken sollte. „Ich bin mir sicher, ihr wisst, dass das Verlassen des Camps ohne Aufsicht und ohne Erlaubnis gegen die Regeln verstößt."

„Ja, Miss Carlbough." Die Antwort hätte betreten wirken können, wäre da nicht das spitzbübische Funkeln in Robertas Augen gewesen.

„Da offensichtlich keiner von euch Lust hatte, heute rudern zu gehen … In der Küche bei Mrs Petrie gibt es jede Menge zu tun." Eden war zufrieden mit sich über ihren Einfall. Candy würde bestimmt dazu gratulieren. „Ihr meldet euch erst bei Miss Bartholomew und danach zum Küchendienst bei Mrs Petrie."

Nur zwei der Mädchen ließen die Köpfe hängen und starrten auf ihre Fußspitzen.

„Halten Sie es für fair, uns Küchendienst aufzubrummen, Miss Carlbough?" Roberta, den angebissenen Apfel noch immer in der Hand, hob ihr Kinn. „Immerhin bezahlen unsere Eltern für das Camp."

Edens Handflächen wurden feucht. Richter Snow war ein extrem wohlhabender und einflussreicher Mann. Zudem war allgemein bekannt, dass er seine Enkelin anbetete. Sollte dieses kleine Biest sich beschweren ... Nein! In Gedanken atmete Eden tief durch. Sie würde sich nicht von diesem aufmüpfigen Zwerg einschüchtern oder gar erpressen lassen.

„Richtig, Roberta. Eure Eltern haben dafür bezahlt, dass ihr schöne Ferien verbringt und etwas lernt. Disziplin gehört ebenso dazu. Als sie euch in Camp Liberty angemeldet haben, geschah das in dem Einverständnis, dass ihr euch an die aufgestellten Regeln haltet." Sie blickte die Mädchen nacheinander an. „Aber wenn ihr darauf besteht, kann ich natürlich gern eure Eltern anrufen und den Vorfall mit ihnen besprechen."

„Nein, Ma'am, das wird nicht nötig sein." Roberta wusste, wann sie den Rückzug anzutreten hatte. „Wir helfen Mrs Petrie gern in der Küche, und es tut uns leid, dass wir die Regeln nicht beachtet haben", fügte sie mit einem gewinnenden Lächeln hinzu.

Sicher, und wenn ich nicht aufpasse, verkaufst du mir auch noch eine Waschmaschine, dachte Eden, doch sie ließ sich nichts anmerken. „Gut. Dann auf jetzt, zurück zum Camp."

„Meine Kappe!" Roberta wäre auf den Baum zurückgeklettert, hätte Eden sie nicht im letzten Moment festgehalten. „Sie hängt noch da oben an dem Ast. Bitte, Miss Carlbough!", quengelte der kleine Satansbraten. „Das ist meine Phillies-Kappe! Da sind Autogramme von allen Spielern drauf!"

Eden nickte. Ihre eigene Begeisterung für Baseball hielt sich in Grenzen, selbst wenn es um das Team ihrer Heimatstadt ging. Aber sie konnte sich durchaus vorstellen, was eine handsignierte

Kappe der Philadelphia Phillies einem Fan bedeutete. Noch dazu einem zwölfjährigen Mädchen. Noch dazu der Enkelin von Richter Snow. „Ihr geht zurück. Ich hole sie", bestimmte sie. „Miss Bartholomew soll sich nicht noch länger Sorgen um euch machen."

„Wir entschuldigen uns bei ihr."

„Das ist auch mehr als angebracht." Eden sah den dreien nach, wie sie über den Zaun kletterten. „Und keine Umwege!", rief sie. „Oder ich konfisziere die Kappe." Ein Blick auf Roberta überzeugte sie, dass diese Drohung ausreiche. „Monster", murmelte sie grinsend, als die drei über den Weg unter den Espen rannten.

Sie drehte sich wieder um und schaute an dem Baum hoch. Das Grinsen schwand. Alles, was sie nun tun musste, war, dort hinaufzuklettern. Bei Roberta und ihren Komplizinnen hatte es eigentlich recht einfach ausgesehen. Jetzt allerdings wirkte es irgendwie nicht mehr so leicht.

Eden reckte die Schultern, machte einen Schritt vor und griff nach einem tief hängenden Ast. Früher war sie alljährlich in die Schweiz gefahren, zum Bergsteigen. So viel schwerer konnte das hier nicht sein.

Sie zog sich hoch und verkantete den Fuß am ersten Aststumpf, der sich bot. Die Rinde fühlte sich rau an ihren Händen an. Eden konzentrierte sich auf ihre Aufgabe und ignorierte die Abschürfungen. Beide Füße sicher verankert, griff sie nach dem nächsten Ast. Stück für Stück arbeitete sie sich nach oben. Blätter streiften über ihr Gesicht.

Dann sah sie die Kappe. Sie hing an einem kurzen Ast, knapp einen Meter über ihr. Als Eden den Fehler machte und nach unten sah, zog sich ihr Magen ungut zusammen. Also sieh nicht hinunter, befahl sie sich. Was du nicht sehen kannst, kann dir auch nichts antun. Hoffte sie. Inständig.

Vorsichtig reckte sie sich nach der Kappe. Als ihre Finger sie endlich fühlten und fassten, stieß Eden einen erleichterten Seufzer aus. Sie setzte sich die Kappe auf. Dann wurde ihr Blick unwillkürlich von dem Bild angezogen, das sich ihr darbot.

Von hier oben aus der Vogelperspektive konnte sie die ganze Plantage übersehen. Die perfekte Symmetrie der Anlage fesselte sie. Es war unsagbar faszinierend. Hinter dem Wäldchen konnte sie noch das leuchtende Blau des Sees erkennen. Weiter hinten lagen scheunenähnliche große Gebäude und etwas, das wie ein Gewächshaus aussah. Vielleicht eine Viertelmeile entfernt stand ein Pick-up auf einer staubigen Lehmstraße geparkt. Jetzt, da es wieder still geworden war, nahmen die Vögel ihren Gesang erneut auf. Eden drehte den Kopf, als ein zitronengelber Schmetterling vorbeiflog, und sah ihm nach.

Die Aromen von Blättern, Obst und Erde vermischten sich zu einem urwüchsigen Geruch. Eden konnte nicht widerstehen, sie streckte die Hand aus und pflückte einen sonnenwarmen Apfel.

Der eine wird sicher nicht fehlen, entschied sie und biss herzhaft hinein. Der Apfel war noch nicht ganz reif, und sein herber Geschmack ließ in Sekundenbruchteilen ihre Geschmacksknospen aufblühen. Eden erschauerte leicht. Es war eine geradezu sinnliche Erfahrung. Sie nahm den zweiten Bissen. Köstlich! Das war alles, was sie denken konnte. Köstlich und aufregend. Aber das sagte man ja wohl im Allgemeinen von verbotenen Früchten. Ein Lächeln breitete sich auf ihrem Gesicht aus, als sie zum dritten Mal in den Apfel biss.

„Was, zum Teufel, tust du da?"

Erschreckt zuckte Eden zusammen. Sie wäre fast vom Baum gefallen, als die donnernde Stimme zu ihr hinaufschallte. Erst schluckte sie hastig den Bissen im Mund herunter, bevor sie nach unten schaute.

Er hatte die Hände in die Hüften gestemmt. Schlanke Hüften. Ein Hemd aus ausgewaschenem Jeansstoff spannte sich über breiten Schultern, aufgerollte Hemdsärmel gaben den Blick auf gebräunte, athletische Unterarme frei.

Mit einem mulmigen Gefühl richtete Eden die Augen auf sein Gesicht. Es war sonnengebräunt wie seine Arme. Er hatte ausgeprägte Wangenknochen und eine lange Nase, die nicht wirklich gerade war. Die vollen Lippen presste er jetzt gerade zusammen. Ungebändigtes schwarzes Haar fiel ihm in die Stirn und über den Hemdskragen. Helle grüne Augen, unglaublich klar, sahen böse zu ihr auf.

Ein Apfel, Eden und jetzt auch noch die Schlange. Der Vergleich schoss ihr in den Kopf, ohne dass sie richtig überlegt hatte. Na großartig! Da war sie also vom Vorarbeiter beim Apfelstibitzen erwischt worden. Da unauffälliges Verschwinden unmöglich war, öffnete sie den Mund, um zu einer Erklärung anzusetzen.

„Gehörst du etwa zum Camp, junge Lady?"

Die Frage und der Ton ließen Eden die Stirn runzeln. Sie mochte keinen Cent mehr haben, sie mochte ihren Lebensunterhalt zusammenkratzen müssen, aber sie war immer noch eine Carlbough. Und eine Carlbough konnte ganz sicherlich mit dem Vorarbeiter einer Apfelplantage umgehen. „Stimmt, ich gehöre zum Camp. Ich würde gern …"

„Dir ist klar, dass das hier Privatbesitz ist, in den du unbefugt eingedrungen bist?"

Das Blau ihrer Augen verdunkelte sich, das einzige sichtbare Zeichen von Verlegenheit und Wut. „Ja, das weiß ich, aber …"

„Diese Bäume hier wurden nicht gepflanzt, damit kleine Mädchen darauf herumklettern können."

„Ich glaube kaum …"

„Komm sofort da runter." Das war definitiv ein Befehl. „Ich werde dich zur Leiterin des Camps bringen."

Das Temperament, das Eden bisher immer mühelos im Zaum hatte halten können, begann zu brodeln. Sie spielte ernsthaft mit dem Gedanken, ob sie diesem Mann da nicht ihren angebissenen Apfel an den Kopf werfen sollte. Niemand, aber wirklich absolut niemand, gab Eden Carlbough Befehle. „Das wird kaum nötig sein."

„Ich entscheide, was nötig ist und was nicht. Komm runter."

Oh ja, sie würde von dem Baum herunterkommen. Und dann würde sie diesen Rüpel mit ein paar wohl gewählten Worten auf den Platz verweisen, auf den er gehörte.

Der Ärger beflügelte sie auf dem Weg nach unten. Ast um Ast ließ er keinen Raum, daran zu denken, dass sie nicht besonders viel Erfahrung darin hatte, auf Bäumen herumzuklettern. Die zwei Kratzer, die sie sich zuzog, spürte sie nicht einmal. Ihr Rücken war dem Mann zugekehrt, als sie den Fuß in eine Astgabelung setzte. Es würde ihr ein immenses Vergnügen sein, den Kerl mit eiskalter Würde und vernichtender Distanziertheit in Grund und Boden zu rammen. Nur weil er sie am falschen Ort zur falschen Zeit ertappt hatte! Sie malte sich schon aus, wie er immer kleiner wurde und hilflos stotternd um Entschuldigung bat.

Genau in diesem Moment rutschte ihr Fuß ab. Ihr reflexartiger Griff verfehlte den nächsten Ast nur um einen Zentimeter. Mit einem Aufschrei, der sowohl Schreck wie auch Überraschung ausdrückte, fiel sie rückwärts.

Die Luft wich aus ihren Lungen, als sie gegen etwas Hartes fiel. Die muskulösen sonnengebräunten Arme, die sie von oben aus dem Baum gesehen hatte, hielten sie jetzt umschlungen. Der Aufprall warf sie beide zu Boden, und sie kullerten über das Gras.

Als die Welt endlich aufhörte sich zu drehen, fand Eden sich unter einem sehr großen, sehr knackigen Männerkörper wieder.

Robertas Baseballkappe war ihr bei dem Sturz vom Kopf gefallen. Edens Gesicht war jetzt nicht mehr verdeckt, die Sonne schien direkt hinein. Chase starrte sie an. An seiner Brust fühlte er weiche Rundungen.

„Sie sind ja gar nicht zwölf Jahre alt", murmelte er.

„Mit Sicherheit nicht."

Amüsiert verlagerte er sein Gewicht, aber er machte keinerlei Anstalten, aufzustehen. „Da oben in dem Baum konnte ich Ihr Gesicht nicht genau erkennen." Die Zeit nahm er sich allerdings jetzt. „Sie sind ja ein echter Glücksfall." Unbekümmert strich er ihr das Haar aus der Stirn. Seine Fingerspitzen waren rau. So ähnlich hatte sich die Baumrinde an ihren Handflächen angefühlt. „Was tun Sie in einem Sommercamp für kleine Mädchen?"

„Ich leite es", antwortete sie kühl. Es war ja keine komplette Lüge. Und da es ihren Stolz heftig angekratzt hätte, sich unter ihm zu winden, entschied sie sich für einen eisigen Blick. „Dürfte ich Sie wohl bitten …?" Die hochgezogene Augenbraue war eindeutig.

„Sie leiten es?" Da sie aus einem seiner Bäume gefallen war, sah er auch keinen Grund, ihrer Aufforderung nachzukommen. „Ich habe die Leiterin doch getroffen. Bartholomew, nicht wahr? Rote Locken, hübsches Gesicht." Er musterte Edens klassische Gesichtszüge. „Sie sind das auf jeden Fall nicht."

„Ganz offensichtlich nicht. Ich bin ihre Partnerin. Eden Carlbough."

„Von den Carlboughs aus Philadelphia?"

Sein amüsierter Ton war ein weiterer Anschlag auf ihren Stolz. Den Eden mit einem vernichtenden Blick parierte. „Das ist korrekt."

Interessantes kleines Ding, dachte Chase. Die Verkörperung der Etikette aus vornehmem Stall. „Es ist mir ein Vergnügen, Ihre Bekanntschaft zu machen, Miss Carlbough. Ich bin Chase Elliot, von den Elliots aus South Mountain."

2. KAPITEL

Na bravo, das passte ja bestens! Eden starrte in sein Gesicht. Also nicht der Vorarbeiter, nein, sondern gleich der vermaledeite Besitzer. Ertappt beim Apfelstehlen – vom Besitzer. Vom Baum gefallen – auf den Besitzer. Auf dem Boden festgehalten – vom Besitzer.

Eden atmete tief durch. „Sehr erfreut. Wie geht es Ihnen, Mr Elliot?"

Als säße sie im eleganten Teesalon. Für so viel Haltung musste Chase sie bewundern. Dann brach er in lautes Lachen aus. „Danke, mir geht es bestens, Miss Carlbough. Und Ihnen?"

Er lachte sie aus. Trotz Skandal und Schande hatte niemand es gewagt, sie auszulachen. Zumindest nicht offen. Ihre Lippen begannen zu beben, kurz nur, dann beherrschte sie sich. Sie würde diesem Rüpel nicht die Befriedigung gönnen und ihn sehen lassen, wie wütend er sie machte.

„Mir geht es auch gut, danke. Oder besser, mir würde es gut gehen, wenn Sie mich aufstehen ließen."

Stadtmanieren, dachte er. Absolut korrekt – und absolut bedeutungslos. Sein Benehmen war zwar nicht so geschliffen, aber dafür ehrlicher. „Gleich. Ich finde diese Unterhaltung faszinierend."

„Vielleicht könnten wir sie dann im Stehen fortführen."

„Also, ich liege bequem." Was nicht ganz stimmte. Die weichen Kurven ihres Körpers verursachten ihm einige Probleme. Statt sich darüber Sorgen zu machen, beschloss Chase, die Situation zu genießen. Und sie. „Nun, wie gefällt Ihnen das Leben in der Wildnis?"

Er machte sich noch immer über sie lustig, gab sich nicht einmal die Mühe, es zu verbergen. Eden konnte die Wut regelrecht auf ihrer Zunge schmecken. Sie schluckte sie wieder hinunter. „Mr Elliot …"

„Chase", fiel er ihr sofort ins Wort. „Ich denke, unter den gegebenen Umständen können wir auf die Formalitäten verzichten."

Eden versuchte, ihn von sich zu drücken, aber sie hätte sich genauso gut an einem Felsen versuchen können. „Das ist ja lächerlich. Sie müssen mich aufstehen lassen!"

„Ich *muss* gar nichts. Eigentlich muss ich nur selten etwas tun." Er sprach lässig, lang gezogen. Es war nicht zu übersehen, dass er sich in seiner Unverschämtheit sonnte. Dennoch fehlte seinen Worten nichts von der Kraft, mit der er sie vorhin angedonnert hatte.

„Ich habe viel über Sie gehört, Eden Carlbough." Und er hatte die Fotos in den Zeitungen gesehen. Jetzt allerdings wurde ihm klar, dass die Bilder ihr nicht gerecht wurden. Diese kühle Sinnlichkeit konnte zweidimensional nicht wiedergegeben werden. „Ich hätte niemals damit gerechnet, dass eines Tages eine Carlbough aus Philadelphia aus meinen Apfelbäumen fällt."

Edens Atem flatterte. Da hatte man ihr jahrelang beigebracht, Gefühlsausbrüche herunterzuschlucken und mit Höflichkeit auf jedwede Provokation zu reagieren. Und dann löste sich all dieses Training angesichts eines Farmers Stückchen für Stückchen in Wohlgefallen auf. „Ich hatte nicht die Absicht, aus Ihren Bäumen zu fallen."

„Sie wären nicht gefallen, wenn Sie nicht hineingeklettert wären." Er lächelte. Wie gut, dass er beschlossen hatte, den Kontrollgang durch ausgerechnet diesen Teil der Plantage selbst zu übernehmen.

Das Ganze hier konnte unmöglich wirklich passieren! Für einen kurzen Moment schloss Eden die Augen, in der Hoffnung, dass alles wieder an seinen rechten Platz rücken würde. Es war schlicht unmöglich, dass sie auf dem Rücken im Gras lag, einen fremden Mann auf sich. „Mr Elliott." Ihre Stimme klang ruhig und vernünftig, als sie zu einem neuerlichen Versuch ansetzte. „Wenn Sie mich aufstehen lassen, werde ich Ihnen gerne alles erklären."

„Die Erklärung zuerst."

Ihr stand schlichtweg der Mund offen. „Sie sind der unverschämteste und ungehobeltste Mann, der mir je untergekommen ist."

„Mein Land, meine Regeln", bemerkte er knapp. „Also, dann lassen Sie mal Ihre Erklärung hören."

Fast war es zu viel, den Fluss von Beschimpfungen zurückzuhalten, der ihr auf der Zunge lag. Sie musste blinzeln, wenn sie ihn anschauen wollte, weil ihr die Sonne ins Gesicht schien. Hinter ihren Schläfen begann es bereits schmerzhaft zu pochen. „Drei meiner Mädchen haben sich aus dem Camp geschlichen. Unglücklicherweise sind sie über den Zaun auf Ihren Besitz geklettert. Ich habe sie gesucht und gefunden, habe sie angewiesen, aus dem Baum zu kommen, und ins Camp zurückgeschickt, wo sie in diesem Moment ihre Strafe erhalten."

„Teeren und federn?"

„Sie würden das wahrscheinlich vorziehen, doch wir haben uns auf Küchendienst geeinigt."

„Klingt auch gut. Das erklärt aber immer noch nicht, wieso Sie aus meinem Baum und in meine Arme gefallen sind. Über Letzteres beschwere ich mich ja gar nicht. Sie riechen nach Paris." Zu Edens völliger Verblüffung vergrub er sein Gesicht in ihrem Haar. „Aufregende Nächte in Paris."

„Hören Sie auf mit dem Unsinn." Jetzt hörte sich ihre Stimme ganz und gar nicht mehr beherrscht und ruhig an.

Chase konnte ihren hämmernden Herzschlag an seiner Brust spüren. Eigentlich würde er gern mehr als nur eine Kostprobe ihres Dufts erleben. Doch als er den Kopf hob, schaute sie ihn mit weit aufgerissenen Augen an. Und außer dem Tiefblau darin erkannte er noch etwas – Furcht.

„Eine Erklärung", sagte er leichthin. „Mehr will ich im Moment gar nicht."

Edens Herz schlug ihr bis zum Hals. Wie von allein fiel ihr Blick auf seine Lippen. Hatte sie jetzt den Verstand verloren? Glaubte sie wirklich, seine Lippen schmecken zu können? Sie fühlte, wie ihre Muskeln erschlafften, und sofort spannte sie sich wieder an. Ja, sie musste verrückt geworden sein. Wenn er eine Erklärung hören wollte, dann würde sie ihm eine geben.

Und dann würde sie zusehen, dass sie so schnell wie möglich von ihm wegkam.

„Eines der Mädchen …" Verärgert dachte sie an Roberta. „Eines von ihnen hat seine Kappe im Baum hängen lassen."

„Also sind Sie hochgeklettert, um sie zu holen." Nickend akzeptierte er ihre Begründung. „Nur weiß ich noch immer nicht, wieso Sie sich von meinen Äpfeln bedient haben."

„Er war sowieso mehlig."

Grinsend fuhr er mit einem Finger an ihrem Kinn entlang. „Das bezweifle ich. Ich kann mir eher vorstellen, der Apfel war hart und sauer und köstlich. Ich habe in meinem Leben schon mehr als genug Bauchweh gehabt, weil ich unreife Äpfel verschlungen habe. Aber der Geschmack ist es wert."

Etwas höchst Unerwünschtes breitete sich plötzlich in ihr aus – ein warmes, prickelndes Gefühl, dass von ihrem Bauch in jede Faser ihre Körpers ausstrahlte. Was war das? Vor Schreck machte Eden sich ganz steif. Ihr Blick und ihre Stimme wurden eisig. „Sie haben Ihre Erklärung bekommen. Und ich habe mich entschuldigt."

Er feixte. „Eine Entschuldigung habe ich bisher nicht gehört."

Eden wurde heiß. Das fehlte noch! Sie würde sich eher die Zunge abbeißen, als jetzt noch bei ihm zu Kreuze zu kriechen. „Ich wünsche, dass Sie mich sofort aufstehen lassen!", bemerkte sie beherrscht. „Ich kann Sie nicht davon abhalten, Anzeige zu erstatten, wenn Sie das wegen zweier wurmstichiger Äpfel unbedingt tun müssen. Aber im Moment habe ich wirklich genug von Ihrer lächerlichen hinterwäldlerischen Arroganz."

Seine Äpfel waren die besten im ganzen Land. Und doch genoss Chase die Vorstellung, wie Miss Carlbough aus Philadelphia mit ihren hübschen weißen Zähnen auf einen Wurm stieß. „Bis jetzt haben Sie noch keine Erfahrung mit meiner hinterwäldlerischen Arroganz gemacht. Vielleicht sollten Sie das."

„Das wagen Sie nicht", setzte sie an. Doch sein Mund brachte sie zum Schweigen.

Der Kuss überrumpelte sie. Er war rau und fordernd und herb wie der Apfel. Verbotene Früchte. Als Frau, die an galantes Werben und geistreichen Charme gewöhnt war, ließ dieser drängende Kuss sie reglos verharren. Sie war zu keiner Bewegung fähig, reagierte in keiner Weise. Weder protestierte sie, noch wehrte sie sich. Dann streichelten seine Hände über ihr Gesicht. Wie auch sein Kuss, waren seine Handflächen rau und erregend.

Er bereute es nicht. Obwohl er ein Mann war, der niemals von einer Frau nahm, was ihm nicht angeboten wurde, bereute er es nicht. Nicht, wenn die Frucht so süß und verlockend war. Zwar rührte sie sich nicht, aber er konnte die erschreckte Erregung auf ihren Lippen schmecken. Oh ja, so süß. So unschuldig. Und sehr gefährlich. Er hob den Kopf, als sie anfing, sich unter ihm zu winden.

„Langsam", murmelte er. Noch immer streichelte er mit dem Daumen über ihr Kinn. „Es scheint, als wären Sie keineswegs die Frau von Welt, als die Sie überall dargestellt werden."

„Lassen Sie mich sofort los." Ihre Stimme zitterte, aber sie war längst über den Punkt hinaus, dass sie das noch stören würde.

Chase richtete sich auf und zog sie mit sich auf die Füße. „Brauchen Sie Hilfe, um den Staub abzuschlagen?"

„Sie sind der unausstehlichste Mann, den ich je getroffen habe."

„Das glaube ich Ihnen gern. Zu schade, dass Sie so lange behütet und verwöhnt wurden." Eden drehte sich bereits ab, doch er legte eine Hand auf ihre Schulter und zog sie wieder zu sich herum. „Es wird interessant sein zu sehen, wie lange Sie es hier aushalten – ohne die grundlegenden Dinge des Lebens wie Ihren Butler und Ihren Coiffeur."

Er war nicht anders als alle anderen! Eden bemühte sich um Contenance. Den verletzten Stolz und die Selbstzweifel umhüllte sie mit einem Hauch Überheblichkeit. „Ich komme zu spät zu meiner nächsten Unterrichtsstunde. Wenn Sie mich dann entschuldigen wollen, Mr Elliot."

Er ließ seine Hand von ihrer Schulter sinken. „Halten Sie Ihre Mädchen von meinen Bäumen fern!", warnte er. „Bei so einem Sturz kann viel passieren."

Sein Lächeln ließ alle möglichen Beschimpfungen für ihn in ihrem Kopf aufblitzen, doch Eden biss sich auf die Zunge. Sie drehte sich um und beeilte sich, dass sie über den Zaun kam.

Chase sah ihr nach, bis sie im Espenwald verschwand. Sein Blick fiel auf die Kappe, die zu seinen Füßen lag. Er bückte sich, um sie aufzuheben. Das ist so gut wie eine Einladung, dachte er und stopfte sie sich in die Hosentasche.

Den Rest des Tages bemühte Eden sich mit aller Macht, nicht zu denken. An nichts. Candy erzählte sie ganz bewusst von ihrem Zusammenstoß mit Chase Elliot nichts. Das würde nämlich bedeuten, dass sie dann darüber nachdenken müsste.

Die Erniedrigung, in einem Baum erwischt zu werden, war schlimm genug. Unter anderen Umständen hätten Candy und sie vielleicht sogar noch darüber lachen können. Unter anderen Umständen.

Doch schlimmer als die Peinlichkeit, schlimmer als die Wut waren die Gefühle. Eden hätte sie nicht definieren können, dennoch hielt sich jede einzelne Empfindung, die sie dort in dem Apfelhain gehabt hatte, deutlich und intensiv in ihrer Erinnerung. Weder konnte sie sie abschütteln noch betäuben. Davon, dass sie sie gänzlich ausblenden könnte, ganz zu schweigen. Nur eines war ihr völlig klar: Es war immens wichtig, dass sie diese Gefühle irgendwie eindämmte, bevor sie sich vermehrten.

Lächerlich. Das war wirklich ganz und gar lächerlich! Sie kannte Chase Elliot ja nicht einmal. Und sie wollte ihn auch gar nicht kennenlernen. Zugegeben: Sie konnte nicht vergessen, was passiert war. Aber sie konnte auf jeden Fall dafür sorgen, dass sich so etwas nicht noch einmal wiederholte.

Während des letzten Jahres hatte sie gezwungenermaßen ihr Leben in die eigene Hand genommen. Sie wusste jetzt, was es hieß, kämpfen zu müssen, sie wusste auch, wie Misserfolge sich anfühlten. Dennoch würde sie die Zügel nie wieder aus der Hand geben. Enttäuschung und Ernüchterung hatten sie stärker gemacht. Das war immerhin ein Lichtstreif am Horizont.

Und weil sie diese Entscheidung für sich getroffen hatte, erkannte sie in Chase Elliot auch einen Mann, der die Zügel für sein Leben in der Hand hielt – und zwar sehr, sehr straff. Er war unhöflich und dreist, aber sie hatte auch die Stärke und Autorität in ihm erkannt.

Nun, von dominanten Männern hatte sie die Nase voll. Ob ungeschliffen oder weltgewandt, unter der Oberfläche waren sie alle gleich. Seit der Erfahrung mit Eric war Edens Meinung über Männer im Allgemeinen auf einen Tiefststand gerutscht. Und die Begegnung mit Chase hatte nicht dazu beigetragen, diese aufzuwerten.

Sich mit der Routine des Camps anzufreunden, reichte aus, um ihre Gedanken zu beschäftigen. Da sie nicht Candys Ausbildung und jahrelange Erfahrung als Pädagogin vorzuweisen hatte, hielt sich ihre Verantwortung in Grenzen. Aber zumindest hatte sie das befriedigende Bewusstsein, mehr als nur ein Zuschauer zu sein, sogar sehr viel mehr.

Ehrgeiz war plötzlich zu einem bisher ungekannten Phänomen in ihrem Leben geworden. Wenn sie die Ställe jetzt schon selbst ausmisten musste, würde es in Camp Liberty die saubersten Ställe überhaupt geben. Und wenn sie die Pferde jetzt schon persönlich striegelte, würden sie das schimmerndste Fell in ganz Pennsylvania haben. Dazu war Eden fest entschlossen. Die erste Blase an ihren Fingern hatte Eden als eine Art Orden betrachtet.

Die einsetzende Hektik, sobald die Glocke zum Abendessen rief, schüchterte Eden noch immer ein. Siebenundzwanzig Mädchen im Alter zwischen zehn und vierzehn stürmten dann den Speisesaal. Es gehörte zu Edens neuen Aufgaben, Ordnung zu halten. Aus dem Lärm ließen sich Gesprächsfetzen auffangen, normalerweise drehten sich die Themen um Jungs und

Rockstars, um dann wieder zu Jungs zurückzukehren. Mit ein wenig Glück ließen sich Schubsen und Stoßen an der Essenausgabe vermeiden. Aber für dieses Glück waren Adleraugen unerlässlich.

Die Hochglanzbroschüren von Camp Liberty hatten gesunde Vollwertkost versprochen. Das heutige Abendmenü bestand aus knusprigem Grillhähnchen, Kartoffelpüree und gedünstetem Brokkoli. Geschirr klapperte, während die Mädchen sich geordnet in einer Reihe an der Essenausgabe vorbeischoben.

„Ein guter Tag." Candy stand neben Eden und schaffte es, den ganzen Raum mit ihrem Blick zu überwachen.

„Und fast vorbei." Noch während sie es aussprach, stellte Eden erfreut fest, dass ihr Rücken heute lange nicht mehr so schmerzte wie noch in den ersten beiden Tagen. „Da sind zwei Mädchen bei mir im morgendlichen Reitkurs, die echtes Talent zeigen. Ich hatte gedacht, ich könnte ihnen vielleicht ein wenig Extrazeit widmen, vielleicht an zwei weiteren Tagen in der Woche."

„Toll. Wir sehen uns nachher zusammen den Plan an." Candy beobachtete, wie eine der Betreuerinnen ein Mädchen dazu überredete, doch von dem Brokkoli zu nehmen. „Ich wollte dir noch sagen, dass du den kleinen Zwischenfall mit Roberta und ihren Komplizinnen großartig gemeistert hast. Der Küchendienst war eine brillante Idee."

„Danke." Wie weit war sie gesunken, wenn ein kleines Lob ihre Brust schon vor Stolz anschwellen ließ?! „Ich habe allerdings ein schlechtes Gewissen, dass ich die drei Mrs Petrie aufgehalst habe."

„Laut Mrs Petrie waren die drei stramme kleine Soldaten."

„Roberta?!"

„Ja, kaum vorstellbar, ich weiß." Mit einem schiefen Lächeln sah Candy zu dem Mädchen hinüber. „Da wartet man nur darauf, dass das dicke Ende noch kommt. Sag, erinnerst du dich noch an Marcia Delacroix in Camp Forden?"

„Wie könnte ich die vergessen!" Nachdem alle Kinder an den Tischen saßen, stellten Eden und Candy sich an. „Sie war es doch, die die Ringelnatter in Miss Fordens Wäscheschublade gelegt hat, oder?"

„Genau." Candy sah noch einmal zu Roberta hinüber. „Glaubst du eigentlich an Reinkarnation?"

Lachend empfing Eden ihre Kelle Kartoffelpüree. „Okay, von jetzt an werde ich meine Unterwäsche genauestens überprüfen." Sie nahm ihr Tablett hoch und steuerte auf die Tische zu. „Weißt du, Candy, ich ..." Und dann sah sie es. Es lief vor ihr ab wie in Zeitlupe.

Roberta, ein teuflisches Funkeln in den Augen, hielt ihre Gabel senkrecht vor sich. An den Gabelzinken haftete ein ansehnlicher Klumpen Püree. Sie bog die Gabel zurück und zielte, ließ die Gabel dann vorschnellen. Noch bevor Eden den Mund aufmachen konnte, landete der Brei in den Haaren von Robertas Gegenüber. Damit brach das Chaos aus.

Kartoffelpüree flog durch die Luft, aus allen und in alle Richtungen. Mädchen kreischten. Mehr Klümpchen segelten durch die Luft. Innerhalb von Sekunden waren Stühle, Tische und Mädchen mit einer dicken Lage goldgelben Breis überzogen.

Wie ein General marschierte Candy in die Mitte des Kampfgetümmels und hob die Trillerpfeife an die Lippen. Bevor sie dazu kam, die Pfeife auch zu blasen, traf eine Ladung Kartoffelbrei sie knapp über dem Auge.

Sofort senkte sich erschreckte Stille über den Saal.

Das Tablett noch in den Händen, blieb Eden reglos stehen. Sie wagte nicht zu atmen. Nur die kleinste, die allerkleinste Bewegung, und sie würde in hilfloses Lachen ausbrechen. Schon jetzt wollte sich das Kichern in ihrer Kehle hocharbeiten. Es raubte ihr den Atem.

Mit den Fingern zog Candy sich das Püree von der Augenbraue. „Meine Damen!" Bei Candys Ton blieb sogar Eden das Herz stehen. „Ihr werdet eure Mahlzeit in aller Stille zu Ende essen, und wenn ich ‚in aller Stille' sage, dann meine ich auch genau das damit. Danach werdet ihr alle euch Eimer, Schrubber und Lappen holen und den Speisesaal putzen, bis er blitzt und funkelt."

„Ja, Miss Bartholomew." Allgemein zerknirschte Zustimmung wurde gemurmelt, nur Robertas Stimme klang klar und hell durch den Raum. Mit brav gefalteten Händen bot sie das Bild eines wahren Unschuldsengels.

Gute zehn Sekunden ließ Candy die gedrückte Stimmung noch wirken, dann drehte sie sich um, kam zu Eden zurück und hob ihr Tablett auf. „Wenn du jetzt anfängst zu lachen, lasse ich dich deine eigene Zunge verschlucken."

„Wer lacht denn hier?" Eden hüstelte verkrampft. „Ich auf jeden Fall nicht."

„Doch, du lachst." Candy rauschte wie ein Schlachtschiff zum Tisch, an dem die Betreuer saßen. „Du bist nur clever genug, es zu verstecken."

Eden setzte sich und breitete die Serviette über ihren Schoß. „Du hast Kartoffelpüree in der Augenbraue." Als Candy sie empört anfunkelte, hob sie hastig die Kaffeetasse an die Lippen, um das Grinsen zu verstecken. „Steht dir irgendwie."

Candy sah vielsagend auf den eigenen Teller. „Möchtest du es mal selbst ausprobieren?"

„Bist du nicht immer diejenige, die mir Vorträge hält, dass wir mit gutem Beispiel vorangehen müssen?" Eden biss herzhaft in ihr Hähnchen. „Mrs Petrie ist wirklich ein Schatz, nicht wahr?"

Es dauerte gute zwei Stunden, bevor der Speisesaal wieder sauber war und auch die Pfützen der jungen unerfahrenen Reinigungscrew trocken gewischt waren. Als es hieß „Licht aus", hatten die Mädchen keine Energie mehr für die üblichen allabendlichen Verzögerungen. Angenehme Stille senkte sich über das Camp.

Waren die Morgen für Eden schlimm, so genoss sie die Abende umso mehr. Nach dem langen Tag mit den vielen Aktivitäten war sie abends angenehm müde und entspannt. Die

Geräusche der Nacht, die Laute der Tiere und das Summen der Insekten, wurden ihr langsam vertraut.

Inzwischen freute sie sich auf die ruhige Stunde, in der sie in den funkelnden Sternenhimmel emporschauen konnte. Hier gab es keine Theatervorstellungen, für die man sich umziehen musste, keine Partyeinladungen, die man wahrnehmen musste. Je länger Eden ohne ihr ehemaliges Leben auskommen musste, desto weniger vermisste sie es.

Vermutlich wurde sie endlich erwachsen. Ein Gedanke, der ihr behagte. Erwachsen werden bedeutete wohl, letztendlich zu erkennen, was wirklich wichtig im Leben war. Dieses Camp hier war wichtig. Die Freundschaft mit Candy war sogar extrem wichtig. Die Mädchen, die einen Sommer lang unter ihrer Obhut standen, waren wichtig, auch das raffinierte Früchtchen Roberta Snow.

Eden wurde jäh klar, dass sie, selbst wenn man ihr alles das wieder anbieten würde, was sie einst gehabt hatte, ihr altes Leben nie wieder so aufnehmen würde, wie sie es einst geführt hatte.

Sie hatte sich verändert. Ihr gefiel diese neue Eden Carlbough, auch wenn sie sicher war, dass der Prozess der Veränderungen noch lange nicht abgeschlossen war. Die neue Eden war unabhängig. Nun gut, nicht finanziell. Aber emotional. Ihr war nie klar gewesen, wie sehr sie sich auf ihren Vater verlassen hatte, auf ihren Verlobten, auf das Hauspersonal. Die neue Eden löste ihre Probleme selbst, die kleinen und die großen. Sorgfältig manikürte Hände hatte sie nicht mehr, stattdessen waren ihre Nägel kurz geschnitten und unlackiert. Praktisch eben, dachte sie. Zupackend. Sie hielt eine Hand hoch, um sie zu betrachten. Ihr gefiel, was sie sah.

Ein letzter Kontrollgang zu den Ställen gehörte mit zu Edens allabendlichem Ritual. Es festigte ihr neues Selbstbewusstsein, sobald sie die Ställe betrat.

Hier drinnen roch es nach Heu und Leder und Pferden. Das hier war ihr Beitrag. Auf den meisten anderen Gebieten musste sie sich auf ihren Stolz und ihre Courage verlassen, auf diesem hier jedoch besaß sie fundiertes Wissen. Candy mochte eine gotische Kathedrale aus Pappmaschee bauen können, doch die Freundin verstand nichts von gezerrten Sehnen oder gespaltenen Hufen.

Eden blieb bei der ersten Pferdebox stehen, vor Courage, dem gescheckten Wallach. Sie hatte eine Papiertüte mit sechs Apfelhälften dabei. Es war ein allabendliches Ritual, an das die Pferde sich sehr schnell gewöhnt hatten. Courage steckte den Kopf über das Tor und schmiegte seine Schnauze in Edens Hand.

„Ja, du bist ein guter Junge", murmelte sie und griff in die Tüte. „Manche Mädchen kennen den Unterschied zwischen einem Sattel und einem Steigbügel noch immer nicht. Aber das werden wir ändern, nicht wahr?" Auf der flachen Hand bot sie dem Pferd den Apfel an.

Während Courage zufrieden kaute, ging Eden in die Box, um ihn sich anzusehen. Den Wallach hatte sie günstig erstanden. Er war alt und hatte einen Senkrücken. Aber sie hatte ja nicht nach Vollblütern gesucht, sondern nach zuverlässigen und friedfertigen Tieren. Zufrieden, dass er gründlich gestriegelt worden war, verriegelte sie die Boxtür hinter sich und ging zum nächsten Pferd.

Nächsten Sommer würden sie mindestens drei weitere Stuten anschaffen. Ein Lächeln auf dem Gesicht, ging Eden von Box zu Box. Die Frage, ob es Camp Liberty im nächsten Sommer noch gab, stellte sie sich erst gar nicht. Natürlich würde es das Camp nächsten Sommer geben. Und sie würde dazugehören. Als fester Bestandteil.

Viel mehr als ihr Geld und ihr Händchen für Pferde hatte sie eigentlich nicht mitgebracht. Candy war diejenige mit der Ausbildung. Candy, die mit drei Schwestern aufgewachsen war, in einer Familie, in der Tradition immer wichtiger gewesen war als Geld. Im Gegensatz zu Eden hatte Candy immer gewusst, dass sie für ihren Lebensunterhalt würde arbeiten müssen, und hatte sich darauf vorbereitet. Aber Eden lernte schnell. Wenn

Camp Liberty zu seiner zweiten Saison eröffnete, dann würde sie mit mehr als nur ihrem Namen Partner sein.

Die ehrgeizigen Pläne wuchsen schnell. In wenigen Jahren würde Camp Liberty für sein Reitprogramm im ganzen Land bekannt sein. Der Name Carlbough würde wieder ein respektierter Name sein. Irgendwann würde es vielleicht sogar eine Zeit geben, da ihre Bekannten aus Philadelphia ihre Kinder zu ihr ins Sommercamp schickten. Eine Ironie des Schicksals, die Eden durchaus zusagte.

Nachdem die fünfte Apfelhälfte verteilt war, ging Eden schließlich zur letzten Box. Hier stand Patience, eine alte Stute. Sie ertrug mit Engelsgeduld jeden Reiter, so schlecht er auch sein mochte – solange sie nur genügend Zuneigung und Streicheleinheiten bekam. Die alten Knochen schmerzten, und Eden fühlte mit ihr. Oft verbrachte sie eine zusätzliche Stunde damit, die Stute mit Salbe einzureiben.

„Hier, mein Schatz." Während Patience auf ihrem Apfel herumkaute, hob Eden Huf um Huf an. „Da war aber jemand nachlässig, nicht wahr?", murmelte sie und holte ihr Hufmesser aus der Tasche. „Wer hat dich denn zuletzt geritten? Die kleine Marcie, nicht wahr? Da steht dann wohl ein ernsteres Gespräch über Verantwortung an."

Eden seufzte. „Ich verabscheue ernste Gespräche über Verantwortung. Vor allem, wenn ich diejenige sein muss, die sie aufbringt." Patience schnaubte verständnisvoll. „Aber ich kann ja Candy nicht die ganzen unangenehmen Aufgaben überlassen, oder? Auf jeden Fall bin ich sicher, dass Marcie nicht absichtlich so gedankenlos war. Sie hat immer noch ein bisschen Angst vor Pferden. Aber wir werden ihr zeigen, was für eine nette alte Lady du bist. Da, schon geschafft. Was hältst du von einer kleinen Massage?" Eden steckte das Hufmesser zurück in die Tasche und legte die Wange an den Pferdehals. „Ach Patience, die könnte ich auch gebrauchen. Eine schöne Massage mit einem fein duftenden Öl. Dann liegt man da, mit geschlossenen Augen, und alle Verspannungen werden wegmassiert. Danach fühlt sich deine Haut so weich an wie Samt, und alle Muskeln sind ganz entspannt und locker."

Eden lachte leise und richtete sich auf. „Nun, da du mir den Gefallen nicht tun kannst, werde ich das zumindest für dich machen. Lass mich nur eben das Mittel holen." Sie klopfte der Stute auf den Hals und drehte sich um.

Und schnappte erschreckt nach Luft.

Chase Elliot lehnte an der offenen Tür von Patiences Box. Schatten fielen auf sein Gesicht und betonten seine maskulinen Gesichtszüge. Im dämmrigen Licht sahen seine Augen aus wie grüne Gischt.

Eden wollte einen Schritt zurückweichen, doch hinter ihr stand die Stute und blockierte den Weg. Chase lächelte über ihr Dilemma.

Und genau das rührte an ihrem Stolz. Wofür sie dankbar sein sollte. Es überrumpelte sie, dass er im Halbdunkel fast noch attraktiver aussah als im strahlenden Sonnenschein. Noch ... unwiderstehlicher. Keineswegs gut aussehend, fügte sie hastig an. Jedenfalls nicht an den artigen, gesitteten Maßstäben gemessen, mit denen sie bisher das Äußere eines Mannes beurteilt hatte.

Alles an Chase Elliot war unverfälscht. Jedoch nicht schlicht, dachte sie. Nein, elementar. So wie sein Kuss heute Vormittag elementar gewesen war. Ein warmes Prickeln lief über ihre Haut.

„Ich helfe Ihnen gern mit der Massage." Er lächelte noch immer. „Bei der Stute. Oder bei Ihnen."

„Nein, vielen Dank." Ihr wurde bewusst, dass dieses Treffen sie noch mehr aufwühlte als das erste heute Morgen. Und dass sie streng nach Pferd roch. „Kann ich Ihnen helfen, Mr Elliot?"

Ihr Stil gefiel ihm, entschied Chase. Sie mochte in einem Stall stehen, aber sie war dennoch eine Lady aus dem Teesalon. „Sie haben gute Tiere hier. Das Durchschnittsalter mag etwas hoch sein, aber sie sind alle sehr solide."

Eden unterdrückte die aufflammende Freude über das Lob. Es war völlig unwichtig, was er dachte. „Danke. Aber Sie sind sicherlich nicht hier, um sich die Pferde anzusehen."

„Nein." Dennoch trat er in die Box. Die Stute bewegte sich einen Schritt zur Seite, um ihm Platz zu machen. „Offensichtlich kennen Sie sich mit Pferden aus." Er strich dem Tier über den Hals. Ein schlichter goldener Ring blitzte an seiner rechten Hand auf. Eden würdigte still Wert und Alter des Ringes, ebenso wie die Kraft des Mannes, der ihn trug.

„Offensichtlich." Da sie nicht an ihm vorbeikam, verschränkte sie die Finger und wartete. „Sie haben noch immer nicht gesagt, weshalb Sie hier sind, Mr Elliot."

Es zuckte um Chases Lippen, während er weiter den Hals der Stute streichelte. Aha! Miss Philadelphia war also nervös. Sie kaschierte es sehr gut mit den kühlen, höflichen Manieren, aber ihre Nerven flatterten.

Es war ihm eine tiefe Befriedigung, dass sie den impulsiven Kuss von heute Morgen offensichtlich ebenso wenig vergessen konnte wie er. „Nein, das habe ich wohl nicht." Bevor sie ihn daran hindern konnte, hatte er nach ihrer Hand gefasst. Ein Opal funkelte auf, eingefasst in Diamanten. Bei Tageslicht musste dieser Ring ein wahres Feuerwerk versprühen.

„Ist das nicht die falsche Hand für einen Verlobungsring?" Seltsam, dass diese Tatsache ihm so sehr gefiel. Es gefiel ihm sogar sehr viel besser, als es sollte. „Wie ich hörte, wollten Sie und Eric Keeton im Frühjahr heiraten. Es ist wohl nicht dazu gekommen."

Am liebsten hätte Eden geflucht, geschrien und getobt. Aber das war ja genau das, was er wollte. Also überließ sie ihm ihre Hand und blieb völlig passiv. „Nein, ist es nicht. Für einen ... sagen wir ... einen Gentleman vom Lande zeigen Sie reges Interesse am Gesellschaftsklatsch von Philadelphia, Mr Elliot. Lasten Ihre Äpfel Sie nicht genügend aus?"

Er bewunderte jeden, der gleichzeitig zielte und lächelte. „Nun, ich schinde hier und da ein wenig Zeit für mich heraus. Es hat mich nur interessiert, weil Keeton zur Familie gehört."

„Tut er nicht."

Dieses Mal hatte er sie aufgerüttelt. Seit sie ihre anfängliche Überraschung schnell verwunden hatte, war es das erste Mal, dass sie ihn direkt anschaute. Sieh ruhig genau hin, dachte Chase, du wirst keine Ähnlichkeit entdecken. „Entfernte Verwandtschaft, sicher. Meine Großmutter war eine Winthrop und eine Cousine seiner Großmutter." Er nahm auch ihre andere Hand und drehte die Handflächen nach oben. „Ihre Philadelphia-Hände haben Blasen. Sie sollten sich darum kümmern."

„Eine Winthrop?" Der Name überraschte Eden genug, dass sie ihre Hände vergaß.

„Über die Generationen haben wir das Blut ein wenig verdünnt." Sie sollte Handschuhe tragen, dachte er und strich mit dem Daumen behutsam über eine Blase. „Allerdings hatte ich eine Einladung zur Hochzeit erwartet und mich gefragt, warum Sie ihn abserviert haben."

„Ich habe ihn nicht abserviert." Die Worte kamen ungewollt über ihre Lippen. „Aber um Ihre Neugier zu befriedigen, und um Ihre unfeine Umschreibung zu nutzen: *Er* hat *mich* abserviert. Wenn Sie jetzt meine Hände wieder mir überlassen könnten ... Dann kann ich endlich die letzte Aufgabe des Tages erledigen."

Chase befolgte ihre Aufforderung, doch er rührte sich nicht von der Stelle. „Ich hatte Eric ja nie für besonders helle gehalten, aber auch nie für wirklich dumm."

„Welch liebenswürdiges Kompliment. Und jetzt entschuldigen Sie mich bitte, Mr Elliot."

„Kein Kompliment." Er strich ihr den Pony aus der Stirn zurück. „Nur eine Beobachtung."

„Hören Sie auf, mich ständig anzufassen."

„Das ist eine Angewohnheit von mir. Ich mag Ihr Haar, Eden. Es ist weich, aber es tut, was es will."

„Noch mehr Komplimente." Für einen winzigen Schritt zurück hatte sie Platz, also machte sie ihn auch. Chase hatte ihren Puls wieder zum Rasen gebracht. Sie wollte aber nicht berührt werden. Sie wollte niemanden an sich heranlassen, weder physisch noch emotional. Ihr Instinkt warnte sie, wie leicht es Chase Elliot gelingen würde, beides zu erreichen. „Mr Elliot ..."

„Chase."

„Dann Chase." Sie bestätigte es mit einem würdevollen Nicken. „Meine Nacht ist um sechs Uhr morgen früh zu Ende, und ich habe heute Abend noch einiges zu tun. Also – wenn es einen bestimmten Grund für Ihre Anwesenheit gibt, könnten wir uns dem dann widmen?"

„Ich wollte Ihnen Ihre Kappe zurückbringen." Er griff an seine hintere Hosentasche und zog Robertas Kappe hervor.

„Ich verstehe." Eden starrte auf den Phillies-Schriftzug. „Sie gehört nicht mir, aber ich werde sie gerne ihrem rechtmäßigen Besitzer zurückgeben. Vielen Dank für Ihre Mühe."

„Sie haben sie getragen, als Sie aus meinem Baum gefallen sind." Chase ignorierte ihre ausgestreckte Hand und setzte ihr die Kappe stattdessen auf den Kopf. „Passt doch."

„Wie ich Ihnen bereits erklärte ..."

Edens eisige Erwiderung wurde von dem Getrappel kleiner Füße unterbrochen. „Miss Carlbough! Miss Carlbough!" Roberta, in einem herzallerliebsten pinkfarbenen Nachthemd, kam schlitternd vor der offenen Stalltür zum Stehen. Ihr Teenagerherz schmolz sofort dahin. „Hi."

„Hi."

„Roberta." Mit ihrer strengsten Stimme und zusammengebissenen Zähnen trat Eden vor. „Es ist schon eine Stunde über die Schlafenszeit hinaus."

„Ich weiß, Miss Carlbough, und es tut mir auch wirklich sehr leid." Bei dem engelsgleichen Lächeln könnte man ihr das tatsächlich fast abnehmen. „Ich konnte nicht einschlafen, weil ich die ganze Zeit an meine Kappe denken musste. Sie haben doch versprochen, sie mir wiederzugeben. Ich habe Mrs Petrie geholfen, ganz ehrlich, Sie können sie fragen. Da waren mindestens eine Million Pfannen und Töpfe. Ich habe auch Kartoffeln geschält, und ..."

„Roberta!" Der scharfe Ton reichte aus, um den Redefluss zu stoppen. „Mr Elliot war so freundlich und hat deine Kappe zurückgebracht." Sie zog sich die Mütze vom Kopf und drückte sie dem Mädchen in die Hand. „Ich denke, du solltest dich bei ihm bedanken und dich gleichzeitig für das unbefugte Eindringen entschuldigen."

„Oh, danke." Die Kleine lächelte ihn strahlend an. „Und das sind alles Ihre Bäume?"

„Genau." Chase tippte den Schirm ihrer geliebten Kappe nach unten. Er hatte nun mal eine Schwäche für schwarze Schafe, und in Roberta erkannte er eine verwandte Seele.

„Die sind toll. Ihre Äpfel schmecken viel besser als die, die wir zu Hause kriegen."

„Roberta."

Bei der Ermahnung rollte das Mädchen mit den Augen, aber Eden konnte es nicht sehen, nur Chase. „Ich entschuldige mich dafür, dass ich nicht genügend Respekt für Ihren Besitz gezeigt habe." Sie sah erwartungsvoll zu Eden, ob die Entschuldigung ausreichen würde.

„Gut, Roberta. Und jetzt marsch, zurück ins Bett."

„Ja, Ma'am." Sie warf einen letzten Blick auf Chase, und ihr kleines Herz machte einen Hüpfer. Die Hand auf ihrer heiß geliebten Kappe, rannte sie zum Stalltor.

„Roberta."

Kaum dass sie Chases Stimme hörte, wirbelte sie herum. Er grinste ihr zu. „Bis dann."

„Ja, bis dann." Bis über beide Ohren verliebt, schwebte Roberta im siebten Himmel zum Stall hinaus. Als das Tor zufiel, stieß Eden einen Seufzer aus.

„Es hat keinen Zweck", sagte Chase.

„Was hat keinen Zweck?"

„So zu tun, als hätten Sie keinen Spaß an der Göre. Bei so einem Kind kann man einfach nicht anders."

„Sie würden anders urteilen, wenn Sie gesehen hätten, was Roberta alles mit Kartoffelpüree machen kann." Dennoch konnte Eden sich das Grinsen nicht verkneifen. „Sie ist ein Biest, aber ein erfrischendes. Allerdings ... hätten wir diesen Sommer siebenundzwanzig Robertas im Camp, würde ich in der Anstalt landen."

„Manche Leute stiften eben Unruhe."

Eden dachte an das Abendessen zurück. „Unruhe ist zu harmlos. Chaos beschreibt es genauer."

„Ohne ein bisschen Chaos wird das Leben schnell langweilig."

Sie wandte ihm das Gesicht zu. Da hatte sie doch ihre Achtsamkeit so weit fahren lassen, dass sie sich tatsächlich auf eine Unterhaltung mit ihm eingelassen hatte. Ihr war auch klar, dass sie längst nicht mehr von Roberta sprachen. Plötzlich schienen die Ställe sehr still und sehr einsam. „Nun, da wir das also geklärt haben ..."

Er machte einen Schritt vor, sie einen zurück. Ein Lächeln spielte um seine Lippen, als er nach ihrer Hand griff. Eden stieß mit dem Rücken an die ruhig dastehende Stute, hob abwehrend die andere Hand und legte sie an seine Brust.

„Was wollen Sie?" Warum flüsterte sie? Und warum bebte ihre Stimme so?

Chase wusste nicht genau, was er wollte. Sein Blick flog über Edens Gesicht und heftete sich dann wieder auf ihre Augen. Oder vielleicht wusste er es doch. „Einen Spaziergang im Mondschein mit Ihnen machen. Glaube ich. Auf die nächtlichen Schreie der Eulen lauschen und auf den Gesang der Nachtigall warten."

Die Schatten waren weitergewandert und ineinander übergegangen. Die Stute stand regungslos, atmete leise. Chases Hand war irgendwie in Edens Haar gewandert – so als würde sie dorthin gehören. „Ich muss wieder rein", murmelte Eden. Doch sie rührte sich nicht.

„Eden und der Apfel", murmelte er. „Sie können nicht ahnen, wie verlockend ich diese Kombination finde. Kommen Sie, gehen wir zusammen spazieren."

„Nein." Etwas baute sich in ihr auf, viel zu schnell. Er berührte sie, nicht nur ihre Hand, viel mehr als nur ihr Haar. Er hatte etwas gefunden, von dem er nicht hätte wissen dürfen, dass es in ihr existierte.

„Früher oder später." Er war schon immer ein geduldiger Mann gewesen. Er konnte auf sie warten, so wie er wartete, bis ein neu gesetzter Baum Früchte trug. Seine Finger glitten zu ihrem Hals, streichelten ihn flüchtig. Er spürte den leisen Schauer, der sie durchlief. „Ich komme wieder, Eden."

„Das wird nichts ändern."

Mit einem Lächeln zog er ihre Hand an seine Lippen, küsste die Innenfläche. „Ich komme trotzdem wieder."

Eden lauschte auf seine Schritte. Das Tor quietschte, als er es öffnete und wieder hinter sich schloss.

3. KAPITEL

Im Camp spielte sich Routine ein, und Eden passte sich ihr an. Das frühe Aufstehen und die langen Tage, angefüllt mit körperlichen Aktivitäten, und das schlichte, nahrhafte Essen bedeuteten für sie sowohl Trost als auch Herausforderung. Das Selbstvertrauen, für das sie vor nicht allzu langer Zeit so hart hatte arbeiten müssen, festigte sich mehr und mehr.

Im ersten Monat gab es Abende, an denen sie in der festen Überzeugung ins Bett fiel, sich am nächsten Morgen ganz sicher nicht rühren zu können. Ihre Muskeln schmerzten vom Rudern, vom Reiten und von den langen Wanderungen. Ihr schwirrte der Kopf von den Etatplänen und der Buchführung. Doch wenn am nächsten Morgen dann die Sonne aufging, stand auch Eden wieder auf.

Mit jedem Tag wurde es einfacher für sie. Sie war jung und gesund. Die tägliche körperliche Ertüchtigung trainierte Muskeln, die bis dahin nur von gelegentlichen Tennismatches beansprucht worden waren. Das Gewicht, das sie seit dem Tode ihres Vaters verloren hatte, kehrte zurück. Inzwischen sah sie nicht mehr ganz so zerbrechlich aus.

Zu ihrer Überraschung begann Eden, die Mädchen mit der Zeit richtig gern zu haben. Sie waren längst nicht mehr nur eine Gruppe, die beschäftigt und beaufsichtigt werden musste, oder gesichtslose Namen, die in den Bilanzen auftauchten. Sie waren richtige kleine Individuen geworden. Fast noch mehr erstaunte Eden, dass ihre Zuneigung erwidert wurde.

Dass die Mädchen Candy lieben würden, dessen war Eden sich von Anfang an sicher gewesen. Jeder liebte Candy. Sie war warm und herzlich, lustig und kompetent.

Für sich selbst hatte Eden eigentlich nur darauf gehofft, dass man sie tolerieren und akzeptieren würde. An dem Tag, als Marcie ihr einen Strauß Wiesenblumen gepflückt hatte, da war Eden so verdattert, dass sie nicht mehr als ein „Danke schön" stammeln konnte. Und dann war da noch der Nachmittag gewesen, an dem sie Linda Hopkins eine zusätzliche Reitstunde gegeben hatte. Nach dem ersten Galopp war Linda Eden begeistert um den Hals gefallen.

Das Camp hatte Edens Leben verändert – in sehr viel mehr als nur einer Hinsicht. Und sehr viel mehr, als sie je erwartet hätte.

Mit dem Juli kam die Hitze. Die Mädchen liefen in Shorts über das Gelände. Schwimmen im See wurde zum erlösenden Luxus für alle. Die Fenster und Türen der Hütten blieben auch nachts offen, um die kühle Brise hereinzulassen. Roberta hatte eine Ringelnatter gefangen und terrorisierte ihre Mitbewohnerinnen. Bienen summten unablässig um die Wildblumen, Bienenstiche waren nahezu an der Tagesordnung.

Die Tage verschmolzen miteinander, gingen zufrieden ineinander über. Langeweile kam jedoch nie auf. Es war leicht, zu glauben, der Sommer würde ewig dauern. Und während die Zeit verging, kam Eden langsam zu der Überzeugung, Chase hätte sein Versprechen – oder besser: seine Drohung – vergessen, wiederzukommen.

Ein- oder zweimal war sie versucht gewesen, zur Apfelplantage zu wandern. Doch sie hatte der Versuchung widerstanden.

Es ergab überhaupt keinen Sinn, warum sie noch immer so angespannt und nervös war. Chase war nichts als ein kurzes Ärgernis gewesen, das sagte sie sich immer wieder. Und doch ertappte sie sich jedes Mal dabei, dass sie auch auf das kleinste Geräusch lauschte, wenn sie ihren allabendlichen Gang zu den Ställen machte. Und dass sie wartete.

Die Hitze des Tages hing noch in der Luft, als Eden sich an diesem Abend auf ihr Bett legte. Angesichts des Lagerfeuers, das für morgen geplant war, war bei den Mädchen schon früh Ruhe eingekehrt.

Entspannt und angenehm matt malte Eden sich aus, wie es werden würde: Würstchen und Marshmallows über dem Feuer grillen, die Wangen heiß von den flackernden Flammen und Rauch, der sich in der warmen Abendluft kräuselte. Eden freute sich darauf wie ein kleines Kind. Die Arme hinter dem Kopf verschränkt, schaute sie verträumt an die Decke, während Candy in der Hütte auf und ab marschierte.

„Ich bin ziemlich sicher, dass es zu schaffen sein müsste, Eden."

„Hm?"

„Die Party." Candy blieb vor dem Fußende des Bettes stehen und hielt das Klemmbrett in ihrer Hand hoch. „Die Party für die Mädchen, von der ich gesprochen hatte. Weißt du nicht mehr?"

„Doch, natürlich." Eden vertrieb die Träumereien und zwang ihre Gedanken zurück zum Geschäftlichen. „Was ist damit?"

„Ich finde, wir sollten es einfach tun! Und wenn sie ein Erfolg wird, dann nehmen wir sie ins feste Programm auf! Und dann machen wir eine alljährliche große Veranstaltung draus!" Selbst nachdem sie sich auf Edens Bettkante hatte fallen lassen, schien Candys Begeisterung selbstständig im Raum herumzuhüpfen. „Das Camp der Jungs ist nur zwanzig Meilen von hier entfernt. Die machen bestimmt mit!"

„Wahrscheinlich." Ein Tanzabend. Das hieß Getränke und Knabberzeug für möglicherweise hundert Leute, Musik, Dekorationen. Sofort schossen Eden die roten Zahlen im Haushaltsbuch in den Kopf, dann dachte sie an den Spaß, den die Mädchen haben würden. Irgendwie musste es einen Weg geben, um die roten Zahlen zu umgehen. „Wenn wir die Tische im Speisesaal an die Seiten stellen, müsste dort genügend Platz sein."

„Richtig. Und die meisten Mädchen haben Musik dabei. Die Jungs sollen ihre auch mitbringen." Candy schrieb schon Notizen auf. „Die Dekorationen basteln wir selbst."

„Die Erfrischungen müssen aber auf jeden Fall simpel bleiben. Punsch, Kekse, Limonade, so was in der Art", warf Eden ein, bevor Candys Begeisterung mit ihr durchging.

„Wir planen es für die letzte Woche, sozusagen als krönenden Abschluss."

Die letzte Woche. Schon seltsam. Die erste war so entsetzlich anstrengend gewesen. Und jetzt stiegen beim Gedanken an das

Ende des Camps Bedauern und Panik in Eden auf. Nein, natürlich würde der Sommer nicht ewig dauern. Und im September würde sie sich der nächsten Herausforderung stellen. Sie musste sich eine neue Arbeit suchen, sich ein neues Ziel stecken. Candy würde in ihren alten Job als Erzieherin zurückkehren. Eden jedoch würde einen Lebenslauf schreiben und Stellenangebote durchforsten müssen.

„Eden? Eden, was hältst du davon?"

„Wovon?"

„In der letzten Woche einen Tanzabend zu organisieren."

„Ich finde, wir sollten das zuerst mit dem Jungscamp besprechen."

„Süße, ist alles in Ordnung mit dir?" Candy beugte sich vor und legte ihre Hand auf Edens. „Machst du dir Sorgen, weil du in ein paar Wochen nach Hause zurückkehren musst?"

„Nein, keine Sorgen." Sie setzte sich auf und drückte Candys Hand. „Aber ich denke darüber nach."

„Als ich dir sagte, dass du nicht sofort einen Job finden musst, meinte ich das ernst. Mein Gehalt reicht für die Miete und das Essen. Und dann habe ich ja auch noch das kleine Polster, das meine Großmutter mir hinterlassen hat."

„Candy, ich liebe dich! Du bist die beste Freundin, die man sich vorstellen kann."

„Das beruht auf Gegenseitigkeit, Eden."

„Und genau aus dem Grund werde ich nicht faul herumsitzen, während du die Miete zahlst und das Essen auf den Tisch stellst. Es ist mehr als anständig von dir, dass ich bei dir wohnen kann."

„Eden, du weißt doch, dass ich viel lieber mit dir zusammenwohne als allein. Wenn du es als einen Gefallen ansiehst, dann übt das nur Druck auf dich aus, und das ist absolut albern. Außerdem hast du in den letzten Monaten dafür gesorgt, dass Essen auf dem Tisch stand."

„Aber nur der geringste Teil davon war genießbar."

„Stimmt auch wieder." Candy grinste. „Immerhin, ich

brauchte nicht zu kochen. Hör zu, lass dir noch ein wenig Zeit, um überhaupt herauszufinden, was du tun willst."

„Was ich will, ist arbeiten." Lachend legte Eden sich auf das Bett zurück. „Erstaunlich, nicht? Ich will wirklich arbeiten und meinen Lebensunterhalt verdienen. Die letzten Wochen haben mir klargemacht, was für ein gutes Gefühl es ist, sich auf sich selbst verlassen zu können und für sich selbst sorgen zu können. Ich spiele mit dem Gedanken, vielleicht eine Anstellung in irgendeinem Reitstall zu bekommen, vielleicht sogar in dem, wo ich früher mein Pferd untergestellt habe. Und falls das nicht klappt …" Sie zuckte mit den Schultern. „Dann finde ich etwas anderes."

„Das wirst du." Candy legte das Klemmbrett ab. „Nächsten Sommer haben wir mehr Mädchen, mehr Betreuer und machen vielleicht sogar einen kleinen Gewinn."

„Nächsten Sommer weiß ich dann auch, wie man eine Sturmlampe aus einer Thunfischdose bastelt."

„Und ein Kissen aus zwei Waschlappen."

„Und Topflappen."

Candy dachte an Edens einzigen kläglich misslungenen Versuch zurück. „Na, vielleicht solltest du es langsam angehen lassen."

„Nichts kann mich aufhalten!", feixte Eden. „Und in der Zwischenzeit setze ich mich mit dem Leiter des Jungscamps in Verbindung. Wie hieß es noch? Habichtnest?"

„Adlerhorst", berichtete Candy lachend. „Wir werden uns prächtig amüsieren, Eden. Bei den Jungs gibt es Betreuer. *Männliche* Betreuer." Sie reckte sich und seufzte laut. „Weißt du eigentlich, wie lange es her ist, dass ich mich mit einem Mann unterhalten habe?"

„Letzte Woche. Mit dem Elektriker."

„Der ist mindestens hundertundzwei! Nein, ich meine einen Mann, der noch alle Zähne im Mund und Haare auf dem Kopf hat." Candy zog die Nase kraus. „Wir verbringen schließlich nicht alle unsere Abende Händchen haltend in den Ställen."

Eden plusterte sich sofort auf. „Ich habe nicht Händchen gehalten!", verteidigte sie sich. „Ich habe dir doch erklärt, was passiert ist."

„Roberta Snow, ihres Zeichens Meisterspionin, hat da aber etwas völlig anderes erzählt. Bei ihr klang es eher nach Liebe auf den ersten Blick."

„Ich bin sicher, sie wird es überleben."

„Und du?"

„Ich auch."

„Nein! Ich meinte: Bist du denn gar nicht interessiert, nicht einmal ein winziges bisschen?" Candy zog die Beine unter und beugte sich verschwörerisch vor. „Du darfst nicht vergessen, dass ich ihn mir genau ansehen konnte, als ich mit ihm über die Nutzung des Sees verhandelt habe. Also, es gibt bestimmt keine Frau auf diesem Erdboden, die bei einem Blick in diese unsagbar grünen Augen nicht ein wenig ins Schwitzen gerät."

„Ich schwitze nie."

Mit einem wissenden Schmunzeln stützte Candy die Arme hinter sich auf und lehnte sich zurück. „Eden, du sprichst hier mit dem Menschen, der dich durch und durch kennt. Der Mann war interessiert genug, um abends zu dir in die Ställe zu kommen. Denk doch mal an die Möglichkeiten."

„Möglich ist, dass er lediglich Robertas Kappe zurückbringen wollte."

„Sicher, es ist auch möglich, dass Schweine fliegen lernen. Warst du nicht einmal versucht, allein zu der Plantage zu gehen? Wenigstens ein- oder zweimal?"

„Nein." Ungefähr hundertmal. „Hast du einen Apfelbaum gesehen, hast du alle Apfelbäume gesehen."

„Das gilt aber nicht für die Besitzer von Apfelbäumen. Vor allem nicht, wenn sie fast zwei Meter groß und so ein Schnittchen sind ..." Bei allem Augenzwinkern, schwang doch ein sorgenvoller Unterton in Candys Stimme mit. Sie hatte ihre Freundin leiden sehen. Sich hilflos gefühlt, weil sie nicht mehr für sie hatte tun können, als Trost zu spenden. „Du solltest mehr Spaß haben, Eden. Du hast es verdient."

„Ich glaube nicht, dass Chase Elliot in die Kategorie Spaß fällt." Eher: Gefahr, Erregung, Sinnlichkeit und, oh ja, Versuchung. Eden schwang die Beine vom Bett und ging zum Fenster. Nachtfalter flatterten hektisch gegen das Fliegennetz.

„Du hast Bammel."

„Mag sein."

„Eric ist kein Maßstab, Süße."

„Das weiß ich." Seufzend drehte Eden sich zu Candy um. „Und ich grüble ja auch nicht mehr seinetwegen oder schmachte ihm hinterher."

Das knappe Schulterzucken war Candys Art, jemanden auszugrenzen, den sie für einen unwürdigen Wurm hielt. „Weil du nie wirklich verliebt in ihn warst."

„Ich wollte ihn heiraten."

„Weil es dir als das Richtige erschien. Eden, ich kenne dich besser als jeder andere. Mit Eric war es so selbstverständlich. Alles hat perfekt ineinandergegriffen. Klick, klick, klick."

Amüsiert schüttelte Eden den Kopf. „Und was ist daran falsch?"

„Alles. Die Liebe macht dich schwindlig und albern und kopflos vor Sehnsucht. So etwas hast du bei Eric nie verspürt." Candy sprach aus Erfahrung. Noch bevor sie zwanzig gewesen war, hatte sie sich mindestens ein Dutzend Mal verliebt. „Ja, du hättest ihn geheiratet, wahrscheinlich wärst du sogar zufrieden gewesen. Ihr hattet ähnliche Interessen, euer Geschmack ähnelte sich, eure Familien kamen gut miteinander zurecht."

Das Lächeln auf Edens Gesicht verschwand. „Bei dir hört sich das so kalt und gefühllos an."

„Das war es auch. Aber du bist nicht so." Candy hob die Hände. Hoffentlich war sie nicht zu weit gegangen. „Eden, du bist zu einem bestimmten Benehmen und Leben erzogen worden, und dann ist deine Welt von einem Tag auf den anderen zusammengebrochen. Ich kann wirklich nur vermuten, wie traumatisch das für dich gewesen sein muss. Du hast dich wieder aufgerappelt, und doch hältst du bestimmte Seiten an dir noch immer unter Verschluss. Glaubst du nicht, es wird Zeit, mit der Vergangenheit abzuschließen? Wirklich und endgültig?"

„Das versuche ich ja."

„Ich weiß." Candy tätschelte Edens Arm. „Und das Camp und deine Einstellung zur Zukunft sind ein wirklich guter Start. Aber vielleicht solltest du jetzt noch mehr in Angriff nehmen und etwas für dich selbst tun."

„Ein Mann?"

„Gemeinsame Zeit, gemeinsame Unternehmungen, gegenseitige Zuneigung. Du bist viel zu clever, um einen Mann zu brauchen, damit du im Leben zurechtkommst. Aber alle Männer für immer aus deinem Leben zu verbannen, nur weil einer eine erbärmliche Niete war, ist doch auch nicht das Richtige." Candy kratzte sich mit Hingabe rote Plakatfarbe vom Fingernagel. „Ich glaube eben immer noch daran, dass jeder Mensch einen Partner braucht."

„Vielleicht hast du ja recht. Aber im Moment habe ich genug damit zu tun, Scherben aufzusammeln und wieder zu kitten und mich über das Resultat zu freuen. Komplikationen kann ich jetzt wirklich nicht gebrauchen. Vor allem nicht, wenn sie zwei Meter groß sind."

„Du warst doch immer die Romantische von uns beiden, Eden. Weißt du noch, die Gedichte, die du geschrieben hast?"

„Da waren wir noch Kinder." Rastlos ließ Eden die Schultern kreisen. „Ich musste erwachsen werden."

„Erwachsen werden bedeutet nicht, dass man aufhört zu träumen." Candy stand auf. „Hier versuchen wir zusammen, einen Traum zu verwirklichen. Ich wünsche mir, dass du noch andere Träume hast."

„Wenn die Zeit reif dafür ist." Gerührt drückte Eden der Freundin einen Kuss auf die Wange. „Wir veranstalten deinen Tanzabend und bezirzen die Betreuer der Jungs."

„Wir könnten ja auch ein paar Nachbarn einladen …"

„Überspann den Bogen nicht." Lachend ging Eden zur Tür. „Ich mache noch einen Spaziergang, bevor ich nach den Pferden sehe. Lass ein Nachtlicht an, ja?"

Die Nachtluft war ruhig und doch voller Geräusche. In den ersten Nächten hatte die Stille auf dem Land Eden nervös gemacht. Inzwischen jedoch konnte sie die Nachtmusik hören. Das Zirpen der Grillen, den Schrei der Eule, ab und an das Muhen der Kühe auf der nahe gelegenen Farm vermischten sich zu einer nächtlichen Symphonie, untermalt vom Rascheln kleiner Waldtiere im Unterholz.

Der zunehmende Mond und die funkelnden Sterne am samtschwarzen Himmelszelt untermalten die Idylle mit weichem Licht und dramatischen Schatten. Glühwürmchen stoben wie Funkenregen durch die Luft.

Je näher Eden dem See kam, desto lauter waren das Quaken der Frösche und das leichte Schlagen der Wellen zu hören. Es roch sumpfig, die Luftfeuchtigkeit wurde drückend, und so umrundete Eden den See, hin zu dem kleinen Wäldchen, wo die Luft kühler war.

In Gedanken noch bei dem Gespräch mit Candy, bückte sie sich und pflückte einen wild wachsenden Sonnenhut, drehte den Stängel zwischen den Fingern und betrachtete die Blütenblätter, die leuchtend gelb von der tiefbraunen Mitte ausgingen.

War sie eine Romantikerin? Früher hatte sie Gedichte geschrieben. Verträumte Gedichte voller Optimismus, die sich meist um die Liebe drehten. Die Art Liebe, die von langen, sehnsüchtigen Blicken zehrte, die selbstlose Opfer brachte und rein und unschuldig war. Sehr romantisch, aber völlig unrealistisch. Sie hatte schon lange nicht mehr geschrieben.

Nicht mehr, seit sie Eric getroffen hatte, das wurde ihr mit einem Mal klar. Sie war von einem verträumten jungen Mädchen zu einer adretten jungen Dame geworden, hatte romantische Gedichte gegen einen goldenen Käfig ausgetauscht. Jetzt gehörten beide der Vergangenheit an.

Das ist auch besser so, beschloss Eden, warf die Blüte in den See und sah zu, wie sie leicht schaukelnd auf der Wasseroberfläche dahintrieb.

Candy hatte recht. Mit Eric, das war keine Liebe gewesen. Sondern das Erfüllen von vorgegebenen Erwartungen. Und als er sich von ihr abwandte, da hatte er nicht ihr Herz gebrochen, sondern ihren Stolz. Und noch immer war ihr Stolz nicht geheilt.

Eric hatte ihr den richtigen Diamanten gekauft, hatte ihr Rosen zur richtigen Zeit geschenkt und hatte ihr die richtigen Komplimente gemacht. Das war keine Romantik, und ganz sicher war es keine Liebe. Wahrscheinlich hatte sie selbst beides auch nicht verstanden.

Waren Ritter in schimmernder Rüstung und holde Jungfrauen romantisch? Chopin und Kerzenlicht? Oder wenn man ganz oben in der Gondel im Riesenrad saß? Müsste sie wählen, dann Letzteres. Sie lachte leise.

„Das sollten Sie öfter tun."

Eden wirbelte herum, schlug sich erschreckt eine Hand an den Hals. Chase stand nur wenige Meter entfernt unter den Bäumen im Schatten. Es war das dritte Mal, dass sie sich trafen, blitzte es in ihr auf, und jedes Mal hatte er sie überrascht. Das musste unbedingt aufhören, bevor es zur Gewohnheit wurde.

„Haben Sie das geübt, andere Leute zu erschrecken? Oder ist es eine natürliche Begabung?"

„Ich kann mich nicht entsinnen, dass das jemals passiert ist, bevor ich Sie getroffen habe." Um genau zu sein: Sie hatte ihn erschreckt, nicht umgekehrt. Als die Abenddämmerung einsetzte, hatte er sich auf einen Spaziergang gemacht. Er war am Ufer des Sees stehen geblieben, hatte aufs Wasser gestarrt und an Eden gedacht. „Sie haben Farbe bekommen." Ihr Haar war noch heller geworden, schimmerte umso feiner im Kontrast zu ihrem goldbraunen Gesicht. Chase hätte es gern berührt. War es noch immer so seidig und duftig?

„Ich bin ja auch viel draußen." Es verwunderte sie, dass sie tatsächlich mit sich kämpfen musste. Sollte sie nicht den

Drang verspüren, auf dem Absatz kehrtzumachen und wegzurennen? Chase im Mondlicht am See zu treffen, hatte etwas Mystisches, ja Fantastisches. Fast so, als sei es vom Schicksal vorbestimmt.

„Sie sollten einen Sonnenhut tragen." Er sagte es abwesend, zerstreut, weil sein rasender Puls ihn verwirrte. Sie hätte genauso gut eine Vision sein können. Ihre schlanken langen Glieder schimmerten im silbrigen Licht des Mondes, das Haar offen und ebenso silbern wie der Mond selbst. Sie trug Weiß. Selbst das schlichte T-Shirt und der Rock schienen zu glitzern. „Ich hatte mich schon gefragt, ob Sie öfter hier spazieren gehen."

Jetzt trat er aus dem Schatten, und das Zirpen der Grillen baute sich zu einem donnernden Crescendo in Edens Ohren auf. „Ich dachte mir, unter den Bäumen würde es kühler sein."

„Etwas." Er kam näher. „Ich mag warme Nächte."

„In den Hütten wird es dann so stickig." Hastig warf sie einen Blick zurück. Sie hatte sich wohl weiter vom Gelände fortbewegt, als sie vorgehabt hatte. Das Camp mit seinen beruhigenden Lichtern und der fröhlichen Gesellschaft schien endlos weit weg. „Mir war nicht klar, dass ich mich schon auf Ihrem Land befinde."

„Ich bin nur ein Despot, wenn es sich um meine Bäume handelt." Aus der Nähe betrachtet war sie weniger Illusion, dafür mehr Frau. „Sie haben vorhin gelacht. Woran dachten Sie?"

Ihr Mund war staubtrocken. Obwohl sie zurücktrat, war er ihr viel zu nah. „An Riesenräder."

„Riesenräder? Gefällt es Ihnen besser, wenn sie ansteigen oder wenn sie wieder herunterkommen?" Um sein Bedürfnis zu besänftigen, fasste er nach ihrem Haar.

Bei seiner Berührung sackte ihr der Magen in die Knie. „Ich muss wieder zurück."

„Lassen Sie uns zusammen ein Stück gehen."

Ein Spaziergang im Mondschein. Eden musste an seine Worte denken. Und an das Schicksal. „Nein, ich kann nicht. Es ist schon spät."

„Es kann erst halb zehn sein." Amüsiert nahm er ihre Hand und schaute auf ihre Handfläche hinunter. Sie hatte Hornhaut bekommen. „Sie haben gearbeitet."

„Manche Leute müssen tatsächlich für ihren Lebensunterhalt arbeiten."

„Sie brauchen nicht bissig zu werden." Er drehte ihre Hand und fuhr mit dem Daumen leicht über ihre Knöchel. War das noch eine Begabung von ihm? Das Blut einer Frau mit einer harmlosen Berührung zum Brodeln zu bringen?

„Sie sollten Handschuhe tragen", fuhr er fort. „Um Ihre Philadelphia-Hände zu schützen."

„Ich bin aber nicht in Philadelphia." Sie zog ihre Hand zurück, doch Chase nahm einfach die andere. „Und da ich im Moment Ställe ausmiste und nicht Tee serviere, scheint mir das auch von eher geringer Bedeutung zu sein."

„Sie werden auch wieder Tee servieren." Er konnte sie vor sich sehen, in einem eleganten Salon, in einem altrosa Seidenkleid, eine Teekanne aus feinstem Porzellan in der Hand. Doch im Moment lag ihre Hand warm in seiner. „Sehen Sie nur, der Mond steht genau über dem See."

Sie drehte den Kopf. Die Strahlen des Mondes versilberten die dunklen Wasser des Sees und die Baumkronen. Sie erinnerte sich an die Legende der Mondspinnerinnen, die sie irgendwann gehört hatte: Drei Wassernymphen spinnen das Mondlicht auf ihre Spindeln, damit die Welt für ein paar Stunden ganz dunkel wird. Noch mehr Romantik. Doch selbst die neue, praktische Eden konnte nicht widerstehen.

„Es ist wunderschön. Der Mond sieht zum Greifen nah aus."

„Manche Dinge sind weiter entfernt, als sie scheinen. Dafür sind andere gar nicht so weit weg." Er begann zu laufen, und da er noch immer ihre Hand hielt und sie fasziniert war, ging Eden mit ihm.

„Sie haben vermutlich immer hier gelebt." Small Talk, mehr nicht, sagte sie sich. Es interessierte sie ja gar nicht.

„Den größten Teil meines Lebens, ja. Es war schon immer der Hauptsitz der Firma." Er wandte sich ihr zu und sah sie an. „Das Haus ist über hundert Jahre alt. Es würde Ihnen wahrscheinlich gefallen."

Sie dachte an ihr Heim zurück und an die Generationen von Carlboughs, die dort gelebt hatten. Jetzt wohnten Fremde dort. „Ja, ich mag alte Häuser."

„Läuft im Camp alles glatt?"

Nein, an die Bücher würde sie jetzt nicht denken. „Die Mädchen halten uns auf Trab." Das Lachen kam von allein, leicht und heiter. „Das ist untertrieben. Sagen wir einfach: Ihre Energie erstaunt uns immer wieder."

„Wie geht es Roberta?"

„Sie ist unverbesserlich."

„Freut mich, das zu hören."

„Letzte Nacht hat sie eine ihrer Zimmergenossinnen angemalt."

„Angemalt?"

Da war das Lachen wieder, leise, unbeschwert. „Das süße Engelchen muss wohl zwei Farbtöpfe aus dem Malkurs geschmuggelt haben. Als Marcie heute Morgen aufwachte, sah sie aus wie ein Indianer auf Kriegspfad."

„Unsere Roberta ist einfallsreich."

„So kann man es auch nennen. Sie hat mir erzählt, dass sie unbedingt die erste Präsidentin des Obersten Gerichtshofes werden will."

Chase lächelte. Einfallsreichtum und Ehrgeiz waren die Eigenschaften, die er am meisten bewunderte. „Wahrscheinlich schafft sie es auch."

„Ich weiß. Eine erschreckende Vorstellung."

„Setzen wir uns. Dann können wir uns die Sterne ansehen."

Sterne? Sie hatte fast vergessen, mit wem sie zusammen war und warum sie es so unbedingt vermeiden wollte, mit ihm zusammen zu sein. „Ich glaube nicht, dass ich ..." Sie hatte den Satz noch nicht ausgesprochen, als er sie auch schon bei der Hand nahm und neben sich ins Gras zog. „Da wundert man sich doch, dass Sie sich überhaupt die Mühe machen, zu fragen."

„Das sind meine guten Manieren", meinte er lässig und legte Eden ebenso lässig den Arm um die Schultern. Während sie sich sofort verspannte, blieb er völlig locker. „Sehen Sie sich den Himmel an! Wie oft bemerkt man ihn überhaupt in der Stadt?"

Eden konnte nicht widerstehen, sie legte den Kopf in den Nacken. Der Himmel wirkte wie der tiefschwarze Hintergrund, auf dem unzählige Stecknadelköpfe erstrahlten. Blinkend, blitzend, in zeitlosem Glanz funkelten sie von oben herab und erfüllten Eden mit einer schmerzhaften Sehnsucht. „Das ist nicht der gleiche Himmel wie über der Stadt."

„Doch, ist es, Eden. Es sind die Menschen, die anders sind." Er legte sich flach auf den Rücken, streckte die Beine aus. „Da ist Kassiopeia."

„Wo?" Neugierig suchte Eden nach dem Sternbild, sah jedoch nur Millionen von Sternen.

„Von hier können Sie es besser erkennen." Er zog sie neben sich hinunter, und bevor sie protestieren konnte, zeichnete er auch schon mit dem ausgestreckten Arm die Form nach. „Da. Um diese Jahreszeit sieht sie aus wie ein W."

„Oh ja!" Voller Entzücken fasste Eden impulsiv nach seinem Handgelenk und fuhr an der Konstellation entlang. „Ich habe noch nie ein Sternbild erkennen können."

„Sie müssen nur richtig hinschauen. Da ist Pegasus." Chase bewegte den Arm. „Man kann seine hundertsechsundsechzig Sterne mit bloßem Auge erkennen. Sehen Sie nur! Er fliegt geradewegs nach oben."

Mit leicht zusammengekniffenen Augen schaute Eden konzentriert nach oben und versuchte, das geflügelte Pferd zu erkennen. Mondschein fiel auf ihr Gesicht. „Oh ja, jetzt erkenne ich es."

Sie rückte ein Stückchen näher, um wieder mit seiner Hand zu zeichnen. „Mein erstes Pony habe ich Pegasus genannt. Manchmal stellte ich mir vor, dass ihm Flügel wachsen würden und ich dann auf ihm fliegen konnte. Zeigen Sie mir noch ein Sternbild."

Er betrachtete ihr Gesicht, wie die Sterne sich in ihren Augen spiegelten, wie das Lächeln ihren Mund großzügig und weich machte. „Orion", murmelte er.

„Wo?"

„Er steht da, das Schwert hinter sich, den Schild vor sich. Der rötliche Stern, tausendmal heller als die Sonne, ist seine Schulter."

„Wo ist er? Ich ..." Eden drehte den Kopf und schaute direkt in Chases Augen. Sie vergaß die Sterne und das Mondlicht und das weiche Gras unter sich. Der Griff ihrer Finger um sein Handgelenk wurde fester, bis sein Puls dem ihren den Rhythmus vorgab.

Sie spannte sich leicht an, wartete auf den Kuss. Doch seine Lippen streiften nur flüchtig ihre Schläfe. Eine angenehme Wärme floss durch sie hindurch, sanft und süß, so wie der Duft des Geißblatts durch die Luft schwebte. Sie hörte den Ruf einer Eule, die der Nacht galt oder den Sternen oder einem Geliebten.

„Was tun wir hier nur?", brachte sie stockend hervor.

„Wir genießen die Gesellschaft des anderen." Ohne Eile ließ er seine Lippen über ihr Gesicht gleiten.

Genießen? Das Wort war viel zu schwach, um das Feuer zu beschreiben, das in ihr aufbrandete. Niemand hatte sie je so fühlen lassen, so matt und doch gleichzeitig so voller Energie, so stark und so verletzlich zugleich. Sein Mund war weich und zärtlich, seine Hand, die an ihrer Wange lag, rau. Edens Herz begann wild zu schlagen, galoppierte davon, und die Zügel entglitten ihren Händen.

Sie drehte leicht den Kopf, fand seinen Mund. Ihre Arme schlangen sich um seinen Nacken, und ihre Lippen öffneten sich zum Kuss.

In ihrem ganzen Leben hatte Eden wahres Verlangen nie gekannt. Bis jetzt. Es war atemberaubend, schmerzhaft, wunderbar.

Chase hätte eine solch bedingungslose Leidenschaft nie erwartet. Er war darauf vorbereitet, es langsam angehen zu lassen, sanft. So, wie es die Unschuld verlangte, die er in ihr spürte. Doch jetzt bewegte sie sich unter ihm. Ihre Finger gruben sich in seinen Rücken, ihre Lippen lagen heiß und fordernd auf seinen. Die Geduld, die so in seiner Natur lag, wurde von Verlangen überflutet.

Die Empfindungen ... so neu, so wunderbar, so mitreißend. Eden schmiegte sich an seinen muskulösen Körper. Die Götter und Göttinnen wachten am Himmel über sie. Er roch nach dem Gras und der Erde, und er schmeckte nach Feuer. Die Geräusche der Nacht hallten in ihrem Kopf wider, und ihr hingebungsvoller Seufzer stieg als ein leises Echo in die Luft, als sein Mund an ihrem Hals hinabwanderte.

Sie murmelte seinen Namen und vergrub ihre Finger in seinem Haar. Er wollte sie berühren, überall. Er wollte sie in Besitz nehmen, jetzt gleich. Als sie ihre Hand an seine Wange legte, bedeckte er sie mit seiner und fühlte den glatten Opal.

Da gab es so vieles, das er wissen wollte. So wenig, dessen er sicher war. Verlangen und die Hitze des Moments reichten nicht aus. Wer war sie? Er hob den Kopf und sah hinunter in ihr Gesicht. Wer, zum Teufel, war sie? Und warum machte sie ihn wahnsinnig?

Er zog sich von ihr zurück, versuchte den festen Boden unter den Füßen wiederzufinden. „Du steckst voller Überraschungen, Eden Carlbough von den Carlboughs aus Philadelphia."

Einen Moment lang konnte sie nur stumm starren. Sie hatte zu der Fahrt auf dem Riesenrad angesetzt, eine wilde, schwindelerregende Fahrt. Und dann war sie irgendwo auf halber Höhe aus der Gondel gestoßen worden, um hart auf den Boden zurückzufallen. „Lass mich aufstehen."

„Ich verstehe dich nicht, Eden."

„Das verlangt auch keiner von dir." Am liebsten hätte sie losgeheult. Sich zusammengerollt und geweint, nur konnte sie den Grund nicht ausmachen, warum sie so fühlen sollte. Ärger war da ein klareres Gefühl, an dem sie sich festhalten konnte. „Ich hatte dich gebeten, mich aufstehen zu lassen."

Chase richtete sich auf und bot ihr seine Hand, um ihr beim Aufstehen zu helfen. Eden ignorierte es und rappelte sich allein auf.

„Ich habe es immer für konstruktiver gehalten, wenn man seinen Ärger herauslässt", sagte er.

Sie warf ihm einen vernichtenden Blick zu. Erniedrigung. Dabei hatte sie sich geschworen, dieses Gefühl nie wieder durchmachen zu müssen. „Das glaube ich unbesehen. Wenn du mich dann jetzt entschuldigen würdest ..."

„Verdammt!" Er packte sie beim Arm und zog sie wieder herum. „Heute Abend ist etwas mit uns geschehen. Das bestreite ich nicht, so dumm bin ich nicht. Aber ich will wissen, worauf ich mich einlasse."

„Wir haben die Gesellschaft des anderen genossen. Das waren doch deine Worte, nicht wahr?" Mehr nicht. Eden wiederholte es unablässig in Gedanken. Nicht mehr als ein kurzer Moment des Vergnügens. „Und jetzt ist es zu Ende. Also gute Nacht."

„Es ist alles andere als zu Ende. Und genau das ist es, was mir Sorgen bereitet."

„Nun, ich würde sagen, das ist dein Problem, Chase." Dennoch durchlief sie eine Welle der Angst – oder der Vorfreude? Denn sie wusste, er hatte recht.

„Richtig, das ist mein Problem." Herrgott, wie war es möglich, dass er so rasant von Neugier zu Interesse zu brennendem Verlangen gekommen war? „Und da es mein Problem ist, möchte ich eine Frage stellen. Ich will wissen, wieso Eden Carlbough Interesse an einem Sommercamp für Mädchen vorgaukelt, anstatt auf einer Jacht zwischen den griechischen Inseln herumzuschippern. Ich will wissen, wieso sie Ställe ausmistet, anstatt als Mrs Eric Keeton elegante Dinnerpartys zu arrangieren."

„Das ist meine Sache." Ihre Stimme wurde lauter. Die neue Eden war lange nicht so gut darin, ihre Gefühle unter Kontrolle zu halten. „Aber wenn du deine Neugier befriedigen musst, warum rufst du nicht einen deiner Verwandten an? Ich bin sicher, sie werden dich bereitwillig über alles informieren."

„Ich frage *dich*."

„Ich schulde dir keine Erklärung." Sie riss ihren Arm los und stand zitternd vor Wut vor ihm. „Ich schulde dir rein gar nichts!"

„Mag sein." Der Ärger hatte die Leidenschaft abkühlen lassen und seinen Verstand wieder geklärt. „Aber ich will wissen, mit wem ich schlafe."

„Darüber musst du dir keine Gedanken machen, das kann ich dir versichern."

„Wir werden beenden, was wir hier begonnen haben, Eden." Ohne näher zu kommen, fasste er wieder nach ihrem Arm. Der Griff war alles andere als zärtlich, alles andere als geduldig. „Das kann *ich* dir versichern."

„Betrachte die Angelegenheit als erledigt."

Zu ihrer Überraschung lächelte er nur. Wut kochte in ihr hoch. Er lockerte den Griff und streichelte kurz über ihren Arm. Hilflos erschauerte sie. „Wir beide wissen es doch besser." Er berührte ihre Lippen mit einer Fingerspitze, als wollte er sie daran erinnern, wonach er für sie geschmeckt hatte. „Denk an mich."

Und damit verschwand er wieder in den nächtlichen Schatten.

4. KAPITEL

Es war die perfekte Sommernacht für ein Lagerfeuer. Nur einige dünne Wolkenfetzen zogen sich am Mond vorbei. Sie verdunkelten ihn kurz und ließen sein Licht dann wieder frei auf Camp Liberty scheinen. Eine angenehme Brise hatte die Hitze des Tages vertrieben und frische, laue Nachtluft zurückgelassen.

Den ganzen Tag hatten die Mädchen Äste und Zweige gesammelt und auf einer Lichtung sorgfältig eine mannshohe Pyramide gebaut. Alle hatten sie mitgemacht, und jetzt saßen sie allesamt um das Lagerfeuer herum. Sie warteten gespannt darauf, dass die Flammen sich knisternd durch das Holz fressen und in den dunklen Himmel auflodern würden.

Unmengen von Würstchen und Marshmallows lagen auf einem Tisch bereit, daneben Dutzende von gesäuberten und angespitzten dünnen Holzstöcken. Der Gartenschlauch war bis hierher gezogen worden. Einige Eimer, schon mit Wasser gefüllt, standen etwas abseits, nur zur Sicherheit.

Candy nahm lange Streichhölzer zur Hand und hielt sie hoch. Sie steigerte die Spannung, während die Mädchen anfingen zu johlen und zu klatschen. „Das erste alljährliche Lagerfeuer von Camp Liberty wird nun entzündet!", rief sie schließlich. „Meine Damen! Bewaffnet euch mit Würstchen und macht euch bereit zum Grillen!"

Unter Jubel und Gelächter entzündete Candy das Streichholz und hielt es an das trockene Holz. Rauch kräuselte sich, Holz knackte, Flammen leckten auf und suchten gierig nach mehr Nahrung, folgten dem Kreis des flüssigen Anzünders. Gefesselt sahen alle zu, wie die Flammen hochschlugen, höher und höher. Eden und alle anderen applaudierten begeistert.

„Toll!" Sie sah dem Rauch nach, der in die Nachtluft aufstieg. Das war der Geruch von Herbst, auch wenn er noch einen ganzen Sommer entfernt war. „Mir hat davor gegraut, dass wir es nicht zum Brennen kriegen."

„Du hast es hier mit einem Profi zu tun." Die Zungenspitze im Mundwinkel, spießte Candy ein Würstchen auf den Stock. Hinter ihr schimmerten leuchtend rot die Flammen. „Ich hatte nur Angst, dass es vielleicht regnen könnte, aber sieh dir nur die Sterne an! Es ist perfekt."

Eden legte den Kopf in den Nacken. Mühelos und ohne zu suchen fand sie Pegasus. Er stand klar und deutlich am Nachthimmel, so wie er auch vor vierundzwanzig Stunden schon dort gestanden hatte. Ein Tag, eine Nacht. Wie war es möglich, dass in dieser Zeit so viel geschah? Das Gesicht zum Himmel gewandt, fragte sich Eden, ob dieser wilde, verrückte Moment mit Chase überhaupt wirklich passiert war.

Ja, das war er. Die Erinnerung daran war zu real, zu mächtig, um nur ein Traum gewesen zu sein. Der Moment hatte stattgefunden, und daraus war ein Wirrwarr aus Gefühlen und Empfindungen entstanden. Ganz bewusst wandte Eden den Kopf und richtete den Blick auf eine formlose Ansammlung von Sternen.

Es änderte weder etwas an den Erinnerungen noch an dem, was sie fühlte. Es ist passiert, dachte sie, und genauso schnell war es wieder vorbei gewesen. Doch sie war nicht wirklich sicher, ob es vorbei war.

„Warum scheint hier irgendwie alles anders zu sein, Candy?"

„Weil hier alles anders *ist*." Tief sog Candy die Luft ein, roch den Rauch, den Geruch des warmen Grases und den Duft der gegrillten Würstchen. „Ist es nicht wunderbar? Keine überheizten Salons, keine langweiligen Dinnerpartys, keine sich endlos ziehenden Klavierkonzerte. Willst du ein Würstchen?"

Das Wasser lief ihr schon im Mund zusammen, und so nahm Eden das eher kohlschwarze Würstchen an. „Du hältst immer alles so unkompliziert." Sie klemmte das Würstchen zwischen ein aufgeschnittenes Brötchen und gab großzügig Ketchup darauf. „Ich wünschte, ich könnte das auch."

„Das wirst du, wenn du endlich damit aufhörst, dir Vorwürfe zu machen, dass du angeblich den Namen Carlbough entehrst, nur weil dir ein Würstchen vom Lagerfeuer schmeckt." Candy klopfte Eden freundschaftlich auf die Schulter, als deren Mund vor Verblüffung offen stand. „Du solltest unbedingt auch die Marshmallows probieren", empfahl sie und ging, um noch einen Stock zu holen.

Eden schloss den Mund und kaute geistesabwesend. War es das, was sie tat? Vielleicht war es das wirklich, wenn auch nicht ganz so simpel, wie Candy es ausgedrückt hatte. Sie war diejenige gewesen, die das alte Herrenhaus hatte verkaufen müssen, das seit vier Generationen in der Familie gewesen war. Sie war es gewesen, die eine Inventarliste von Silber, kostbarem Porzellan und Kunstwerken für den Auktionator hatte aufstellen müssen. Sie hatte den gesamten Familienbesitz und damit die altehrwürdige Carlbough-Tradition veräußern müssen, um die Schulden abzahlen zu können. Sie war es, die ein neues Kapitel aufschlagen musste.

Weil es nicht anders möglich gewesen war. Doch während die neue Eden die Notwendigkeit akzeptierte, trauerte die alte Eden noch immer um den Verlust. Und sie fühlte sich schuldig.

Mit einem Seufzer trat Eden ein paar Schritte zurück. Die Szene, die sich vor ihr abspielte, war wie eine Erinnerung aus ihrer eigenen Jugend. Der graue Rauch stieg kräuselnd in die Luft, die Flammen züngelten um das Holz, rotgold und gierig. Ein kräftiger Duft nach Gegrilltem lag in der Luft: das Symbol des Sommers, so wie es auch in ihrer eigenen Jugend in Camp Forden gewesen war.

Einen Moment lang wünschte Eden sich, sie könnte in jene sorglose Zeit zurückkehren, als das Leben so einfach gewesen war und die Eltern sich um alles gekümmert hatten.

„Miss Carlbough."

Aus ihren Träumereien gerissen, sah Eden auf das Mädchen hinunter, das vor ihr stand. „Hi, Roberta. Macht es dir Spaß?"

„Und wie! Es ist super!" Wie zum Beweis ihrer Begeisterung zierte ein dicker Klecks Ketchup Robertas Kinn. „Mögen Sie etwa keine Lagerfeuer?"

„Doch, natürlich." Lächelnd schaute Eden auf das flackernde Feuer und legte automatisch die Hand auf Robertas Schulter. „Sogar sehr."

„Ich habe Ihnen ein Marshmallow gemacht. Weil Sie so traurig aussehen."

Das Geschenk hing tropfend, schwarz und verschrumpelt von einer Stockspitze. Edens Kehle wurde eng, genau wie damals, als Marcie ihr einen Strauß Wildblumen geschenkt hatte. „Danke, Roberta, das ist lieb von dir. Aber ich bin eigentlich gar nicht traurig. Ich hänge nur ein paar Erinnerungen nach." Mit spitzen Fingern zog Eden das klebrige Marshmallow vom Stock. Die Hälfte davon fiel auf dem Weg zum Mund zu Boden.

„Die sind tückisch", sagte Roberta. „Ich mache Ihnen noch eins."

Mit Todesmut schluckte Eden die übrig gebliebene schwarze Kruste herunter. „Danke, aber das ist wirklich nicht nötig, Roberta."

„Ach, das mach ich doch gern." Mit einem einnehmenden Lächeln sah das Mädchen zu Eden auf. „Wissen Sie, zuerst dachte ich ja, dass das Sommercamp schrecklich langweilig wird, aber das ist es gar nicht. Vor allem die Pferde sind toll. Miss Carlbough ..." Roberta starrte auf ihre Fußspitzen und schien dort den Mut zu finden. „Ich weiß, ich kann nicht so gut mit Pferden umgehen wie Linda, aber ich habe mich gefragt, ob Sie vielleicht ... nun, ob ich vielleicht mehr Zeit mit den Pferden verbringen kann."

„Natürlich, Roberta." Eden rieb Zeigefinger und Daumen aneinander, um die klebrige Masse irgendwie loszuwerden, doch leider erfolglos. „Und du brauchst mich auch nicht mit Marshmallows zu bestechen."

„Ehrlich?"

„Ja, ehrlich." Die jähe Welle der Zuneigung für die Kleine erstaunte Eden, sie zauste ihr das Haar. „Miss Bartholomew und ich werden das in dein Programm einarbeiten."

„Oh toll! Danke, Miss Carlbough."

„Aber du musst an deiner Haltung arbeiten."

Roberta krauste die Nase. „Na gut. Ich wünschte nur, wir könnten Hindernisspringen machen. Das hab ich im Fernsehen gesehen."

„Na, da bin ich mir nicht ganz sicher. Aber wer weiß – vielleicht schaffst du ja bis zum Ende des Sommers kleine Galoppsprünge."

Für diese Aussicht wurde Eden mit riesengroßen leuchtenden Augen von Roberta belohnt. „Wirklich?"

„Wirklich! Wenn du deine Haltung verbesserst."

„Das werde ich! Ich werde sogar noch besser sein als Linda. Galoppsprünge, wow!" Roberta drehte sich einmal um die eigene Achse. „Danke, Miss Carlbough! Vielen, vielen Dank!"

Dann spurtete sie los wie der Blitz, ganz offensichtlich, um die großen Neuigkeiten zu verbreiten. So wie Eden die Kleine kannte – und langsam, aber sicher kannte sie sie immer besser –, sah Roberta sich bereits bei den nächsten Olympischen Spielen in der Dressur-Equipe, mit einer Goldmedaille um den Hals.

Während Eden beobachtete, wie Roberta von Grüppchen zu Grüppchen rannte, schlich sich ein Lächeln auf ihre Lippen. Sie dachte nicht mehr an die Vergangenheit, und sie bedauerte auch nichts. Sie hörte zu, als eine der Betreuerinnen die ersten Töne auf der Gitarre anschlug, und schleckte sich Marshmallow-Reste von den Fingern.

„Brauchst du Hilfe damit?"

Den Finger noch immer im Mund, drehte Eden sich um. Sie hätte wissen müssen, dass er kommen würde. Vielleicht hatte sie insgeheim ja sogar darauf gehofft. Jetzt musste sie feststellen, dass sie wie ein ertapptes Schulmädchen hastig die noch immer klebrigen Finger hinter dem Rücken versteckte.

Chase fragte sich, ob ihr überhaupt klar war, wie hübsch sie aussah, mit dem Feuerschein im Rücken und dem schimmernden Haar, das ihr offen über die Schultern floss. Jetzt stand eine tiefe Falte auf ihrer Stirn, doch das erfreute Aufblitzen ihrer Augen war ihm nicht entgangen.

Wenn er sie jetzt küsste, würde er dann noch den süßen Geschmack auf ihren Lippen schmecken, den sie sich gerade von den Fingern geleckt hatte? Und würde er darunter wieder die schwelende, erwartungsvolle Hitze finden, die er schon einmal geschmeckt hatte? Seine Bauchmuskeln spannten sich an, selbst als er lässig die Daumen in die Hosentaschen hakte und zum Feuer hinschaute.

„Eine gute Nacht für ein Lagerfeuer."

„Candy behauptet, dass sie das schöne Wetter vorbestellt hat." Da der Abstand zwischen ihnen groß genug war und jede Menge Menschen um sie herum standen, erlaubte Eden es sich, sich zu entspannen. „Wir hatten keine Besucher erwartet."

„Ich sah den Rauch."

Sie schaute auf. Erst jetzt erkannte sie, wie weit der Rauch zog. „Hoffentlich haben wir dich nicht beunruhigt. Wir haben bei der Feuerwehr Bescheid gegeben."

Drei Mädchen schlenderten heran und stellten sich hinter die beiden. Chase grinste ihnen zu, und die drei kicherten prompt.

Eden kaute auf ihrer Unterlippe herum. „Wie lange hast du gebraucht, bis du ihn so perfekt beherrschtest?"

Das Grinsen noch immer auf dem Gesicht, drehte er sich wieder zu ihr. „Wovon sprichst du?"

„Diesen tödlichen Charme, bei dem dir alle weiblichen Wesen zu Füßen sinken."

„Oh, den." Das Grinsen wurde noch breiter. „Damit bin ich geboren worden."

Das Lachen bahnte sich einen Weg, bevor Eden es aufhalten konnte. Um dieses unverzeihliche Versäumnis zu überspielen, verschränkte sie die Arme vor der Brust und trat einen Schritt zurück. „Das Feuer ist ziemlich warm."

„Wir haben an jedem Halloween ein Lagerfeuer auf der Farm gemacht. Mein Vater hat immer den größten Kürbis ausgehöhlt, den er auftreiben konnte, und dann einen ausgedienten Arbeitsoverall und ein altes Flanellhemd mit Stroh ausgestopft. In einem Jahr hat er sich als der kopflose Reiter kostümiert und die Kinder in der Nachbarschaft fast zu Tode erschreckt."

Chase schaute den Flammen zu und fragte sich, wieso er bisher nicht auf die Idee gekommen war, diese Tradition fortzusetzen. „Meine Mutter gab jedem Kind einen Paradiesapfel, und dann setzten wir uns ums Lagerfeuer und erzählten Gruselgeschichten, bis wir alle vor Angst schlotterten. Wenn ich heute daran zurückdenke, glaube ich, meinem Vater hatte es mehr Spaß gemacht als uns Kindern."

Eden konnte das Bild genau vor sich sehen. Sie lächelte. Für sie hatte Halloween immer aus gesitteten Kostümfesten bestanden, auf denen sie als Prinzessin oder Ballerina verkleidet gewesen war. Sie erinnerte sich gerne daran, aber sie hätte auch gern die Gruselgeschichten am Lagerfeuer und den kopflosen Reiter miterlebt.

„Seit wir den Abend geplant hatten, freue ich mich schon genau wie die Mädchen voller Aufregung auf heute. Vermutlich hört sich das albern an, nicht wahr?"

„Nein, es klingt vielversprechend." Eine Hand an ihrer Wange, drehte er sie sanft zu sich herum. Sie versteifte sich leicht, doch ihre Haut fühlte sich warm und weich an. „Hast du an mich gedacht?"

Da war es wieder – dieses Gefühl zu ertrinken, zu treiben, ein drittes Mal unterzugehen. „Ich war beschäftigt."

Sie ermahnte sich, von ihm wegzutreten, doch ihre Beine wollten ihr nicht gehorchen. Der Gesang der Mädchen und das Gitarrenspiel schienen plötzlich nur noch wie aus weiter Ferne zu kommen, die Melodie und die Worte des Liedes waren ihr mit einem Mal entfallen. Das Einzige, das sie noch wahrnahm und dessen sie sich bewusst war, war seine Hand an ihrer Wange.

„Es ... es ist nett, dass du vorbeigeschaut hast." Sie bemühte sich verzweifelt, wieder festen Boden unter den Füßen zu gewinnen.

„Heißt das, ich bin entlassen?" Wie selbstverständlich fuhr er mit der Hand von ihrer Wange in ihr Haar.

„Du hast doch sicher wichtigere Dinge zu tun." Jetzt lagen seine Finger an ihrem Nacken und strichen leicht über ihre Haut. Jede Faser ihres Körpers vibrierte. „Hör auf damit!"

Der Rauch stieg in die Nachtluft auf, das Feuer knisterte. Licht und Schatten tanzten auf ihrem Gesicht, spiegelten sich in ihren Augen. Er hatte an sie gedacht. Viel zu oft. Und jetzt konnte er nur daran denken, wie es sein musste, sie am warmen Feuer zu lieben, in der hereinbrechenden Nacht. „Du bist lange nicht mehr am See spazieren gegangen."

„Wie ich schon sagte: Ich habe viel zu tun." Warum gelang es ihr nicht, ihre Stimme kühl und beherrscht zu halten? „Ich trage die Verantwortung für die Mädchen und das Camp, und ..."

„Ganz allein?" Wie sehr er sich wünschte, mit ihr ein Stück zu laufen! Zu reden und sich die Sterne anzusehen. Sie zu küssen ... und noch einmal ihre Leidenschaft und ihre Unschuld zu schmecken. „Ich bin ein sehr geduldiger Mann, Eden. Du kannst mir nicht ewig aus dem Weg gehen."

„Länger, als du glaubst", murmelte sie und stieß leise einen erleichterten Seufzer aus, als Roberta direkt auf sie zusteuerte.

„Hi!" Verzückt über den Hüpfer, den ihr kleines Herz machte, strahlte Roberta Chase an.

„Hi, Roberta", sagte er, und sie war absolut hingerissen, dass er sich an ihren Namen erinnerte. Er schenkte ihr sein Lächeln und seine Aufmerksamkeit, ohne die Hand von Edens Nacken zu nehmen. „Wie ich sehe, passt du jetzt besser auf deine Kappe auf."

Roberta kicherte und schob den Schirm zurück. „Miss Carlbough hat mich gewarnt – sie nimmt sie mir ab, wenn ich mich noch einmal auf Ihre Plantage wage. Aber wenn Sie uns einladen zu einer offiziellen Führung ... dann würden wir doch etwas für unsere Bildung tun, nicht wahr?"

„Roberta!" Dieses Kind schien immer allen einen Schritt voraus zu sein. Eden bedachte sie mit einem strengen Blick.

„Miss Bartholomew hat doch gesagt, wir sollen uns interessante Dinge überlegen." Roberta setzte ihr unschuldigstes

Gesicht auf. „Und ich finde die Apfelbäume unglaublich interessant."

„Danke für den Vorschlag." Chase konnte Edens Zähne regelrecht knirschen hören. „Wir werden ihn gewiss besprechen."

„Fein." Roberta war zufrieden und streckte Chase den Arm entgegen. In der Hand hielt sie etwas längliches Schwarzes. „Ich habe Ihnen ein Würstchen gegrillt. Bei einem Lagerfeuer muss man wenigstens ein Würstchen essen."

„Sieht gut aus." Roberta war begeistert, als er ein großes Stück abbiss. „Danke." Und nur Chase und sein Magen wussten, dass das Würstchen außen schwarz und innen kalt war.

„Ich habe auch Marshmallows mitgebracht." Sie reichte die Stöcke weiter. „Es ist einfach viel lustiger, wenn man sie selbst ins Feuer hält." Und da Roberta auf der Schwelle vom Kind zur Frau stand, war es für sie ein Leichtes, zu spüren, was um sie herum in der Luft lag. „Bei den Ställen ist niemand. Ich meine, wenn Sie beide allein sein wollen. Zum Küssen und so."

„Roberta!" Eden berief sich auf ihre beste Campleiterinnenstimme. „Das reicht jetzt."

„Meine Eltern sind manchmal auch gern allein." Unbeeindruckt grinste das Mädchen Chase an. „Vielleicht sehen wir uns ja bald wieder."

„Bestimmt, Kleine." Während Roberta zu den anderen zurückhüpfte, drehte Chase sich zu Eden um. Sobald er den ersten Schritt auf sie zumachte, hielt sie ihr aufgespießtes Marshmallow übers Feuer. „Was ist? Hast du Lust auf Küssen – und so?"

Es lag nur an der Hitze des Feuers, dass ihre Wangen plötzlich brannten, versicherte Eden sich selbst. „Du scheinst es ja sehr amüsant zu finden, dass Roberta zu Hause erzählen wird, wie sich eine der Campleiterinnen die ganze Zeit mit einem Mann in den Ställen herumgetrieben hat. Das wird dem Ruf von Camp Liberty richtig guttun."

„Du hast recht. Du solltest mit zu mir kommen."

„Geh einfach, Chase."

„Ich habe mein Würstchen noch nicht aufgegessen. Komm zu mir zum Dinner."

„Ich habe schon gegessen, vielen Dank."

„Na schön, dann werde ich dir kein Würstchen servieren. Wir können das morgen besprechen."

„Nein, wir besprechen das morgen nicht." Es war die Wut, die sie atemlos machte, so wie es auch die Wut war, die sie unvorsichtig werden ließ. Sie drehte sich zu ihm. „Wir werden morgen überhaupt nichts besprechen."

„Auch gut. Man muss ja nicht immer reden." Um zu zeigen, wie einsichtig er sein konnte, beendete er das Gespräch damit, dass er seinen Mund auf ihre Lippen presste. Er hielt sie nicht fest; dennoch dauerte es lange, träge Sekunden, bevor Edens Körper dem Befehl ihres Verstandes folgte und von Chase Abstand nahm.

„Hast du denn überhaupt keine Manieren?", brachte sie benommen hervor.

„Nicht besonders viele." Er blickte in ihre blauen Augen, so blau wie ein See. In diesem Moment entschied er, dass er ein Nein als Antwort nicht akzeptieren würde. „Machen wir es gleich morgen früh! Sagen wir ... um neun, am Eingang zur Plantage?"

„Morgen früh um neun – was?"

„Die Führung." Grinsend überreichte er ihr seinen Stock. „Man muss doch was für die Bildung tun."

Da stand sie mitten auf einem großen offenen Feld und fühlte sich dennoch in eine Ecke gedrängt. „Wir haben nicht die Absicht, deinen Tagesablauf zu stören."

„Das ist kein Problem. Ich sage Miss Bartholomew Bescheid, wenn ich gehe. Dann kann niemand behaupten, ihr wärt nicht beide informiert worden."

Eden holte tief Luft. „Du hältst dich für besonders clever, nicht wahr?"

„Ich bin nur gewissenhaft, mehr nicht, Eden. Ach, übrigens ... dein Marshmallow brennt."

Die Hände lässig in den Hosentaschen vergraben, schlenderte er davon. Eden versuchte derweil wütend, den in Flammen stehenden Zuckerball an ihrem Stock auszupusten.

Eden hatte um Regen gefleht, doch ihre inbrünstige Hoffnung wurde enttäuscht. Der Morgen kündigte sich mit strahlendem Sonnenschein an. Sie hatte auch auf Candys Unterstützung gehofft, sah sich jedoch nur deren überschwänglicher Begeisterung für den Ausflug auf eine der bekanntesten Apfelplantagen des Landes gegenüber. Die Mädchen waren natürlich allesamt begeistert von der Abwechslung. Und so fand sich Eden auf dem kurzen Weg zur Elliot-Plantage, den sie zu Fuß gingen, als Einzige von der allgemeinen Begeisterung ausgeschlossen.

„Du könntest dir ein wenig mehr Mühe geben." Candy pflückte eine kleine blaue Blume vom Wegrand und steckte sie sich ins Haar. „Du siehst aus, als müsstest du den Gang zur Guillotine antreten. Das ist doch ein tolles Erlebnis! Für die Mädchen", fügte sie hastig hinzu.

„Davon hast du mich ja überzeugt, sonst wäre ich gar nicht hier", brummte Eden.

„Hm, miesepetrig."

„Ich bin nicht miesepetrig", bestritt Eden. „Ich mag es nur nicht, wenn ich manipuliert werde."

„Lass dir einen Rat geben." Candy pflückte noch eine Blume und drehte den Stiel zwischen den Fingern. „Wäre ich von einem Mann manipuliert worden, dann würde ich dafür sorgen, dass es von Anfang an so aussieht, als wäre es meine Idee gewesen. Stell dir nur sein verdattertes Gesicht vor, wenn du mit einem strahlenden Lächeln durch sein Tor wanderst und vor Begeisterung geradezu überschäumst."

„Vielleicht." Eden ließ sich das durch den Kopf gehen, bis ihre Lippen schließlich zu zucken begannen. „Ja, vielleicht."

„Na siehst du! Noch etwas mehr Übung, und du wirst erkennen, dass man mit List in manchen Fällen viel weiter kommt als mit Würde."

„Beides wäre nicht nötig, wenn ich im Camp hätte bleiben können."

„Herzchen, wenn mich nicht alles täuscht, hätte ein gewisser Apfelbaron jeden Stein nach dir umgedreht. Und dann hätte er dich über seine wundervollen breiten Schultern geworfen, nur damit du an unserem kleinen Ausflug teilnimmst – ob dir das nun passt oder nicht."

Mit einem Seufzer blieb Candy stehen. „Weißt du, wenn ich jetzt so darüber nachdenke ... Das wäre eigentlich viel aufregender gewesen."

Da Eden sich die Szene sehr genau vorstellen konnte, erstarb das Lächeln auf ihrem Gesicht. „Von meiner besten Freundin hätte ich mehr Unterstützung erwartet. Ich hätte angenommen, dass ich mich auf sie verlassen kann."

„Das kannst du auch, hundertprozentig." Freundschaftlich schlang Candy den Arm um Edens Schulter. „Aber so ganz klar ist mir das, ehrlich gesagt, nicht. Wieso solltest du meine Unterstützung brauchen, wenn du da einen umwerfenden Mann hast, der dich heiß und leidenschaftlich küsst?"

„Genau das ist es doch!" Mehrere Köpfe drehten sich, als sie laut wurde, und so nahm Eden sich schnell zusammen. „Er hat kein Recht, so etwas vor aller Augen abzuziehen."

„Sicher, im Privaten macht es mehr Spaß."

„Mach nur weiter so! Dann findest du bald eine Ringelnatter in deiner Unterwäsche!"

„Frag ihn doch mal, ob er vielleicht einen Bruder hat oder einen Cousin. Ein Onkel würde es auch tun. Ah, da sind wir ja", wechselte Candy das Thema, bevor Eden Zeit für eine entsprechende Erwiderung hatte. „Jetzt lächle und sei charmant, wie man es dir beigebracht hat."

„Dafür wirst du bezahlen, das verspreche ich dir", murmelte Eden. „Ich weiß noch nicht, wann, und ich weiß noch nicht, wie. Aber du wirst bezahlen."

Die Gruppe war vor einer Weggabelung angekommen. Auf dem linken Weg erhoben sich zu beiden Seiten steinerne Pfosten. Zwischen ihnen war in einem schmiedeeisernen Bogen der Name ELLIOT zu lesen. Eine mannshohe Mauer, gut dreißig Zentimeter dick, ging von den Pfeilern ab und schlängelte sich in die Landschaft. Die Mauer war alt und verwittert, ein solider Beweis, dass das Bedürfnis der Familie Elliot nach Privatsphäre nicht erst mit Chase begonnen hatte.

Die Allee, eben und gepflegt, führte über eine Anhöhe und verschwand dahinter. Mächtige Eichenbäume säumten den Weg, noch älter und noch wuchtiger als die Mauer.

Es war das Gesamtbild, das Eden fesselte – die gleiche Symmetrie, die sie schon bei den Apfelbäumen bewundert hatte. Alles hier war seit Generationen so, wie es war – die Steine, die Bäume, die Straße. Eden sah sich um und konnte nachvollziehen, warum Chase so stolz darauf war. Auch sie hatte einst ein Erbe gehabt.

Dann trat er hinter der Mauer hervor, und sie verdrängte hastig selbst dieses kleine Gefühl von Gemeinsamkeit.

Er trug Jeans und T-Shirt, war voller Energie. Auf seinen Armen schimmerte ein feiner Schweißfilm, offensichtlich hatte er schon früh am Morgen gearbeitet. Gegen ihren Willen wurde Edens Blick von seinen Händen angezogen. Starke Hände, fähige Hände und doch so unendlich sanfte Hände, wenn sie eine Frau berührten.

„Guten Morgen, meine Damen." Er zog das Tor für die Gruppe auf.

„Was für ein Mann!", hörte Eden eine der Betreuerinnen murmeln. Eden nahm sich Candys Rat zu Herzen und lächelte, was das Zeug hielt.

„Das ist Mr Elliot, Mädels. Ihm gehört die Apfelplantage, die wir uns heute ansehen. Vielen Dank für die Einladung, Mr Elliot."

„Ist mir ein Vergnügen, Miss Carlbough."

Das zustimmende Geraune unter den Mädchen wurde zu entzücktem Jauchzen, als ein Hund herantrottete und sich an Chases Seite gesellte. Sein Fell hatte die Farben von Aprikosen und schimmerte im Sonnenlicht, als wäre es poliert worden. Mit großen Augen studierte er die Gruppe der Mädchen, bevor er sich an Chases Bein drückte. Ein schmächtigerer Mann wäre vielleicht getaumelt, schoss es Eden durch den Kopf. Der Hund hatte gut einen Meter Stockmaß, er war eher ein junger Löwe als ein Haustier. Als er sich setzte, brauchte Chase sich nicht einmal leicht zu bücken, um die Hand auf seinen Kopf zu legen.

„Das ist Squat. Ob ihr es glaubt oder nicht, er war der Kleinste in seinem Wurf. Er ist noch immer ein wenig schüchtern."

Candy ließ einen erleichterten Seufzer hören, als sie den massigen Hundeschwanz auf den Boden klopfen hörte. „Aber er ist doch sicher ein freundlicher Hund?"

„Squat hat eine Schwäche für weibliche Wesen." Chase ließ den Blick über die Gruppe schweifen. „Besonders, wenn sie alle so hübsch sind. Er hofft darauf, dass er die Führung mitmachen darf."

„Er ist süß." Roberta hatte ihre Entscheidung sofort gefällt. Sie ging zu dem Hund und streichelte seinen Kopf. „Du kannst mit mir mitkommen, Squat."

Zufrieden stand der Hund auf und ging voran.

Zum Apfelgeschäft gehörte viel mehr, als Eden sich bis dahin überhaupt vorgestellt hatte. Da gab es mehr, als nur Bäume zu hegen und reife Früchte zu pflücken und diese dann in Körben zum Markt zu transportieren. Weil so viele verschiedene Sorten hier wuchsen, beschränkte sich die Ernte nicht nur auf den Herbst. Die Erntesaison, so erklärte Chase, begann bereits im Frühsommer und zog sich bis in den späten Herbst hinein.

Die Äpfel waren auch nicht allein für den direkten Verzehr bestimmt. Selbst das Gehäuse und die Schale wurden für die Herstellung von Cidre verwendet oder getrocknet und dann für die Herstellung von Saft und bestimmten Sektsorten nach Europa verschifft. Der Duft von reifendem Obst hing über der Plantage und ließ mehr als einem Mädchen das Wasser im Mund zusammenlaufen.

Der Baum des Lebens, dachte Eden, als ihr das süße Aroma in die Nase stieg. Verbotene Früchte. Sie achtete darauf, immer von einem Kreis Mädchen umgeben zu sein, und rief sich ins Gedächtnis, dass dieser Ausflug allein aus pädagogischen Gründen stattfand.

Chase erklärte jetzt, dass die schnell wachsenden Bäume in fünfzehn Meter Abstand zwischen jenen Bäumen angepflanzt wurden, die mehr Zeit zum Wachsen brauchten, und dann ausgedünnt wurden, sobald mehr Platz nötig war. Ein kühl kalkuliertes Unternehmen, erinnerte Eden sich. Strikt durchorganisiert, um den größtmöglichen Profit zu erzielen und so wenig Arbeitskraft und Ressourcen wie möglich zu verschwenden. Die Romantik der Apfelblüte im Frühling blieb dennoch erhalten.

Unzählige Arbeiter waren mit der Sommerernte beschäftigt. Während sie den Männern und den großen Maschinen zusahen, beantwortete Chase die Fragen der Mädchen.

„Die sehen aber noch gar nicht reif aus", kam es von Roberta.

„Sie sind ausgewachsen." Eine Hand auf Robertas Schulter, pflückte Chase einen Apfel vom Baum. „Das, was nach dem Wachstumsprozess am Baum passiert, ist ein chemischer Prozess im Innern des Apfels. Dazu braucht der Apfel den Baum nicht. Das Fruchtfleisch ist noch hart, aber die Kerne im Innern sind schon braun. Sieh her." Mit einer geübten Bewegung schnitt Chase den Apfel mit einem Taschenmesser in zwei Hälften. „Die Äpfel, die jetzt geerntet werden, sind besser als die, die noch hängen bleiben." Robertas Miene richtig deutend, gab er ihr die eine Apfelhälfte. Die andere verschlang Squat mit aufgerissenem Maul.

„Vielleicht wollt ihr ja selbst welche pflücken", fuhr Chase fort und stieß mit dem Vorschlag auf allgemeine Begeisterung. Er streckte den Arm nach oben, um den Mädchen zu zeigen, wie es ging. „Ihr müsst die Frucht vom Stiel drehen. So bricht man den Zweig nicht ab und verliert kein tragendes Holz."

Bevor Eden überhaupt etwas sagen konnte, waren die Mädchen schon ausgeschwärmt. Jetzt fand sie sich allein mit Chase, ihm direkt gegenüber. Vielleicht lag es daran, wie seine Lippen sich zu einem Lächeln verzogen. Vielleicht war es aber auch sein Blick, der warm und bewundernd auf ihr lag. Auf jeden Fall schien ihr Kopf mit einem Schlag völlig leer zu sein.

„Du führst einen faszinierenden Betrieb." Für die Plattitüde hätte sie sich treten mögen.

„Mir gefällt's."

„Ich ... äh ..." Es musste doch eine Frage geben, eine intelligente Frage, die sie stellen konnte. „Vermutlich muss das Obst schnell vertrieben werden?"

Chase bezweifelte, dass einer von ihnen sich im Moment auch nur einen Deut um Äpfel scherte, aber er war bereit, auf das Spiel einzugehen. „Die Früchte werden sofort nach der Ernte bei null Grad Celsius gelagert. Ich mag es, wie du dein Haar zusammengebunden hast. Es reizt mich, an dem Band zu ziehen und zuzusehen, wie es dir über die Schultern fällt."

Ein Summen setzte in ihr ein, doch sie tat, als würde sie es nicht hören. „Es gibt sicherlich auch diverse Verfahren zur Qualitätskontrolle."

„Wir achten auf die Reichhaltigkeit." Er ließ einen Apfel zwischen den Händen hin und her wandern, ohne den Blick von Edens Mund zu nehmen. „Auf Geschmack." Er sah, wie ihre Lippen sich unwillkürlich öffneten, so als fühlte sie ihn auf der Zunge. „Auf Festigkeit", murmelte er und legte eine Hand an ihren Nacken. „Und Feinheit."

Ihr Atem stockte, und sie seufzte leise. Fast war es zu spät, bevor sie sich zusammennahm. „Es wäre angebracht, beim Thema zu bleiben."

„Welches Thema?" Sein Daumen streichelte über ihre Wange.

„Äpfel."

„Ich möchte mit dir schlafen, Eden. Hier unter den Bäumen, im warmen Sonnenschein, mit dem duftenden Gras im Rücken."

Was sie am meisten erschreckte, war die Tatsache, dass sie es sich genau vorstellen konnte. Allein, mit ihm ... „Wenn du mich dann jetzt entschuldigen würdest."

„Eden." Er griff nach ihrer Hand, wohl wissend, dass er zu schnell vorging, sich zu weit vorwagte, zu sehr drängte, und doch konnte er sich nicht zurückhalten. „Ich will dich. Eigentlich viel zu sehr."

Obwohl er leise sprach, seine Stimme kaum mehr als ein Flüstern war, begannen ihre Nerven zu vibrieren. „Du kannst solche Dinge doch nicht einfach zu mir sagen! Nicht hier. Wenn die Kinder …"

„Geh mit mir essen."

„Nein." Sie würde hart bleiben, sagte sie sich. Sie würde sich nicht manipulieren, nicht herumkommandieren lassen. „Ich habe hier eine Aufgabe zu erledigen, Chase, eine, bei der ich im wahrsten Sinne des Wortes vierundzwanzig Stunden im Dienst bin. Selbst wenn ich mit dir essen gehen wollte – was ich nicht will –, wäre es nicht möglich."

Sicher, es hörte sich vernünftig an. Sachlich. Nüchtern. Aber das taten viele Ausflüchte. „Hast du Angst davor, mit mir allein zu sein? Ich meine, wirklich allein, nur wir beide?"

Die Wahrheit war schlicht und einfach. Eden beschloss, sie zu ignorieren. „Bilde dir nur nichts ein."

„Die Routine im Camp wird nicht zusammenbrechen, nur weil du mal abends ein paar Stunden nicht da bist. Deine auch nicht."

„Du weißt nichts über die Routine im Camp."

„Ich weiß, dass deine Partnerin und die Betreuerinnen durchaus in der Lage sind, die Mädchen zu beaufsichtigen. Und ich weiß, dass du deinen letzten Reitunterricht um vier Uhr nachmittags gibst."

„Woher …?"

„Ich habe Roberta gefragt", antwortete er leichthin. „Sie hat mir auch erzählt, dass es um sechs Uhr Abendessen gibt, danach Freizeit oder Aktivitäten nach Wahl von sieben bis neun. Um zehn wird das Licht ausgemacht. Du verbringst deine Zeit nach dem Abendessen meist mit den Pferden. Manchmal reitest du nachts auch aus, wenn du glaubst, dass jeder im Camp schläft."

Eden öffnete den Mund, schloss ihn wieder. Was sollte sie darauf schon sagen können?! Sie hatte wirklich gedacht, niemand wüsste von ihren nächtlichen Ausritten. Dass sie allein ihr gehörten.

„Warum reitest du nachts allein aus, Eden?"

„Weil ich es genieße."

„Dann genieß den heutigen Abend mit mir."

Eden versuchte, sich daran zu erinnern, dass da eine Menge junger Mädchen zwischen den Bäumen herumliefen. Sie versuchte, sich daran zu erinnern, dass ein Wutausbruch eigentlich immer am peinlichsten für denjenigen war, der die Beherrschung verlor.

„Scheinbar hast du Schwierigkeiten damit, eine höfliche Absage zu verstehen. Dann drücken wir es doch anders aus: Das Letzte, was ich heute Abend oder zu jedem anderen Zeitpunkt tun will, ist, mit dir zusammen zu sein."

Er rollte die Schultern, bevor er einen Schritt auf sie zumachte. „Vermutlich können wir das sofort klären, hier und jetzt."

„Das wagst du nicht …" Den Rest ließ sie offen. Dabei wusste sie von vornherein, dass er es natürlich doch wagen würde. Ein schneller Seitenblick zeigte ihr, dass Roberta und Marcie vergnügt kauend an einem Baumstamm lehnten und die Show aufmerksam mitverfolgten. „Na gut. Aber hör auf damit!" So viel also zu ihrem festen Entschluss, sich nicht manipulieren zu lassen. „Mir ist schleierhaft, warum du so unbedingt mit jemandem essen willst, der dich nicht ausstehen kann."

„Ja, mir auch. Aber das können wir dann heute Abend besprechen. Halb acht." Er warf Eden den Apfel zu und schlenderte zu Roberta hinüber.

Eden fing den Apfel auf, während sie in Gedanken eine perfekte Zielscheibe auf Chases Rücken malte. Dann jedoch stieß sie nur einen empörten Laut aus und biss herzhaft hinein.

5. KAPITEL

Energisch zog Eden die Bürste durch ihr Haar. Trotz der barschen Behandlung sprang es schwungvoll auf ihre Schultern zurück und legte sich weich um ihr Gesicht. Sie würde sich keine Mühe geben, so wie sie sich bei anderen Verabredungen immer sorgfältig zurechtgemacht hatte. Nein, sie würde ihr Haar unfrisiert tragen und einfach offen lassen. Aber so ungeschliffen wie Chase war, würde er solch diskrete weibliche Botschaften sicherlich gar nicht verstehen.

Sie würde auch keinen Schmuck anlegen, nur die schlichten Perlstecker, die sie auch im Camp immer trug. Um kühl und distanziert auszusehen, zog sie eine hochgeschlossene weiße Bluse an. Am liebsten hätte Eden noch den feinen Spitzenrand an den Manschetten abgetrennt, damit die Bluse noch nüchterner wirkte. Zusammen mit dem schlichten weißen Rock versuchte sie, einen unnahbaren, eisigen Eindruck zu erwecken. Tatsächlich jedoch erreichte sie damit nur, dass sie unendlich fein und zerbrechlich wirkte. Das jedoch erkannte sie in dem schmalen Wandspiegel nicht.

Fest entschlossen, überdeutlich werden zu lassen, wie wenig Mühe sie sich gegeben hatte, verzichtete sie auf Make-up – nun ja, fast. Vor sich hinmurmelnd, trug sie etwas Rouge auf. Schlichte weibliche Eitelkeit, mehr nicht, sagte sie sich und zog auch noch den farblosen Lipglossstift über die Lippen. Immerhin gab es einen Riesenunterschied zwischen „wenig Mühe" und „ungepflegt". Sie griff schon nach der Parfümflasche, als sie sich zusammennahm und die Hand wieder sinken ließ. Nein, das wäre definitiv zu viel Aufwand. Mehr als Seife würde Chase nicht bekommen! In dem Moment, als sie sich vom Spiegel abwandte, kam Candy herein.

„Wow!" Candy blieb im Türrahmen stehen und musterte Eden kritisch. „Du siehst umwerfend aus!"

„Tu ich das?" Mit gerunzelter Stirn drehte Eden sich wieder zum Spiegel um. „‚Umwerfend' war eigentlich nicht das, was ich erreichen wollte. Eher eine Art von ‚unscheinbar'."

„Du würdest niemals unscheinbar aussehen, und wenn du dich in Sack und Asche hüllst. So wie ich niemals fein und grazil aussehen würde, selbst nicht mit Spitzenborte an den Handgelenken."

Mit einem entnervten Laut zupfte Eden an der verräterischen Spitze. „Ich wusste es! Ich wusste, dass es ein Fehler ist. Aber vielleicht kann ich sie ja abreißen ..."

„Wag es bloß nicht!" Lachend eilte Candy in den Raum, um Eden davon abzuhalten, die Bluse zu ruinieren. „Außerdem kommt es nicht auf die Kleider an, sondern auf die Haltung, nicht wahr?"

Eden zupfte ein letztes Mal an der Spitze. „Candy, bist du auch wirklich sicher, dass hier alles in Ordnung ist? Ich könnte immer noch absagen ..."

„Alles ist in Ordnung." Candy ließ sich auf ihr Bett fallen und schälte die Banane, die sie mitgebracht hatte. „Eigentlich ist alles sogar in bester Ordnung. Ich nehme mir nur fünf Minuten Zeit, um dir viel Spaß für heute Abend zu wünschen und mich vollzustopfen." Zum Beweis biss sie ein großes Stück Banane ab. „Denn gleich treffen wir uns alle im Speisesaal, um die Musik für unsere Party durchzusehen. Die Mädchen wollen ein bisschen üben für den großen Abend."

„Dann könntest du wohl eine zusätzliche Aufsicht gut gebrauchen."

Candy winkte mit der halb gegessenen Banane ab. „Die nächsten Stunden werden sich in den gleichen vier Wänden abspielen. Du geh und genieß dein Dinner. Und hör auf, dir Sorgen zu machen. Wohin geht ihr überhaupt?"

„Weiß ich nicht." Sie steckte sich noch ein Taschentuch in die Handtasche. „Und es ist mir auch egal."

„Komm schon, nach sechs Wochen gesunder, gutbürgerlicher Küche ... Freust du dich nicht wenigstens ein bisschen auf köstliche Austern und edle Weinbergschnecken?"

„Nein." Nervös spielte Eden mit dem Verschluss ihrer Tasche, klappte sie auf und wieder zu. „Ich habe nur zugesagt, weil das einfacher war, als eine Szene zu machen."

Candy zog den letzten Bissen aus der Bananenschale. „Der Mann weiß, wie er seinen Kopf durchsetzt, was?"

„Es wird höchste Zeit, dass das aufhört." Mit einem endgültig klingenden Klicken verschloss Eden ihre Tasche. „Und zwar noch heute Abend."

Als ein Wagen sich näherte, stützte Candy sich auf einen Ellbogen auf. Sie sah, dass Eden nervös an ihrer Unterlippe kaute, sagte jedoch nichts, sondern winkte nur mit der Bananenschale Richtung Tür. „Na dann, viel Glück."

Ihr Schmunzeln war Eden nicht entgangen. Bei der Tür blieb sie noch einmal stehen. „Sag mal, auf wessen Seite stehst du eigentlich?"

„Auf deiner, Eden." Candy streckte sich. „Definitiv auf deiner."

„Ich bin früh zurück."

Candy lächelte wissend, enthielt sich klugerweise aber jeglichen Kommentars, bis das Fliegengitter hinter Eden zufiel.

So viel Mühe Eden sich auch gab, unnahbar, eisig und gelangweilt auszusehen – Chase stockte der Atem, als sie aus dem Blockhaus trat. Noch stand die Abendsonne am Himmel, die letzten Strahlen fingen sich in Edens Haar und ließen es aufschimmern. Der Rock schwang um ihre bloßen Beine, die Haut von den langen Stunden im Freien golden gebräunt. Das Kinn hatte sie leicht angehoben, ob aus Ärger oder Trotz, wusste er nicht zu sagen. Er hatte nur Augen für die elegante Linie ihres Halses. Kaum dass sie den ersten Schritt auf das Gras setzte, setzte sich auch in ihm der gleiche tiefe, verlangende Puls wie heute Vormittag in Gang.

Eden hatte erwartet, dass er in formeller Garderobe weniger ... weniger gefährlich aussehen würde. Nun musste sie feststellen, dass sie ihn erneut unterschätzt hatte. Das Sportjackett kaschierte seine Muskeln nicht, sondern betonte im Gegenteil noch die breiten Schultern. Das Hemd, ob nun Zufall oder bewusst gewählt, passte zu seinen Augen und stand am Hals lässig offen. Ein gelöstes Lächeln zog langsam auf seine Lippen, und Eden lächelte automatisch zurück.

„Genau so habe ich dich mir vorgestellt." In Wirklichkeit war er sich nicht einmal sicher gewesen, ob sie kommen würde. Oder wie er reagiert hätte, wenn sie sich in der Hütte eingeschlossen und sich geweigert hätte, mit ihm auszugehen. „Ich freue mich, dass du mich nicht enttäuschst."

Schon merkte sie, wie ihr fester Vorsatz zu wanken begann. Angestrengt riss sie sich zusammen. „Ich habe dir schließlich zugesagt", setzte sie an und verstummte prompt, als er ihr einen Strauß Anemonen überreichte. Offensichtlich hatte er ihn am Straßenrand selbst gepflückt. Er ist nicht süß, ermahnte sie sich in Gedanken. Und sie war auch nicht empfänglich für solche Gesten. Dennoch konnte sie nicht anders, sie barg das Gesicht in den farbenfrohen Blüten.

Ein Bild, das er sein ganzes Leben lang nie vergessen würde, das wusste Chase schon jetzt mit Sicherheit: Eden, einen Strauß Wiesenblumen mit beiden Händen umfassend. Die Augen, in denen Entzücken und Verwirrung standen, waren über den Blütenblättern zu ihm erhoben.

„Danke."

„Ist mir ein Vergnügen." Er nahm ihre Hand und führte sie an seine Lippen. Sie hätte sie wegziehen müssen; sie wusste, dass sie das hätte tun sollen. Und doch ... in diesem Moment lag etwas so Einfaches, so Richtiges, ganz so, als würde sie ihn wiedererkennen, aus einem Traum vor langer Zeit. Benommen machte sie einen Schritt vor, doch dann ertönte ein leises Kichern und brach den Bann.

Sofort versuchte sie, ihre Hand zurückzuziehen. „Die Mädchen." Sie schaute sich um und erhaschte gerade noch einen Blick auf die Phillies-Kappe, bevor diese mit ihrer Trägerin um die Ecke einer Blockhütte verschwand.

„Nun, dann wollen wir sie doch nicht enttäuschen, oder?" Chase drehte ihre Hand um und setzte einen Kuss auf die Innenfläche. Eden spürte, wie eine Hitzewelle durch ihren Körper lief.

„Du bist absichtlich unmöglich." Dennoch schloss sie die

Finger um den Kuss, so als wolle sie das Gefühl auf immer festhalten.

„Richtig." Er lächelte und widerstand dem Impuls, sie in seine Arme zu ziehen und sich das zu holen, was ihre Augen, wenn auch nur kurz, versprochen hatten.

„Wenn du mich dann loslassen könntest, würde ich die Blumen erst gern in eine Vase stellen."

„Das übernehme ich." Candy stieß sich vom Türrahmen ab und kam nach draußen. Nicht einmal Edens Blick wischte das zufriedene Lächeln von Candys Gesicht. „Sie sind wunderhübsch, nicht wahr? Amüsiert euch gut, ihr beiden!"

„Das werden wir, bestimmt." Chase verschränkte seine Finger mit Edens und zog sie zu seinem Wagen. Eden versuchte sich davon zu überzeugen, dass die Sonne sie geblendet haben musste. Denn warum sonst wäre ihr wohl der weiße Lamborghini nicht aufgefallen, der vor der Blockhütte parkte? Sie setzte sich auf den Beifahrersitz und warnte sich selbst. Sie musste auf der Hut bleiben.

Sobald der Motor aufheulte, erhob sich auch ein ganzer Chor von Abschiedsrufen. Alle Mädchen und Betreuerinnen standen plötzlich aufgereiht da und winkten ihnen zu. Eden kaschierte ihr Kichern mit einem Hüsteln.

„Das hier scheint einer der Höhepunkte des diesjährigen Sommercamps zu werden."

Chase streckte die Hand aus dem Fenster und winkte zurück. „Dann sehen wir doch mal, ob wir es nicht auch zu einem unserer Höhepunkte machen können."

Etwas in seinem Ton ließ sie ihm das Gesicht zuwenden, gerade lange genug, um das spitzbübische Grinsen auf seiner Miene zu erkennen. In dieser Sekunde fasste Eden einen Entschluss: Oh ja, sie würde ganz sicher auf der Hut sein. Aber sie würde den Teufel tun und sich einschüchtern lassen.

„Na schön." Sie lehnte sich in die Polster zurück. „Seit Wochen habe ich keine Mahlzeit mehr gegessen, die nicht auf einem Plastiktablett stand."

„Dann lasse ich das wohl besser weg, was?"

„Ich würde das wirklich sehr zu schätzen wissen." Eden lachte, um sich dann hastig in Gedanken zu versichern, dass ein Lachen nicht gleich bedeutete, ihre Vorsicht fahren zu lassen. „Halte mich ja auf, falls ich anfangen sollte, Besteck zu sortieren."

Der Fahrtwind, der durch das offene Fenster hereinwehte, war warm und frisch wie die Blumen, die Chase ihr mitgebracht hatte. Eden hielt das Gesicht in die Brise. „Das ist schön. Vor allem, weil ich eigentlich eher mit einem Pick-up gerechnet hatte."

„Auch wir Landeier wissen einen schnittigen Wagen zu schätzen."

„So meinte ich das nicht." Eine erklärende Entschuldigung auf den Lippen, sah sie zu ihm hin und sah, dass er lächelte. „Vermutlich wäre es dir auch gleich, selbst wenn ich es so gemeint hätte."

„Ich weiß, was ich bin, was ich will und was ich kann." Er drosselte das Tempo, um eine Kurve zu nehmen. Kurz blickte er sie an. „Doch die Meinungen bestimmter Leute sind mir wichtig. Wie auch immer: Ich ziehe die offene Landschaft jedem Verkehrsstau vor. Was ist mit dir, Eden?"

„Ich habe mich noch nicht entschieden." Das stimmte tatsächlich, wie ihr in diesem Augenblick klar wurde. Innerhalb weniger Wochen hatten ihre Prioritäten sich verschoben, hatten ihre Hoffnungen eine andere Richtung eingeschlagen. In Gedanken versunken, wäre ihr der geschwungene Namenszug über den beiden Steinpfeilern fast nicht aufgefallen. „Wohin fahren wir?"

„Zum Dinner."

„Auf der Plantage?"

„In meinem Haus." Er schaltete den Gang herunter und rollte über die Auffahrt.

Eden bemühte sich, ihrer aufsteigenden Besorgnis keine Aufmerksamkeit zu schenken. Es war sicherlich nicht das volle – und damit sichere – Restaurant, das sie erwartet hatte. Nun, sie war vorher schon zu privaten Dinnern gegangen, oder etwa nicht? Von Kindesbeinen an war sie dazu erzogen worden, sich auf jedem gesellschaftlichen Parkett zurechtzufinden. Doch die Anspannung blieb. Ein Dinner mit Chase allein würde nicht, *konnte* gar nicht sein wie irgendein anderer gesellschaftlicher Anlass.

Noch während sie sich überlegte, wie sie einen höflichen Protest formulieren sollte, fuhr der Wagen über eine letzte Anhöhe. Das Haus lag vor ihnen.

Es war ganz aus Stein gebaut. Eden wusste nicht zu sagen, ob die Quader aus einem Steinbruch aus der Gegend stammten. Aber sie konnte sehen, dass es ein wahrhaft stattliches Haus war, würdevoll und wunderschön in der Witterung gealtert. Auf den ersten Blick schien es nur grau zu sein, doch bei genauerem Betrachten sah man, wie die verschiedensten Farben auffunkelten: Bernstein, ein rötliches Braun, Umbra und hier und da ein Hauch Grün. Die Sonne hatte noch genug Kraft, um die Quarzsplitter glitzern zu lassen. Es gab drei Stockwerke, das oberste wurde von einem breiten Balkon umrundet. Eden nahm das Rot von Geranien und das kräftige Gelb von Tagetes wahr, die üppig in Balkonkästen wuchsen, und sie roch den Lavendel bereits, bevor sie den Steingarten sah.

Eine breite geschwungene Steintreppe, die Stufen in der Mitte unmerklich ausgetreten, führte hinauf zu einer gläsernen Flügeltür. In einem alten Holzfass neben der Eingangstür nickten in der Abendbrise Gänseblümchen dem Ankömmling huldvoll zu.

Es war nicht das, was sie erwartet hatte, und doch ... alles an dem Haus erkannte sie wieder.

Dass er so nervös war, verdutzte Chase. Eden sagte kein Wort, als er den Wagen abbremste. Sagte immer noch nichts, als er um die Kühlerhaube herumkam und die Beifahrertür für sie öffnete. Es war ihm wichtig, mehr, als er je geahnt hätte, was sie denken, was sie fühlen, was sie über sein Heim sagen mochte.

Sie legte ihre Hand in seine, und er wusste, es war eine eher automatische Geste, eine Gewohnheit. Dann stand sie neben ihm und sah sich an, was das Seine war seit seiner Geburt. Die Anspannung schnürte ihm die Kehle zu.

„Oh Chase, es ist wunderschön!" Sie hob die freie Hand und beschattete ihre Augen gegen die Sonne, die hinter dem Haus stand. „Kein Wunder, dass du dein Heim so sehr liebst."

„Mein Urgroßvater hat es gebaut." Die Anspannung verflog von einer Sekunde auf die andere, ohne dass er sich dessen bewusst geworden wäre. „Er hat sogar mitgeholfen, die Steine zu hauen. Er wollte etwas erschaffen, das Bestand haben und immer einen Teil von ihm in sich tragen sollte, solange es existiert."

Eden dachte an das Heim, in dem Generation um Generation ihrer Familie gelebt hatte. Das altbekannte Gefühl wallte auf, brannte hinter ihren Augen. Das Heim, das sie verloren hatte. Verkauft hatte. Der Drang, Chase davon zu erzählen, wurde nahezu übermächtig. Sie wusste, er würde es verstehen.

Er konnte ihren Stimmungswandel spüren, noch bevor er sie ansah und das feuchte Schimmern von Tränen in ihren Augen entdeckte. „Was ist denn, Eden?"

„Nichts." Nein, sie konnte ihm nichts davon sagen. Manche Wunden versteckte man besser, ließ andere nichts davon wissen. „Ich musste nur daran denken, wie wichtig Tradition ist."

„Du vermisst deinen Vater noch immer."

„Ja." Die Tränen waren heruntergeschluckt, der Moment vorbei. „Ich würde es mir gern von innen ansehen."

Chase zögerte den Bruchteil einer Sekunde. Er wusste, dass da noch mehr gewesen war, dass sie kurz davor gestanden hatte, sich ihm anzuvertrauen. Er konnte warten – auch wenn sein Geduldsfaden immer dünner wurde. Er würde warten *müssen*, bis sie diesen einen Schritt auf ihn zumachte, anstatt ständig vor ihm zurückzuweichen.

Ihre Hand noch immer in seiner, stieg er mit ihr die Treppe empor zur Tür. Innen in der Diele lag ein aprikosenfarbener Fellhügel. Squat. Selbst als Chase die Tür geräuschvoll aufschob, schnarchte der Hund seelenruhig weiter.

„Bist du sicher, dass du einen so gefährlichen Wachhund einfach so herumliegen lassen kannst, ohne ihn anzuketten?"

„Ich halte überzeugt an der Theorie fest, dass jeder Einbrecher es sich zweimal überlegen wird, ob er über Squat steigen will." Chase fasste Eden um die Taille und hob sie über den Hund.

Die Steinwände hielten die Sommerhitze ab, in der Halle war es angenehm kühl. Hohe, offene Decken schufen die Illusion von unbegrenztem Platz. Eine Landschaft von Monet zog Edens Blick an, doch bevor sie eine Bemerkung machen konnte, hatte Chase sie schon durch eine hohe schwere Mahagonitür gezogen.

Es war ein gemütlicher Raum mit Fenstersitzen. Die Fenster zeigten nach Osten und Westen. Eden stellte sich vor, wie schön es sein musste, in den gepolsterten Nischen zu sitzen und mitzuverfolgen, wie die Sonne aufging oder unterging. Dieser Raum strahlte eine wunderbare Behaglichkeit aus. Blau war die vorherrschende Farbe, angefangen vom blassesten Aquamarin bis hin zum tiefsten Indigo. Handgewebte Teppiche bildeten Farbtupfer zwischen antiken Möbeln. In einer großen runden Vase stand ein üppiger Strauß frischer Blumen, ein Detail, das Eden bei einem Junggesellen nicht zu sehen erwartet hätte. Vor allem nicht bei einem, der mit seinen Händen arbeitete.

In Gedanken versunken, ging Eden zum Westfenster. Die untergehende Sonne warf lange Schatten über die Gebäude, durch die Chase sie und die Mädchen am Vormittag geführt hatte. Sie erinnerte sich an die Fließbänder, die Sortiermaschinen, an die vielen Arbeiter und den geschäftigen Lärm. Doch hinter ihr lag ein kleiner, eleganter Raum mit Kupferschalen und Bauernrosen.

Ruhe und Herausforderung in Harmonie. Eden seufzte, ohne zu wissen, warum. „Es muss wunderschön sein, wenn die Sonne untergeht."

„Meine Lieblingsaussicht." Seine Stimme erklang direkt hinter ihr. Und dieses Mal versteifte sie sich nicht, als er ihr die

Hände auf die Schultern legte. Er versuchte sich einzureden, es sei reiner Zufall, dass sie sich ausgerechnet an dieses Fenster gestellt hatte. Doch fast mochte er glauben, dass es sein Wunsch gewesen war, der sie hierhin geführt hatte – sein Wunsch, dass sie sah und verstand. Aber es wäre unklug, zu vergessen, wer sie war und wie sie sich zu leben entschieden hatte. „Hier gibt es keine Konzertsäle und keine Museen."

Behutsam massierten seine Finger ihre Schultern, doch seine Stimme war nicht das, was man sanft nennen würde. Fragend wandte Eden sich um. Er hob die Hände, damit sie sich drehen konnte, ließ sie wieder zurück auf ihre Schultern fallen.

„Ich kann mir nicht vorstellen, dass sie hier vermisst werden. Und wenn, dann kannst du hinfahren und wieder hierher zurückkommen." Ohne nachzudenken hob sie die Hand und strich ihm das Haar aus der Stirn. Noch während sie sich dabei ertappte, fasste er nach ihrem Handgelenk. „Chase, ich ..."

„Zu spät", murmelte er und küsste ihre Fingerspitzen, eine nach der anderen. „Zu spät für dich. Zu spät für mich."

Sie wollte es sich nicht erlauben, seinen Worten zu glauben. Sie durfte nicht zulassen, dass sie weich und empfindsam wurde. So sehr sie sich auch danach sehnte, sich ihm zu öffnen, wieder vertrauen zu können, wieder Träume und Wünsche aufkeimen zu lassen. Wie furchtbar es war, verletzlich zu sein! „Bitte, tu das nicht. Es wäre ein Fehler, für uns beide."

„Wahrscheinlich hast du sogar recht." Er selbst war sich dessen nahezu sicher. Und doch strich er sacht mit dem Mund über ihr Handgelenk, dort, wo ihr Puls wild hämmerte. Es war ihm gleich. „Jedermann hat das Recht, einen großen Fehler in seinem Leben zu machen."

„Küss mich jetzt nicht, bitte." Sie hob eine Hand, krallte die Finger in sein Hemd. „Dann kann ich nicht denken."

„Das eine hat mit dem anderen nichts zu tun."

Als seine Lippen die ihren berührten, fühlte es sich zärtlich an, zögernd und fragend. *Zu spät.* Die Worte hallten unablässig in ihrem Kopf nach, als sie sein Gesicht umfasste und sich fallen ließ. Das hier war es, was sie gewollt hatte, ganz gleich, wie viele Gegenargumente sie sich zurechtgelegt hatte, ganz gleich, wie viele Verteidigungsmauern sie aufgebaut hatte. Sie wollte sich an ihn schmiegen, von ihm gehalten werden und in einen Traum sinken, von dem sie nie mehr aufwachen würde.

Chase fühlte, wie sie die Finger in seinem Haar vergrub, und er musste sich zusammennehmen, um sie nicht zu bedrängen. Glühendes Verlangen schoss in ihm hoch, doch er musste es zügeln, bis sie ihm vertraute. Für sich, mit seinem Herzen, hatte er längst erkannt, dass sie mehr war als die Herausforderung, die er zu Anfang in ihr gesehen hatte. Sie war mehr als der Sommerflirt, den er vorgezogen hätte. Doch als ihr schlanker, weicher Körper sich an ihn presste und ihr warmer, williger Mund sich öffnete, da konnte er nur noch daran denken, wie sehr er sie wollte – in genau diesem Moment, als die Sonne im Westen hinter den Hügeln unterging.

„Chase." Das wilde, unbändige Hämmern ihres Herzens ängstigte sie am meisten. Sie zitterte. Eden fühlte das Beben tief in sich einsetzen. Es breitete sich aus, in ihrem ganzen Sein, wuchs an zu einer überwältigenden Kombination aus Angst und Erregung. Wie konnte sie gegen Ersteres ankämpfen und sich dem Zweiten ergeben? „Chase, bitte."

Er zog sich zurück, Zentimeter um Zentimeter, einer schmerzhafter als der andere. Er hatte nicht vorgehabt, so weit zu gehen. Zuzulassen, dass sie beide so weit gingen, so schnell. Oder vielleicht doch, dachte er, als er sich mit den Fingern durchs Haar fuhr. Vielleicht hatte er sie beide auf die Antwort zutreiben wollen, die noch immer so weit entfernt schien.

„Die Sonne geht unter." Seine Hände zitterten unmerklich, als er Eden wieder zum Fenster umdrehte. „Nicht mehr lange, und das Licht wird ein völlig anderes sein."

Eden konnte ihm nur dankbar sein, dass er ihr Zeit und Gelegenheit bot, um ihre Fassung zurückzufinden. Erst viel später würde ihr klar werden, welche Anstrengung es ihn gekostet haben musste.

Eine Weile standen sie so da, sahen schweigend zu, wie die Berge in ein erstes Rosé getaucht wurden. Ein heiseres, aber vernehmliches Hüsteln durchbrach die angespannte Stille. Eden zuckte zusammen.

„'Tschuldigung."

Der Mann, der in der Tür stand, hatte einen struppigen Bart, lang genug, dass er ihm bis auf das rot karierte Hemd reichte. Er war nicht viel größer als Eden, doch mit dem massigen, kräftigen Körperbau war er eine imposante Erscheinung. Die Falten in seinem Gesicht verdeckten fast die dunklen Augen. Dann grinste er, und Eden erhaschte das Blitzen eines Goldzahns.

Aha. Das war also die kleine Lady, die seinem Boss so langsam, aber sicher den Verstand raubte! Hübscher als ein Korb voll frisch gepflückter Äpfel, beschied er und nickte ihr anerkennend zu. „Dinner ist serviert. Wenn ihr es nicht kalt essen wollt, solltet ihr euch besser in Bewegung setzen."

„Eden Carlbough – Delaney." Chase zog leicht eine Augenbraue in die Höhe. Er wusste, Delaney hatte die Situation mit einem Blick erfasst. „Er kann kochen, ich nicht. Das ist auch der Grund, warum ich ihn nicht schon längst gefeuert habe."

Er bekam ein kehliges Lachen als Antwort. „Er feuert mich nicht, weil ich ihm seine Rotznase geputzt und die Schnürsenkel gebunden habe."

„Vielleicht sollten wir noch hinzufügen, dass das inzwischen immerhin dreißig Jahre her ist."

Eden erkannte sofort, wie zugeneigt die beiden einander waren – und wie gereizt Chase plötzlich reagierte. Es freute sie irgendwie, dass es also doch jemanden gab, der ihn aus der Ruhe bringen konnte. „Nett, Sie kennenzulernen, Mr Delaney."

„Einfach nur Delaney, Ma'am." Das breite Grinsen noch immer auf dem Gesicht, strich er sich über den langen Bart. „Hübsch, wirklich hübsch", sagte er an Chase gewandt. „Wenn man schon daran denkt, sesshaft zu werden, dann besser mit jemandem, der einem nicht schon beim Frühstück mit seinem

Anblick den Appetit verdirbt. Das Essen wird kalt", fügte er noch hinzu und war schon verschwunden.

Eden hatte bei Delaneys kleiner Rede höflich geschwiegen, doch ein Blick in Chases Miene reichte, und sie brach in helles Lachen aus. Ein Laut, der Chase erst recht daran denken ließ, Delaney an seinem eigenen Bart aufzuhängen.

„Freut mich, dass du dich amüsierst."

„Sogar ganz prächtig! Ich erlebe zum ersten Mal, dass dir die Worte fehlen. Und natürlich fühle ich mich geschmeichelt, weil mein Anblick niemandem den Appetit verdirbt." Sie nahm ihm den Wind aus den Segeln, indem sie ihm ihre Hand bot. „Komm. Das Essen wird sonst kalt."

Statt ins Esszimmer führte Chase sie auf eine verglaste Veranda. Zwei große Ventilatoren drehten sich träge an der Decke und verteilten die frische Abendluft, die durch die gekippten Fenster strömte. Ein Windspiel klingelte leise zwischen zahllosen Blumenampeln, aus denen sich üppig blühende Fuchsien ergossen.

„Dein Haus bietet eine Überraschung nach der anderen", sagte Eden, als ihr Blick auf das dick gepolsterte Zweiersofa und die Korbmöbel fiel. „Jeder Raum scheint allein auf Entspannung und eine wunderschöne Aussicht ausgerichtet zu sein."

Der Tisch war mit Tongeschirr in kräftigen Farben gedeckt. Obwohl noch das Licht des Tages in der Luft hing, brannten bereits zwei hohe Kerzen auf dem Tisch. Neben Edens Teller lag eine einzelne Rose.

Romantik, dachte sie. Die Romantik, von der sie einst geträumt hatte und vor der sie sich nun in Acht nehmen musste. Doch ob Zweifel oder nicht, sie nahm die Rose auf und lächelte Chase zu. „Danke. Oder ist das vielleicht deine?" Während sie lachte, rückte Chase ihr den Stuhl zurecht.

„Setzt euch, setzt euch und esst, solange es warm ist." Trotz seiner Körperfülle legte Delaney ein erstaunliches Tempo an den Tag, als er mit einem großen Tablett auf die Veranda kam. Da sie befürchtete, einfach niedergewalzt zu werden, kam Eden seiner Aufforderung nur allzu willig nach.

„Hoffentlich haben Sie Hunger mitgebracht. Sie könnten durchaus ein wenig mehr auf den Rippen gebrauchen, Mädchen. Nun, ich habe ja schon immer eine Vorliebe für etwas drallere Frauenzimmer gehabt."

Beim Sprechen servierte Delaney einen köstlich aussehenden Meeresfrüchtesalat. „Ich habe meine Spezialität zubereitet: Chicken Delaney. Wenn ihr mit dem Salat nicht zu lange trödelt, bleibt es unter der Haube warm. Der Apfelkuchen steht auf der Wärmeplatte, Kekse sind da unter der Haube."

Ungezwungen ließ er eine Weinflasche in den Eiskübel fallen. „Das ist der besondere Wein, den du wolltest", sagte er zu Chase, trat zurück, begutachtete seine Arbeit mit zusammengekniffenen Augen und schnaubte dann zufrieden. „Ich geh jetzt nach Hause. Lasst das Hühnchen nicht kalt werden."

Er wischte sich die Hände an der Jeans ab, drehte sich um und ließ die Tür hinter sich ins Schloss fallen.

„Delaney ist ein Original, nicht wahr?" Chase nahm die Weinflasche aus dem Kübel und schenkte zwei Gläser ein.

„Allerdings", stimmte Eden zu. Es war wahrhaft erstaunlich, dass diese kräftigen Hände etwas so Delikates wie den Meeresfrüchtesalat vor ihr geschaffen hatten.

„Seine Kekse sind die besten in ganz Pennsylvania." Chase hob sein Glas und prostete ihr zu. „Und sein Beef Wellington ist unerreicht."

„Beef Wellington?" Kopfschüttelnd nippte Eden an ihrem Wein. Er war gekühlt, frisch, fruchtig. „Versteh mich bitte nicht falsch, aber er wirkt doch eher wie jemand, der ein saftiges Steak auf den Grill wirft." Sie tauchte ihre Gabel in den Salat. „Aber ..."

„Der äußere Eindruck kann täuschen", beendete Chase den Satz für sie. Er freute sich über ihre genüsslich geschlossenen Augen bei ihrem ersten Bissen. „Delaney kocht hier schon, solange ich denken kann. Mein Großvater hat ihm vor etwa vierzig Jahren geholfen, ein Cottage zu bauen; seitdem lebt er dort.

Mal von Naseputzen und Schnürsenkelbinden abgesehen – er gehört zur Familie."

Eden nickte nur stumm und senkte den Blick auf ihren Teller. Sie erinnerte sich nur allzu gut daran, wie schwer es gewesen war, den langjährigen Hausangestellten zu sagen, dass sie verkaufen musste. Vielleicht waren sie nicht so informell und salopp miteinander umgegangen wie Chase und Delaney, dennoch hatten sie alle zur Familie gehört.

Da war es wieder – dieses düstere Aufflackern von Trauer, das er schon vorher in ihren Augen gesehen hatte. Chase wollte helfen und legte über dem Tisch seine Hand auf ihre. „Eden?"

Viel zu hastig zog sie ihre Hand unter der seinen hervor und begann wieder zu essen. „Das hier ist großartig. Zu Hause habe ich eine Tante, die würde dir Delaney sofort nach dem ersten Bissen wegschnappen."

Zu Hause, dachte er und zog sich unwillkürlich zurück. Philadelphia war noch immer zu Hause für sie.

Das Hühnchen Delaney machte seinem Namen alle Ehre. Während die Sonne versank, genossen Eden und Chase ein köstliches Mahl in angeregter Unterhaltung, auch wenn sie bei praktisch allen Themen gegensätzliche Meinungen vertraten.

Sie las Keats, er Agatha Christie. Sie liebte Bach, er Metalbands wie Haggard. Doch das schien nicht wichtig, als das rosige Licht der Dämmerung durch die Glaswände fiel. Die Kerzen brannten langsam nieder. Wein glitzerte in kristallenen Gläsern, lud ein zum Trinken und Genießen. In der Nähe erklang der klare, helle Ruf der Wachteln.

„Was für ein hübscher Laut." Eden stieß einen zufriedenen Seufzer aus. „Wenn sich am Abend Stille über das Camp legt, dann hören wir die Vögel. Ein Ziegenmelker hat beschlossen, jeden Morgen vor unserer Hütte ein Ständchen zum Besten zu geben. Man kann fast die Uhr nach ihm stellen."

„Die meisten von uns sind Gewohnheitstiere", murmelte er. Er fragte sich, welche Gewohnheiten sie wohl haben mochte und welche Gewohnheiten sie geändert hatte. Er nahm ihre

Hand und drehte die Handfläche nach oben. Die Schwielen hatten sich verhärtet. „Du hast meinen Rat nicht befolgt."

„Welchen?"

„Dass du Handschuhe tragen solltest."

„Es schien mir wenig Sinn zu machen. Außerdem ..." Ihre Stimme erstarb, sie hob ihr Weinglas an.

„Außerdem?", hakte er nach.

„Hornhaut ist ein Zeichen dafür, dass ich etwas getan habe. Man muss sie sich verdienen", sprudelte es aus ihr heraus. Sofort verfluchte sie sich in Gedanken. Wahrscheinlich würde er sie jetzt auslachen.

Er lachte nicht. Musterte sie nur schweigend und strich mit dem Daumen über die harte Haut. „Gehst du wieder zurück?"

„Wohin?"

„Nach Philadelphia."

Es wäre töricht, ihm zu erzählen, wie sehr sie versuchte, nicht darüber nachzudenken. Also ließ sie die neue, die praktische Eden antworten. „Das Sommercamp schließt in der letzten Woche im August. Wohin sollte ich sonst gehen?"

„Sicher, wohin sonst?", stimmte er zu. Doch als er ihre Hand losließ, verspürte sie einen Hauch von Verlust anstatt Erleichterung. „Vielleicht kommt für jeden irgendwann die Zeit, da man sich seine Möglichkeiten sehr genau ansehen muss."

Er stand auf, und Edens Hände ballten sich unwillkürlich zu Fäusten. Er machte einen Schritt vor, und das Herz schlug ihr bis in den Hals. „Ich bin gleich zurück."

Als sie allein war, atmete Eden zitternd aus. Was hatte sie eigentlich erwartet? Was hatte sie sich erhofft? Sie war etwas wackelig, als sie sich erhob, doch das konnte auch am Wein liegen. Aber der Wein hätte sie aufwärmen müssen. Stattdessen verspürte sie einen Kälteschauer. Sie rieb sich die Arme. Die Luft war still und klar, der Himmel von einem tiefen Blau. Nur am Horizont schimmerte noch ein roter Schein. Sie konzentrierte sich auf diesen glutroten Streifen. Sie wagte kaum, daran zu denken, wie der Himmel aussehen würde, wenn die Sterne aufgingen.

Vielleicht würden Chase und sie sich ja wieder zusammen die Sterne ansehen. Dann würde sie die Sternbilder suchen, und dann würde sie erneut von diesem wunderbaren Gefühl erfüllt werden, das ihr sagte, dass ihre Bedürfnisse und Träume sich vermischten. Mit seinen.

Eden presste die Hand vor den Mund und versuchte, den Gedankengang aufzuhalten. Es war nur … Dieser Abend war viel schöner, als sie ihn sich vorgestellt hatte. Es war nur … Chase und sie hatten mehr gemein, als sie es für möglich gehalten hatte. Es war nur … Er besaß eine innere Sanftheit, die sie berührte, wenn sie es am wenigsten erwartete. Und wenn er sie küsste, fühlte sie sich, als würde die ganze Welt ihr zu Füßen liegen.

Nein. Unruhig grub sie die Finger in ihre Oberarme. Sie verlor sich schon wieder in Romantik und Tagträumereien. Dabei konnte sie es sich doch gar nicht leisten, zu träumen. Sie hatte doch gerade erst angefangen, ihr Leben umzukrempeln, es selbst in die Hand zu nehmen. Es war schlicht unmöglich, sich vorzustellen, Chase könnte ein Teil davon werden.

In diesem Moment hörte sie die Musik. Sie kannte das Stück nicht, dennoch sandte die melancholische Melodie ihr einen prickelnden Schauer über den Rücken. Sie musste gehen, sofort. Sie hatte sich von der Atmosphäre einfangen lassen. Vom Haus, vom Sonnenuntergang, vom Wein. Von ihm. Sie würde ihm sagen, dass sie jetzt zurück zum Camp wollte. Sie würde ihm für den Abend danken, und dann … dann würde sie schnellstmöglich die Flucht ergreifen.

Als Chase zurückkam, stand Eden neben dem Tisch. Kerzenschein flackerte über ihre Haut. Das heranziehende Dunkel der Nacht schien hinter ihrem Rücken zu wirbeln. Der Duft der Bauernrosen wehte durch die Fenster herein, sacht und schwer wie ein süßer Seufzer. Er fragte sich, ob sie sich in Luft auflösen würde, sollte er sie berühren.

„Chase, ich denke, ich sollte jetzt besser …"

„Schhh." Nein, sie würde sich nicht auflösen, beruhigte er sich. Sie war real. So wie er auch. Mit einer Hand griff er nach ihrer, die andere legte er an ihre Taille. Nach einem kurzen Zögern begann Eden, sich zusammen mit ihm zu bewegen. „Das Schöne an Countrymusik ist, dass man zu ihr tanzen kann."

„Ich ... äh ... ich kenne das Lied nicht." Doch es fühlte sich so gut und so richtig an, sich mit ihm zusammen zum Rhythmus zu wiegen, während die Dunkelheit sich senkte.

„Der Song handelt von einem Mann, einer Frau und Leidenschaft. Die besten Songs handeln alle davon."

Eden schloss die Augen. Sein Jackett strich sanft über ihre Wange, sie fühlte seine Hand an ihrem Rücken. Er roch nach Seife, doch keine, die eine Frau benutzen würde. Der Duft war durch und durch männlich. Sie wollte ihn schmecken. Sie legte den Kopf an seine Schulter, sodass ihre Lippen seinen Hals berührten.

Sein Puls schlug hart und kräftig und schnell. Eden ließ die Vorsicht fahren und schmiegte sich enger an ihn, konnte fühlen, wie sein Puls zu rasen begann. Ihr eigenes Herz pochte wie wild. Eden ließ einen verträumten Seufzer hören und fuhr mit der Zungenspitze über seine Haut.

Chase wollte sich zurückziehen. Er hatte es wirklich vor! Als er die Veranda verlassen hatte, da hatte er sich versprochen, das Tempo so weit zurückzudrosseln, dass sie beide damit zurechtkommen konnten. Doch jetzt war Eden eng an ihn gepresst, ihr Körper bewegte sich im Einklang mit seinem, ihre Finger lagen leicht an seinem Nacken, und ihr Mund ... Mit einem leisen Fluch zog Chase sie an sich und ergab sich seinem Verlangen.

Der Kuss war drängend, fordernd, mitreißend. Und obwohl sie so etwas noch niemals erfahren hatte, war auch sofort ein Gefühl von Vertrautheit dabei. Wie als Zeichen der Kapitulation lehnte Eden den Kopf zurück. Ihre Lippen öffneten sich. Hier und jetzt, in diesem Augenblick, wollte sie das Feuer und die Leidenschaft erfahren, die bisher nur als Ahnung unter der Oberfläche durchgeschimmert waren.

Vielleicht hatte er sie mit auf das kleine Sofa gezogen, vielleicht war sie es gewesen, die ihn dorthin gelenkt hatte, doch plötzlich lagen sie eng umschlungen auf den dicken Polstern. Der Schrei einer Eule war zu hören, einmal, zweimal, dann wurde es wieder still.

Er hatte sich vorgestellt, dass sie so leidenschaftlich sein würde. Er hatte sich ausgemalt, wie seine Lippen ihren Mund in Besitz nahmen und dass er dort unendliche Süße und Freigiebigkeit finden würde. Jetzt schwindelte ihm, denn das, was er gefunden hatte und was er in seinen Armen hielt, war so viel mehr als alles, was er sich je hätte vorstellen können.

Mit einer Hand strich er über ihre Seite und erhielt ein lustvolles Erschauern als Antwort. Sie bog sich ihm entgegen und stöhnte leise. Durch den dünnen Stoff ihrer Bluse konnte er fühlen, wie heiß ihre Haut war. Es lockte ihn, er wollte sie berühren, immer und immer wieder.

Er knöpfte den ersten Knopf ihrer Bluse auf, dann den zweiten. Folgte seinen Fingern mit den Lippen. Sie erschauerte und schob die Hände in sein Haar. Der Spitzenbesatz ihrer Manschetten strich über seine Wangen. Eden war, als würde ihr Körper mit Gefühlen geflutet, von denen sie früher nur geträumt hatte. Jetzt waren diese Empfindungen so wirklich und klar, dass sie jede einzelne mit jeder Faser ihres Körpers fühlen konnte.

Die Kissen an ihrem Rücken waren flauschig und weich, sein Körper war stark und warm. Die Brise, die das Windspiel in Bewegung hielt, brachte den Duft von Blumen mit. Hinter ihren geschlossenen Lidern konnte sie das Flackern des Kerzenscheins erkennen. Die Zikaden stimmten einen tausendstimmigen Chorus an. Doch noch viel intensiver nahm sie das Murmeln wahr, mit dem ihr Name über seine Lippen kam und auf ihrer Haut vibrierte.

Plötzlich lag sein Mund wieder heiß und gierig auf ihrem. In diesem Kuss konnte sie alles schmecken – sein Begehren, sein Verlangen, seine Leidenschaft, die jegliche Vernunft hinter sich zu lassen drohte. Sie selbst geriet in diesen Strudel, ihre Sinne taumelten. Sie stöhnte auf. Sie war dabei, sich Hals über Kopf zu verlieben.

Für einen kurzen Moment ergab sie sich dem Rausch, der Verzückung, dem Bewusstsein, ihn gefunden zu haben. Ihr Traum und die Realität, es gab sie tatsächlich. Sie musste sie nur mit offenen Armen empfangen und zusehen, wie sie eins wurden ...

Dann plötzlich setzte die Panik ein. Sie konnte nicht zulassen, dass es wahr wurde. Wie könnte sie das riskieren? Sie hatte ihr Vertrauen und ihr Versprechen schon verschenkt, wenn nicht sogar ihr Herz. Und sie war betrogen worden. Sollte sich das wiederholen, würde sie sich nie wieder davon erholen. Und wenn ihr das mit Chase passieren würde, würde sie sich auch gar nicht davon erholen *wollen*.

„Chase, nicht." Sie drehte den Kopf zur Seite und versuchte, ihre Gedanken zu ordnen. „Bitte, wir müssen damit aufhören."

Ihr Geschmack explodierte noch immer in seinem Mund, ihr Körper bebte unter seinem mit der gleichen Leidenschaft, die auch durch ihn hindurchraste. „Eden, Herrgott." Mit übermenschlicher Anstrengung hob er den Kopf und sah in ihr Gesicht. Sie hatte Angst, er erkannte es und mühte sich, die eigenen Bedürfnisse im Zaum zu halten. „Ich werde dir nicht wehtun."

Worte, die sie zutiefst aufwühlten. Er meinte es ernst, dessen war sie sicher, doch das hieß nicht, dass es nicht dennoch passieren würde. „Chase, es ist nicht richtig. Nicht für mich und für dich auch nicht."

„Nicht?" Ein Knoten bildete sich in seinem Magen, er zog sie an sich. „Kannst du mir in die Augen sehen und sagen, dass es sich vor einer Minute nicht richtig angefühlt hat?"

„Nein, das kann ich nicht." In einer Mischung aus Angst und Verwirrung fuhr sie sich mit beiden Händen durchs Haar. „Aber das ist nicht das, was ich will. Bitte versteh, dass es nicht das sein *kann*, was ich will. Nicht jetzt."

„Du verlangst viel."

„Mag sein. Aber es bleibt keine andere Wahl."

Ihre Bemerkung machte ihn richtig wütend. Sie war es doch, die ihm die Wahl nahm. Einfach damit, dass sie existierte. Er hatte nicht darum gebeten, dass sie in seinem Leben auftauchte. Er hatte es nicht darauf angelegt, dass sie zum Zentrum seines Seins wurde. Sie hatte ihn an einen Punkt gebracht, an dem er fast wahnsinnig wurde. Und jetzt zog sie sich zurück und verlangte auch noch, dass er Verständnis aufbrachte.

„Nun gut, dann spielen wir eben nach deinen Regeln." Seine Stimme klirrte vor Kälte, als er von ihr abrückte.

Eden schauderte. In Sekundenbruchteilen wurde ihr klar, dass seine Wut tödlich sein konnte. „Das ist kein Spiel."

„Nein? Nun, was es auch ist, du beherrschst es gut."

Eden presste die Lippen zusammen, sah ein, dass sie zumindest einen Teil seines schneidenden Vorwurfs verdient hatte. „Bitte, verdirb nicht, was passiert ist."

Er ging zum Tisch, nahm sein Glas auf, studierte angelegentlich den Wein durch das Kristall. „Was ist denn passiert?"

Ich habe mich in dich verliebt. Doch statt es auszusprechen, schloss sie nur mit fahrigen Fingern die Knöpfe ihrer Bluse.

„Ich sage dir, was passiert ist." Er stürzte seinen restlichen Wein hinunter, doch es half ihm nicht, sich zu beruhigen. „Nicht zum ersten Mal in unserer höchst interessanten Beziehung wechselst du ohne erkennbaren Grund von heiß auf kalt. Da frage ich mich doch automatisch, ob Eric die Hochzeit vielleicht aus reinem Selbstschutz abgeblasen hat."

Er sah, wie ihre Finger reglos am obersten Knopf verharrten. Selbst in dem schwachen Licht konnte er mitverfolgen, wie alle Farbe aus ihrem Gesicht wich. Wie in Zeitlupe setzte er das leere Glas zurück auf den Tisch. „Entschuldige, Eden. Das war völlig unangemessen."

Der Kampf um Selbstbeherrschung und Haltung war schwer. Eden gewann ihn. Sie zwang ihre Finger zum Beenden der angefangenen Aufgabe, dann erhob sie sich langsam. „Um dein reges Interesse zu befriedigen, werde ich dir sagen, dass Eric die Beziehung aus sehr viel pragmatischeren Gründen beendet hat. Vielen Dank für die Einladung, Chase. Das Essen war köstlich. Bitte richte auch Delaney meinen Dank aus."

„Verdammt, Eden."

Als er auf sie zugehen wollte, versteifte sie sich wie ein überspannter Bogen. „Würdest du mich jetzt bitte zurückbringen? Und bitte sag nichts mehr. Gar nichts."

Damit drehte sie sich um und verschwand aus dem Kerzenschein.

6. KAPITEL

In der ersten Augustwoche schien im Camp eine Katastrophe auf die nächste zu folgen. Zuerst gab es eine regelrechte Giftefeuepidemie. Innerhalb von vierundzwanzig Stunden liefen zehn der Mädchen und drei der Betreuerinnen dick mit Zinksalbe eingeschmiert herum. Die drückend schwüle Hitze half keineswegs dabei, den Juckreiz erträglicher zu machen.

Als der Ausschlag endlich unter Kontrolle gebracht war, regnete es drei Tage ununterbrochen. Da das Camp sich praktisch in einen lehmigen Sumpf verwandelte, wurden alle Aktivitäten im Freien gestrichen. Die allgemeine Laune sank entsprechend. Gleich zweimal an einem Tag musste Eden zwischen Streithähne gehen, die sich sonst noch gegenseitig sämtliche Haare ausgerissen hätten. Um das Maß vollzumachen, schlug auch noch der Blitz in einen Baum ein. Immerhin sorgte die Aufregung eine kurze Weile für Ablenkung.

Als die Sonne sich endlich wieder blicken ließ, hatten sie genügend Topflappen, Schlüsselbänder, Geldbeutel und Kopfkissen gebastelt, um damit einen Laden für Kunsthandwerk zu eröffnen.

Männer mit Motorsägen und Pick-ups kamen, um den umgestürzten Baum wegzuräumen. Eden stellte einen Scheck aus und hoffte inständig, dass die Krisen nun endlich vorbei wären.

Wahrscheinlich war der Scheck noch nicht einmal eingelöst worden, als der gebrauchte Restaurantherd, den sie und Candy gekauft hatten, von jetzt auf gleich seine Dienste verweigerte. Während der drei Tage, die auf die bestellten Ersatzteile gewartet werden musste, blieb keine andere Möglichkeit, als die Mahlzeiten nach der einzig wahren Sommercampart zuzubereiten – auf dem offenen Feuer.

Courage, der Wallach, bekam eine Infektion, die sich in seinen Lungen festsetzte. Jeder im Camp machte sich Sorgen um ihn, bemutterte und verwöhnte ihn. Der Tierarzt spritzte Penicillin. Drei Nächte verbrachte Eden in den Ställen, kümmerte sich um das Tier und betete, dass das Pferd wieder gesund werden würde.

Irgendwann schließlich fraß Courage wieder mit Appetit, die Pfützen auf dem Gelände trockneten aus und der Herd funktionierte, wie er sollte. Eden sagte sich, dass das Schlimmste vorbei sei und sich jetzt wieder die normale Routine einstellen konnte.

Seltsamerweise jedoch weckte die zurückgekehrte Ruhe eine Rastlosigkeit in Eden, die sie während der hektischen Krisenzeit hatte ignorieren können. In der Abenddämmerung ging sie wie immer mit einer Tüte halber Äpfel zu den Ställen. Es war ganz natürlich, dass sie Courage ein wenig mehr Aufmerksamkeit zukommen ließ als den anderen Pferden. Außerdem hatte er sich während seiner Krankheit sehr schnell an die besondere Pflege gewöhnt. Eden steckte ihm nicht nur die Apfelhälfte, sondern auch noch eine Möhre zu.

Dennoch ... Während Eden von Box zu Box ging, musste sie feststellen, dass die eingespielte Routine sie nicht ausfüllte. Die Notfälle in den letzten beiden Wochen hatten sie zu beschäftigt gehalten, um überhaupt Luft zu holen, geschweige denn, nachzudenken. Jetzt, da wieder Ruhe einkehrte, ließ sich das Nachdenken jedoch nicht vermeiden.

An den Abend mit Chase erinnerte sie sich so deutlich, als wäre es gestern gewesen. Jedes Wort, das gesagt worden war, jede Berührung, jede Geste, jeder Blick hatten sich in ihre Erinnerung eingebrannt. Das stürmische, schwindelerregende Gefühl, sich kopfüber verliebt zu haben, war noch genauso intensiv. Und auch genauso beängstigend.

Sie hatte weder damit gerechnet, noch war sie darauf vorbereitet gewesen. Ihr ganzes Leben war immer sehr genau geplant gewesen – eine Folge von Vorbereitungen und daraus resultierenden Ereignissen. Auch ihre Verlobung war ein durchdachter Schritt auf einem ebenen, vorgezeichneten Pfad gewesen. Seither hatte sie gelernt, mit den Biegungen und Wendungen umzugehen. Doch Chase war wie eine plötzlich aufgetauchte Einbahnstraße, die auf keiner Karte verzeichnet war.

Unwichtig, sagte sie sich in Gedanken, während sie Patience einrieb. Auch damit würde sie umgehen können. Sie würde umdrehen und wieder in die richtige Richtung steuern. Sich an diesem Punkt in ihrem Leben die Möglichkeiten zur Wahl nehmen zu lassen, kam nicht infrage. Das würde sie nicht zulassen. Selbst dann nicht, wenn das Aufgeben der Alternativen einen unglaublichen Reiz beinhaltete und so wunderbar erschien.

„Ich dachte mir, dass ich dich hier finde." Candy lehnte an der Boxtür und klopfte der Stute auf den Hals. „Wie geht es Courage heute?"

„Gut." Eden ging zu dem kleinen Waschbecken in der Stallecke. „Ich denke, er hat es überstanden. Um ihn brauchen wir uns keine Sorgen mehr zu machen."

„Freut mich. Dann kannst du ja auch wieder dein Bett benutzen anstatt auf einem Heuballen zu schlafen."

Eden legte die Hände an den Rücken und reckte sich. Nicht einmal das hitzigste Tennismatch hatte je solche Schmerzen verursacht. Komischerweise war es aber auch ein gutes Gefühl. „Ich hätte nie gedacht, dass ich mich einmal auf dieses schmale Feldbett freue."

„Nun, da du jetzt nicht mehr um den Wallach besorgt bist, kann ich dir ja sagen, dass ich mir um dich Sorgen mache."

„Um mich?" Das Handtuch in den Händen, drehte Eden sich erstaunt zu Candy um. „Wieso?"

„Du treibst dich zu sehr an."

„Unsinn. Ich tue doch kaum etwas hier."

„Das entspricht schon seit der zweiten Woche nicht einmal mehr annähernd der Wahrheit." Jetzt, da sie einmal angefangen hatte, holte Candy tief Luft. „Verdammt, Eden, du bist vollkommen erschöpft."

„Müde", korrigierte Eden. „Nichts, was sich mit einer Nacht in dem schmalen Bett nicht kurieren lässt."

„Hör zu, es ist völlig in Ordnung, dass du das Thema mit jedem anderen vermeidest, sogar mit dir selbst. Aber mach das nicht mit mir!"

Es kam selten vor, dass Candy Eden gegenüber diesen festen, sachlichen Ton anschlug. Eden hob eine Augenbraue und nickte. „Okay. Also, welches Thema meinst du?"

„Chase Elliot." Candy sah, wie Eden steif wie ein Stock wurde. „Ich habe dir keine Fragen gestellt, seit du von dem Dinner zurückgekommen bist."

„Und ich schätze das. Wirklich."

„Nun, das kannst du dir sparen. Denn jetzt frage ich dich."

„Wir haben gegessen, uns über Literatur und Musik unterhalten, und dann hat er mich zurückgefahren."

Candy schob die Stalltür zu. „Ich dachte, ich sei deine Freundin."

„Oh Candy, das bist du doch auch." Seufzend schloss Eden für einen Moment die Augen. „Wir haben genau das gemacht, was ich aufgezählt habe, nur … Irgendwann zwischen unserer Unterhaltung und der Rückfahrt sind die Dinge eben ein wenig außer Kontrolle geraten."

„Welche Dinge?"

Eden hatte nicht einmal mehr die Energie, um zu lachen. „Du warst noch nie neugierig, Candy."

„Und du warst noch nie jemand, der sich in Trübsinn suhlt."

„Tu ich das denn?" Eden blies sich den Pony aus der Stirn. „Vielleicht, ja."

„Sagen wir es mal so … Du hast ein Problem nach dem anderen gelöst, um dich nur ja nicht mit deinem eigenen beschäftigen zu müssen." Candy zog Eden mit sich auf eine kleine Bank. „Sprich mit mir."

„Ich weiß nicht, ob ich das kann." Eden verschränkte die Hände auf ihrem Schoß und sah auf sie hinunter. Der Opalring, der einst ihrer Mutter gehört hatte, leuchtete auf. „Nach Dads Tod habe ich mir in diesem schrecklichen Durcheinander geschworen, dass ich es schaffen werde. Dass ich einen Weg finden werde, alle Probleme zu lösen. Es war unendlich wichtig für mich, dass ich es aus eigener Kraft schaffe."

„Das heißt aber nicht, dass du dich nicht auch mal an eine Freundin anlehnen kannst."

„Ich habe mich so oft an dich angelehnt! Ich bin überrascht, dass du noch gerade gehen kannst."

„Wenn ich zu humpeln anfange, sage ich dir Bescheid. Eden, wenn mich meine Erinnerung nicht täuscht, dann haben wir uns immer abwechselnd gestützt, praktisch seit wir Laufen gelernt haben. Erzähl mir von Chase."

„Er macht mir Angst." Eden stieß die Luft aus und lehnte sich an die Holzwand zurück. „Alles passiert so schnell. Und es ist so intensiv." Eden ließ ihre letzte Zurückhaltung fahren und wandte Candy das Gesicht zu. „Wenn die Dinge anders gelaufen wären, dann wäre ich jetzt mit Eric verheiratet. Wie kann ich überhaupt denken, in einen anderen Mann verliebt zu sein? So bald danach?"

„Du willst mir doch jetzt wohl nicht erzählen, dass du dich für oberflächlich und flatterhaft hältst, was?" Wenn Eden eines nicht erwartet hätte, dann war es Candys helles Lachen, das an den Stallwänden widerhallte. „He, ich bin die Flatterhafte von uns beiden, weißt du nicht mehr? Du bist die Treue. Aber warte, ich kann sehen, dass du sauer wirst. Also bleiben wir lieber sachlich und logisch."

Candy schlug die Beine übereinander und begann, an ihren Fingern abzuzählen. „Erstens: Du hast dich mit Eric verlobt – der Wurm! –, aus den Gründen, die wir ja bereits erwähnt haben. Es schien einfach das Richtige zu sein. Warst du in ihn verliebt?"

„Nein, aber ich dachte ..."

„Unwichtig, nur das klare Nein zählt. Zweitens: Er hat sein wahres Gesicht gezeigt. Die Verlobung wurde schon vor Monaten gelöst. Und jetzt du hast einen faszinierenden, attraktiven Mann getroffen. Gehen wir doch sogar einen Schritt weiter."

Candy hatte sich warm geredet und setzte sich bequemer auf der Bank hin. „Nehmen wir mal an, du wärst hoffnungslos in Eric verliebt gewesen – dem Himmel sei Dank, dass es nicht so war! Nachdem er sich endlich als der Schaumschläger entpuppt hat, der er schon immer war, hättest du mit gebrochenem Herzen dagesessen. Mit viel Zeit und mit Willenskraft hättest du dich zusammengerissen und weitergemacht. Richtig?"

„Davon gehe ich aus."

„Dann sind wir uns also einig."

„So ungefähr."

Candy reichte das völlig aus. „Und dann, nachdem du das überstanden hättest, würdest du nun diesen faszinierenden und attraktiven Mann kennenlernen. In diesem Falle stünde es dir frei, dich in ihn zu verlieben. Also ... Es ist doch alles im grünen Bereich." Candy stand zufrieden auf und wischte sich die Hände an der Jeans ab. „Wo also liegt das Problem?"

Eden wusste nicht, wie sie es erklären sollte. Sie konnte es ja nicht einmal mit sich selbst genau ausmachen. Sie starrte auf ihre Hände. „Ich habe etwas gelernt. Liebe ist ein Versprechen. Man lässt sich komplett auf den anderen Menschen ein, macht verbindliche Zusagen, schließt Kompromisse. Ich weiß nicht, ob ich schon zu diesen Dingen bereit bin, ob ich all das geben kann. Und selbst wenn ich es wäre ... woher soll ich wissen, ob Chase ebenso fühlt wie ich?"

„Eden, dein Instinkt sagt dir doch, dass er das tut."

Mit einem Kopfschütteln stand auch Eden auf. Jetzt, da sie sich ausgesprochen hatte, fühlte sie sich besser. Doch das änderte nichts an der grundlegenden Situation. „Ich musste auch lernen, dass ich meinen Instinkten nicht vertrauen kann. Ich muss realistisch bleiben. Und deshalb werde ich mich jetzt über die Bücher setzen."

„Oh Eden, mach mal 'ne Pause!"

„Leider musste ich bereits Pause von den Büchern machen – beim Ausbruch der Giftefeuepidemie, beim Blitzeinschlag, beim defekten Herd und bei den Tierarztbesuchen." Sie hängte sich bei Candy ein und ging zusammen mit ihr zur Stalltür. „Du hast recht gehabt: Es hilft, sich auszusprechen. Trotzdem habe ich noch Pflichten."

„Budgetplanungen."

„Richtig. Ich will mich wirklich daranmachen. Und es hat den Vorteil, dass ich mir das Hirn zermartern kann, bis ich wirklich so müde bin, dass das Feldbett mir weich wie eine Wolke vorkommt."

Candy schob das Tor auf. „Ich helfe dir."

„Vielen Dank, aber ich würde gern noch vor Weihnachten fertig sein."

„Autsch! Das war gemein, Eden."

„Aber wahr." Eden verriegelte die Tür hinter ihnen. „Mach dir keine Sorgen um mich, Candy. Unser Gespräch hat meine Gedanken ein bisschen geklärt."

„Wenn du den Worten jetzt Taten folgen lassen würdest, wäre es noch besser. Aber es ist immerhin ein Anfang. Arbeite nicht zu lange."

„Ein oder zwei Stunden, mehr nicht", versicherte Eden.

Das Büro, wie Eden es ganz bewusst hochtrabend nannte, war eine winzige Kammer neben der Küche. Sie schaltete die Bogenleuchte auf dem metallenen Schreibtisch ein, den sie in einem Armyfundus aufgetan hatte, und klappte den Laptop auf. Eigentlich konnte sie auch noch das kleine Transistorradio auf dem Regal einschalten. Die vertrauten leisen Klänge würden sie beruhigen.

Klassische Musik scholl leise durch den Raum, als Eden sich mit einem tiefen Atemzug an den Schreibtisch setzte. Hier, das wusste sie nur zu gut, war alles schwarz und weiß. Hier gab es keine Alternative, kein „Vielleicht", keine Ausnahme von den Regeln, so wie in den anderen Bereichen des Alltags im Camp. Zahlen blieben Zahlen, und Tatsachen waren nun mal Tatsachen. Ihr oblag es, die Zahlen zusammenzuzählen.

Eden zog die Schublade auf und entnahm ihr Rechnungen, das Scheck- und das Haushaltsbuch. Systematisch sortierte sie, schrieb nieder, tippte Zahlen ein, während die weiße Rechnungsrolle aus der Addiermaschine quoll.

Nach zwanzig Minuten kannte sie die erschreckende Wahrheit. Die zusätzlichen Ausgaben der letzten beiden Wochen hatten das vorhandene Kapital bis an seine Grenzen geführt. Ganz gleich, auf welche Weise Eden die Zahlen auch verbuchte, unterm Strich kam immer dasselbe heraus. Zwar waren sie noch nicht komplett bankrott, aber sie standen gefährlich nahe davor. Frustriert massierte sie sich mit Zeigefinger und Daumen die Nasenwurzel.

Sie konnten es noch immer schaffen, sagte sie sich. Edens Hand lag auf den Papieren, so als könnte sie damit das Resultat ausblenden. Sie konnten es schaffen, wenn auch haarscharf. Wenn keine unerwarteten Kosten mehr auf sie zukamen. Und wenn Candy und sie den ganzen Winter über sehr sparsam lebten. Eden stellte sich vor, wie sich die Anmeldungen für die nächste Saison auf dem Schreibtisch stapelten. Wenn das tatsächlich eintraf, waren sie aus dem Gröbsten raus.

Sie klammerte die Finger fest um die Papiere und atmete tief aus. Sollte eines dieser *Wenn* nicht eintreffen, hatte sie immer noch ihren Schmuck, den sie versetzen konnte.

Das Licht der Lampe fiel auf den Opalring an ihrem Finger. Hastig sah Eden weg. Sie fühlte sich schon bei dem Gedanken an einen Verkauf des Rings schuldig. Aber sie würde es tun, wenn sie musste. Wenn ihr keine andere Wahl mehr blieb. Denn was auf gar keinen Fall für sie infrage kam, war aufgeben.

Die Tränen kamen so plötzlich, dass sie auf die Papiere fielen, bevor Eden den Kopf abwenden konnte. Sie wischte sie weg, doch es kamen immer mehr. Niemand sah sie, niemand konnte sie hören. Eden versuchte nicht länger, sie zurückzuhalten. Sie legte den Kopf auf den Stapel Unterlagen und ließ ihnen freien Lauf.

Tränen änderten nichts. Tränen brachten weder brillante Ideen, noch lösten sie Probleme. Eden hielt sie dennoch nicht zurück. Ihre Energie war schlicht und einfach aufgebraucht.

So fand er sie: zusammengesunken über einem ordentlich sortierten Stapel Papier und lautlos weinend. Zuerst blieb Chase stumm stehen, die Tür an seinem Rücken nur angelehnt. Sie sah so hilflos aus, so völlig verausgabt. Er wollte zu ihr eilen, doch er hielt sich zurück. Diese Tränen waren privat, und er wollte sich nicht in ihre Privatsphäre drängen. Sie würde sie nicht teilen wollen, vor allem nicht mit ihm. Und noch während er sich ermahnte, wieder zu verschwinden, ging er auf sie zu.

„Eden."

Als sie ihren Namen hörte, schoss ihr Kopf hoch. Ihre Augen schwammen in Tränen, doch Chase erkannte das Erschrecken und die Scham in ihrem Blick, bevor sie sich über die Augen wischte.

„Was tust du hier?"

„Ich wollte dich sehen." Es hörte sich klar und einfach an, doch es beschrieb nicht im Entferntesten, was wirklich in ihm vorging. Er wollte sie in seine Arme ziehen und in Ordnung bringen, was auch immer schiefgelaufen war. Er steckte die Hände in die Hosentaschen und blieb in der Nähe der Tür stehen. „Ich habe das mit dem Wallach erst heute erfahren. Ist es schlimmer mit ihm geworden?"

Sie schüttelte den Kopf und bemühte sich, ihre Stimme ruhig klingen zu lassen. „Nein, es geht ihm viel besser. Es war nicht so schlimm, wie wir befürchtet hatten."

„Das ist gut." Frustriert begann er, auf und ab zu gehen. Wie konnte er sie trösten, wenn sie die Probleme nicht mit ihm teilen wollte? Ihre Tränen waren versiegt, doch er wusste, es war allein ihr Stolz, der sie Haltung bewahren ließ. Zum Teufel mit ihrem Stolz, dachte er. Er hatte das Bedürfnis, ihr zu helfen.

Als er sich wieder zu ihr umdrehte, stand sie beim Schreibtisch. „Warum erzählst du mir nicht, was los ist?"

Der Drang, sich ihm anzuvertrauen, war so überwältigend, dass sie sich wie gewöhnlich hinter ihrem Schutzschild versteckte. „Gar nichts ist los. Die letzten beiden Wochen waren anstrengend. Vermutlich bin ich übermüdet."

Da war noch mehr, das wusste er. Auch wenn sie tatsächlich müde aussah. „Machen die Mädchen Probleme?"

„Nein, die Mädchen sind wunderbar."

Frustriert suchte er nach einer anderen Erklärung. Das Radio spielte romantische Musik. Chases Blick fiel auf den aufgeschlagenen Ordner. Das Papier aus der Addiermaschine hing vom Schreibtisch fast bis auf den Boden hinunter. „Geht es um Geld? Ich kann helfen."

Mit einem scharfen Knall schlug Eden das Buch zu. Die Erniedrigung stieg bitter in ihrer Kehle auf. „Uns geht es bestens", behauptete sie mit ebener, kühler Stimme. „Wenn du mich dann entschuldigen würdest ... Ich habe noch einiges zu erledigen."

Zurückweisung war eines der Dinge, die Chase nie wirklich verstanden hatte. Bis er sie getroffen hatte. Doch es war ihm egal. Er nickte langsam, bemühte sich um Geduld. „Das sollte ein Hilfsangebot sein, keine Beleidigung." Eigentlich hätte er sich jetzt umdrehen und gehen müssen, wären da nicht ihre großen verweinten Augen und ihr müdes, blasses Gesicht gewesen. „Es tut mir leid, was du im letzten Jahr hast durchmachen müssen, Eden. Ich wusste, dass du deinen Vater verloren hast. Doch ich hatte keine Ahnung, wie es um den Besitz stand."

Wie sehr sie sich wünschte, die Hand nach ihm auszustrecken und sich in seine Arme zu schmiegen! Wie sehr sie sich wünschte, von ihm den Trost zu bekommen, den sie so nötig brauchte! Sie wollte ihn fragen, was sie tun sollte, und er würde ihr all die richtigen Antworten geben. Doch würde das nicht auch heißen, dass all die Monate, in denen sie um ihre Unabhängigkeit gekämpft hatte, umsonst gewesen wären? Sie reckte die Schultern. „Es muss dir nicht leidtun."

„Hättest du es mir erzählt, wäre es einfacher gewesen."

„Es ging dich nichts an."

Er hätte die Bemerkung ignorieren können, doch stattdessen war er verärgert. „Nicht? Da hatte ich aber einen anderen Eindruck, und ich habe ihn noch immer. Willst du mir allen Ernstes in die Augen sehen und behaupten, zwischen uns wäre nichts?"

Das konnte sie nicht. Aber sie war zu verwirrt, zu verängstigt, um überhaupt den Versuch zu wagen, zu erklären, was zwischen ihnen war. „Ich weiß nicht, was ich für dich fühle, Chase. Ich weiß nur, dass ich nichts fühlen will. Und vor allem will ich dein Mitleid nicht."

In seinen Taschen ballte er die Fäuste. Er wusste selbst nicht, wie er mit seinen Gefühlen umgehen sollte. Und sie ging mit seinen Gefühlen um, als wären sie ohne Bedeutung. Es gab jetzt zwei Möglichkeiten für ihn: Er konnte gehen, oder er konnte betteln. Aber das waren keine echten Möglichkeiten. „Es besteht ein Unterschied zwischen Mitgefühl und Mitleid. Wenn du diesen Unterschied nicht kennst, gibt es nichts mehr zu sagen."

Er wandte sich um und ging. Hinter ihm fiel die Tür leise quietschend ins Schloss.

Die nächsten beiden Tage funktionierte Eden. Sie gab Reitunterricht, beaufsichtigte die Mahlzeiten und wanderte mit den Mädchen zusammen durch die Berglandschaft. Sie redete und hörte zu und lachte, aber die Leere, die sich in ihr ausbreitete, seitdem sich die Tür hinter Chase geschlossen hatte, wuchs immer weiter an.

Schuld und Bedauern, das waren die Gefühle, die sie nicht abschütteln konnte, ganz gleich, mit welcher scheinbaren Begeisterung sie sich auch am Leben im Camp beteiligte. Sie hatte sich falsch verhalten. Und hatte es gewusst, schon im gleichen Augenblick. Doch ihr Stolz hatte sie dazu gebracht. Chase hatte angeboten, zu helfen. Er hatte ihr sein Mitgefühl angeboten, und sie hatte ihn abgewiesen. Wenn es überhaupt etwas Selbstsüchtigeres gab als ihr Verhalten, dann konnte sie es nicht benennen.

Sie wollte ihn anrufen, doch sie brachte es nicht über sich, seine Nummer zu wählen. Dieses Mal war es jedoch nicht ihr Stolz, der sie davon abhielt. Jede Entschuldigung, die ihr einfiel, war passend und angebracht – und bedeutungslos. Sie konnte den Gedanken nicht ertragen, sich gestelzt bei ihm zu entschuldigen. Und noch viel weniger, dass ihn das nicht mehr kümmerte.

Welch zartes Pflänzchen auch immer zwischen ihnen gewachsen war, sie hatte es zertreten. Was immer es gewesen sein mochte, sie hatte es abgeschnitten, bevor es aufblühen konnte. Wie sollte sie Chase erklären, dass sie das nur aus Angst getan hatte – aus Angst, erneut verletzt zu werden? Wie sollte sie ihm nur erklären, dass sie seine Hilfe und Unterstützung nicht angenommen hatte, weil es so leicht war, sich wieder abhängig zu machen – und sie sich genau davor fürchtete?

Eden nahm ihre nächtlichen Ausritte wieder auf. Doch die Einsamkeit brachte ihr nicht mehr die Ruhe wie einst, zeigte ihr nur, dass sie mit ihrer Entscheidung sichergestellt hatte, auf ewig einsam zu bleiben. Es waren laue Sommernächte, und der Duft des Geißblatts brachte die Erinnerung an die Nacht zurück, als sie und Chase gemeinsam Sternbilder betrachtet hatten. Nie wieder würde sie in den Himmel sehen können, ohne an ihn zu denken.

Vielleicht schlug sie deshalb diesen Weg ein. Das Gras war weich und dicht, die Hufe sanken ein. Eden konnte den See riechen und die Wildblumen, und sie lauschte dem Flügelschlag eines Vogels über sich. Vielleicht war er auf der Suche nach Beute oder nach einem Gefährten.

Dann sah sie ihn.

Es war abnehmender Mond, sie erkannte nur seine Silhouette. Doch sie spürte, dass er sie beobachtete. Genauso, wie sie auch geahnt hatte, dass sie ihn heute hier treffen würde. Sie ließ die Magie ihre Wirkung tun. Für den Moment, selbst wenn es nur ein flüchtiger Moment sein sollte, würde sie an nichts anderes denken als daran, dass sie ihn liebte. Das Morgen würde sich so oder so nicht aufhalten lassen.

Eden glitt aus dem Sattel und ging zu ihm.

Chase sagte nichts. Bis sie ihn berührte, war er sich nicht einmal sicher gewesen, ob sie nicht vielleicht nur ein Traum war.

Stumm umfasste sie sein Gesicht mit beiden Händen und presste ihre Lippen auf seinen Mund. Kein Traum fühlte sich so warm an, keine Illusion so weich.

„Eden ..."

Mit ihrem Kopfschütteln brachte sie ihn zum Verstummen. Wochen der Leere waren vergangen. In diesem Moment gab es keine Fragen, keine Antworten. Sie stellte sich auf die Zehenspitzen und küsste ihn noch einmal. Der einzige Laut war ihr Seufzen, als er endlich die Arme um sie schlang. Eine unerschöpfliche Quelle begann in ihr zu sprudeln. Ihre Gefühle gingen weit über Leidenschaft, weit über Verlangen hinaus. In Chases Armen fand sie die Geborgenheit, die Stärke und das Verständnis, die anzunehmen sie sich so gescheut hatte.

Chase vergrub seine Finger in Edens Haar, als müsse er sich davon überzeugen, dass sie tatsächlich aus Fleisch und Blut war. Als er die Augen wieder öffnete, hielt er sie noch immer in seinen Armen. Ihre Wange schmiegte sich an seine kratzigen Bartstoppeln. Den Kopf an seine Schulter gelehnt, betrachtete sie den funkelnden Flug der Glühwürmchen und dachte an die Sterne.

Schweigend und reglos standen sie so da. Eine Eule schrie, das Pferd wieherte leise.

„Warum bist du gekommen?" Er brauchte eine Antwort, eine, die er mit sich zurücknehmen konnte, wenn sie ihn wieder verließ.

„Um dich zu treffen." Sie zog sich zurück, nur ein wenig, um ihn ansehen zu können. „Um mit dir zusammen zu sein."

„Wieso?"

Die Magie schimmerte auf und verblasste dann. Mit einem schweren Seufzer löste Eden sich von Chase. Träumen konnte sie, während sie schlief, ermahnte Eden sich. Jetzt mussten Fragen beantwortet werden. „Ich möchte mich für mein Benehmen entschuldigen. Du warst so freundlich."

Auf der Suche nach den richtigen Worten, drehte sie sich um und zupfte ein Blatt von dem Baum, unter dem sie standen. „Ich weiß, wie ich mich angehört habe, wie ich gewirkt haben muss, und es tut mir leid. Es ist noch immer schwierig für mich, wenn ich …" Rastlos zuckte sie mit den Schultern. „Den Großteil der Publicity nach dem Tode meines Vaters konnten wir abwenden. Doch es gab eine Menge Klatsch und Gerüchte und Getuschel."

Als er nichts sagte, zuckte sie die Schultern erneut. „Ich glaube, das war für mich wohl schlimmer als alles andere. Es wurde so wichtig für mich, jedem zu beweisen, dass ich es auch allein schaffen, ja sogar Erfolg haben kann. Mir ist klar, dass ich überempfindlich geworden bin, wenn es darum geht, es selbst zu schaffen. Und als du deine Hilfe angeboten hast, da habe ich überreagiert. Und bin beleidigend geworden. Dafür möchte ich mich ganz klar entschuldigen."

Schweigen hing zwischen ihnen in der Luft, bevor Chase endlich einen Schritt auf sie zumachte. Eden musste daran denken, dass er sich bewegte wie ein Schatten, so lautlos, so fließend. „Das war eine eindrucksvolle Entschuldigung, Eden. Bevor ich sie annehme, möchte ich noch wissen, ob der Kuss mit dazugehörte."

Er würde es ihr also nicht leicht machen. Eden hob ihr Kinn. Sie brauchte niemanden mehr, der es ihr leicht machte. „Nein."

Er lächelte und legte seine Hand an ihren Nacken. „Wofür war er denn dann?"

Sein Lächeln rieb sie mehr auf als die Berührung, auch wenn sie vor ihr zurückwich. Seltsam, dass man nur einen Schritt machen musste, um bis zum Hals zu versinken. „Muss es unbedingt einen Grund geben?" Sie ging zum Seeufer. Eine Eule flog nah übers Wasser. Es war ein passendes Bild für ihre Gefühle: Sie kam sich vor, als würde sie knapp über der Oberfläche von etwas dahinschweben, das sie jeden Moment auf immer in die Tiefe ziehen konnte. „Ich wollte dich küssen, also habe ich es getan."

Die Anspannung, mit der er seit Wochen lebte, verflog, ließ ihn fast schwindelnd zurück. Er widerstand dem Impuls, sie auf seine Arme zu schwingen und nach Hause zu tragen. Denn inzwischen war ihm klar geworden, dass sie dorthin gehörte. „Tust du immer genau das, was du willst?"

Sie drehte sich zu ihm um, warf den Kopf zurück. Sie hatte sich entschuldigt, aber der Stolz blieb. „Immer."

Er grinste und entlockte ihr damit ein Lächeln. „Ich auch."

„Dann sind wir uns ja einig."

Mit den Fingerspitzen liebkoste er ihre Wange. „Vergiss das nicht."

„Werde ich nicht." Sie hatte sich wieder gefasst, ging an ihm vorbei zum Wallach. „Nächsten Samstag veranstalten wir ein Sommerfest im Camp. Hast du Lust, zu kommen?"

Er legte seine Hand auf ihre, die die Zügel hielt. „Bittest du mich etwa um eine Verabredung?"

Amüsiert schüttelte sie ihr Haar zurück und setzte den Fuß in den Steigbügel. „Ganz sicher nicht. Aber uns fehlen noch ein paar Aufpasser."

Sie drückte sich kraftvoll mit dem anderen Fuß ab, um sich in den Sattel zu schwingen, doch Chase hielt sie mitten in der Bewegung bei der Taille fest. Für einen Moment hing sie in der Luft, bevor er ihre Füße auf den Boden stellte und sie zu sich herumdrehte, damit sie ihn ansah. „Tanzt du dann mit mir?"

Sie erinnerte sich an das letzte Mal, als sie miteinander getanzt hatten. In seinen Augen konnte sie lesen, dass er ebenfalls daran dachte. Das Herz klopfte ihr bis in den Hals, ihre Kehle wurde trocken. Aber sie hob eine Augenbraue und lächelte. „Vielleicht."

Ein Lächeln zog auf seine Lippen, dann beugte er den Kopf und fuhr flüchtig über ihren Mund. Edens Welt wurde aus den Angeln gehoben und begann, sich wirbelnd zu drehen. Schließlich blieb sie wieder stehen – in einer Schieflage, die nur Verliebte verstehen konnten. „Also bis dann, bis nächsten Samstag", murmelte er und hob sie mühelos in den Sattel. Einen Moment lang ließ er seine Hand auf ihrer liegen. „Denk an mich."

Chase blieb beim Wasser stehen, bis Eden nicht mehr zu sehen war und die Stille sich wieder über die Nacht senkte.

7. KAPITEL

Die letzten Wochen des Sommers waren heiß und lang. In der Nacht zogen Hitzegewitter mit Blitz und grollendem Donner über den Himmel, doch sie brachten nur wenig Regen. Eden hangelte sich durch die Tage und blendete die ungewisse Zukunft aus, die mit dem September beginnen würde.

Nein, sie steckte den Kopf nicht in den Sand, sondern sie nahm einfach nur jeden Tag, wie er kam. Wenn sie eines in diesem Sommer gelernt hatte, dann, dass sie tatsächlich etwas ändern und bewegen konnte. An sich selbst und in ihrem Leben.

Die entmutigte und niedergeschlagene Frau, die nach Camp Liberty gekommen war, als wäre es ihr Zufluchtsort, würde es als selbstbewusste, erfolgreiche Frau wieder verlassen. Sie würde sich der Welt da draußen mit hoch erhobenem Kopf stellen.

Eden stand mitten auf dem freien Platz und steckte die Hände in die Taschen ihrer Shorts. Nächsten Sommer würde es noch besser werden. Jetzt hatten sie die Erfahrung gemacht, hatten auch die Krisen bewältigt und gelernt, wie diese zu vermeiden waren. Natürlich war ihr klar, dass sie bei diesem Gedankengang so einige Monate ausließ, doch sie wollte nicht an den Winter denken, an Philadelphia mit seinen verschneiten Bürgersteigen, sondern an die Berge und was sie hier aus ihrem Leben gemacht hatte.

Wäre es irgendwie möglich, würde sie bleiben, obwohl die Saison zu Ende war. Ihr war klar geworden, dass nur die Notwendigkeit, einen Job zu finden, sie zurück nach Osten zog. Philadelphia war nicht mehr ihr Zuhause.

Eden schüttelte sich leicht und verdrängte die Gedanken an den Dezember. Die Sonne strahlte. Es war warm, und von hier aus konnte sie die Wasser des Sees in der Hitze flirren sehen und an Chase denken.

Was wohl passiert wäre, hätte sie ihn vor zwei Jahren getroffen, als ihr Leben noch in seinen wohlgeordneten, vorgezeichneten Bahnen verlaufen war? Hätte sie sich damals auch in ihn verliebt? Vielleicht war alles ja nur eine Sache des Timings. Vielleicht hätte sie nur höflich die Vorstellung über sich ergehen lassen und ihn dann vergessen.

Nein. Eden schloss die Augen. Die Erinnerungen an jede Empfindung, an jedes Gefühl, die er in ihr geweckt hatte, waren viel zu lebendig. Von Timing konnte bei etwas so Überwältigendem keine Rede sein. Ganz gleich wann, ganz gleich wo, sie hätte sich in Chase verliebt. Hatte sie denn etwa nicht die ganze Zeit dagegen angekämpft, nur um feststellen zu müssen, dass die Gefühle für ihn immer stärker wurden?

Aber ... sie hatte auch geglaubt, in Eric verliebt zu sein.

Ein Schauer überlief sie, selbst in der heißen Sonne. Ein Eichelhäher flog über sie hinweg, sie sah ihm nach. War sie etwa so oberflächlich, dass ihre Gefühle sich mit einem Wimpernschlag änderten? Es war dieser Gedanke, der sie zurückhielt und sie zur Vorsicht mahnte. Hätte Eric ihr nicht den Rücken gekehrt, hätte sie ihn geheiratet. Dann würde sie jetzt seinen Ring tragen. Eden sah auf ihre linke Hand. Dort steckte kein Ring.

Das war keine Liebe gewesen, versicherte sie sich. Jetzt wusste sie, wie Liebe sich anfühlte, was sie mit dem Herzen, dem Verstand und dem Körper anstellte. Aber ... Was genau empfand Chase? Sicher, ihm lag etwas an ihr und er begehrte sie. Doch Eden wusste so viel über die Liebe, dass das nicht genug war. Auch sie hatte einst begehrt und Zuneigung verspürt. Wenn Chase sie liebte, dann würde es kein *Vorher* mehr geben. Dann würde die Zeitrechnung erst mit dem Jetzt beginnen.

Sei keine Närrin, schalt sie sich verärgert. Solche Gedanken trieben sie nur wieder zurück in Abhängigkeiten. Natürlich gab es ein Vorher, für sie beide, und es gab auch eine Zukunft. Sie konnte nicht sicher sein, ob die Zukunft tatsächlich dem entsprechen würde, was sie heute fühlte.

Aber sie wollte eine Närrin sein, gestand sie sich mit einem kleinen, aufgeregten Schauer ein. Selbst wenn es nur für ein paar Wochen sein sollte: Sie wollte alles erleben und diese verrückten

Gefühle bis zur Neige auskosten. Irgendwann würde sie wieder vernünftig werden. Vernünftig war für Januar reserviert, wenn der Wind scharf und kalt blies und die Miete bezahlt werden musste. In wenigen Tagen würde sie mit Chase tanzen und ihn anlächeln. Die eine Sommernacht würde sie sich gewähren, um eine Närrin zu sein.

Sie kickte die Sandalen von den Füßen, hob sie auf und rannte zum Bootssteg. Die Mädchen saßen bereits in den Booten und warteten auf das Startsignal, um auf den See hinauszurudern.

„Miss Carlbough!" Die unerlässliche Kappe auf dem Kopf, hüpfte Roberta auf dem Gras am Ufer auf und ab. „Sehen Sie mal!" Innerhalb von Sekunden hatte sie sich vorgebeugt, die Füße in die Luft geschwungen und machte einen Kopfstand vor Eden. „Na, was sagen Sie dazu?", fragte sie durch zusammengebissene Zähne. Ihr herzförmiges Gesicht lief vor Anstrengung rot an.

„Das ist großartig!"

„Ich hab geübt." Mit einem lauten „Uff" ließ Roberta sich aufs Gras fallen. „Wenn meine Mom mich jetzt fragt, was ich im Camp gelernt habe, dann kann ich ihr den Kopfstand zeigen."

Eden konnte nur hoffen, dass Mrs Snow auch noch weitere Details von ihrer Tochter hören würde. „Sie wird bestimmt beeindruckt sein."

Lang auf dem Gras ausgestreckt, die Arme weit zur Seite gelegt, schaute Roberta zu Eden auf. Sie wünschte, sie hätte so schönes blondes Haar. „Sie sehen richtig hübsch aus, Miss Carlbough."

Gerührt und überrascht streckte Eden die Hand aus, um Roberta beim Aufstehen zu helfen. „Danke, Roberta. Du aber auch."

„Oh, ich bin nicht hübsch. Aber ich werde eines Tages hübsch sein, wenn ich erst Make-up tragen darf und damit meine Sommersprossen abdecken kann."

Eden fuhr mit dem Daumen über die Wange des Mädchens. „Viele Jungs mögen Sommersprossen."

„Schon möglich." Mit einem achtlosen Schulterzucken verstaute Roberta diese Information, um später darüber nachzudenken. „Ich glaube, Sie haben eine Schwäche für Mr Elliot."

Eden steckte die Hände zurück in die Taschen ihrer Shorts. „Eine Schwäche?"

„Sie wissen schon." Roberta beschloss zu zeigen, was sie meinte. Sie seufzte und klimperte hektisch mit den Wimpern. Eden wusste nicht, ob sie lachen oder das kleine Monster doch lieber in den See schubsen sollte.

„Das ist ja lächerlich."

„Heiraten Sie ihn?"

„Ich weiß wirklich nicht, wie du auf solch unsinnige Ideen kommst. Jetzt marsch, ab ins Boot. Die anderen sind alle bereit."

„Meine Mom sagt, dass die Leute heiraten, wenn sie eine Schwäche füreinander haben."

„Deine Mutter hat sicher recht." Eden half Roberta ins Ruderboot, wo Marcie und Linda bereits warteten. „In diesem Falle jedoch muss ich sagen, dass Mr Elliot und ich einander kaum kennen." Sie richtete sich auf. „Leg die Schwimmweste an."

„Mom sagt, Daddy und sie haben sich auf den ersten Blick ineinander verliebt." Roberta schlüpfte gehorsam in die Weste, auch wenn sie persönlich es für völlig unnötig hielt. Sie konnte nämlich bestens schwimmen. „Sie küssen sich auch ständig."

„Das ist sicher nett. Und jetzt ..."

„Früher hab ich immer gedacht, dass das eklig ist, aber ich glaube, das ist schon okay so." Roberta setzte sich auf die Bank und lächelte strahlend. „Nun, wenn Sie Mr Elliot nicht heiraten wollen, dann tu ich's vielleicht."

Eden war damit beschäftigt, die Ruder einzuhängen, jetzt schaute sie auf. „So?"

„Ja. Ich meine, er hat diesen süßen Hund und all die vielen Apfelbäume." Roberta zog sich ihre Kappe tiefer in die Stirn. „Und er sieht auch irgendwie toll aus."

Die anderen beiden Mädchen brachen in zustimmendes Gekicher aus.

„Wenn du es so siehst, dann ist es schon eine Überlegung wert." Eden begann zu rudern. „Das kannst du dann ja mit deiner Mom besprechen, wenn du wieder zu Hause bist."

„Klar, mach ich. Darf ich zuerst rudern?"

Eden konnte nur dankbar sein, dass die Gedanken des Mädchens ebenso schnell herumhüpften wie sie selbst. „Einverstanden. Du und ich rudern zum anderen Ufer und Marcie und Linda rudern dann wieder zurück."

Mit etwas Mühe hatte Roberta Edens Rhythmus endlich erkannt und passte sich an. Als das Boot über das Wasser glitt, kam Eden der Gedanke, dass sie hier mit denselben drei Mädchen im Boot saß, mit denen das Abenteuer im Apfelhain angefangen hatte. Sie lächelte still vor sich hin und ließ ihre Gedanken schweifen.

Was, wenn sie nicht auf den Baum geklettert wäre? Unwillkürlich fuhr sie sich mit der Zunge über die Lippen, glaubte, Chases Lippen auf ihren zu fühlen. Wenn sie noch einmal in die gleiche Situation käme, würde sie dann die Beine in die Hand nehmen und in die andere Richtung davonrennen?

Für eine Sekunde schloss sie die Augen. Die Sonne malte einen roten Schimmer hinter ihre Lider. Nein, sie würde nicht wegrennen. Sich das einzugestehen, dessen sicher zu sein, festigte ihr Selbstvertrauen. Vor Chase wäre sie niemals weggerannt. So wie sie nie wieder in ihrem Leben vor etwas wegrennen würde.

Ja, vielleicht hatte sie wirklich eine Schwäche für ihn, wie Roberta es ausgedrückt hatte. Und vielleicht sollte sie dieses kleine Geheimnis besser noch eine Weile für sich behalten. Es wäre schön, wenn die Dinge so umkompliziert und einfach wären, wie Roberta sie darstellte. Liebe gleich Heirat, Ehe gleich Glück. Seufzend hob Eden die Lider und schaute über den See hinaus. Für einen kurzen Augenblick durfte sie sich vielleicht erlauben, an Poesie und Träume zu glauben.

Tagträume ... Sie waren so viel sanfter und geheimnisvoller als die Träume während der Nacht. Es war lange her, seit Eden sich erlaubt hatte, ihnen nachzugeben. Das fröhliche Geplapper und die Rufe der Mädchen schwebten von Boot zu Boot. Jemand sang – absichtlich falsch. Edens Arme bewegten sich im immer gleichen Rhythmus, hoben das Ruder aus dem Wasser, tauchten es wieder ein ...

Sie glitt dahin wie das Boot, träumte mit offenen Augen ... Seide und Elfenbein und Spitze. Das Glitzern der Sonne auf dem Wasser erinnerte sie an Kerzenlicht. Die Schreie der Krähen waren die Musik zum Tanzen ... Sie ritt auf Pegasus dahin, hoch am Nachthimmel trugen seine weißen Flügel sie mühelos durch die Luft. Ihr offenes Haar, mit Blumen bekränzt, flatterte im Wind, der sie durch die Wolken trug. In der Ferne bauschte sich eine Wolkenwand, formte sich zu einem Schloss, milchig und verschwommen und geheimnisvoll. Doch die Geheimnisse des Schlosses interessierten sie nicht. Zum ersten Mal war sie frei, wirklich und wahrhaftig frei.

Und *er* war bei ihr, ritt mit ihr über den Himmel, durch Licht und Schatten. Immer höher stiegen sie, bis die Erde nur noch ein winziger Punkt unter ihnen war. Und die Sterne waren wie Blumen, sie brauchte nur die Hand auszustrecken und sie zu pflücken. Als sie sich in seine Arme schmiegte, da war sie die Seine, bedingungslos, ohne etwas von sich zurückzuhalten. Alle Bedenken, alle Skrupel waren auf dem Weg in die endlose Höhe zurückgeblieben ...

„Seht nur, da ist Squat!"

Eden blinzelte. Der Tagtraum löste sich auf. Sie saß in einem Ruderboot, und ihre Muskeln begannen, sich über die Anstrengung zu beklagen. Es gab keine Sterne, keine Blumen, nur Wasser und den blauen Himmel.

Sie hatten schon fast den ganzen See überquert. Am nahen Ufer konnte man die Bäume der Apfelplantage sehen und eines der Gewächshäuser, durch das Chase sie an dem Tag des Ausflugs geführt hatte. Entzückt über die Besucher, rannte Squat im flachen Wasser des Ufers aufgeregt hin und her. Unter seinen großen Pfoten spritzten hohe Wasserfontänen auf, bis sein Fell pitschnass und struppig war.

Während die lachenden Rufe der Mädchen erschallten, fragte Eden sich lächelnd, ob Chase wohl zu Hause war. Wie verbrachte er seine Sonntage? Zeitung lesend, mit einer Tasse Kaffee im gemütlichen Korbsessel? Sah er sich ein Baseballspiel im Fernsehen an? Machte er lange Spaziergänge? Genau in diesem Augenblick, wie als Antwort auf ihre Fragen, erschienen er und Delaney am Ufer. Über das Wasser hinweg fühlte Eden den Stromschlag, als ihre Blicke sich begegneten.

Würde es immer so sein? Immer intensiv, immer fesselnd? Immer prompt und unmittelbar? Bewusst langsam holte Eden Luft und versuchte, ihren Puls zu beruhigen.

„Hallo, Mr Elliot!" Ohne einen Gedanken an mögliche Konsequenzen zu verschwenden, ließ Roberta ihr Ruder los, sprang auf und begann wild zu winken. Vor Aufregung hüpfte sie auf und ab und brachte damit das Boot gefährlich zum Schwanken.

„Roberta!" Reflexartig zog Eden die Ruder ein und griff nach Robertas Hand. „Setz dich wieder hin. Du bringst uns noch zum Kentern."

Doch da waren die anderen beiden schon aufgesprungen. „Hi, Mr Elliot!"

Der Gruß erschallte einstimmig – und dann kippte das Boot auch schon um.

Eden fiel kopfüber hinein. Nach der Hitze der Sonne schien ihr das Wasser eiskalt, vor Wut prustend, tauchte sie wieder auf. Mit einer Hand strich sie sich das nasse Haar aus dem Gesicht und schaute sich fieberhaft nach den Mädchen um. Drei Köpfe schaukelten auf dem Wasser auf und ab. Von den Schwimmwesten getragen, winkten die drei völlig unbeeindruckt dem Trio am Ufer zu.

Eden hielt sich an dem gekenterten Boot fest. „Roberta!", entfuhr es ihr entnervt durch zusammengebissene Zähne.

„Sehen Sie nur, Miss Carlbough." Der strenge Ton perlte wirkungslos an der begeisterten Roberta ab. „Squat kommt zu uns geschwommen."

„Na großartig." Wasser tretend fasste Eden nach Robertas Arm, um sie näher an das umgekippte Boot zu ziehen. „Hast du die Sicherheitsregeln etwa vergessen? Bleib hier." Eden schwamm los, um die anderen beiden einzufangen. Als sie den Kopf drehte, sah sie den Hund auf sich zukommen. Sein Tempo beunruhigte sie.

Der Zuruf, seinen Hund zurückzupfeifen, blieb ihr im Hals stecken, als sie Chases breites Grinsen sah. Delaney drehte den Kopf zu Chase und sagte etwas. Sie konnte die Worte zwar nicht verstehen, aber Chase warf den Kopf zurück und lachte lauthals los. *Das* hörte sie sogar sehr deutlich.

„Brauchst du Hilfe?", rief er ihr zu.

Eden zog an dem kichernden Mädchen, das ihr am nächsten war. „Mach dir nur keine Umstände", rief sie zurück, und dann stieß sie einen erschreckten Schrei aus, als Squat seine feuchte Schnauze auf ihre Schulter legte. Was zur allgemeinen Erheiterung beitrug, den Hund mit eingeschlossen. Er bellte begeistert in ihr Ohr.

Dann brach der nächste Tumult aus, als die Mädchen begannen, sich selbst und den Hund mit Wasser zu bespritzen. Urplötzlich befand Eden sich mitten im Schlachtgetümmel. Aus den anderen Booten kamen anfeuernde Rufe und helles Lachen. Squat paddelte aufgeregt bellend im Kreis, während Eden verzweifelt versuchte, eine gewisse Ordnung wiederherzustellen.

„Also gut, meine Damen, das reicht jetzt aber wirklich." Sie schluckte prompt Wasser. „Wir sollten das Boot wieder umdrehen."

„Kann Squat nicht mit uns im Boot mitkommen?" Roberta kicherte, als Squat ihr das Wasser vom Gesicht leckte.

„Nein."

„Das ist aber nicht fair."

Eden wäre fast abgesunken, als Chase plötzlich ihren Arm griff. Sie war so beschäftigt mit dem Versuch gewesen, Ordnung zu schaffen, dass sie nicht bemerkt hatte, wie er die wenigen Meter vom Ufer zu ihr heraus geschwommen war.

„Schließlich ist er euch zu Hilfe gekommen."

Sein Haar war nur an den Spitzen feucht, während ihres ihr pitschnass am Kopf klebte. Jetzt hielt Chase sie mit einem Arm um die Hüfte, um ihr das Wassertreten zu erleichtern.

„Ihr dreht besser das Boot um", sagte er zu den Mädchen, die sich sofort mit Feuereifer an die Arbeit machten. „Mit Pferden kannst du anscheinend besser umgehen", murmelte er amüsiert an ihrem Ohr.

Sie wollte von ihm wegschwimmen, doch ihre Beine verhakten sich nur mit seinen. „Wenn du und dieses Monster nicht am Ufer aufgetaucht wäret ..."

„Wer? Delaney?"

„Nein, nicht Delaney." Frustriert schob Eden sich das nasse Haar aus dem Gesicht.

„Du bist so schön, wenn du nass bist! Ich muss mich wirklich über mich selbst wundern! Warum habe ich dich bisher eigentlich noch nie gefragt, ob wir zusammen schwimmen gehen?"

Edens Augenbrauen schnellten nach oben. „Wir wollten nicht schwimmen. Wir wollten eine Rudertour machen."

„Was auch immer", grinste Chase, „du bist wunderschön!"

Davon würde sie sich nicht besänftigen lassen! Eden blickte zu den Mädchen, die gerade das Boot umdrehten. Sie wusste, sie steckte hier bis zum Hals in Schwierigkeiten. „Es ist der Hund", setzte sie an. Ihre Schützlinge waren schon wieder ins Boot zurückgeklettert und lockten Squat zu sich.

„Roberta, ich sagte ..." Weiter kam sie nicht, denn Chase tunkte sie sanft unter. Als Eden wieder auftauchte, hörte sie noch, wie er den Mädchen zurief: „Wir schwimmen, und ihr nehmt Squat mit zum Ufer. Er mag Bootsfahrten."

„Ich sagte ..." Erneut fand Eden sich unter Wasser wieder. Als sie dieses Mal an die Oberfläche kam, richtete sie ihre volle Aufmerksamkeit gänzlich auf Chase. Doch der Schwinger, zu dem sie ausholte, kam langsam und schwach; schließlich musste sie gleichzeitig auch noch Wasser treten.

Er fing ihre Faust ab und küsste sie. „Wer zuerst am Ufer ist ..."

Eden kniff die Augen zusammen, stieß sich von ihm ab und schwamm dem Boot nach. Das Wasser, das um ihre Ohren spülte, dämpfte Squats tiefes Bellen und den aufgeregten Jubel der Mädchen. Mit ausholenden, kräftigen Zügen blieb sie direkt hinter dem Boot und passte auf, dass die Mädchen sich benahmen.

Nur wenige Meter vom Ufer entfernt erwischte Chase sie am Fußknöchel. Lachend und tretend fand sie sich in seinen Armen wieder.

„Du schummelst." Als er sich aufrichtete, hob er sie gleich mit aus dem Wasser. Seine Haut fühlte sich kühl an. Wassertropfen, in denen sich das Sonnenlicht brach, fielen aus seinem nassen Haar. „Ich habe gewonnen."

„Irrtum." Sie hätte es kommen sehen müssen. Mühelos warf er sie zurück in den See. Eden landete hart mit dem Allerwertesten auf dem Seegrund. „Ich habe gewonnen."

Eden stand auf und schüttelte sich das Wasser ab. Es gelang ihr nur mit Mühe, das breite Lächeln zu kaschieren. Sie sah zu den johlenden Mädchen. „Dort, meine Damen, seht ihr das typische Beispiel für einen schlechten Verlierer stehen."

Sie hob die Arme, um sich das Wasser aus den Haaren zu wringen, ohne zu ahnen, dass das nasse T-Shirt an ihrem Körper klebte und jede ihrer Kurven deutlich betonte. Chase hatte das Gefühl, sein Herz müsse stehen bleiben. Sie watete ans Ufer. Das klare Wasser des Sees plätscherte um ihre gebräunten Beine.

„Guten Tag, Delaney."

„Ma'am." Er grinste sie breit an, sein Goldzahn blitzte auf. „Schöner Tag zum Schwimmen."

„Scheint so."

„Ich wollte gerade Brombeeren pflücken gehen, für meine Marmelade." Er ließ den Blick über die drei tropfenden Mädchen wandern. „Wenn ich Hilfe hätte, würden mehr Beeren zusammenkommen. Dann könnte vielleicht auch das eine oder andere Marmeladenglas für die Nachbarn abfallen."

Noch bevor Eden überhaupt irgendeine Bemerkung machen konnte, hüpften die Mädchen bettelnd vor ihr auf und ab, und Squat rannte bellend um sie herum. Nun, eine kurze Verschnaufpause, bevor sie wieder zum Camp zurückruderten, konnte wohl nichts schaden ... „Zehn Minuten", sagte sie laut und gab den anderen Booten ein Zeichen.

Umringt von den Mädchen, die ihn sofort mit tausend Fragen bombardierten, trottete Delaney Richtung Wald davon. Als die Gruppe zwischen den Bäumen verschwand, stießen aufgescheuchte Vögel in die Luft. Lachend drehte Eden sich um und ertappte Chase dabei, wie er sie anstarrte.

„Du bist eine gute Schwimmerin."

Sie musste sich räuspern. „Vermutlich bin ich einfach nur ehrgeiziger geworden. Ich sollte wohl besser die Mädchen im Auge behalten. Also dann ..."

„Delaney wird schon mit ihnen fertig." Chase wischte ihr einen Wassertropfen vom Kinn. Unter seiner zarten Berührung erschauerte sie. „Kalt?"

Nicht nur die Sonne hatte sie nach dem unfreiwilligen kalten Bad längst wieder aufgewärmt. Sie schüttelte den Kopf. „Nein." Doch als er die Hände auf ihre Schultern legen wollte, wich sie zurück.

Er trug nur abgeschnittene Jeans, ausgewaschen und ein wenig zerfranst. Das Hemd, das er achtlos ausgezogen hatte, bevor er in den See gesprungen war, lag im Gras. „Du fühlst dich auch nicht kalt an", murmelte er und streichelte ihre Arme.

„Mir ist ja auch nicht kalt." Helles Lachen drang aus dem Waldstück. Automatisch drehte sie den Kopf in die Richtung. „Ich kann sie wirklich nicht lange bleiben lassen. Sie brauchen trockene Sachen."

Geduldig nahm Chase ihre Hand. „Eden, du landest wieder im See, wenn du noch einen Schritt zurückgehst." Er erschreckte sie. Frustriert nahm er sich zurück. Jedes Mal, wenn er glaubte, ihr Vertrauen gewonnen zu haben, stand gleich darauf wieder diese Angst in ihren Augen. Er lächelte und hoffte, dass ihm das Verlangen, das in ihm aufflammte, nicht anzusehen war. „Wo sind deine Schuhe?"

Verdattert starrte sie auf ihre bloßen Zehen, und langsam entspannte sie sich wieder. „Auf dem Grund deines Sees." Lachend schüttelte sie ihr nasses Haar, der Anblick zerriss ihn fast. „Roberta schafft es immer wieder! Mit ihr wird es nie langweilig. Warum helfen wir ihnen nicht beim Brombeerpflücken?"

Sein Arm lag um ihre Schultern, bevor sie an ihm vorbeigehen konnte. „Du weichst noch immer zurück, Eden." Mit den Fingern kämmte er ihr nasses Haar, bis es ihr glatt im Nacken lag. „Es ist schwer, dir zu widerstehen, wenn dein Gesicht so leuchtet und deine Augen so wissend und ein klein wenig ängstlich dreinblicken."

„Chase, nicht." Sie hielt seine Hand zurück.

„Ich möchte dich berühren." Er brachte sich näher an sie heran, sodass ihre Körper sich Seite an Seite eng aneinanderpressten. „Ich muss dich berühren." Durch das nasse T-Shirt fühlte sie seine Haut auf ihrer. „Sieh mich an, Eden." Mit einem Finger hob er ihr Gesicht an. „Wie nahe darf ich dir kommen?"

Sie konnte nur stumm den Kopf schütteln. Es gab keine Worte, um zu beschreiben, was sie fühlte, was sie wollte. Noch immer hatte sie Angst, sich auf das einzulassen, wonach sie sich sehnte. „Chase, bitte, tu das nicht. Nicht hier. Nicht jetzt." Und dann entfuhr ihr ein Seufzer, als er mit den Lippen sanft über ihr Gesicht strich.

„Wann?" Er focht einen inneren Kampf mit sich, um zu bitten, nicht zu verlangen, um zu warten, anstatt zu nehmen. „Wo?" Dieses Mal war sein Kuss nicht sanft, sondern drängend und fordernd. Jeder klare Gedanke in Edens Kopf verflüchtigte sich, noch während sie zu antworten versuchte. „Meinst du, ich spüre nicht, was mit dir passiert, wenn wir so zusammen sind?" Seine Stimme wurde rauer, je mehr seine Geduld schwand. „Himmel, Eden, ich brauche dich. Komm heute Abend zu mir. Bleib bei mir."

Oh ja. Ja, ja, ja. Wie verlockend war es doch, nachzugeben und nicht an das Morgen zu denken. Für einen Augenblick schmiegte sie sich an ihn. Sie wollte so gern daran glauben, dass Träume wahr werden konnten. Er war so körperlich, so wirklich. Aber das war ihre Verantwortung auch.

„Chase, du weißt, dass ich das nicht tun kann." Sie kämpfte mit sich, um vernünftig zu bleiben, und zog sich von ihm zurück. „Ich muss im Camp bleiben."

Bevor sie ihm entwischen konnte, umfasste er ihr Gesicht mit beiden Händen. Seine Augen schienen dunkler geworden zu sein. Sie blitzten in einem stürmischen Grün, die Sonne zauberte goldene Punkte hinein. „Und wenn der Sommer vorbei ist, Eden? Was ist dann?"

Ja, was würde dann sein? Wie konnte sie antworten, wenn die Antwort so kalt, so endgültig war. Es war nicht so, dass sie nicht wollte, es lag daran, dass sie keine andere Wahl hatte. „Dann gehe ich nach Philadelphia zurück. Bis zum nächsten Sommer."

Nur die Sommer? Mehr war sie nicht bereit zu geben? Die aufbrandende Panik in ihm überraschte ihn und hielt die Wut fern. Wenn sie ging, würde sein Leben leer sein. Er fasste sie bei den Schultern, kämpfte die Bestürzung nieder.

„Du wirst zu mir kommen, bevor du zurückgehst." Es war keine Frage, es war auch keine Anordnung. Es war eine schlichte Tatsache. Gegen eine Anordnung hätte sie rebellieren können, bei einer Frage hätte sie die Antwort verweigern können.

„Chase, was sollte uns das nützen?"

„Du wirst zu mir kommen", wiederholte er. Denn sollte sie es nicht tun, dann würde er ihr folgen. Eine andere Möglichkeit gab es nicht.

8. KAPITEL

Girlanden aus rotem und weißem Krepppapier bauschten sich von einer Ecke des Speisesaals zur anderen. Die Mädchen hatten sie so gewickelt, dass sich die Farben abwechselten. Prall aufgeblasene Ballons hingen überall, wo noch Platz war. Die Musik wartete darauf, eingespielt zu werden.

Das Sommerfest würde in wenigen Stunden beginnen.

Unter Candys kompetenter Aufsicht wurden überflüssige Tische nach draußen getragen und die anderen an strategisch wichtigen Punkten postiert. Eine Aufgabe, die doppelt so lange dauerte wie eingeplant. Denn die Mädchen mussten die Tische alle paar Schritte absetzen, um das wichtigste Thema des bevorstehenden Abends zu diskutieren – Jungs.

Obwohl ihre Geschicklichkeit mit Farben und Klebstoff kaum erwähnenswert war, hatte Eden sich freiwillig für die Gruppe gemeldet, die fürs Saalschmücken zuständig war – unter der Voraussetzung, dass ihre Aufgaben sich auf das Anbringen und Befestigen der fertigen Dekorationen beschränkten. Außer den Kreppgirlanden und Ballons gab es auch noch Transparente und Papierblumen, die die geschickteren Bastler unter den Campbewohnern hergestellt hatten. Das Tollste war ein drei Meter breites rotes Spruchband, auf dem in großen Lettern geschrieben stand: „Willkommen zum alljährlichen Sommerfest von Camp Liberty!"

Candy erachtete es bereits als selbstverständlich, dass es der erste Tanzabend von vielen war. Eden hoffte, dass die Freundin recht behalten möge – an den guten Tagen. An den schlechteren überlegte sie, ob sie vielleicht einen Deal mit dem Jungencamp machen sollte, um sich die Kosten zu teilen. Für den Moment jedoch beschloss sie, beide Überlegungen zu verdrängen und sich allein darauf zu konzentrieren, den heutigen zum bestdekorierten Tanzabend in ganz Pennsylvania zu machen.

Eden kletterte auf die Leiter, um noch mehr Girlanden anzubringen. Das hitzige Streitgespräch der Mädchen darüber, welche Musik in welcher Reihenfolge gespielt werden sollte, ließ sie weiterlaufen, ohne einzugreifen. Aus den Lautsprechern drang bereits laute Musik in den Raum.

Es war zwar absolut albern, aber sie war genauso aufgeregt wie die Mädchen. Dabei war sie erwachsen und nur hier, um zu planen, zu beaufsichtigen, zu betreuen. Noch während sie sich ermahnte, galoppierte ihre Fantasie voraus. Sie stellte sich vor, wie es sein würde, wenn der Raum erst voll von Menschen, Musik und Lachen war. Wie auch bei den Mädchen unten am Fuße der Leiter, kreisten ihre Gedanken um die essenziellen Dinge des Lebens – zum Beispiel, was sie heute Abend anziehen sollte.

Schon erstaunlich, dass ein schlichter Tanzabend als Abschluss eines Sommercamps in den Bergen ihr aufregender erschien als der eigene Debütantinnenball. Damals hatte sich gar keine Aufregung eingestellt, einfach deshalb, weil es der nächste Schritt auf dem seit ihrer Geburt vorgezeichneten Pfad gewesen war. Der heutige Abend war neu und voll unbekannter Möglichkeiten.

Und im Zentrum stand Chase. Das war Eden inzwischen fast bereit, sich einzugestehen, während ein neuer Song aus den Lautsprechern plärrte. Es war eines von den Liedern, die sie schon hundertmal gehört hatte, und so begann sie, mitzusummen. Ihr Pferdeschwanz wippte, während sie das nächste Banner mit Heftzwecken an der Wand festmachte.

„Wir fragen Miss Carlbough."

Eden lauschte auf die Stimmen, die von unten zu ihr drangen, doch sie konnte nichts fragen, weil sie drei Heftzwecken im Mund hatte und mit einer Hand fünf Meter Krepppapier hochhielt.

„Sie weiß doch immer alles. Und wenn sie es nicht weiß, dann findet sie es heraus."

Eden drückte die Heftzwecke in die Wand, doch als sie die Worte hörte, hielt sie inne. So sahen die Mädchen sie also? Als jemanden, auf den man sich verlassen konnte? Mit einem leisen Lachen drückte sie die letzte Heftzwecke in die Wand. Für sie war es das höchste Kompliment, das sie bekommen konnte, ein Zeichen des Vertrauens.

Sie hatte geschafft, was sie erreichen wollte. In drei kurzen Monaten hatte sie etwas geschafft, das ihr bis dahin in ihrem ganzen Leben nicht gelungen war. Sie hatte etwas erschaffen, aus eigener Kraft – und, vielleicht noch wichtiger, für sich selbst.

Nichts würde sie jetzt noch aufhalten.

Eden ließ die restlichen Heftzwecken in ihre Tasche gleiten. Der Sommer mochte seinem Ende zugehen, doch es gab noch endlos viele Herausforderungen zu meistern. Ob sie nun hier in South Mountain oder in Philadelphia war: Sie würde nie vergessen, was es bedeutete, an einer Aufgabe zu wachsen. Auf der Leiter drehte sie sich um, um herauszufinden, was die Mädchen sie hatten fragen wollen ... und stutzte überrascht.

Eine große, beeindruckende Frau trat über die Schwelle und kam in den Raum hinein. Sie hatte schlohweißes Haar und trug ein elegantes dunkelrotes Kostüm. Um ihren Hals hatte sie gekonnt einen Hermès-Schal drapiert. Darunter blitzte eine zweireihige Perlenkette hervor. Auf ihrem Arm saß ein weißes Fellknäuel, das auf den Namen Boo Boo hörte.

„Tante Dottie!" Entzückt beeilte Eden sich, von der Leiter herunterzuklettern. Keine fünf Sekunden später war sie eingehüllt in Dotties ganz persönlichen Duft, eine Mischung aus exklusivem französischem Parfüm und Erfolg. „Es ist so schön, dich zu sehen." Eden entzog sich der herzlichen Umarmung, um das geliebte, ausdrucksstarke Gesicht zu betrachten. In den Augen und um den Mund der Tante konnte sie die gleichen Züge wie die ihres Vaters erkennen. „Du bist eigentlich die Letzte, die ich hier zu sehen erwartet hätte."

„Liebes, sag, sind dir hier auf dem Land Dornen gewachsen?"

„Dornen? Ich verstehe nicht ... oh." Lachend griff Eden in ihre Tasche. „Die Heftzwecken. Entschuldige."

„Nun, für die stürmische Begrüßung nehme ich gern ein paar Löcher in Kauf." Sie griff Eden bei der Hand und zog sie mit sich, um den Saal genauestens zu inspizieren. Mit keiner Regung zeigte sie, was in ihrem Kopf vorging, aber den erleichterten Seufzer konnte sie doch nicht ganz zurückhalten. Niemand hatte auch nur die leiseste Ahnung, wie viele schlaflose Nächte sie hinter sich hatte, voller Sorge um die einzige Tochter ihres verstorbenen Bruders.

„Du siehst fantastisch aus. Ein bisschen mager, aber du hast wirklich wunderschöne Farbe bekommen." Immer noch Edens Hand haltend, sah sie sich interessiert um. „Dennoch, Liebes … ein seltsamer Ort, um den Sommer zu verbringen."

„Tante Dottie." Eden schüttelte den Kopf. Nach dem Tode ihres Vaters hatte Dottie sich wochen- und monatelang beharrlich geweigert, zu akzeptieren, dass Eden ihr Vermögen nicht als Puffer und ihr Heim nicht als Zufluchtsort für die Übergangszeit nutzen wollte. „Für die Farbe ist die viele frische Luft verantwortlich."

„Hmmm." Dottie war alles andere als überzeugt. Ihr Blick wanderte unablässig durch den Raum, während ein neuer Song erklang. „Südfrankreich war für mich immer ländlich genug."

„Aber jetzt sag mir doch endlich, was du hier machst, Tante Dottie. Erstaunt mich, dass du uns hier überhaupt gefunden hast."

„Das war nicht schwer. Mein Chauffeur kann Landkarten lesen." Dottie tätschelte dem Fellknäuel auf ihrem Arm den Kopf. „Boo Boo und ich hatten Lust auf einen kleinen Ausflug."

„Ich verstehe." Sie verstand es wirklich. Wie jeder andere, den sie zurückgelassen hatte, hielt auch ihre Tante die Idee vom Sommercamp für ein spontanes Abenteuer. Es würde schon mehr als einen Sommer brauchen, um Dottie und all die anderen vom Gegenteil zu überzeugen. Es hatte ja auch fast den ganzen Sommer gedauert, bevor sie sich selbst überzeugt hatte.

„Genau. Und da ich schon mal in der Gegend war …" Dottie ließ den Rest des Satzes in der Luft hängen. „Was für ein schickes Outfit." Kritisch beäugte sie Edens farbverklecksten Kittel und die inzwischen mitgenommen aussehenden Turnschuhe. „Aber vielleicht kehrt ja der unkonventionelle Stil wieder zurück. Und was ist das hier?"

„Krepppapier. Dafür sind auch die Heftzwecken." Eden streckte die Hand aus, und Boo Boo erlaubte es ihr würdevoll, ihr den Kopf zu streicheln.

„Nun, überlass beides diesen charmanten jungen Damen hier und komm mit. Ich habe dir etwas mitgebracht."

„Du hast mir etwas mitgebracht?" Eden gehorchte automatisch und gab das Transparent ab. „Wickle das um die Tische, Lisa, okay?"

„Wusstest du eigentlich, dass die nächste Stadt mindestens zwanzig Meilen von hier entfernt ist? Das lässt sich aber auch nur sagen, wenn man seine Fantasie bemüht und dieses winzige Kaff, durch das wir gekommen sind, als Stadt bezeichnen will. Aber aber, Boo Boo! Ich setze dich doch nicht auf dem schmutzigen Boden ab!" Sie drückte das Hündchen an sich, als sie mit Eden nach draußen trat. „Boo Boo wird unruhig, sobald wir die Stadt verlassen, weißt du?"

„Ja, natürlich."

„Wo war ich stehen geblieben? Ach ja, die Stadt. Eine einzelne Verkehrsampel und eine Art Restaurant. Fast hätte ich angehalten, um mir anzusehen, was Earl's Lunch so alles zu bieten hat."

Lachend küsste Eden ihre Tante auf die Wange. „Man isst dort Sandwiches und trinkt Kaffee, während man sich den neuesten Klatsch erzählt."

„Das klingt ja aufregend. Gehst du oft dorthin?"

„Leider war mein gesellschaftliches Leben hier etwas eingeschränkt."

„Nun, die Überraschung, die ich dir mitgebracht habe, ändert das vielleicht." Dottie drehte sich und zeigte auf den kanariengelben Rolls Royce, der auf dem Gelände geparkt stand. Eden fühlte, wie sich jeder Muskel in ihr verspannte. Jedes Gefühl in ihr erfror von einer Sekunde auf die andere, als ihr Blick auf den Mann fiel, der lässig an der Kühlerhaube lehnte.

„Eric."

Er lächelte und fuhr sich mit einer für ihn typischen Geste leicht übers Haar. Um ihn herum hatte sich eine Gruppe Mädchen versammelt, um die klassischen Linien des Rolls Royce zu bewundern – und das klassische Aussehen Eric Keetons.

Sein Lächeln war perfekt auf den Anlass abgestimmt. Jetzt kam er auf Eden zu, mit geschmeidigen, selbstsicheren Bewegungen und einen Hauch zu konservativ, um es prahlerisches Stolzieren nennen zu können. Während sie ihm entgegenblickte, betrachtete Eden ihn im klaren Licht des Desinteresses. Sein Haar, mehrere Nuancen dunkler als das ihre, war perfekt frisiert, wie für eine Vorstandssitzung oder den exklusiven Countryclub. Der für Erics Verhältnisse saloppe Aufzug bestand aus maßgeschneiderten Hosen mit Bügelfalte und Polohemd. Die haselnussbraunen Augen, die oft und schnell gelangweilt dreinblickten, lächelten nun warm. Obwohl sie es ihm nicht angeboten hatte, nahm er ihre Hände.

„Du siehst fabelhaft aus, Eden!"

Seine Hände waren weich. Seltsam, das hatte sie ganz vergessen. Zwar entzog sie ihm ihre Finger nicht, aber ihre Stimme blieb kühl. „Hallo, Eric."

„Sie ist hübscher denn je, nicht wahr, Dottie?"

Ihre distanzierte Begrüßung schien ihn nicht zu stören. Er drückte ihre Finger leicht. „Deine Tante hat sich Sorgen um dich gemacht. Sie hatte schon befürchtet, du seist halb verhungert und am Ende deiner Kräfte."

„Weder noch, glücklicherweise." Jetzt allerdings nahm sie ihre Hände zurück, sehr langsam, sehr bewusst. Hätte sie gewusst, dass ihre Augen so eisig blickten, wie ihre Stimme klang, wäre sie sicherlich überaus zufrieden mit sich gewesen. Es war so leicht, sich von ihm abzuwenden. „Wie bist du nur auf die Idee gekommen, den ganzen weiten Weg hier herauszufahren, Tante Dottie? Du warst doch wohl nicht wirklich besorgt?"

„Nun, ein wenig vielleicht." Die Kälte in der Stimme ihrer Nichte beunruhigte sie, und sie legte eine Hand an Edens

Wange. „Und natürlich wollte ich mir ansehen, wo du deinen Sommer verbringst."

„Komm, ich führe dich herum."

Eine perfekt gezupfte Augenbraue schoss in die Höhe. „Wie nett."

„Tante Dottie!" Mit hüpfenden roten Locken bog Candy um die Hütte und kam auf sie zugerannt. Atemlos, mit einem strahlenden Lächeln, ließ Candy sich in Dotties ausgebreitete Arme fallen. „Die Mädchen plapperten alle ganz aufgeregt von einem gelben Rolls Royce auf dem Gelände. Und wer anders sollte das sein als du?!"

„Enthusiastisch wie immer." Dottie lächelte voller Zuneigung. Sie mochte Candice Bartholomew vielleicht nicht immer verstehen, aber sie hatte sie immer gemocht. „Ich hoffe, du hast nichts gegen einen kleinen Überraschungsbesuch einzuwenden."

„Aber nein, ganz im Gegenteil!" Candy beugte sich zu dem Fellknäuel herunter. „Hallo, Boo Boo." Sie richtete sich auf und ließ ihren Blick zu Eric wandern. „Hallo, Eric." Ihre Stimme wurde augenblicklich kalt, sank um gute fünfundzwanzig Grad. „Weit weg von Zuhause, oder?"

„Candy." Im Gegensatz zu Dottie empfand Eric nicht die Spur von Zuneigung für Edens beste Freundin. „Du scheinst Farbe auf den Händen zu haben."

„Ist schon trocken." Leider, dachte sie. Wäre die Farbe noch feucht, hätte sie Eric mit Handschlag begrüßt.

„Eden hat uns eine Führung angeboten." Dottie war sich der feindseligen Schwingungen nur allzu bewusst. Sie war Hunderte von Meilen von Philadelphia hier heruntergefahren aus einem einzigen Grund: um ihrer Nichte zu helfen, glücklich zu werden. Wenn das hieß, dass sie ein wenig manipulieren musste ... auch gut. „Ich weiß, Eric kann es gar nicht abwarten, endlich alles zu sehen, aber wenn ich dir ein wenig von deiner Zeit stehlen dürfte ..." Sie fasste nach Candys Hand. „Ich würde mich wirklich gerne erst einmal bei einer heißen Tasse

Tee ausruhen. Boo Boo auch. Die Fahrt war doch ein wenig anstrengend."

„Aber sicher." Höfliche Manieren waren eine Falle ganz eigener Art. Candy warf Eden einen aufmunternden Blick zu. „Gehen wir in die Küche, wenn dir das Durcheinander im Moment nichts ausmacht."

„Ich wachse an so etwas, meine Liebe." Mit einem Lächeln wandte Dottie sich zu Eden und war überrascht über den harten, wissenden Ausdruck in den Augen ihrer Nichte.

„Geht nur, Tante Dottie. Ich zeige Eric, was das Camp zu bieten hat."

„Eden, ich …"

„Trink deinen Tee und ruhe dich aus." Eden küsste ihre Tante auf die Wange. „Wir reden später." Damit setzte sie sich in Bewegung und überließ es Eric, ob er ihr folgen wollte oder nicht. Als er dann an ihrer Seite in ihren Schritt mit einfiel, hob sie zu ihrem Vortrag an. „Auf dem Gelände stehen momentan sechs Blockhütten, nächsten Sommer sollen noch zwei hinzukommen. Jede Hütte trägt einen indianischen Namen, um sie zu unterscheiden."

Als sie bei den Hütten ankamen, sah Eden, dass die letzten Anemonen noch immer trotzig blühten. Der Anblick gab ihr Kraft. „Es gibt jede Woche einen Wettbewerb um die ordentlichste Hütte. Der Gewinner wird jede Woche bekannt gegeben. Als Preis gibt es dann extra Reitstunden, oder die Mädchen dürfen zum Schwimmen gehen oder sich etwas anderes aussuchen. In Candys und meiner Hütte gibt es eine Dusche, die Mädchen teilen sich den Waschraum am anderen Ende des Geländes."

„Eden." Eric legte die Hand an ihren Ellbogen, so wie er es auch immer getan hatte, wenn sie in Philadelphia durch die Stadt geschlendert waren. Eden biss die Zähne zusammen, aber sie protestierte nicht.

„Ja?"

Ihr kühler, unpersönlicher Blick brachte ihn ein wenig aus dem Konzept. Binnen einer Sekunde hatte er entschieden, dass sie dahinter nur ihr gebrochenes Herz verbergen wollte. „Was hast du die ganze Zeit über mit dir angefangen?" In einer ausholenden Geste schloss er das gesamte Gelände und die hügelige Landschaft ein. „Hier?"

Sie hielt ihr Temperament im Zaum und beschloss, die Frage wörtlich zu nehmen. „Wir haben versucht, eine gewisse Disziplin im Camp einzuhalten und gleichzeitig genügend Zeit für kreative Beschäftigung zu schaffen, sodass die Mädchen ihren Spaß haben. Wir konnten schnell feststellen, dass es ihnen relativ leichtfällt, das Tagesprogramm einzuhalten, wenn wir ihnen genügend Platz für neue Ideen und individuelle Bedürfnisse geben."

Zufrieden steckte sie die Hände in die Kitteltaschen. „Wecken ist um halb sieben, Frühstück um Punkt sieben. Die tägliche Inspektion findet um halb acht statt, ab acht beginnt das Programm. Ich kümmere mich hauptsächlich um die Ställe und die Pferde, ansonsten fasse ich überall mit an, wo noch ein Paar helfende Hände gebraucht wird."

„Eden." Eric blieb stehen, der Griff an ihrem Ellbogen wurde ein wenig fester. Sie drehte sich zu ihm um. Die leichte Brise hatte sein helles Haar aus der Form gebracht. Sie musste an Chases dunklen wirren Schopf denken. „Es ist schwer, sich vorzustellen, dass du den ganzen Sommer in einer Hütte gehaust und junge Mädchen auf Pferderücken beaufsichtigt hast."

„Ist es das?" Sie lächelte dünn. Ihm würde es natürlich schwerfallen. Er besaß einen eigenen Reitstall, aber er hatte noch niemals eine Mistgabel in der Hand gehalten. Seltsamerweise verspürte Eden eher Mitleid mit ihm statt Missbilligung. „Nun, da sind die Reitstunden, und dann kommen noch eine Menge anderer Dinge hinzu: Wir wandern, verarzten Heimweh, Liebeskummer und Giftefeuausschlag, wir rudern, beraten in Modefragen und bestimmen die hiesige Flora. Und natürlich kümmern wir uns darum, dass die Mädchen hier eine schöne Zeit verbringen. Möchtest du die Ställe sehen?" Ohne auf seine Antwort zu warten, steuerte sie darauf zu.

„Eden." Er hielt sie am Ellbogen zurück, und es kostete sie ihre gesamte Selbstbeherrschung, um ihm nicht genau dieses Körperteil in den schlaffen Bauch zu rammen. „Du bist verärgert. Und das ist nur verständlich. Aber ich …"

„Du hast dich doch schon immer für Pferde interessiert, nicht wahr?" Sie riss die Stalltür auf und ließ sie zurückschwingen, sodass Eric hastig beiseitetreten musste, wollte er sie nicht ins Gesicht bekommen. „Wir haben zwei Stuten und vier Wallache. Die eine Stute hat ihre beste Zeit hinter sich, aber ich denke daran, die andere vielleicht decken zu lassen. Die Fohlen würden eine Attraktion für die Mädchen sein und irgendwann dann auch die Herde der Reittiere vergrößern. Das hier ist Courage."

„Eden, bitte, wir müssen reden."

Sie versteifte sich, als er die Hände auf ihre Schultern legte. Doch sie war sehr gefasst, sehr ruhig, als sie sich drehte und unter seinen Händen wegtauchte. „Ich dachte, wir reden bereits."

Er hatte das Eis in ihrer Stimme schon vorher gehört, und er verstand. Sie war eine stolze Frau, eine rationale und vernünftige Frau. An diesen Teil von ihr würde er appellieren. „Wir müssen über uns reden, Darling."

„In welchem Zusammenhang?"

Er fasste nach ihrer Hand. Als sie sie zurückzog, zuckte er nur leicht mit der Schulter. Hätte sie ihn ohne jedes Murren akzeptiert, hätte ihn das sehr viel mehr überrascht. Seit Tagen hatte er sich zurechtgelegt, wie er die Dinge zwischen ihnen wieder glätten konnte. Er hatte sich dafür entschieden, sich reuig und bedauernd zu zeigen, mit einer winzigen Prise Demut.

„Du hast jedes Recht der Welt, wütend auf mich zu sein. Und ich verstehe, dass du mich leiden lassen willst."

Sein weicher, ruhiger, verständnisvoller Ton ließ heiße Wut in ihr aufflammen. Sie schluckte sie hinunter. Gleichgültigkeit, mahnte sie sich. Desinteresse war die größte Beleidigung, die sie ihm zufügen konnte. „Es ist mir eigentlich egal, ob du leidest oder nicht." Was nicht ganz der Wahrheit entsprach. Es würde ihr schon Genugtuung verschaffen, ihn sich ein wenig winden zu sehen. Das kam nur daher, dass er hier aufgetaucht war, wurde ihr jäh bewusst. Dass er die Stirn hatte, hierherzukommen und vorauszusetzen, sie hätte auf ihn gewartet.

„Eden, du musst verstehen, wie sehr ich gelitten habe, was ich durchgemacht habe. Ich wäre früher gekommen, aber ich war nicht sicher, ob du mich überhaupt sehen wolltest."

Das war der Mann, mit dem sie den Rest ihres Lebens hatte verbringen wollen! Der Mann, mit dem sie Kinder hatte haben wollen. Jetzt starrte sie ihn an. Sie wusste nicht, ob sie hier mitten in einer Komödie oder einer Tragödie steckte. „Tut mir leid, das zu hören, Eric. Es gab doch keinen Grund, warum du hättest leiden sollen. Im Grunde bist du doch lediglich zweckdienlich gewesen."

Von ihrer gefassten Haltung beruhigt, trat er vor sie hin. „Ich gebe zu, dass ich so gedacht habe, ob das nun richtig war oder nicht." Er strich mit den Händen über ihre Oberarme, eine alte Gewohnheit, bei der sie unmerklich die Faust ballte. „Die letzten paar Monate haben mir jedoch gezeigt, dass es Zeiten gibt, in denen Pläne erst an zweiter Stelle stehen müssen."

„Tatsächlich?" Sie lächelte ihn an und wunderte sich darüber, dass er noch immer nichts merkte. „Was sollte denn an erster Stelle stehen?"

„Persönliche Dinge ..." Mit dem Finger strich er ihr über die Wange. „Sehr viel persönlichere Dinge."

„Zum Beispiel?"

Mit einem Lächeln beugte er den Kopf. Eden fühlte, wie die lodernde Wut sich in eisige Verachtung verwandelte. Hielt er sie für eine komplette Närrin? Hielt er sich selbst tatsächlich für derart unwiderstehlich? Fast hätte sie aufgelacht. Denn ihr wurde klar, dass die Antwort auf beide Fragen Ja lautete.

Sie ließ zu, dass er sie küsste. Der Kuss berührte sie überhaupt nicht, sie fand es nur verwunderlich, dass seine Küsse sie noch vor wenigen Monaten gewärmt hatten. Dabei konnte auch das niemals ein Vergleich zu der vulkanischen Hitze sein, die sie mit Chase erfuhr. Trotzdem, jedes Mal hatte sie Zufriedenheit und heitere, unbeschwerte Wärme in Erics Küssen gefunden. Sie hatte ja auch nie geahnt, dass es da noch mehr gab.

Jetzt jedoch verspürte sie rein gar nichts. Dass es so war, dämpfte ihre Wut. Sie hatte sich und die Situation unter Kontrolle. Hier und auch in allen anderen Bereichen ihres Lebens besaß sie die Kontrolle. Seine Lippen bewegten sich auf ihrem Mund, lockend, einladend. Doch Eden wartete nur regungslos ab, bis es vorüber sein würde.

Als er endlich den Kopf hob, schob sie ihn von sich weg. Das war genau der Augenblick, in dem sie Chase in der offenen Stalltür stehen sah.

Die Sonne stand in seinem Rücken, machte ihn zur Silhouette – und es ihr unmöglich, den Ausdruck auf seiner Miene zu erkennen. Trotzdem wurde ihr Mund staubtrocken, als sie zu ihm hinstarrte und durch Licht und Schatten etwas zu erkennen versuchte. Als er in den Stall hereinkam, haftete sein Blick unverwandt auf ihr.

Die Erklärung lag ihr auf der Zunge, doch mehr als ein Kopfschütteln brachte sie nicht zustande, als sein Blick von ihr zu Eric wanderte.

„Keeton." Chase nickte nur knapp, ohne seine Hand auszustrecken. Es war besser so. Sonst würde er dem anderen genüsslich einen Finger nach dem anderen brechen.

„Elliot." Eric erwiderte das Nicken. „Hatte ich ganz vergessen. Du besitzt Land hier in der Gegend, nicht wahr?"

„Etwas." Chase hätte ihm liebend gern den Hals umgedreht, hier mitten im Stall, während Eden zusah. Und danach hätte er es ebenso befriedigend gefunden, sie zu erwürgen.

„Dann hast du Eden wohl schon kennengelernt." Eric legte eine besitzergreifende Hand auf ihre Schulter. Chase verfolgte die Geste genauestens, bevor er die Augen wieder auf ihr Gesicht richtete. Ihr Impuls, Erics Hand abzuschütteln, erstarb, als sie Chases Blick sah. War es Wut oder Abscheu, was sie darin las?

„Ja, Eden und ich sind uns ein paarmal begegnet." Da seine Hände sich unbedingt zu Fäusten ballen wollten, steckte er sie lieber in die Jeanstaschen.

„Chase hat uns netterweise erlaubt, seinen See zum Schwimmen zu nutzen." Nur mit Mühe brachte sie ihre Hände zusammen, sie hielt sie vor sich verschränkt. „Er hat uns auch eine Führung über die Plantage gegeben." Zwar litt ihr Stolz, aber mit den Augen flehte sie Chase an.

„Dann ist dein Land wohl ganz in der Nähe, was?" Erics Hand lag schwer auf Edens Schulter. Ihm waren der Augenkontakt und der Austausch der vielsagenden Blicke nicht entgangen.

„Nah genug."

Die Männer taxierten sich jetzt, ohne auf Eden zu achten. Und doch hatte sie das Gefühl, genau in der Mitte des Schlachtfelds zu stehen. Wenn sie der Grund für die Spannung war, dann wollte sie auch für sich selbst reden. Doch der Ausdruck auf Chases Miene verwirrte sie nur, und Erics besitzergreifende Hand auf ihrer Schulter verärgerte sie. Sie trat von Eric ab und ging auf Chase zu. „Du wolltest mich sprechen?"

„Ja." Chase blickte sie durchdringend an. Er wollte viel mehr als das, sehr viel mehr. Sie in Erics Armen zu sehen, hatte gemischte Gefühle in ihm ausgelöst – eine merkwürdige Mischung aus Mordlust und Leere. Aber er wollte sich jetzt weder mit dem einen noch mit dem anderen auseinandersetzen. „Es war nicht wichtig."

„Chase..."

„Oh, hallo." Candys herzliche Stimme war fast wie ein Schock. Zusammen mit Dottie am Arm trat sie über die Schwelle. „Tante Dottie, darf ich dir unseren Nachbarn vorstellen? Chase Elliot."

Dottie streckte die Hand zur Begrüßung aus und kniff nachdenklich die Augen zusammen. „Elliot? Der Name kommt mir so bekannt vor. Sind wir uns nicht schon einmal vor Jahren begegnet? Oh ja, natürlich. Sie sind Jessie Winthrops Enkel."

Eden sah das Lächeln auf seinen Lippen und in seinen Augen. Doch es galt nicht ihr. „Das stimmt. Ich erinnere mich auch noch gut an Sie, Mrs Norfolk. Sie haben sich überhaupt nicht verändert."

Dottie lachte auf, herzhaft und warm. „Das muss jetzt so ziemlich genau fünfzehn Jahre her sein. Ich würde behaupten, dass sich da doch ein oder zwei Dinge verändert haben. Sie, zum Beispiel, waren damals noch einen guten halben Meter kleiner." Mit einem schnellen Blick hatte sie ihn von oben bis unten eingeschätzt, und was sie sah, gefiel ihr. „Sie machen in Äpfeln, nicht wahr? Aber ja, natürlich. Elliot Apples."

Genauso schnell wurde Dottie noch etwas anderes bewusst. Da war sie hier mit Eric aufgetaucht und hatte damit einen Prozess ins Stocken gebracht. Man müsste schon einen undurchdringlichen Stahlmantel tragen, wollte man von den Schwingungen hier im Stall nichts bemerken.

Nun, wenn man sich die Suppe eingebrockt hatte, musste man sie auch wieder auslöffeln. Lächelnd schaute sie zu ihrer Nichte. „Candy hat mir von dem bevorstehenden großen gesellschaftlichen Ereignis der Saison erzählt. Sind wir alle eingeladen?"

„Eingeladen?" Es dauerte einen Moment, bevor Eden ihren Verstand wieder beieinanderhatte. „Du meinst, zum Sommerfest?" Das Lachen ließ sich nicht zurückhalten. Ihre Tante stand hier im Stall, mit ihren italienischen Schuhen und einem Kostüm, das mehr gekostet hatte als jedes einzelne Pferd. „Tante Dottie, du hast doch wohl nicht vor, hier zu übernachten?"

„Hier übernachten?" Weiße Augenbrauen wurden hochgerissen. „Das wohl eher nicht." Sie spielte mit den Perlen an ihrem Hals und überschlug eiligst die Situation. Auf eine Nacht in einer Blockhütte hatte sie nun wirklich keine Lust, aber sie wollte auch nicht das Feuerwerk verpassen, das sich hier ankündigte.

„Eric und ich werden in einem Hotel unterkommen, ein paar Meilen von hier entfernt. Aber es würde mir das Herz bre-

chen, wenn du uns nicht zu der Party heute Abend einlädst."
Sie legte sanft ihre Hand auf Chases Arm. „Sie kommen doch auch, oder?"

Er erkannte einen Strippenzieher, wenn er einen vor sich hatte. „Das werde ich mir auf gar keinen Fall entgehen lassen."

„Wunderbar." Dottie zog Candys Hand wieder unter ihren Arm und tätschelte die Finger. „Dann sind wir also alle eingeladen."

Unsicher und verlegen blickte Candy von Eric zu Eden. „Nun, sicher, aber ..."

„Ist das nicht nett?" Wieder tätschelte Dottie Candys Hand. „Wir werden uns ganz großartig amüsieren, meinst du nicht auch, Eden?"

„Sicher, ganz großartig", stimmte Eden zu. Währenddessen fragte sie sich, wie sie sich am schnellsten aus dem Staub machen konnte.

9. KAPITEL

Eden hatte gleich mehrere Probleme. Riesige Probleme. Das größte davon waren die sechzig Halbwüchsigen im Speisesaal. Wie auch immer sie mit Eric umgehen würde, wie auch immer sie es anstellen wollte, sich Chase zu erklären – sechzig Teenager auf engem Raum ließen sich nun mal nicht ignorieren.

Die Jungs kamen um Punkt acht mit mehreren Vans. Wenn Eden sich nicht völlig täuschte, waren sie ebenso nervös wie die Mädchen. Eden erinnerte sich noch gut an ihre eigenen Tanzveranstaltungen, an die Unsicherheit, an die feuchten Handflächen. Die laute Musik half etwas dabei, die Verlegenheit zu kaschieren, als die männlichen Betreuer die Jungs in den Saal schoben.

Der Tisch mit den Knabbereien bog sich unter den Schalen, in der Küche stand genügend Punsch, dass man darin hätte baden können. Candy hielt eine kurze Begrüßungsansprache, um die Stimmung aufzumuntern; die Girlanden und Papierblumen flatterten lustig im leichten Wind. Ein neuer Song wurde eingelegt. Die Mädchen standen auf der einen Seite des Raumes, die Jungs auf der anderen.

Das größte Problem bei einer solchen Veranstaltung war immer, dass niemand den ersten Schritt tun wollte. Doch Eden hatte sich etwas ausgedacht: Zwei große Schüsseln waren mit Zetteln gefüllt worden, auf denen Nummern standen. Die Jungs zogen einen Zettel aus der einen Schüssel, die Mädchen einen aus der anderen. Wer dieselbe Nummer hatte, tanzte zusammen. Nicht gerade besonders raffiniert, aber dafür wirkungsvoll.

Als der erste Tanz nahezu vorüber war, schlüpfte Eden in die Küche, um nach dem Nachschub an Erfrischungen zu sehen, währen Candy und die Betreuer sich unters Volk mischten. Als Eden zurückkam, war die Tanzfläche zwar nicht mehr ganz so voll, aber jetzt tanzten die Paare zusammen, die auch zusammen tanzen wollten.

„Miss Carlbough?"

Sie stellte die Schale mit Chips auf den langen Tisch und drehte den Kopf. Robertas Gesicht war glatt und makellos. Die wilde Mähne war mit einem glänzenden Seidenband zu einem dicken Pferdeschwanz gebändigt. In ihren Ohrläppchen steckten kleine türkisfarbene Sterne, die farblich zu der nicht allzu verknitterten Bluse passten. Ihre Sommersprossen hatte sie mit etwas Puder abgedeckt. Eden vermutete, dass Roberta bei einem der älteren Mädchen darum gebettelt hatte, beschloss aber, sich eine Bemerkung zu verkneifen.

„Hi, Roberta." Sie nahm zwei Salzstangen aus einem Glas und reichte eine an Roberta weiter. „Tanzt du nicht?"

„Doch, sicher." Roberta sah über ihre Schulter in den Saal zurück, gelassen und selbstsicher. „Ich wollte erst mit Ihnen reden."

„Ja?" Roberta wirkte nicht gerade, als bräuchte sie ein aufmunterndes Gespräch. Eden hatte den dunkelhaarigen Jungen, auf den das Mädchen ihr Auge geworfen hatte, schon erspäht. Und so, wie Eden Roberta kannte, hatte der junge Mann nicht die geringste Chance, zu entkommen. „Worüber denn?"

„Ich habe den Mann im Rolls Royce gesehen."

Die eigene Ermahnung, nicht mit vollem Mund zu sprechen, war vergessen. „Du meinst, Mr Keeton."

„Ein paar von den Mädchen finden ihn süß."

„Hm." Eden knabberte weiter an ihrer Salzstange.

„Ein paar haben sogar gesagt, dass Sie bei ihm schwach werden. Sie meinten, Sie hätten sich bestimmt gestritten, so wie bei Romeo und Julia, wissen Sie? Und jetzt ist er gekommen, um Sie um Verzeihung zu bitten, und Sie werden jetzt zugeben, dass Sie ohne ihn nicht leben können. Und dann gehen Sie mit ihm zurück und heiraten."

Die Salzstange steckte vergessen zwischen ihren Fingern, während Eden verdattert zuhörte. Immerhin riss sie sich nach einem Moment zusammen und räusperte sich. „Nun, das ist ja ein interessantes Szenario."

„Ich hab ihnen gesagt, dass das Blödsinn ist."

Eden verkniff sich das Grinsen und biss in die Salzstange. „So, hast du also, ja?"

„Sie sind clever, alle Mädchen wissen das." Roberta griff hinter Eden in die Schüssel mit Chips. „Ich hab gesagt, dass Sie zu klug sind, um sich an den Typen mit dem Rolls zu hängen. Der ist doch nicht einmal halb so cool wie Mr Elliot." Wieder sah Roberta über die Schulter, dieses Mal zu Eric. „Und er ist auch viel kleiner und schmaler."

„Stimmt." Eden biss sich auf die Lippe. „Das ist er."

Roberta runzelte die Stirn. „Und er sieht nicht so aus, als würde er zu Ihnen in den See springen und mit Ihnen im Wasser herumtoben."

Eden versuchte sich Eric vorzustellen, wie er halb nackt in einen kalten See sprang. Oder wie er ihr einen selbst gepflückten Strauß Wiesenblumen schenkte. Oder wie er ihr Sternbilder am Himmel zeigte. Ihre Lippen verzogen sich zu einem verträumten Lächeln. „Nein, Eric würde so etwas niemals tun."

„Und genau deshalb weiß ich auch, dass das alles Blödsinn ist." Roberta stopfte sich die Chips in den Mund. „Wenn Mr Elliot kommt, dann tanze ich mit ihm. Aber jetzt ist erst einmal Bobby dran." Mit einem letzten Lächeln für Eden marschierte Roberta entschlossen durch den Raum und griff die Hand des schlaksigen großen Jungen. Wie Eden vorausgesehen hatte ... der arme Kerl hatte nicht die geringste Chance.

Eden beobachtete die tanzenden jungen Paare und dachte an Chase. Ihr wurde plötzlich bewusst, dass er der einzige Mann war, den sie nie mit ihrem Vater verglichen hatte. Ein Vergleich wäre ihr nicht einmal in den Sinn gekommen. Sie hatte Chase an niemandem gemessen, sondern hatte sich um seiner selbst willen in ihn verliebt. Jetzt musste sie nur noch den Mut aufbringen, es ihm zu sagen.

„So amüsiert sich also die Jugend von heute."

Eden drehte sich ein wenig. Dottie war zu ihr getreten. Für das Sommerfest von Camp Liberty hatte sie violette Spitze gewählt. Die Perlen waren durch einen atemberaubenden Rubinanhänger ersetzt worden. Boo Boo trug ein Strassschleifchen – Eden hoffte, dass es nur Strasssteine waren – auf dem Kopf. Eine Welle der Zuneigung rollte über Eden hinweg, sie küsste ihre Tante auf die Wange. „Ist euer Hotel angenehm?"

„Sozusagen." Dottie nahm einen Kartoffelchip und musterte ihre Nichte. Die blassblaue Seidenbluse mit dem hochgeschlossenen Kragen und den langen Manschetten war an Schlichtheit kaum zu übertreffen, aber Dottie gestand zu, dass die Trägerin ihr Eleganz verlieh. „Dem Himmel sei Dank, dass du deinen Stil nicht verloren hast."

Lachend drückte Eden einen zweiten Kuss auf Dotties Wange. „Du hast mir gefehlt. Ich bin froh, dass du gekommen bist."

„Wirklich?" Diskret wie immer, führte Dottie sie zur Tür. „Ich hatte den Eindruck, dass du nicht unbedingt begeistert warst, mich hier zu sehen." Sie ließ die Fliegentür ins Schloss schlagen, als sie auf die Terrasse hinaustraten. „Vor allem nicht die Überraschung, die ich mitgebracht habe."

„Doch! Ich freu mich wirklich, dich hier zu sehen!"

„Aber nicht Eric."

Eden lehnte sich an das Verandageländer. „Hattest du das erwartet?"

„Ja." Dottie seufzte und strich sich über die Spitze. „Davon war ich eigentlich sogar fest ausgegangen. Und dann dauerte es keine fünf Minuten, bevor mir klar wurde, was für einen kapitalen Fehler ich gemacht habe. Liebes, ich hoffe, du weißt, dass ich nur helfen wollte."

„Natürlich weiß ich das, und dafür liebe ich dich umso mehr."

„Was immer zwischen euch schiefgelaufen ist – ich dachte, die Zeit hätte die Wunden geheilt." Gedankenverloren bot Dottie Boo Boo den Rest ihres Kartoffelchips. „Um ehrlich zu sein … Nach allem, was Eric mir erzählt hat, war ich überzeugt, ich würde dir praktisch das Leben retten."

„Kann ich mir vorstellen", murmelte Eden.

„So viel also zu den großen Gesten." Dottie lockerte ihre Schultern, dass der Rubin blinkte. „Du hast mir nie erzählt, wieso ihr beide die Hochzeit abgesagt habt, Eden. Das kam alles so plötzlich."

Eden öffnete den Mund, schloss ihn wieder. Es gab keinen Grund, die Tante nach all den Monaten zu verletzen und aufzuregen. Wenn sie jetzt davon anfing, dann würde es aussehen wie Rache – oder noch schlimmer: wie Selbstmitleid. Eric war beides nicht wert. „Uns wurde einfach klar, dass wir nicht zusammenpassen."

„Ich hatte eigentlich immer einen anderen Eindruck." Ein Schwall lauter Musik und Gelächter drang nach draußen, Dottie wandte den Kopf zur Tür. „Eric scheint das auch anders zu sehen. In den letzten Wochen hat er mich mehrere Male aufgesucht."

Eden strich sich das Haar aus der Stirn und ging zum Ende der Veranda. Vielleicht hatte Eric ja inzwischen festgestellt, dass der Name Carlbough sein Ansehen doch nicht gänzlich verloren hatte. Sie war kein zynischer Mensch, aber das schien die einzig logische Erklärung zu sein. Ihm musste auch klar geworden sein, dass sie eines Tages, wenn sie geerbt hatte, wieder reich sein könnte. Sie schluckte die Bitterkeit hinunter und drehte sich zu ihrer Tante um.

„Er täuscht sich, Tante Dottie. Bitte glaub mir, wenn ich sage, dass er keine echten Gefühle für mich hat. Vielleicht glaubt er das", fügte sie hastig hinzu, als sie die tiefe Falte auf der Stirn ihrer Tante sah. „Ich würde es eher Gewohnheit nennen."

Mit ausgestreckten Armen kam sie auf Dottie zu und nahm ihre Hände. „Ich habe Eric nie wirklich geliebt. Es hat einige Zeit gedauert, bevor mir klar wurde, dass ich ihn aus all den falschen Gründen geheiratet hätte – weil es erwartet wurde, weil es der leichteste Weg gewesen wäre. Und …", sie holte tief Luft, „… weil ich fälschlicherweise annahm, Eric wäre wie Dad."

„Oh, Liebes."

„Das war mein größter Fehler, und somit ist es eigentlich meine Schuld." Jetzt, da sie es laut ausgesprochen hatte, konnte sie es auch akzeptieren. „Ich habe jeden Mann, mit dem ich je ausgegangen bin, mit Dad verglichen. Weil er der liebevollste und herzlichste Mann war, den ich gekannt habe. Doch obwohl ich ihn geliebt und bewundert habe, war es falsch von mir, andere Männer an ihm zu messen."

„Wir alle haben ihn geliebt, Eden." Dottie zog Eden in ihre Arme. „Er war ein guter Mann, ein gütiger Mann. Sicher, er war ein Spieler, der das Risiko liebte, aber ..."

„Mir macht es nichts aus, dass er ein Spieler war." Als Eden sich aus der Umarmung löste, konnte sie sogar lächeln. „Ich weiß, dass er, wäre er nicht so plötzlich gestorben, wieder nach ganz oben gekommen wäre. Aber das ist jetzt nicht mehr wichtig, Tante Dottie. Denn auch ich bin ein Spieler." Sie drehte sich und zeigte auf das gesamte Camp. „Ich habe gelernt, selbst etwas zu riskieren."

„Wie ähnlich du ihm doch bist." Dottie musste ein Taschentuch aus ihrer Handtasche hervorholen. „Als du darauf bestanden hast, das hier zu machen ... selbst noch, als ich heute hier ankam, da habe ich befürchtet, dass meine arme kleine Eden den Verstand verloren hat. Doch dann habe ich mir dein Camp angesehen, ich meine, wirklich angesehen. Ich habe mir die Mädchen angesehen, ich habe mir dich angesehen, und da ist mir klar geworden, dass du es geschafft hast." Mit einem letzten undamenhaften Schnäuzen steckte Dottie das Taschentuch zurück. „Ich bin stolz auf dich, Eden. Und dein Vater wäre auch stolz auf dich."

Jetzt wurden Edens Augen feucht. „Tante Dottie, ich kann dir gar nicht sagen, wie viel es mir bedeutet. Als ich nach Dads Tod alles verkaufen musste, da hatte ich das Gefühl, ihn betrogen zu haben ... ihn, dich, die ganze Familie."

„Nein." Dottie umfasste Edens Kinn. „Das darfst du nicht einmal denken! Du hast enormen Mut bewiesen mit dem, was du getan hast. Viel mehr Mut, als ich besitze. Du weißt, dass ich dir das alles unbedingt ersparen wollte."

„Ja, das weiß ich, und ich weiß das auch zu schätzen. Aber es ging nicht anders."

„Ich glaube, jetzt verstehe ich das endlich. Du sollst wissen, Eden, dass ich immer mit dir gefühlt und gelitten habe, aber ich habe mich nie für dich geschämt. Mein Haus steht dir immer offen, Kleines – auch jetzt noch, obwohl ich weiß, dass du es nicht nötig hast."

„Darum zu wissen ist für mich mehr als genug."

„Ich erwarte, dass dieses Camp hier innerhalb der nächsten fünf Jahre zum renommiertesten im ganzen Osten wird, verstanden?"

Eden lachte. Und plötzlich schien sich die ganze Last, die seit dem Tode ihres Vaters auf ihren Schultern lag, aufzulösen. „Das wird es."

Mit einem Nicken trat Dottie an das Geländer und blickte über das Gelände. „Ich denke, ihr solltet hier ein richtiges Schwimmbad haben. Junge Mädchen sollten regelmäßig Schwimmunterricht erhalten. In einem See herumzuplanschen entspricht nicht gerade diesen Anforderungen. Ich werde euch ein Schwimmbad stiften."

Edens Nackenhärchen richteten sich sofort auf. „Tante Dottie ..."

„In deines Vaters Namen." Mit einer hochgezogenen Augenbraue hielt Dottie abwartend inne. „Ich dachte mir, dass du keine Einwände hast. Wenn ich einem Krankenhaus einen neuen Flügel stiften kann, dann kann ich dem Sommercamp meiner Lieblingsnichte auch im Namen meines Bruders ein Schwimmbecken spenden. Außerdem ist mein Steuerberater immer auf der Suche nach neuen Abschreibungsmöglichkeiten. Und nun ... sollen Eric und ich jetzt wieder abfahren?"

Eden seufzte nur. Wie geschickt sie soeben manipuliert worden war! „Ob Eric hier ist oder nicht, macht keinen Unterschied. Bitte bleib, solange du möchtest."

„Gut. Boo Boo und ich amüsieren uns nämlich prächtig." Dottie schmiegte die Wange an Boo Boos Fell. „Das Schöne an ihr ist, dass sie so viel unkomplizierter zu handhaben ist als jedes meiner Kinder. Ach Eden, eins noch, bevor ich wieder hineingehe ... Nun, ich könnte schwören – wie soll ich es ausdrücken? –, ich hätte eine Art Erdbeben gespürt, als ich heute Nachmittag in den Stall kam. Bist du in jemand anderen verliebt?"

„Tante Dottie ..."

„Das reicht mir. Meinen Segen hast du, uneingeschränkt. Nicht, dass das wichtig wäre. Boo Boo war übrigens auch völlig hingerissen."

„Wirst du jetzt exzentrisch?"

Mit einem leisen Lachen hob Dottie das Fellknäuel höher auf den Arm. „Wenn man sich nicht mehr auf seine Schönheit berufen kann, muss man sich etwas anderes ausdenken. Ah, sieh an." Sie trat beiseite, als der Lamborghini vorfuhr. Mit geschürzten Lippen beobachtete Dottie, wie Chase aus dem Wagen stieg.

„So sieht man sich also wieder", begrüßte sie ihn, um sich dann zu Eden umzudrehen. „Ich bewundere deinen Geschmack." Sie klopfte ihr leicht auf die Schulter. „Doch, wirklich. Und jetzt gehe ich wieder hinein und probiere den Punsch. Er ist doch genießbar, oder?"

„Ich habe ihn selbst angesetzt."

„Oh." Dottie rollte mit den Augen. „Nun gut. Auch ich bin eine Spielernatur."

Innerlich wappnete Eden sich und drehte sich zu Chase um. „Hallo, freut mich, dass du kommen konntest ..."

Er presste seinen Mund so schnell auf ihre Lippen, dass ihr nicht einmal Zeit blieb, um überrascht zu sein. Mochte sie diesen Kuss später auch als besitzergreifend bezeichnen – in diesem Moment jedoch glitten ihre Hände seinen Rücken hinauf bis zu seinen Schultern. So intensiv, so echt, so richtig, alles im gleichen Augenblick.

Mit Eric hat sie so etwas nie empfunden. Das war es, was Chase sich sagte, als Eden gegen ihn taumelte. Mit niemandem sonst hatte sie so etwas je empfunden. Und er würde verdammt noch mal dafür sorgen, dass sie es auch nie wieder mit einem anderen empfinden würde! Hin- und hergerissen zwischen Ärger und Verlangen, schob Chase sie von sich weg.

„Wofür …" Eden musste sich erst einmal räuspern. „Wofür war das denn?"

Er schob die Hand in ihr Haar am Nacken und zog sie wieder zu sich heran. Seine Lippen strichen flüchtig über ihre. „Irgendwann hat mal jemand zu mir gesagt: Ich wollte dich küssen. Irgendwelche Einwände?"

Er forderte sie heraus. Mit hoch erhobenem Kinn nahm sie die Herausforderung an. „Im Moment fallen mir keine ein."

„Lass es mich wissen, wenn es so weit ist." Damit zog Chase sie hin zum Licht und der Musik.

Zuzugeben, dass Feigheit der Grund dafür sein könnte, dass sie die Zeit sorgsam zwischen den Mädchen und den Gästen aufteilte, brachte Eden nicht über sich. Sie versuchte, sich davon zu überzeugen, dass Höflichkeit und Verantwortungsbewusstsein nichts anderes zuließen. Im Innern jedoch wusste sie, dass sie ihre Gedanken und ihre Selbstbeherrschung beisammenhaben musste, bevor sie allein mit Chase sprechen konnte.

Sie sah zu, wie er mit Roberta tanzte. Und sie wollte nichts anderes tun, als zu ihm zu laufen, sich in seine Arme zu werfen und ihm zu gestehen, dass sie ihn liebte. Konnte man sich überhaupt zu einer größeren Närrin machen? Er hatte sie mit keinem Wort nach Eric gefragt. Wie sollte sie ihm alles erklären? Der Gedanke, dass es ihn vielleicht einfach nicht interessierte, blitzte auf. Wenn das so war, wenn es ihn wirklich nicht interessierte, dann waren seine Gefühle bei Weitem nicht so stark wie ihre. Und doch: Sie würde heute Abend noch die Zeit finden, mit ihm zu reden, ob er sich nun anhören wollte, was sie zu sagen hatte, oder nicht. Sie wollte nur noch den richtigen Zeitpunkt abwarten. Schließlich wollte sie alles richtig machen.

Was das Sommerfest anbelangte, gab es solche Verwirrungen nicht. Der Tanzabend war der absolute Hit. Die Verantwortlichen beider Camps waren schon dabei, eine alljährliche Veranstaltung zu planen. Und Candy schäumte geradezu über vor Ideen für gemeinsame Unternehmungen.

Wie immer überließ Eden es Candy, zu planen und zu organisieren; sie würde sich dann später mit den Details auseinandersetzen.

Da sie ständig in Bewegung blieb, vermied sie jeglichen direkten Kontakt sowohl mit Eric als auch mit Chase. Sicher, man unterhielt sich, tanzte sogar, aber alles im Schutz des überfüllten Speisesaals. Eric hielt sich an unverfängliche Themen, ebenso wie auch Eden. In Chases Augen aber hatte sie etwas Gefährliches aufblitzen sehen. Das war der Hauptgrund, das und der welterschütternde Kuss vorhin, weshalb Eden das Unvermeidliche immer weiter hinausschob.

„Ich glaube, Sie mögen sie, sehr sogar", meldete Roberta sich zu Wort, als Chases Blick wieder einmal zu Eden wanderte.

„Wie bitte?" Zerstreut sah Chase auf seine Tanzpartnerin hinunter.

„Miss Carlbough. Bei ihr werden Sie schwach. Sie ist auch wirklich hübsch." Das kam mit dem winzigsten Hauch von Teenagerneid. „Wir haben sie zur hübschesten Betreuerin gewählt, auch wenn Miss Allison einen größeren ..." Gerade noch rechtzeitig erinnerte Roberta sich daran, dass man über gewisse Teile der weiblichen Anatomie nicht mit Männern redete, nicht einmal mit Mr Elliot. „Ich meine, sie hat mehr ... äh ..."

„Ich verstehe schon, was du meinst." Wie immer hingerissen von Roberta, schwang Chase sie im Kreis herum.

„Manche von den anderen Mädchen finden Mr Keeton süß."

„So?" Chases Lächeln verwandelte sich in eine Grimasse, als er zu Eric hinüberblickte.

„Ich finde seine Nase viel zu schmal."

„Fast wäre sie gebrochen gewesen", murmelte Chase.

„Und seine Augen stehen viel zu eng zusammen", fügte Roberta noch hinzu, und um das Ganze abzurunden: „Sie mag ich viel lieber."

Gerührt und in Erinnerung an seine eigene erste Schwärmerei, zog Chase leicht an ihrem Pferdeschwanz, sodass sie zu ihm aufschauen musste. „Ich habe auch eine ziemliche große Schwäche für dich."

Von ihrem Platz aus beobachtete Eden die kleine Szene. Sie sah, wie Chase sich zu dem Mädchen hinunterbeugte und wie Robertas Gesicht mit einem strahlenden Lächeln aufleuchtete. Fast wäre ihr ein Seufzer entschlüpft, bevor sie sich ermahnte, dass sie hier auf dem besten Wege war, auf eine Zwölfjährige eifersüchtig zu sein. Sie wunderte sich über sich selbst. Mit einem Kopfschütteln sagte sie sich, dass es an der Anspannung liegen musste, ständig auf der Hut zu sein und sich rarzumachen.

Die Musik plärrte unverändert laut. Ohne Pause rannte Eden zwischen Küche und Saal hin und her, damit die Schalen immer gefüllt blieben. Die Jungs und Mädchen bemühten sich, die dröhnende Musik mit ihren Stimmen zu übertönen.

Fünf Minuten, sagte Eden sich. Sie würde sich nur fünf Minuten wegstehlen, um ein wenig Atem zu schöpfen.

Als sie das nächste Mal in die Küche schlüpfte, ging sie weiter zur Hintertür. Die laue Sommernacht umfing sie, als sie nach draußen trat. Es roch nach Gras und Geißblatt, eine Wohltat nach dem klebrigen Geruch nach Früchtepunsch! Dankbar für die frische Luft, atmete Eden tief durch.

Der Mond stand als schmale Sichel am Himmel. Drei Monate lang hatte sie zugesehen, wie er ab- und wieder zunahm. Sie hatte öfter zum Himmel hochgesehen als jemals zuvor in ihrem Leben. Das galt nicht nur für den Mond, sondern auch für endlos viele andere Dinge. Niemals wieder würde sie irgendetwas so auf die gleiche Weise betrachten wie vorher.

Sie blieb eine ganze Weile stehen und suchte nach den Sternbildern, die Chase ihr erklärt hatte. Die warme Brise strich sanft über ihre Wangen. In Gedanken fragte sie sich, ob da noch eine Zeit kommen würde, in der Chase ihr mehr Himmelskörper zeigen würde.

Im silbernen Licht ging sie über das Gras. Hinter ihr waren Musik, Stimmen und Lachen zu hören. Unter einem alten Walnussbaum blieb sie stehen. Sie lehnte sich an den Stamm, genoss die Ruhe und die Einsamkeit.

Genau dafür waren laue Sommernächte geschaffen worden: um zu träumen und sich etwas zu wünschen. Ganz gleich, wie kalt es auch im Winter werden würde, ganz gleich, wie weit entfernt der nächste Sommer dann noch war – Eden würde diese Nacht aus ihrer Erinnerung herausholen und noch einmal erleben können.

Das Knarren und Schlagen der Hintertür riss sie aus ihren Gedanken.

„Eric." Eden machte sich nicht die Mühe, den Missmut in ihrer Stimme zu kaschieren.

Er kam zu ihr, bis auch er im Schatten der ausladenden Zweige stand. Das Licht der Sterne fiel funkelnd durch die Blätter. „Ich habe noch nie erlebt, dass du eine Party verlässt."

„Ich habe mich verändert."

„Ja." Eric verlagerte sein Gewicht. Edens Augen blickten ihn ruhig und offen an. „Das ist mir aufgefallen." Als er die Hand nach ihr ausstreckte, wich sie nicht zurück. Sie bemerkte seine Berührung nicht einmal. „Wir haben unser Gespräch noch nicht zu Ende geführt."

„Doch. Vor langer Zeit schon."

„Eden." Mit einem Finger strich er zögernd über ihre Wange. „Ich habe einen weiten Weg gemacht, um dich zu sehen. Um die ... Missverständnisse zwischen uns aus der Welt zu schaffen."

Eden wandte nur leicht den Kopf zur Seite. „Es tut mir leid, dass du dir solche Umstände gemacht hast, aber es gibt nichts aus der Welt zu schaffen." Seltsam, aber sie verspürte nicht einmal mehr Ärger oder Bitterkeit. Diese Gefühle hatten sich ab dem Moment verflüchtigt, als Eric sie am Nachmittag geküsst hatte. Wenn sie ihn jetzt ansah, fühlte sie sich ihm nicht mehr verbunden – als wäre er jemand, den sie nur flüchtig kannte. „Eric, es wäre töricht, es noch weiter in die Länge zu ziehen. Belassen wir es dabei."

„Ich gebe zu, ich habe mich wie ein Narr benommen." Er versperrte ihr den Weg, als könnte er durch sein uneinsichtiges Beharren die Dinge wieder in die Ordnung rücken, die er sich vorstellte. „Eden, ich habe dich verletzt, und das tut mir leid. Aber ich habe ebenso an dich wie an mich gedacht."

Sie hätte am liebsten aufgelacht, doch sie konnte nicht einmal dafür Energie aufbringen. „An mich hast du gedacht? Wenn du meinst. Dann danke und auf Wiedersehen."

„Sei doch nicht so kompliziert." Erste Zeichen von Ungeduld machten sich bemerkbar. „Du weißt doch selbst, dass eine Hochzeit für dich unerträglich gewesen wäre, solange der Skandal noch in aller Munde war."

Eden versteifte sich, mehr noch als bei seiner Berührung. Sie lehnte sich gegen den Baum und wartete. Doch, da entdeckte sie in sich eine Spur von Ärger. Ein wenig nur und tief vergraben, doch er war noch da. Vielleicht war es das Beste, ihn ein für alle Mal herauszulassen. „Skandal. Damit beziehst du dich wohl auf die riskanten Investitionen meines Vaters, nicht wahr?"

„Eden." Er kam näher und legte eine Hand auf ihren Arm. „Deine Lage hatte sich so abrupt verändert, als dein Vater starb und dich …"

„… und mich zurückgelassen hat, um meinen eigenen Weg zu finden", beendete sie den Satz für ihn. „Nun, in dieser Hinsicht sind wir uns einig. Meine Situation hat sich verändert. Und in den letzten Monaten ist mir klar geworden, wie dankbar ich sein kann, dass es so war."

Jetzt kam der Ärger deutlicher an die Oberfläche, so wie man sich über eine lästige Fliege ärgerte, die man mit einem Handstreich wegscheuchte. „Ich habe gelernt, etwas von mir selbst zu erwarten. Mir ist auch klar geworden, dass Geld dazu überhaupt nicht nötig ist." An seiner gerunzelten Stirn erkannte sie, dass er niemals verstehen würde, welche neue Person aus der Asche erstanden war. „Dir mag das vielleicht unbegreiflich vorkommen, Eric, aber mir ist völlig gleich, was die Leute über meine veränderte Situation denken. Zum ersten Mal in meinem

Leben habe ich alles, was ich will. Und ich habe es mir selbst erarbeitet."

„Ich soll dir glauben, dass dieses Camp hier das ist, was du willst? Das kannst du nicht von mir erwarten, Eden. Schließlich kenne ich dich." Er spielte mit einer ihrer Haarsträhnen. „Die Frau, die ich kenne, würde so etwas nie dem Leben vorziehen, das wir zusammen in Philadelphia geführt haben."

„Damit könntest du recht haben, Eric." Sie hob die Hand, um seine Finger aus ihrem Haar zu entfernen. „Aber ich bin nicht mehr die Frau, die du gekannt hast."

„Sei nicht albern, Eden." Ein erster Hauch Unsicherheit machte sich in ihm bemerkbar. Er hatte ganz sicherlich nicht damit gerechnet, Hunderte von Meilen zu fahren, um dann erniedrigt zu werden. „Komm mit mir zum Hotel. Morgen fahren wir nach Philadelphia zurück und heiraten, so wie wir es geplant hatten."

Eden musterte ihn einen Moment. Sie forschte nach einem Zeichen von Zuneigung für sie, versuchte, irgendein echtes Gefühl zu erkennen. Nein, entschied sie. Fast wünschte sie, sie hätte etwas Derartiges in seinem Gesicht gefunden, dann hätte sie wenigstens etwas Respekt vor ihm haben können. „Warum tust du das überhaupt, Eric? Du liebst mich nicht und hast mich nie geliebt. Sonst hättest du mir nicht den Rücken gekehrt, als ich dich brauchte."

„Eden ..."

„Nein, lass mich ausreden. Bringen wir es ein für alle Mal zu Ende." Sie stieß ihn mit beiden Händen von sich ab. „Mich interessieren weder deine Entschuldigungen noch deine Erklärungen, Eric. Die schlichte Wahrheit ist: Du interessierst mich nicht."

Sie sagte es so ruhig, so gefasst, dass er es ihr fast glaubte. „Du weißt, dass du das nicht ernst meinst, Eden. Wir wollten heiraten."

„Weil es das Bequemste für uns beide war. Was das betrifft, so akzeptiere ich meinen Teil der Schuld."

„Lassen wir das mit der Schuld, Eden. Ich will dir zeigen, was wir zusammen haben können."

Mit ihrem eisigen Blick brachte sie ihn zum Verstummen. „Ich bin nicht mehr wütend, und ich bin auch nicht mehr verletzt, Eric. Ich liebe dich nicht, und ich will dich auch nicht."

Einen Moment lang schwieg er. Als er dann zu sprechen anhob, überraschte es Eden, echte Emotion aus seiner Stimme herauszuhören. „So schnell hast du also Ersatz für mich gefunden, Eden?"

Sie hätte am liebsten laut gelacht. *Er* hatte sie praktisch einen Schritt vor dem Altar versetzt, und jetzt spielte er den Betrogenen?! „Das wird ja immer absurder! Aber nein, Eric, es geht nicht darum, ob ich Ersatz für dich gefunden habe. Sondern darum, dass ich endlich erkannt habe, was für ein Mensch du bist. Und verlang jetzt bitte nicht von mir, dass ich dir das näher erkläre."

„Und was hat das alles mit Chase Elliot zu tun?"

„Wie kannst du es wagen, eine solch unverschämte Frage zu stellen?" Eden wollte an ihm vorbeigehen, doch er hielt sie am Arm fest, und dieses Mal war sein Griff keineswegs sanft. Erstaunt über seine Weigerung, sie gehen zu lassen, machte sie einen Schritt zurück und musterte ihn genauer. Er ist ein Kind, dachte sie. Ein Kind, das sein Spielzeug fortgeworfen hat und jetzt mit den Füßen stampft, weil er es nicht zurückhaben kann. Sie spürte, wie es in ihr zu brodeln begann, und verbarg ihr Temperament hinter eisiger Gleichgültigkeit. „Ob etwas zwischen Chase und mir ist, geht dich absolut nichts an."

Diese kühle, distanzierte Frau erkannte er. Und daher wurde sein Ton milder. „Alles, was dich betrifft, geht mich etwas an."

Sie seufzte frustriert. „Eric, du bringst dich nur selbst in eine immer peinlicher werdende Situation."

Bevor sie sich von ihm losreißen konnte, ging die Hintertür ein zweites Mal.

„Sieht aus, als würde ich schon wieder in etwas hineinplatzen." Die Hände in den Hosentaschen, trat Chase von der Veranda herunter.

„Das scheint ja zur Gewohnheit zu werden." Eric ließ Eden los, um sich zwischen sie und Chase zu stellen. „Selbst du solltest merken, dass Eden und ich hier ein privates Gespräch führen. Von guten Manieren habt ihr doch sicherlich sogar hier auf dem Land schon mal gehört, oder?"

Chase fragte sich, ob Eric die Manieren wohl zu schätzen wissen würde. Nein, eher unwahrscheinlich. Im feinen Philadelphia kamen blutige Nasen sicherlich nicht oft vor. Nun, eigentlich war es ihm egal, was Eric schätzte oder nicht.

Chase hatte bereits zwei Schritte vorgemacht, bevor Eden seine Absicht erkannte. „Unsere Unterhaltung ist längst vorbei", sagte sie hastig und trat zwischen die beiden Männer. Sie hätte genauso gut unsichtbar sein können. Hatte sie heute Nachmittag das Gefühl gehabt, mitten auf dem Schlachtfeld zu stehen, so wurde sie nun unbeachtet beiseitegeschoben.

„Ja, scheint mir auch, als hättest du genügend Zeit gehabt, um zu sagen, was du sagen wolltest." Chase wippte auf den Absätzen, ohne Eric aus den Augen zu lassen.

„Ich wüsste nicht, was es dich angeht, wie lange ich mich mit meiner Verlobten unterhalte."

„Verlobte?!" Edens empörter Ausruf wurde ebenso ignoriert.

„Du bist nicht auf dem Laufenden, Keeton", erwiderte Chase geradezu verständnisvoll, die Hände noch immer in den Taschen. „Es hat sich einiges geändert."

„Geändert?" Eden wandte sich zu Chase, mit dem gleichen fruchtlosen Resultat. „Wovon sprichst du?"

Langsam und ohne sie anzusehen, fasste Chase Edens Hand. „Du hattest mir einen Tanz versprochen."

Sofort griff Eric wieder nach ihrem Arm. „Wir sind noch nicht fertig."

Chase drehte sich um, und jetzt stand die Drohung deutlich in seinen Augen zu lesen. „Oh doch, du bist fertig. Die Lady gehört zu mir."

Wütend riss Eden sich von beiden los. „Aufhören!" Sie hatte es satt, hin- und hergezerrt zu werden, ohne dass es irgendjemanden kümmerte, was sie eigentlich wollte. Zum ersten Mal in ihrem Leben vergaß sie Manieren, Höflichkeit und Selbstbeherrschung und tat das, was Chase ihr einmal geraten hatte: Wenn du wütend bist, lass es raus!

„Ihr seid beide so was von *dumm*!" Sie warf den Kopf wütend zurück, strich sich dann die Haare aus dem Gesicht. „Ihr benehmt euch wie zwei Straßenköter, die sich um einen Knochen streiten. Hat einer von euch auch mal daran gedacht, dass ich für mich selbst sprechen kann? Dass ich meine eigenen Entscheidungen treffe? Du." Sie drehte sich zu Eric um. „Jedes Wort, das ich zu dir gesagt habe, habe ich auch genau so gemeint. Hast du das jetzt endlich kapiert? *Jedes einzelne Wort.* Ich habe versucht, es so höflich wie möglich auszudrücken, aber falls du mich weiter bedrängst, kann ich für nichts garantieren."

„Eden, Darling …"

„Nein, nein, nein!" Sie schlug seine Hand fort, die er nach ihr ausstreckte. „Als es schwierig wurde, hast du mich fallen lassen wie eine heiße Kartoffel. Wenn du dir einbildest, ich würde dich wieder zurücknehmen, nachdem du dich als schwächlicher, gedankenloser, unsensibler …" – oh, wie war nur das Wort, das Candy benutzt hatte? – „… Schaumschläger entpuppt hast, bist du nicht recht bei Verstand. Und solltest du es nur noch ein Mal *wagen*, mich anzufassen, schlage ich dir deine teuren Jacketkronen aus!"

Was für eine Frau, dachte Chase hingerissen. Wann würde er sie wohl endlich in seine Arme ziehen und ihr zeigen können, wie sehr er sie liebte? Er hatte sie immer als nahezu ätherische Schönheit angesehen, jetzt jedoch zeigte sie sich als kämpferische Walküre. Mehr als alles andere in seinem Leben wollte er diese Leidenschaft in seinen Armen halten und sich daran laben. Ein Lächeln stand auf seinem Gesicht, als sie zu ihm herumschwang.

„Und du." Sie trat auf ihn zu und stieß ihm den Zeigefinger in die Brust. „Du such dir jemand anderen, um den du dich prügeln kannst. Für die Höhlenmenschenart, mit der du hier den Ritter spielst, habe ich äußerst wenig übrig."

Das war eigentlich nicht die Reaktion, die er sich vorgestellt hatte. „Herrgott, Eden, ich wollte doch nur …"

„Halt den Mund." Noch einmal stieß sie mit dem Finger zu. „Ich kann auf mich selbst aufpassen, Mr Macho. Und wenn du glaubst, mir würde deine Einmischung gefallen, dann irrst du dich gewaltig. Wenn ich einen … einen muskelbepackten Testosteronbolzen brauche, engagiere ich mir einen."

Sie musste Luft holen und ließ ihren Blick von einem zum anderen wandern. „Ihr beide habt weniger Vernunft bewiesen als die Teenager da drinnen. Und nur zu eurer Information: Ich finde es keineswegs amüsant, als Pingpongball in einer Ego-Schlacht zweier erwachsener Männer herzuhalten. Ich treffe meine eigenen Entscheidungen, und ich habe eine gefällt, also hört jetzt beide sehr genau zu: Ich will keinen von euch beiden!"

Damit machte Eden auf dem Absatz kehrt und ließ die beiden Männer unter dem Walnussbaum zurück. Ihnen blieb nichts anderes übrig, als ihr sprachlos hinterherzustarren.

10. KAPITEL

Am letzten Tag brach im Camp das totale Chaos aus. Es wurde gepackt und geweint und nach verlorenen Schuhen gesucht – jede Hütte hatte ihre ganz eigene Krise. Die Ausrüstung musste bis zum nächsten Sommer sorgfältig verstaut, eine Inventarliste der Küchenutensilien aufgestellt werden. Betten wurden abgezogen, Bettwäsche gewaschen, gemangelt und ordentlich zusammengefaltet. Eden schnüffelte verstohlen über einem Kissenbezug. Irgendwie waren bei der ersten Inventur zu Beginn des Sommers zwei Decken mehr vorhanden gewesen, dafür hatten sie jetzt ein Plus von fünf Handtüchern.

Sie hatte beschlossen, den eigenen Koffer erst zu packen, wenn die Unruhe sich gelegt hatte. Sie hatte sogar schon überlegt, ob sie nicht noch eine Nacht im Camp bleiben und erst am nächsten Morgen abfahren sollte, frisch und ausgeruht. Sie redete sich ein, dass es durchaus vernünftig und verantwortungsbewusst sei, wenn jemand noch einmal einen letzten Kontrollgang durch die leeren Blockhütten machte. In Wahrheit jedoch konnte sie aber einfach nicht loslassen.

Das wollte sie sich aber nicht eingestehen. Sie verließ die Waschküche und ging zu den Ställen. Fing an, Zaumzeug und Steigbügel nachzuzählen. Und sagte sich immer wieder vor, dass es nur einen einzigen Grund gab, weshalb sie zurückbleiben wollte: um sicherzugehen, dass auch wirklich alles in Ordnung war. Während sie Häkchen auf die Liste setzte, bemühte sie sich, jeden Gedanken an Chase auszublenden. Er hatte ganz sicher nichts mit ihrer Entscheidung zu tun, dass sie noch blieb. Sie zählte die Trensen, zwei Mal, und erhielt beide Male verschiedene Ergebnisse. Also zählte sie ein drittes Mal.

Dieser unmögliche Mann! Mit dem Bleistift setzte sie schwungvoll die nächsten Häkchen auf das Papier, addierte und notierte, bis sie zufrieden war. Ohne Pause ging sie zu den Zügeln weiter, überprüfte sie genau auf Abnutzung und mögliche Mängel. Die mussten dringend mit Sattelfett eingerieben werden, entschied sie. Also noch ein Grund, um länger zu bleiben. Doch wie so oft in den letzten Tagen spielte sich die Szene mit Chase und Eric in ihrem Kopf ab.

Sie hatte jedes Wort ernst gemeint. Sich das noch einmal bestätigen zu können, erfüllte sie mit Befriedigung. Auch wenn sie laut geworden war ... es war von Herzen gekommen. Selbst nach einer Woche waren ihre Empörung und ihr Entschluss so frisch und fest wie im ersten Moment.

Sie war nichts als ein Preis gewesen, um den man sich schlug. Die Empörung begann zu brodeln und verwandelte sich in Wut. War das alles, was eine Frau für einen Mann war? Etwas, das man an sich riss, um sein Ego zu befriedigen? Nun, das würde sie niemals akzeptieren. Sie hatte in den letzten Monaten gerade erst sich selbst entdeckt – und das würde sie für niemanden auf der Welt, für keinen Mann aufgeben.

Während Wut in ihr hochkochte, ging Eden zu den Sätteln weiter. Eric hatte sie nie geliebt. Jetzt war es klarer als je zuvor. Er hatte nur geglaubt, einen Anspruch auf sie zu haben, ohne jedes echte Gefühl. Meine Frau. Mein Besitz. Meine *Verlobte*! Unwillkürlich gab Eden einen Laut von sich, irgendwo zwischen Empörung und Spott. Die Pferde schnaubten zurück.

Hätte Tante Dottie Eric nicht wieder mit zurückgenommen ... Eden konnte jetzt noch nicht sagen, was sie dann getan hätte. Und sie war auch keineswegs sicher, ob sie es nicht enorm genossen hätte.

Doch viel schlimmer, hundertmal schlimmer, war die Sache mit Chase. Während sie nachdenklich Löcher in die Luft starrte, tippte der Bleistift fast wie von allein ein wildes Stakkato auf die Liste. Chase hatte kein Wort von Liebe oder Zuneigung gesagt. Verspechen waren weder gegeben noch verlangt worden, und doch hatte er sich genauso verabscheuungswürdig wie Eric benommen.

Damit hörten die Gemeinsamkeiten aber auch schon auf, wie sie zugeben musste. Eden presste den Handballen gegen die Stirn. Sie hatte sich in Chase verliebt. Hoffnungslos. Wenn er nur ein Wort gesagt hätte, wenn er ihr nur die Gelegenheit geboten hätte, ihm zu erklären ... wie anders die Dinge dann hätten verlaufen können. Nun musste sie feststellen, wie viel schwerer es war, ihn zu verlassen als Philadelphia.

Er hatte nichts erklärt, er hatte nichts erbeten. Die Kompromisse, die sie für ihn, und nur für ihn, vielleicht eingegangen wäre, würden nun nicht mehr nötig werden. Was immer hätte werden können, war nun endgültig vorbei. Eden reckte die Schultern. Es wurde Zeit, sich daran zu gewöhnen, Zeit für neue Pläne und ein neues Leben. Sie hatte es schon einmal getan, sie würde es wieder schaffen.

„Pläne", murmelte sie vor sich hin und sah wieder auf ihre Liste. Für die nächste Saison musste so viel geplant werden. Der nächste Sommer würde schneller kommen als gedacht.

Ihre Finger umklammerten den Bleistift fester. Würde ihr Leben von jetzt an so aussehen? Würde sie sich von einem Sommer zum nächsten hangeln? Und was lag dazwischen? Leere und Warten? Wie oft würde sie zurückkommen und am See spazieren gehen, in der Hoffnung, ihn wiederzusehen?

Nein. Es war nur eine Phase des Bedauerns. Für einen Moment schloss Eden die Augen, wartete darauf, dass ihre Kraft zurückkam. Man konnte sich nicht an eine neue Situation gewöhnen, solange man keine Trauerarbeit geleistet hatte. Das war auch etwas, das sie gelernt hatte. Also würde sie um Chase trauern. Und dann ihr neues Leben angehen.

„Eden? Eden, bist du hier drinnen?"

„Ja, hier." Sie drehte sich um, als Candy in den Zeugraum gerannt kam.

„Gott sei Dank!"

„Was ist denn?"

Candy legte sich die Hand auf die Brust, als müsse sie ihr hämmerndes Herz beruhigen. „Roberta."

„Roberta?" Edens Magen zog sich zu einem harten Stein zusammen. „Ist sie verletzt?"

„Sie ist weg."

„Was soll das heißen, weg? Haben ihre Eltern sie früher abgeholt?"

„Das soll heißen: weg." Candy marschierte händeringend auf und ab. „Ihre Koffer und Taschen stehen gepackt in der Hütte, aber sie ist im ganzen Camp nicht zu finden."

„Nicht schon wieder!" Mehr verärgert als besorgt legte Eden ihre Liste zur Seite. „Hat dieses Kind denn gar nichts gelernt? Sobald man sie aus den Augen lässt, setzt sie sich ab."

„Marcie und Linda behaupten, sie hätte nur gesagt, dass sie vor der Abreise noch etwas Wichtiges zu erledigen hat." Candy hob hilflos die Hände und ließ sie wieder fallen. „Sie hat ihnen nicht verraten, was sie vorhat, und das glaube ich den beiden diesmal. Bei Roberta kann man sich nie sicher sein, vielleicht ist sie ja nur Blumen für ihre Mutter pflücken gegangen, aber ..."

„Darauf sollten wir uns nicht verlassen", beendete Eden den Satz.

„Es suchen schon drei Betreuerinnen nach ihr. Ich dachte mir nur, du könntest vielleicht eine Idee haben, wohin sie gegangen ist. Bevor ich die Polizei informiere." Candy hielt inne, um Atem zu schöpfen. „Das wäre doch wirklich ein runder Abschluss für das Sommercamp."

Eden schloss die Augen und konzentrierte sich. Fetzen von Gesprächen mit Roberta blitzten in ihrer Erinnerung auf. Bei einem hielt sie inne und hob mit einem Ruck die Lider. „Oh nein! Ich glaube, ich weiß, wo sie steckt." Schon rannte sie aus dem Zeugraum, dass Candy Mühe hatte, mit ihr Schritt zu halten.

„Wo?"

„Ich brauche den Wagen. Das geht schneller." Eden rannte zu ihrer Hütte und zur hinteren Tür hinaus, wo der alte Transporter unter einem knorrigen Birnbaum parkte. „Ich gehe jede Wette ein, dass sie zu Chase gegangen ist, um sich zu verabschieden. Trotzdem solltet ihr auf der Plantage nachsehen."

„Haben wir schon, aber ..."

„Ich bin in zwanzig Minuten zurück."

„Eden ..."

Der Motor sprang röhrend an und übertönte, was immer Candy noch sagte. „Keine Sorge, ich bringe unser Engelchen zurück." Eden biss die Zähne zusammen. „Und wenn ich sie an den Haaren herschleifen muss."

„Sicher, aber ..." Candy sprang zur Seite, als der Transporter vorschoss. „Benzin", seufzte sie, als sie dem davonrumpelnden Wagen hinterhersah. „Ich glaube nicht, dass noch genug Benzin im Tank ist."

Eden schaute zu den Wolken auf, die sich am Himmel zusammenzogen, und beschloss, Roberta dafür die Schuld zu geben. Sie war felsenfest davon überzeugt, dass Roberta zu Chase gegangen war, um ihn noch ein letztes Mal zu sehen. Von einer Entfernung von läppischen drei Meilen würde sich ein Mädchen von Robertas Kaliber schließlich nicht einschüchtern lassen.

Eden fuhr unter dem schmiedeeisernen Namenszug hindurch und legte sich bereits zurecht, was sie Roberta alles sagen würde, sobald sie sie in die Finger bekam. Die grimmige Zufriedenheit verging ihr allerdings, als der Transporter zu stottern begann. Fassungslos sah Eden auf das Armaturenbrett, als der Wagen mit einem letzten Aufbäumen ausrollte. Die Nadel der Tankanzeige stand auf null.

„Mist!" Sie schlug mit der flachen Hand aufs Lenkrad und stieß im gleichen Moment einen spitzen Schrei aus. Gepolsterte Lenkräder gehörten bei Fahrzeugen dieses Alters nun mal nicht zur serienmäßigen Ausstattung. Sie rieb sich das schmerzende Handgelenk und stieg aus. Im gleichen Augenblick rollte der erste Donner laut über den Himmel. Und schon öffnete der Himmel seine Schleusen.

Verdattert blieb Eden neben dem Wagen stehen, während der Regen auf sie niederprasselte. Innerhalb von Sekunden war sie bis auf die Haut durchnässt. „Na großartig", murmelte sie, und gleich darauf presste sie zwischen den Zähnen hervor:

„Roberta!" Mit einem wütenden Blick in den Himmel setzte sie sich in Bewegung.

Blitze teilten den Himmel wie mit einer Peitsche, Donnergrollen folgte als Antwort. Das Herz schlug Eden bis in den Hals. Je näher sie Chases Haus kam, desto schneller raste ihr Puls.

Was, wenn sie sich geirrt hatte? Wenn Roberta gar nicht hier war, sondern irgendwo im Gelände, allein und verängstigt im Gewitter? Was, wenn sich das Mädchen verlaufen hatte, wenn es verletzt war? Eden atmete rasselnd, während die Angst ihr fast die Kehle zuschnürte.

Verglichen mit dem Donner hallte ihr Trommeln an der Tür eher schwächlich wider. Eden blickte über die Schulter zurück und sah nichts als eine solide Wand herunterprasselnden Regens. Wenn Roberta irgendwo da draußen war ... Sie wirbelte wieder herum, hämmerte mit beiden Fäusten gegen die Tür und rief obendrein laut.

Als Chase die Tür aufzog, fiel sie ihm fast in die Arme. Er musterte ihre durchweichte Erscheinung mit einem Blick. In seinem ganzen Leben hatte er nie etwas Schöneres gesehen. „Na, das ist ja eine Überraschung. Brauchst du ein Handtuch?"

Sie krallte die Finger beider Hände in sein Hemd. „Roberta?" Mit dem einen Wort versuchte sie all ihre Ängste auszudrücken.

„Sie ist vorn im Wohnzimmer." Sacht strich er ihr das Haar aus den Augen. „Beruhige dich, Eden. Es geht ihr gut."

„Gott sei Dank." Den Tränen nahe, presste Eden die Finger auf die Augen. Als sie die Hände wieder sinken ließ, stand blanke Mordlust in ihren Augen. „Ich erwürge sie, jetzt, hier und gleich."

Bevor sie ihre Drohung wahr machen konnte, versperrte Chase ihr lieber den Weg. Schließlich hatte er ihr Temperament inzwischen kennengelernt. Er würde nie mehr den Fehler machen, es zu unterschätzen. „Ich kann mir vorstellen, was in dir vorgeht, aber sei nicht zu hart mit ihr. Sie kam hierher, um mir einen Vorschlag zu machen."

„Geh mir aus dem Weg, oder du endest genau wie sie." Sie schob ihn unsanft beiseite und marschierte an ihm vorbei. Bei der Wohnzimmertür angekommen, holte sie erst einmal tief Luft. „Roberta." Jede einzelne Silbe war nur mit Mühe zwischen den Zähnen hervorgepresst. Das Mädchen, das auf dem Boden saß und mit dem Hund spielte, schaute auf.

„Oh, hi, Miss Carlbough." Sie lächelte, offensichtlich war sie zufrieden mit dem Besuch. Schon bald allerdings kaute sie an ihrer Unterlippe. Roberta war von Natur aus optimistisch, aber sie war nicht dumm. „Sie sind ganz nass, Miss Carlbough."

Bei dem knurrenden Laut, der aus ihrer Kehle kam, spitzte Squat die Ohren. „Roberta", sagte Eden noch einmal und ging vorwärts. Squat bewegte sich ebenfalls ein Stück. Eden blieb stehen und beäugte den riesigen Hund misstrauisch. Er saß jetzt zwischen ihr und Roberta und wedelte mit dem Schwanz. „Pfeif deinen Hund zurück", befahl sie, ohne sich zu Chase umzudrehen.

„Oh, aber Squat würde Ihnen doch nie etwas tun." Roberta krabbelte flink wie ein Wiesel auf allen vieren zu dem gewaltigen Fellknäuel und schlang die Arme um seinen Hals. Für einen Moment glaubte Eden wirklich, der Hund würde grinsen. Auf jeden Fall konnte sie seine großen Zähne bestens erkennen. „Er ist ein ganz lieber Hund", versicherte Roberta. „Halten Sie ihm die Hand hin, damit er sie beschnüffeln kann."

Und mit einem Biss vom Gelenk abtrennt! Eden blieb stehen, wo sie war. „Roberta", hob sie an. „Kennst du die Regeln nach all der Zeit immer noch nicht?"

„Doch, Ma'am." Roberta ließ einen Arm um Squats Hals liegen. „Aber es war wichtig."

„Darum geht es nicht." Eden verschränkte die Finger vor sich. Ihr war sehr bewusst, wie sie aussehen musste, wie sie sich anhören musste, und sie konnte Chases Grinsen genau vor sich sehen, obwohl er hinter ihr stand. „Regeln haben einen Zweck, Roberta. Sie werden nicht nur gemacht, um dir den Spaß zu verderben, sondern um Sicherheit und Ordnung zu garantieren. Du hast heute eine der wichtigsten Regeln überhaupt gebrochen, und das nicht zum ersten Mal. Miss Bartholomew und ich sind für dich verantwortlich. Deine Eltern erwarten berechtigterweise, dass wir ..."

Eden verlor den Faden, während Roberta ihr mit ernstem Gesicht entgegenschaute und stumm zuhörte. Sie öffnete den Mund, wollte erneut ansetzen, doch nur ein schwerer Seufzer kam hervor. „Roberta, du hast uns zu Tode erschreckt."

„Das tut mir wirklich leid, Miss Carlbough." Zu Edens Überraschung kam Roberta zu ihr gerannt und schlang die Arme um sie. „Das wollte ich nicht, ehrlich nicht. Ich dachte, mich würde schon niemand vermissen, bis ich wieder zurück bin."

„Dich nicht vermissen?" Mit einem schwachen, bebenden Lachen drückte Eden einen Kuss auf Robertas Haar. „Du kleines Monster, weißt du denn nicht, dass ich eine ganz besondere Antenne für dich entwickelt habe?"

„Wirklich?" Roberta drückte sie fest.

„Ja, wirklich."

„Es tut mir ja auch leid, Miss Carlbough, ganz ehrlich." Sie hob ihr sommersprossiges Gesicht zu Eden und sah sie an. „Ich musste Chase nur noch einmal für eine Minute sehen." Roberta warf ihr einen verschwörerischen Blick zu, und Eden musterte Chase.

„Chase?" Auch wenn die Betonung ihr Erstaunen ausdrücken sollte, dass das Mädchen Chase beim Vornamen nannte ... es brachte sie nicht weiter.

„Wir hatten etwas Persönliches zu besprechen." Chase ließ sich auf die Lehne eines Sessels nieder. Er fragte sich, ob Eden überhaupt ahnte, wie beschützend sie Roberta hielt.

Es mochte schwierig sein, aber Eden berief sich auf ihre Würde, trotz ihrer tropfenden Sachen. „Mir ist klar, dass es von einer Zwölfjährigen zu viel verlangt ist, bereits ein Bewusstsein für Verantwortung zu haben, aber von dir hätte ich mehr erwartet."

„Ich habe im Camp angerufen." Damit nahm er ihr den Wind aus den Segeln. „Scheinbar habe ich dich verpasst. Sie wissen längst, dass Roberta in Sicherheit ist." Er stand auf und kam zu ihr. Mit einer Hand wrang er den Saum ihres T-Shirts aus. Wasser tropfte zu Boden. „Bist du zu Fuß hergekommen?"

„Nein." Verärgert, weil er genau das getan hatte, was von einem vernünftigen Menschen zu erwarten war, schlug sie seine Hand fort. „Der Wagen ..." Sie zögerte und entschied sich dann für eine Halbwahrheit. „... ist liegen geblieben." Sie drehte sich zu Roberta um und funkelte sie grimmig an. „Genau, als das Gewitter losging."

„Tut mir ehrlich leid, dass Sie nass geworden sind."

„Das sollte es auch."

„Haben Sie denn nicht getankt? Der Tank war nämlich fast leer, wissen Sie?"

Eden hatte gerade beschlossen, Roberta doch noch zu erwürgen, als eine Hupe ertönte.

„Das wird Delaney sein." Chase ging zum Fenster, um nachzusehen. „Er bringt Roberta zurück zum Camp."

„Das ist sehr nett von ihm." Eden streckte die Hand nach Roberta aus. „Ich weiß eure Mühe zu schätzen."

„Nur Roberta." Chase griff nach der ausgestreckten Hand und hielt Eden fest, bevor sie ihm wieder entwischen konnte. Ob sie nun freiwillig blieb oder sich wehrte wie eine Wildkatze – er würde sie festhalten. Er brauchte sie. „Du solltest die nassen Sachen schnell ausziehen, bevor du dir noch eine Erkältung holst."

„Sobald ich wieder im Camp bin."

„Meine Mutter sagt immer, man bekommt schon eine Erkältung, wenn man nur nasse Füße hat." Roberta drückte Squat fest zum Abschied. „Bis nächstes Jahr", sagte sie zu Chase, und zum ersten Mal war so etwas wie Schüchternheit an ihr zu bemerken. „Und Sie schreiben mir wirklich?"

„Klar." Chase beugte sich zu ihr hinunter, hielt ihr Gesicht mit beiden Händen und küsste sie auf beide Wangen. „Ich schreibe dir, ganz bestimmt."

Ihre Sommersprossen verschwanden unter dem Purpurrot, das in Robertas Wangen stieg. Das Mädchen umarmte Eden ein letztes Mal. „Ich werde Sie vermissen, Miss Carlbough."

„Ich dich auch, Roberta."

„Nächstes Jahr komme ich wieder, und dann bringe ich auch meine Cousine mit. Alle sagen, wir sind uns so ähnlich, wir müssten eigentlich Schwestern sein."

„Oh, wie schön", brachte Eden nur schwach hervor. Da konnte sie nur hoffen, dass ein Winter lang genug für sie war, um ausreichend Energie zu tanken.

„Das war der schönste Sommer überhaupt." Als das Mädchen Eden inbrünstig drückte, traten Eden Tränen in die Augen. „Bye!"

Die Haustür fiel schon ins Schloss, bevor Eden sich wieder gefasst hatte. „Roberta ...!"

„Für mich war es auch der schönste Sommer überhaupt." Chase hielt sie sanft fest, als sie zur Tür eilen wollte.

„Chase, lass mich los. Ich muss ins Camp zurück."

„Du brauchst trockene Sachen. Obwohl du wunderbar aussiehst, wenn du nass bist und vor dich hin tropfst. Aber das sagte ich ja schon mal."

„Ich bleibe nicht hier", verkündete sie, während er sie bereits zur Treppe zog.

„Nun, da Delaney gerade gefahren ist und dein Wagen kein Benzin mehr hat, würde ich sagen, du bleibst hier." Da sie jetzt zitterte, drängte er sie zur Eile. „Außerdem hinterlässt du Pfützen auf dem Teppich."

„Entschuldige bitte."

Er zog sie schon zu seinem Schlafzimmer weiter. Eden erhaschte einen Blick auf ruhige Farben und ein großes Messingbett, bevor Chase sie ins angrenzende Bad schob. „Chase, das ist wirklich nett von dir, aber wenn du mich einfach nur zurückfahren könntest ..."

„Nachdem du heiß geduscht und dich umgezogen hast."

Eine heiße Dusche. Nichts auf der Welt, und hätte er ihr Pelze und Diamanten angeboten, erschien ihr auch nur halb so verlockend. Seit der ersten Juniwoche hatte Eden keine heiße Dusche mehr gehabt. „Nein, danke, ich sollte wirklich besser sofort ..."

Doch sie redete nur noch mit der Tür, die Chase hinter sich schloss. Eden kaute auf ihrer Unterlippe herum, blickte zurück zur Wanne. Nie war ihr etwas schöner und begehrenswerter erschienen. Es dauerte keine zehn Sekunden, und sie gab auf.

„Wenn ich sowieso schon einmal hier bin ...", murmelte sie und begann, sich aus den nassen Kleidern zu schälen.

Die ersten heißen Wasserstrahlen ließen sie nach Luft schnappen, dann, mit einem lustvollen Seufzer, ergab sie sich dem wohligen Gefühl. Das hier ist sündhaft gut, dachte sie, als das Wasser in Strömen an ihr herabfloss. Es war der pure Luxus!

Eine Viertelstunde später stellte Eden nur unwillig das Wasser ab. Neben der Wanne hing ein dickes, flauschiges Badelaken. Sie wickelte sich darin ein und entschied, dass das fast so gut war wie die Dusche. Erst jetzt fiel ihr auf, dass ihre nassen Kleider verschwunden waren.

Einen Augenblick lang starrte sie stirnrunzelnd auf die leere Stelle, das Handtuch mit einer Hand fest um die Brust gehalten. Chase musste hereingekommen sein und die Sachen geholt haben, während sie unter der Dusche gestanden hatte. Mit geschürzten Lippen sah sie zur Wanne hinüber. Wie blickdicht war das Milchglas wohl wirklich?

Bleib vernünftig, mahnte sie sich. Chase hatte ihre nassen Sachen geholt, weil sie getrocknet werden mussten. Er war eben ein aufmerksamer Gastgeber. Trotzdem flatterten ihre Nerven, als sie den dunkelblauen Bademantel vom Haken an der Tür hob.

Es war sein Bademantel. Wessen auch sonst. Sein Duft hing im Stoff, deshalb hatte Eden plötzlich das Gefühl, als wäre er mit ihr im Raum. Der Bademantel war dick und warm, dennoch erschauerte sie kurz, als sie den Gürtel fest um ihre Taille schlang.

Es ist praktisch, mehr nicht, sagte sie sich in Gedanken. Mit dem Bademantel konnte sie sich adäquat bedecken, bis ihre Kleider wieder trocken waren. Dennoch neigte sie leicht den Kopf und rieb gedankenverloren mit der Wange über den flauschigen Stoff.

Sie riss sich zusammen, kämpfte gegen die verträumte Stimmung an. Mit einem Handtuch wischte sie den beschlagenen Spiegel frei. Was sie dort sah, vertrieb jeden romantischen Gedanken endgültig. Sicher, das heiße Wasser hatte Farbe in ihr Gesicht zurückgebracht, nur hatte es auch jegliches Make-up restlos abgewaschen. Die Farbe des Bademantels verstärkte die ihrer Augen, ihr Gesicht bestand praktisch nur noch aus Augen. Sie sah aus, als wäre sie in letzter Minute vor dem Ertrinken gerettet worden. Ihr Haar kräuselte sich in feinen Strähnen um Hals und Gesicht. Sie fuhr ein paarmal mit den Fingern hindurch, doch ohne Bürste würde sie das nie in Ordnung bringen können.

Dann eben nicht, dachte sie und zog die Tür auf. In Chases Schlafzimmer blieb sie einen Moment stehen. Wie gern hätte sie sich genauer umgesehen. Wie gern hätte sie etwas berührt, das ihm gehörte! Sie schüttelte den Kopf, wunderte sich über sich selbst. Dann eilte sie zur Schlafzimmertür und die Treppe hinunter. Erst als sie auf der Schwelle zum Wohnzimmer ankam und dort verharrte, begannen ihre Nerven wieder zu flattern.

Chase sah so gut aus, so ungezwungen, wie er in Jeans und Arbeitshemd dort bei dem antiken Barschrank stand und Brandy aus einer Kristallkaraffe einschenkte. Eden war inzwischen klar geworden, dass es die Gegensätze an ihm waren, zusammen mit allem anderen, die sie so an ihm faszinierten. Vernunft hatte in diesem Moment keine Chance. Sie liebte ihn. Sie musste nur noch diese letzte Begegnung mit ihm überstehen, bevor sie ihren Winterschlaf beginnen konnte.

Chase drehte sich um und sah sie an. Er hatte gewusst, dass sie da war, hatte ihre Anwesenheit gespürt. Und doch hatte er noch einen Moment gebraucht. Als er ins Bad gekommen war, um ihre nassen Sachen zu holen, da hatte sie unter der Dusche gesummt. Durch das milchige Glas erkannte er nicht mehr als einen Schatten. Doch mehr, als er jemals irgendetwas in seinem Leben gewollt hatte, drängte es ihn danach, sich zu nehmen, wonach er sich so sehr verzehrte. Danach, Eden in seinen Armen zu halten, ihre Haut feucht und warm, die Augen riesengroß und wissend.

Genauso heftig verlangte er jetzt nach ihr, während sie da in seinem viel zu großen Bademantel im Türrahmen stand. Und deshalb hatte er sich diesen Moment genommen – um sicher zu sein, dass er seiner Stimme vertrauen konnte. „Besser?"

„Ja. Danke." Ihre Hand wanderte an den Kragen des Bademantels, zog ihn enger.

Chase kam durch den Raum auf sie zu und reichte ihr den Schwenker. „Hier, trink. Das müsste die kalten Füße aufwärmen."

Sie nahm das Glas, und er schloss die Tür hinter ihrem Rücken. Mit beiden Händen umfasste sie den Schwenker. Sie schnupperte am Brandy und hoffte inständig, der scharfe Geruch würde ihren Kopf klären.

„Ich muss mich entschuldigen." Sie achtete darauf, ihre Stimme so höflich und distanziert wie nur möglich zu halten. Auch blieb sie mit dem Rücken zur Tür stehen.

„Keine Ursache." Am liebsten hätte er sie bei den Schultern gepackt und geschüttelt. „Warum setzt du dich nicht?"

„Nein, danke." Doch da er vor ihr stehen blieb, sah sie sich gezwungen, sich zu bewegen. Sie ging zum Fenster. Der Regen strömte noch immer wie Bindfäden vom Himmel. „Das wird sich ja wohl nicht allzu lange halten, oder?"

„Nein, sicher nicht." Die Belustigung, die sich langsam in ihm ausbreitete, war in seiner Stimme zu hören. Argwöhnisch drehte Eden sich zu ihm um. „Wundert mich überhaupt, dass es schon so lange anhält." Er stellte sein Glas ab und ging zu ihr. „Es wird Zeit, dass du damit aufhörst, Eden. Du musst aufhören, ständig vor mir wegzulaufen."

Sie schüttelte knapp den Kopf und schlüpfte an ihm vorbei. „Ich weiß nicht, was du meinst."

„Und ob du das weißt!" Blitzschnell stellte er sich vor sie, dass sie keine Möglichkeit mehr hatte, ihm auszuweichen. Er nahm ihr den Schwenker aus der Hand und drehte sie so, dass sie ihn ansehen musste. Sanft strich er ihr das Haar aus ihrem Gesicht. Angst blitzte in ihren Augen auf, doch darunter erkannte er das Verlangen. Das war es, wonach er gesucht hatte.

„Genau hier haben wir schon einmal gestanden. Damals sagte ich dir bereits, dass es zu spät für uns beide ist."

Damals waren Sonnenstrahlen durch die Scheiben gefallen, jetzt trommelten dicken Regentropfen dagegen. Eden hatte das Gefühl, dass Vergangenheit und Gegenwart sich überschnitten. „Ja, wir haben hier schon einmal gestanden. Und du hast mich geküsst."

Sein Mund fand ihre Lippen. Wie das Gewitter, so war auch der Kuss stürmisch und heftig. Chase hatte mit Zögern gerechnet und wurde doch voller Sehnsucht willkommen geheißen. Er hatte erwartet, Angst zu finden, doch stattdessen war da nur Leidenschaft und Verlangen.

Vertrau mir. Er wollte es herausschreien, doch sie vergrub ihre Finger in seinem Haar und zog seinen Kopf zu sich herunter, zu ihren Lippen.

Der Regen prasselte an die Fenster. Donner rollte über den Himmel. Eden wurde von dem Sturm in ihrem Innern mitgerissen. Sie wollte ihn. Wollte fühlen, wie er ihr den dicken Bademantel von den Schultern strich und sie berührte. Wollte das köstliche, trunken machende Gefühl erleben, wenn nackte Haut zum ersten Mal auf nackte Haut traf. Sie wollte ihm ihre Liebe geben, frei und uneingeschränkt und lebendig. Doch wusste sie, dass sie diese Liebe für sich behalten musste, sicher weggeschlossen, unerfüllt und einsam.

„Chase. Wir können so nicht weitermachen." Sie drehte den Kopf ab. „Ich kann so nicht weitermachen. Ich muss gehen. Es gibt Leute, die auf mich warten."

„Du wirst nicht gehen. Dieses Mal nicht." Er legte seine Hand an ihren Hals. Er war mit seiner Geduld am Ende.

Eden spürte es und wich zurück. „Candy wird sich fragen, wo ich bleibe. Ich hätte jetzt gern meine Sachen zurück."

„Nein."

„Nein?"

„Nein", wiederholte er und nahm seinen Brandy. „Candy wird sich nicht fragen, wo du bleibst. Weil ich sie angerufen und ihr Bescheid gesagt habe, dass du nicht zurückkommst. Sie lässt dir ausrichten, dass du dir keine Gedanken machen sollst, alles ist unter Kontrolle. Und nein ...", er nippte an seinem Glas, „du kriegst deine Sachen nicht zurück. Kann ich sonst noch etwas für dich tun?"

„Du hast Candy angerufen?" Alle Angst, jegliche Unsicherheit verschwanden, wurden von ihrer Wut beiseitegedrängt. Edens Augen verdunkelten sich, verloren den verletzlichen Ausdruck. Fast hätte Chase gelächelt. Er liebte die kühle beherrschte Frau, er liebte die zerbrechliche Frau, er liebte die entschlossene Frau. Aber die Walküre betete er an.

„Richtig. Ist das ein Problem für dich?"

„Woher nimmst du dir das Recht, Entscheidungen für mich zu treffen?" Mit einer Hand, die im überlangen Ärmel des Bademantels versank, stieß sie gegen seine Brust. „Das Recht hast du nämlich nicht. Du hättest Candy nicht anrufen dürfen, weder Candy noch irgendjemand anderen. Genauso, wie du nicht das Recht hast, einfach vorauszusetzen, dass ich hier bleibe. Bei dir."

„Ich setze gar nichts voraus." Er lächelte sie selbstbewusst an. „Du bleibst hier. Bei mir."

„Das werden wir ja sehen!" Dieses Mal stieß sie ihn mit so viel Kraft vor die Brust, dass er einen Schritt zurückmachte. Wäre er nicht schon verrückt nach ihr, so hätte er sich in genau diesem Moment in sie verliebt. „Grundgütiger! Ich habe es so satt, mich mit überheblichen, herrischen Männern herumzuschlagen, die sich einbilden, sie bräuchten sich nur etwas in den Kopf zu setzen, um es auch zu bekommen."

„Du hast es hier nicht mit Eric zu tun, Eden." Seine Stimme klang sanft – vielleicht eine Spur zu sanft. „Du schlägst dich auch nicht mit anderen Männern herum, sondern mit mir. Und nur mit mir."

„Du irrst schon wieder. Denn ich bin fertig damit, mich mit dir auseinanderzusetzen. Und jetzt gib mir meine Sachen!"

Sehr behutsam, sehr langsam setzte er den Kristallschwenker ab. „Nein."

Ihr hätte der Mund offen gestanden, würde sie nicht die Zähne so fest zusammenbeißen. „Na schön. Dann laufe ich eben so zurück." Energisch marschierte sie zur Tür und riss sie auf. Squat lag auf der Schwelle davor. Sie sahen einander an, und der Hund richtete sich auf. Eden hätte schwören können, dass er grinste. Sie machte einen Schritt vor, verfluchte sich murmelnd und drehte sich zu Chase um.

„Pfeifst du dieses Biest jetzt endlich zurück?!"

Chase musterte Squat, wohl wissend, dass der Hund niemals etwas Gefährlicheres tun würde als ihre nackten Zehen lecken. Die Daumen in die Jeansschlaufen gehakt, lächelte er lässig. „Er hat alle nötigen Impfungen gehabt."

„Das freut mich ungemein!" Einzig und allein auf ihr Ziel ausgerichtet, stapfte sie zum Fenster zurück. „Dann gehe ich eben hier raus."

Sie kletterte auf den Fenstersitz und begann, hektisch an dem Riegel herumzufingern. Als Chase sie beim Handgelenk festhielt, schwang sie wütend zu ihm herum.

„Nimm sofort deine Hände weg! Ich sagte, ich gehe, und das meine ich ernst!" Sie holte zu einem Schwinger aus und überraschte sie beide damit, dass der Schlag tatsächlich hart in Chases Magen landete. „Du willst deinen Bademantel zurück? Den kannst du haben! Weil ich ihn nicht brauche. Ich gehe die drei Meilen auch nackt!" Zum Beweis ihrer Entschlossenheit riss sie an dem Gürtelknoten.

„Ich an deiner Stelle würde das besser nicht tun." Er hielt ihre Hände fest, sowohl um ihret- als auch um seinetwillen. „Denn wenn du das tust, werden wir nicht mehr viel Zeit haben, um das Ganze auszudiskutieren."

„Ich diskutiere nicht mehr." Sie wand und wehrte sich, bis sie beide plötzlich auf der gepolsterten Fensterbank lagen. „Ich habe dir nämlich nichts mehr zu sagen." Eden trat um sich, der Bademantel rutschte ihr bis auf die Schenkel hoch. „Außer vielleicht noch, dass du den Benimm eines Trampeltiers hast und ich es gar nicht abwarten kann, endlich meilenweiten Abstand zwischen uns zu bringen. An jenem letzten Abend bin ich zu der Überzeugung gekommen, dass ich lieber in ein Kloster gehe, bevor ich noch irgendetwas mit einem langweiligen Idioten oder einem ungehobelten Klotz zu tun haben muss. Und jetzt nimm endlich deine Hände von mir, oder ich tue dir weh, das schwöre ich. Niemand, wirklich absolut niemand, kommandiert mich herum!"

Mit diesen Worten mobilisierte sie ihre ganze letzte Kraft, um ihn von sich zu schieben. Mit dem Resultat, dass sie beide von den Kissen auf den Boden fielen. Chase schlang die Arme um sie und rollte sich mit ihr herum, bis sie der Länge nach unter ihm lag. Das hatte er schon einmal mit ihr gemacht. Und wie damals auch schon, studierte er ihr Gesicht, während sie nach Atem rang.

„Oh Gott, Eden, wie sehr ich dich liebe." Er lachte laut auf, und dann küsste er sie.

Sie wehrte sich nicht gegen den Kuss, sondern blieb regungslos liegen, auch wenn ihre Finger, verschränkt mit seinen, sich verkrampften. Jeder Atemzug kostete übermenschliche Anstrengung, bis sie meinte, ihr Herz würde aufhören zu schlagen.

Als sie endlich wieder sprechen konnte, kamen die Worte überdeutlich und sehr bedacht über ihre Lippen. „Ich würde das gerne noch einmal von dir hören."

„Ich liebe dich." Er sah, wie sie die Augen schloss, und fühlte, wie Panik in ihm aufstieg. „Hör mir zu, Eden. Ich weiß, du bist verletzt worden, aber du musst mir vertrauen. Ich habe dir zugesehen, wie du diesen Sommer dein Leben in die eigene Hand genommen hast. Es war nicht leicht für mich, zurückzustehen und dir den Platz zu lassen, den du brauchtest, um das schaffen zu können."

Sie öffnete die Augen wieder. Ihr Puls ging nicht mehr langsam, im Gegenteil. Ihr Herz klopfte so wild, dass sie meinte, es müsse ihr aus der Brust springen. „Das war es also, was du getan hast?"

„Mir war klar, dass du dir selbst etwas beweisen musstest. Ich glaube, ich wusste auch, dass du nicht eher bereit sein konntest, es mit mir zu teilen, bevor du gefunden hattest, wonach du suchtest."

„Chase ..."

„Nein, sag noch nichts." Sacht legte er ihr einen Finger auf die Lippen. „Eden, ich weiß, du erwartest gewisse Dinge vom Leben, bist an ein gewisses Leben gewöhnt. Wenn es das ist, was du brauchst, dann werde ich einen Weg finden, um es dir zu geben. Aber dazu musst du mir erst die Chance lassen. Ich weiß, ich kann dich glücklich machen."

Sie schluckte, hatte Angst, vielleicht doch etwas missverstanden zu haben. „Chase, willst du damit sagen, du würdest mit mir nach Philadelphia kommen, sollte ich dich darum bitten?"

„Ich will damit sagen, dass ich überall mit dir hingehen würde, wenn es wichtig für dich ist. Und allein lasse ich dich nicht zurückgehen. Die Sommer sind nicht genug, Eden."

Ihr Atem beschleunigte sich. „Was willst du von mir?"

„Alles." Er drückte sanft die Lippen auf ihre Handfläche, doch in seinen Augen tobte ein Sturm. „Ein ganzes Leben will ich von dir, angefangen mit dieser Sekunde. Liebe, Streit, Kinder. Heirate mich, Eden. Gib mir sechs Monate, um dich hier glücklich zu machen. Sollte es mir nicht gelingen, gehen wir dahin, wo du sein willst. Nur zieh dich nicht von mir zurück."

„Ich ziehe mich nicht zurück." Sie verschränkte ihre Finger mit seinen. „Und ich will nirgendwo anders sein als hier."

Sie sah, wie sein Blick sich veränderte, und spürte den festen Druck seiner Finger an ihren. „Wenn ich dich jetzt berühre, dann gibt es kein Zurück mehr."

„Du hast mir doch schon gesagt, dass es bereits zu spät ist." Sie zog ihn zu sich herunter. Versprechen und Leidenschaft verflochten sich, als sie sich aneinanderschmiegten. Das Gefühl, die ganze Welt würde ihr zu Füßen liegen, überkam Eden erneut. Sie würde es nie wieder loslassen. „Lass mich nie wieder los! Oh Chase, bei dem Gedanken, heute abfahren zu müssen, ist mir das Herz gebrochen. Wie sollte ich dich nur verlassen, wenn ich dich doch so sehr liebe?"

„Weit wärst du nicht gekommen."

Ihre Lippen verzogen sich zu einem Lächeln. Auf bestimmten Gebieten konnte sie seine herrische Arroganz sogar freudig akzeptieren. „Du wärst mir nachgekommen?"

„Ja. Und zwar so schnell, dass ich noch vor dir dort angekommen wäre, wohin du wolltest."

Sie fühlte tiefes Glück und Wärme in sich. „Hättest du etwa auch gebettelt?"

Er zog eine Augenbraue in die Höhe, als er das diabolische Funkeln in ihren Augen sah. „Sagen wir einfach, ich hätte wenig Platz für Zweifel gelassen, wie sehr ich dich will."

„Du wärst auch auf die Knie gefallen?" Sie schlang die Arme um seinen Nacken. „Jetzt tut es mir fast leid, dass ich das verpasst habe. Vielleicht könntest du es ja trotzdem tun ..."

Er knabberte an ihrem Ohrläppchen. „Überspann den Bogen nicht."

Lachend schmiegte sie sich an ihn. „Eines Tages wird es grau sein", sagte sie dann nachdenklich und fuhr mit den Fingern durch sein Haar. „Und dann werde ich immer noch nicht die Finger davon lassen können."

Sie nahm seinen Kopf zwischen die Hände und schaute ihn an. Jetzt war kein Lachen mehr auf ihrem Gesicht zu sehen, nur Liebe. „Ich habe mein ganzes Leben auf dich gewartet."

Er barg seine Stirn an ihrem Hals, kämpfte gegen das überwältigende Verlangen, sie hier und jetzt zu der Seinen zu machen. Mit Eden würde es perfekt werden. Es würde all das sein, wovon er immer geträumt hatte. Er hob sich ein wenig von ihr ab, um die Linie ihrer Wangen nachzuzeichnen. „Weißt du, am liebsten hätte ich Eric umgebracht, als ich seine Hände auf dir gesehen habe."

„Ich wusste überhaupt nicht, wie ich es dir erklären sollte. Und später …" Jetzt war es an ihr, eine Braue zu heben. „Nun, du hast dich unmöglich benommen."

„Dafür warst du einfach großartig. Du hast Eric zu Tode erschreckt."

„Und dich?"

„Bei mir hast du bewirkt, dass mein Verlangen nach dir noch größer wurde." Er küsste sie wieder, schmeckte den wilden, süßen Geschmack, den nur sie allein ihm schenken konnte. „Ich hatte schon geplant, dich aus dem Camp zu entführen. Roberta sei Dank, dass sie es mir so leicht gemacht hat."

„Hoffentlich ist sie nicht zu enttäuscht, dass du jetzt doch mich heiratest. Weißt du, laut Roberta hast du nämlich diesen süßen Hund und all die vielen Apfelbäume, und du siehst auch irgendwie toll aus." Sie drückte einen Kuss auf die empfindsame Stelle direkt unter seinem Ohr.

„Sie hat volles Verständnis. Nicht nur das, wir haben auch ihren Segen."

Eden hielt mit der trägen Erkundung seines Halses inne. „Ihren Segen? Du meinst, du hast ihr gesagt, dass du mich heiraten willst?"

„Natürlich."

„Bevor du mich überhaupt gefragt hast?"

Grinsend biss Chase sie leicht in die Unterlippe. „Ich hatte fest damit gerechnet, dass Squat und ich dich schon überreden werden."

„Und wenn ich Nein gesagt hätte?"

„Hast du aber nicht."

„Aber ich könnte meine Meinung noch ändern, oder?"

Er küsste sie warm und fest und lange.

„Na gut", sagte Eden lächelnd mit einem langen Seufzer, „vielleicht lasse ich es dir dieses eine Mal durchgehen."

– ENDE –

Lesen Sie auch:

Ben Bennett

Wenn Ozeane weinen

Ab Juni 2015 im Buchhandel

Band-Nr. 25837
9,99 € (D)
ISBN: 978-3-95649-180-1
eBook: 978-3-95649-473-4

Monterey, Kalifornien, 1975

Zu dem gleichmäßigen Klang der an den Strand rollenden Wellen schlich sich an jenem weit zurückliegenden Morgen des verheißungsvollen Jahres 1975 eine andere, seltsam anmutende Musik in mein Ohr. Sie schien aus dem Nebenzimmer zu kommen. Leise wehte sie zu uns herüber in die Küche, wo ich auf dem Schoß meiner Mutter saß – bereit, zusammen mit ihr das wichtigste Einstellungsgespräch seit Langem durchzustehen.

Der gläserne Bungalow der Teagardens saß, umspült vom Staub des Meeres, wie ein gigantisches Aquarium auf einer sanft geschwungenen Anhöhe in den blumenbewachsenen Dünen Montereys. Vom Pazifik, dem mächtigsten aller Ozeane, trennte ihn nichts weiter als ein schmaler Streifen safrangelben Sandes, der wie ein feiner handgewobener Läufer die Grenze zwischen Land und Wasser markierte. Die merkwürdigen Klänge, die durch die Wand drangen, lenkten meine eben noch heiteren Gedanken auf die traurige Vergangenheit des Hauses, von der ich gerade erst erfahren hatte. Es war eine perlende, dunkle Melodie, gespielt auf einem seltenen Instrument, einer Glasharmonika. Das Stück hieß *Aquarium* und stammte von Camille Saint-Saëns, einem französischen Komponisten des neunzehnten Jahrhunderts. Es war Teil seines berühmten Werks *Karneval der Tiere*, aber das wusste ich damals noch nicht. Taylor jedoch wusste es. Er war es, der im Nachbarzimmer die Platte aufgelegt hatte.

„Ich hab dich lieb, Mommy", sagte ich zu meiner Mutter, die ich eigentlich nur Claire nennen durfte, und kuschelte mich an sie, während sie kerzengerade auf ihrem Stuhl sitzend auf den Hausherrn wartete.

„Ich hab dich auch lieb, meine Kleine", erwiderte sie, und ein nervöses Lächeln umspielte ihren Mund, der mich schon so oft geküsst hatte, dass ich mittlerweile all ihre Lippenstiftsorten geschmacklich unterscheiden konnte. Ihr Gesicht war rot vor Aufregung, ich konnte die Hitze ihrer glühenden Wangen mit den kleinen Händen eines sechsjährigen Mädchens fühlen. Dann umarmte sie mich und drückte mich fest an sich, als wolle sie mich nie wieder loslassen. Doch leider blieb uns beiden nichts anderes übrig. Mit einem leisen Räuspern trat Edward Teagarden in die Küche, ein Mann mit lilienweißen Händen und von schlanker Statur, in einen perfekt sitzenden schwarzen Anzug gegossen.

„Schön, dass Sie es einrichten konnten, Mrs Wood", sagte er zu meiner Mutter, „es würde mich mit Freude erfüllen, wenn wir in Ihnen unsere Haushälterin und Kinderfrau gefunden hätten."

Wenig später begab ich mich auf meine erste Erkundungsreise durch das riesige Haus, nahezu geräuschlos über das nach kalifornischen Zypressen duftende Parkett schwebend, nachdem Mr Teagarden und meine Mutter mich für ihre berufliche Unterredung hinausgeschickt hatten.

Bald gelangte ich an eine Tür, hinter der ich eine Stimme hörte. Neugierig spähte ich durch das Schlüsselloch.

Dahinter entdeckte ich einen Jungen mit strubbeligen Haaren – die wie kleine Antennen oder Teleskope in alle Himmelsrichtungen abstanden – und außergewöhnlich blauen Augen. Er musste etwa in meinem Alter sein.

„Ich hab dich lieb, Mommy", sagte der kleine Junge zu einem riesigen goldbraunen, einäugigen Plüschhund, der dort, wo sich eigentlich sein linkes Glasauge befinden sollte, eine schwarze Augenbinde trug. Offensichtlich hatte der Junge mich und Claire vorhin heimlich in der Küche belauscht, während er vorgegeben hatte, im Nachbarzimmer Musik zu hören.

„Ich hab dich auch lieb, mein Kleiner", erwiderte der Plüschhund mit der Stimme des kleinen Jungen, und sofort presste der kleine Junge ihn mit einem konsequenten Ruck so fest an sich, wie meine Mutter mich zuvor auf ihrem Schoß an sich gedrückt hatte. So als wolle er ihn nie wieder loslassen – in seinem ganzen Leben nicht.

„Ich hab dich sogar sehr lieb, Mommy", wiederholte der kleine Junge leise, sein plötzlich tränenfeuchtes Gesicht im seidig glänzenden Fell des Hundes verbergend. „Sehr, sehr lieb."

Das also war Taylor Teagarden. Unser Schützling, wie meine Mom es auf der Hinfahrt im Auto ausgedrückt hatte. Taylors Mutter war vor drei Tagen auf dem Friedhof an der Fremont Street beerdigt worden. Und genau deshalb waren wir an diesem frühen Vormittag hier und mussten uns die Musik von Camille Saint-Saëns anhören, während im Radio mindestens achtmal täglich Barry Manilow lief, mit unserem Lieblingslied *Mandy*. Auf dem Hinweg hatten wir beide gut gelaunt dazu mitgesungen, und nachdem wir schließlich, begrüßt von einem sanften salzigen Wind, vor dem Anwesen aus dem Wagen gestiegen waren, hatte der Song uns hinein in das Haus in den Dünen begleitet. Ein Haus, durch das die Düfte des Ozeans wehten und das uns so freundlich erschien – bis zu jenem Moment, als das Programm plötzlich wechselte und auf Schwarz umschaltete.

„Es wäre mir lieb, wenn Sie schon morgen die Gästezimmer beziehen könnten", sagte Mr Teagarden, als er uns an der Haustür verabschiedete.

„Und du, wie heißt du?", fragte er mich beim Hinausgehen.

„Ich bin Amber", erklärte ich wahrheitsgemäß. „Amber Wood."

„Amber Wood, aha …", entgegnete er mit einem leicht verwunderten Lächeln. Wahrscheinlich hatte es ihn überrascht, dass ich in einem Atemzug meinen Vor- *und* meinen Nachnamen ausgespuckt hatte. „Ein schöner Name", lobte er, aber ich merkte, dass er mit seinen Gedanken eigentlich woanders war.

„Nun, ich bin Edward Teagarden", fuhr er fort, „und meinen Sohn Taylor wirst du bald kennenlernen. Es wäre schön, wenn du dich etwas um ihn kümmern könntest." Er blickte zu Boden. „Seine Mutter ist vor Kurzem … nun, sie ist … *gestorben* …", fuhr er fort, „und Taylor braucht jetzt …"

„Eine Freundin?", versuchte ich das Ende seines Gedankens zu erraten.

„Ja, das … ist wohl richtig. Eine … Freundin", bestätigte er mit einem schwermütigen Nicken. Artig gab ich ihm zum Abschied die Hand, um einen guten Eindruck bemüht, und war dennoch mehr als überrascht, als meine Mutter plötzlich einen kleinen Knicks vor ihm machte. Schließlich war sie ein Hippie, jedenfalls sagte sie das immer. Auf dem Monterey Pop Festival hatte sie zu The Who und Jimi Hendrix getanzt und ihrer konservativen Erziehung auf immer Lebewohl gesagt. Keine zwei Jahre später, auf einer Farm in einem Kaff namens White Lake bei Bethel, hundertfünfzig Kilometer von New York entfernt, wurde ich dann gezeugt, auf einem ziemlich bekannten Musikfestival namens Woodstock, Vater unbekannt, mit hoher Wahrscheinlichkeit ebenfalls Hippie.

Und nun Edward Teagarden, der König der Fischer – Chef eines traditionsreichen Fischereiunternehmens. Dieser Mann mit seiner leisen, zurückhaltenden Art und seiner vornehmen Weise sich zu kleiden und auszudrücken, verströmte offenbar eine derart anziehende altenglische Ausstrahlung auf meine Mutter, dass sie all dem Peace- und Freie-Liebe-Kram augenblicklich Abbitte schwor und von jenem Tag an tatsächlich zu glauben schien, in Diensten eines echten Lords zu stehen. Nun: Mir war es nur recht, denn wen und was ich kurz zuvor ein paar Wände weiter durch ein Schlüsselloch gesehen hatte, war bereits drauf und dran, sich in mein Herz zu schleichen, ob ich es wollte oder nicht.

Es ist kein Wunder, dass Taylors Mutter Elena bei den Engeln ist, dachte ich, als wir am nächsten Tag das gläserne Haus in den Dünen bezogen hatten, denn auf den Bildern, die überall im Haus hingen, vor allem in dem langen Korridor, sah sie genauso aus wie einer. Ihr lockig goldenes Haar, ihr Lachen, das die ganze Welt zu umarmen schien, vor allem aber das beinahe überirdisch strahlende Licht, das durch ihre gütig glänzenden Augen strömte. Taylor blickte durch dieselben unbeschreiblichen Augen in die Welt, die bereits seine Mutter zu einer engelsgleichen Erscheinung gemacht hatten. Sie ähnelten dem klaren, leuchtenden Blau des Pazifiks im Spätsommer, wenn die Morgennebel sich endgültig aufgelöst haben, die die eigentliche Färbung des Meeres in Kalifornien nicht selten bis tief ins Jahr hinein verhüllen; es war ein Ton, den ich noch kein zweites Mal bei irgendeinem Menschen entdeckt habe, so als hätte ihn einer der großen europäischen Expressionisten in diese beiden anbetungswürdigen Gesichter gemalt.

Elena hatte das neue Haus selbst eingerichtet, ohne je darin gelebt zu haben. Es war ihr Wunsch gewesen, endlich ein eigenes Leben mit ihrer Familie zu führen und sich zumindest räumlich ein wenig von den Geschäften in der Cannery Row abzunabeln, die nach wie vor der Senior, William Teagarden, mittlerweile zweiundsiebzig Jahre alt, und ihr Mann Edward gemeinsam führten. Bis dahin hatte das Gebäude in der Geschäftsstraße als Büro und Familiensitz zugleich gedient, doch Elena fand, dass ein kleiner Junge wie Taylor Freiraum brauchte – und dass es an der Zeit war, dass auch ein großer Junge wie Edward sich langsam von seinem übermächtigen Vater abnabelte und sich sein eigenes Leben aufbaute. Sie hatte das Haus in den Dünen mit dem exquisiten Geschmack eines Mädchens eingerichtet, das in den Hamptons aufgewachsen war und namhafte italienische Designer ihre Freunde nannte.

So kühl das Haus von außen erschien, so warm wirkte es von innen. Überall Holz, an den Wänden, am Boden, dazu antike und moderne Möbel aus Frankreich, Italien und Skandinavien. Am Ende war ihr nur eine einzige Nacht in ihrem Haus vergönnt gewesen, auf das sie sich so gefreut hatte; eine einzige Nacht hatte sie in dem neuen Bett geschlafen – die Ärzte hatten sie beurlaubt, für ein letztes Mal Dunkel- und wieder Hellwerden und die Zeit dazwischen, gemeinsam mit ihrem Mann und ihrem Sohn. Am Tag darauf war sie im Krankenhaus gestorben, kaum dass sie ihre Sachen ausgepackt hatte. Sie war nach Hause gekommen, um sich zu verabschieden. Zum Abschied hatte sie ihre Jungs in den Arm genommen und sie ein letztes Mal geküsst, ihre Lippen gespürt und ihren Atem; sie hatte ihre weiche Haut auf ihrer Haut gefühlt und kleine, heimliche Tränen in den Augen ihrer Männer entdeckt. Tränen, die sie nicht hatten unterdrücken können, in dieser Nacht, die sie zu dritt verbracht hatten, einander so nah, als wären sie ganz und gar eins. Elena, Edward und Taylor, der sie fortan auf dieser Welt vertreten sollte – in ihrem vom Sand umwehten und vom Wasser umspülten Familiensitz in den Dünen, den sie schon bald von oben aus dem Himmel betrachten würde.

Seit seine Mutter nicht mehr bei ihm war, konzentrierte Taylor sich meinen ersten Beobachtungen zufolge im Wesentlichen auf zwei Dinge. Erstens: wieder und wieder die Schallplatte von Camille Saint-Saëns in die weiße Phonotruhe legen, die Plexiglashaube schließen und der Glasharmonika lauschen, die ihn an das sanfte Prasseln von Regentropfen erinnerte – wie er es einmal mit seiner Mutter an den Fenstern eines New Yorker Hotelzimmers erlebt hatte. Und zweitens: durch sein Fernrohr aufs Meer hinaussehen. Taylors kleine, zartgliedrige Hände liebten nichts mehr, als frühmorgens nachdenklich über die von der nächtlichen Gischt des Pazifiks benetzte Haut seines liebsten Spielzeugs zu fahren. Solange er zurückdenken konnte, verfügte er über ein drittes Auge aus Glas und Stahl. Er musste sich nur auf die Zehenspitzen stellen, um Dinge zu sehen, die weit außerhalb seiner Vorstellungskraft lagen. Mit ihrem Umzug in das neue Haus in den Dünen war das von Rost und Regen rotgrün angelaufene Fernrohr seines Großvaters endlich in seinen Besitz übergegangen. Das gusseiserne Monstrum hatte sich zuvor über viele Jahre, Wind und Wetter trotzend, keinen Zentimeter von seinem angestammten Platz auf der Terrasse des Salz und Fischtank atmenden Familiensitzes in der Cannery Row entfernt, obwohl niemand außer Taylor es noch benutzte. Nun war es endlich dort, wo es hingehörte: auf der mit breiten Planken ausgelegten, schiffsähnlichen Reling vor seinem Zimmer in ihrem neuen Zuhause am Strand von Monterey.

Die ersten drei Tage sprach Taylor kein Wort mit mir und meiner Mutter. Er behandelte uns wie die Luft vor seinem Fernrohr – er sah durch uns hindurch, so eifrig wir auch um seine Aufmerksamkeit buhlten. Er verhielt sich freundlich, aber kühl; er ließ uns spüren, dass wir nicht qualifiziert waren, ihn zu trösten. Dass wir nicht zu seiner Familie gehörten. Berührungen duldete er nicht. Ich malte ihm aufmunternde Bilder und schob sie unter seiner Tür hindurch. Keine Reaktion. Meine Mutter kochte ihm Gerichte, für die ich gestorben wäre, so gut waren sie – und am Ende aß ich einen Großteil seiner Portion mit, was meinen Neigungen leider entgegenkam. In meinem ersten Schuljahr an der Elementary nannten sie mich *Dumbo*, nach irgend so einem blöden Elefanten. Danke, Taylor. Das war deinetwegen.

Aber auch mit seinem Vater kommunizierte er nur sporadisch. Allein mit seinem Plüschhund – Mister Wau – unterhielt er sich angeregt, nicht nur abends vor dem Schlafengehen, sondern auch tagsüber und mitten in der Nacht. Ich hörte es, weil ich Wand an Wand mit ihm schlief – im Nachbarzimmer. Offenbar war Mister Wau der einzige Freund, mit dem er seinen Schmerz teilen konnte. So wie ich es damals sah, als kleines Mädchen, das soeben in eine fremde Umgebung gekommen war, war Edward Teagarden ein überaus netter, zuvorkommender Mann. Ein Mann, der seinen eigenen Schmerz über den Verlust seiner großen Liebe tagsüber hinter einer immer freundlichen Fassade verbarg und ihn nachts vor dem Kamin in feinstem Whiskey ertränkte, gepflegt, still und leise, ohne jemals die geringste Spur von Schwäche zu zeigen. Möglicherweise wollte er William, seinem aus Stahl gemachten Vater, etwas beweisen. Geboren und aufgewachsen in Kalifornien, war Edward der Prototyp des feinen Engländers – während William, der Selfmademillionär im Fischereibusiness und der eigentliche König der Fischer, geboren in einem Armenviertel von Liverpool und Anfang der dreißiger Jahre nach Monterey ausgewandert, ein in England geborener waschechter Amerikaner war. Und darüber hinaus ein Mensch, der meiner ersten Einschätzung nach mit Gefühlen wenig am Hut hatte und dem nicht wirklich etwas unter die

Haut zu gehen schien. Vielleicht war es früher anders gewesen. Seine eigene Frau war ebenfalls früh gestorben, und nun schien sich dieselbe Geschichte bei seinem Sohn nach exakt demselben Muster zu wiederholen – so als wäre die ganze verdammte Familie verflucht, wie er es einmal ausgedrückt hatte. Über die sporadisch aus ihm herauspolternden Flüche hinaus schwieg William zu allem. Und Edward tat es ihm nach. Es fiel ihm schwer, Taylor einfach nur in den Arm zu nehmen, obwohl sein Sohn genau das gebraucht hätte. Er war kaum älter als ich selbst, bald würde er sieben werden, und hatte keine Mutter mehr. Beide, Edward und Taylor, hatten das verloren, was sie am meisten liebten in ihrem Leben. Doch sie konnten nicht gemeinsam weinen. Sie mussten es allein tun. Jeder für sich. Hinter den geschlossenen Türen ihrer Schlafzimmer, hilflos taumelnd im Dunkel einer Nacht ohne die Hoffnung eines Morgens, der sie erlösen würde.

Taylor weigerte sich, seine Mutter auf dem Friedhof zu besuchen. Seiner Meinung nach war sie nicht dort, und deshalb wollte auch er nicht an diesen trostlosen Ort, der ihn unglücklich machte. Der ihn erschreckte wie ein Irrlicht, das nachts durch sein Zimmer huschte, sich an ihn schmiegte, kalt und böse, während er vergeblich versuchte, aus diesem Albtraum aufzuwachen.

Das erste Mal, dass Taylor sich entschloss, seine kleine Stimme zu uns zu erheben, war an einem Morgen drei Tage später. Wir saßen alle zusammen am Frühstückstisch, auch William war anwesend.

„Heute Nacht war Mommy bei mir", verkündete Taylor, wobei er von seinen Cornflakes aufsah, die er noch nicht angerührt hatte.

Edward räusperte sich und setzte seine Teetasse ab.

„Taylor, du ... weißt, dass Mommy nicht mehr hier ist, sondern im Himmel."

„Aber sie war bei mir. Ich bin aufgewacht, und da saß sie an meinem Bett."

Claire und ich schauten uns betreten an, und das Schweigen kam mir noch stiller vor als in den vergangenen Tagen, als einfach niemand etwas gesagt hatte.

„Taylor …"

„Sie hat gesagt, dass es ihr gut geht da oben bei den Engeln."

Hilflos blickte Edward Teagarden zuerst seinen Sohn an und dann meine Mutter – es war fast ein Flehen, ihm zu Hilfe zu kommen. Normalerweise war Elena für diese emotionalen Dinge zuständig gewesen, doch nun? Wer war nun zuständig?

„Nein wirklich! Es geht ihr gut!", wiederholte Taylor, diesmal deutlich lauter und fast ein wenig zornig. Dann seufzte er und zog mit seinem Löffel Kreise in dem weißen See aus Milch und Cornflakes, der vor ihm auf dem Tisch stand. In der Hoffnung, ihn auf diese Weise ein wenig beruhigen zu können, strich ich vorsichtig mit meinen Fingern über seinen Handrücken. Sofort stieß er meine Hand zurück, vielleicht weil sie sich unangenehm feucht anfühlte oder weil ihm meine dicken Finger nicht gefielen – es war nur eine kleine, kaum merkliche Bewegung, aber sie tat mir trotzdem weh.

Um uns alle auf andere Gedanken zu bringen, schlug ausgerechnet William, der wortkarge und für gewöhnlich eher an geschäftlichen als an familiären Aktivitäten interessierte Senior, vor, am Sonntag einen Ausflug mit dem familieneigenen Motorboot zu unternehmen, das im Hafen vor Monterey lag und in den vergangenen Jahren kaum genutzt worden war.

Ein Picknick auf dem Meer.

Mein Herz hüpfte vor Erwartung und Vorfreude.

Uns stand ein Tag bevor, an dem wir nicht eine einzige Wolke am Himmel sichten sollten. Das Gute an den Wintern in Kalifornien ist, pflegte meine Mutter Claire zu sagen, dass sie sich kaum von den Sommern unterscheiden. Sie war Kalifornierin mit Leib und Seele, während ich eher der blasse, bücherverschlingende Stubenhocker war, den man sich in einer der eisgrauen Städte an der Ostküste vorstellen würde.

„Die Sonne wird dir guttun", sagte meine Mutter, als sie in der Küche den Proviant zusammenpackte. „Ein wenig Bräune, und niemand wird mehr auf die Idee kommen, du würdest in der Sowjetunion leben."

Claire war Hippie, aber keine Kommunistin. Die Idee, dass alle gleich sein sollten, leuchtete ihr nicht ein. Trotzdem wollte sie um jeden Preis den Weltfrieden. Sie war manchmal unlogisch, das hatte ich schon früh akzeptiert, aber wahrscheinlich mochte ich sie gerade deshalb so gern. Sie war eine liebenswerte Chaotin. Und sie sah gut aus, braungebrannt, hübsch – und vor allem schlank. Im Gegensatz zu mir. Offenbar war mein Vater gentechnisch gesehen nicht der große Bringer gewesen, aber vielleicht konnte er dafür gut Gitarre spielen.

Als wir losfuhren, war es gegen Mittag. Wir hatten direkt nach der Kirche, mit deren Besuch sich an diesem Morgen sogar Taylor einverstanden erklärt hatte, einen Zwischenstopp bei dem Haus in den Dünen eingelegt, um uns leichte Sachen anzuziehen. William Teagarden, das Familienoberhaupt persönlich, saß am riesigen, spindeldürren Steuer seines metallisch blau schimmernden Chevrolet Caprice, einer eleganten, lang gestreckten Limousine. Für sein Alter war er erstaunlich rüstig. Wahrscheinlich lag es daran, dass er sich nie in den Ruhestand verabschiedet hatte und noch heute zusammen mit seinem Sohn die Geschäfte des Teagarden-Imperiums so souverän lenkte wie an diesem in schönstem Blau erstrahlenden Sonntag seinen Chevy. Edward hatte auf dem Beifahrersitz Platz genommen. Er sah irgendwie anders aus als sonst – in seinem lockeren weißen Leinenhemd und ohne die rechteckige Brille, die er für gewöhnlich trug und die ihn wie einen Chefbuchhalter aussehen ließ. Unterschiedlicher als dieses Vater-Sohn-Gespann konnte man wahrscheinlich gar nicht sein, aber vielleicht machte genau das ihren Erfolg aus. Auf der einen Seite William, der alte Haudegen und Pionier, der unter den Ersten gewesen war, die ihre Netze nach dem großen Geld auswarfen, genau rechtzeitig zum Fischereiboom aus Good Old England eingetroffen – angefangen mit einem winzigen Bötchen, aus dem er mit der Kraft seiner Hände und einer gehörigen Portion Mumm und Abenteuerlust eine ganze Flotte mit einem Verarbeitungsbetrieb in der Cannery Row gemacht hatte. Auf der anderen Seite Edward, sein Sohn, der sich lieber voll und ganz auf seinen Verstand konzentrierte und der Ende der sechziger Jahre, als der Pazifik vor Monterey endgültig leergefischt war und meine Mutter singend und tanzend am Weltfrieden und an meiner Zeugung gearbeitet hatte, aus Harvard zurückgekehrt war – um als Juniorpartner das Geschäft erfolgreich auf internationale Beine zu stellen, mit Firmenbeteiligungen in Japan, Australien und Europa. Sie wurden zwar beide *König der Fischer* genannt, aber treffend war diese Bezeichnung eigentlich nur für den Alten. Andererseits konnte man Edward ja schlecht *Sohn des Königs der Fischer* oder *Buchhalter des Königs der Fischer* rufen.

Taylor saß zwischen uns auf der Rückbank, flankiert von meiner Mutter und mir. Ich fragte mich, wie man ihn wohl eines Tages nennen würde. *Sohn des Buchhalters des Königs der Fischer?* Oder genau wie William und Edward in alter Familientradition ebenfalls einfach *König der Fischer?* Im Gegensatz zu seinem Vater und Großvater strahlte Taylor noch etwas anderes aus, über das diese beiden in eher geringem Maße zu verfügen schienen: Wärme. Wahrscheinlich hatte er diese Eigenschaft von Elena geerbt.

Mit seinen knochigen Fingern fummelte William am Autoradio herum, um einen guten Sender zu finden. Auf seiner Suche streifte er plötzlich *Mandy*, unser Lieblingslied. Und schwups, da war er auch schon weiter. Doch er hielt inne. Drehte zurück. Und da war es wieder. Nach einer kurzen Feinjustierung war auch das begleitende Rauschen verschwunden.

„Gibt's nicht was anderes im Radio?", fragte Edward, wie immer nach Ernsthaftem und dem in Violinengesang gekleideten Schmerz vergangener Jahrhunderte dürstend.

„Also mir gefällt der Song", knurrte William und starrte weiter grimmig auf die vor uns liegende Straße, die in den Hafen führte.

„Mir gefällt er auch!", rief ich, denn es war ja unser Familiensong – wenn man eine Mutter und ihre sechsjährige Tochter schon als Familie bezeichnen konnte. Claire lächelte zu mir herüber.

Für einen kurzen Moment trafen sich meine und Taylors Augen im Rückspiegel. Es sah aus, als würde er mich anlächeln, wenn auch nur für eine Sekunde. Mein Herz blieb fast stehen.

„Mir gefällt der Song auch", pflichtete er mir bei.

„Na prima!", bellte William, dessen Laune sich mit Taylors Wortmeldung schlagartig aufzuhellen schien, zu seinem Sohn auf dem Beifahrersitz hinüber. „Damit bist du überstimmt, Miesepeter."

Nun mussten wir alle lachen, nur Edward schüttelte genervt den Kopf.

Der Pazifik vor Monterey mit seiner tiefblauen, von einer seidig schimmernden Haut überzogenen Oberfläche, bevölkert von schlingernden Seepflanzen, wirkte so lebendig und fruchtbar – so als wäre er ein eigener, riesiger Organismus. Uns wehte eine frische Brise vom offenen Meer entgegen, als wir das gemütlich im Wasser schaukelnde, bauchige weiße Holzboot bestiegen, das eher einem Fischkutter glich als einer privaten Motoryacht. Es maß ungefähr fünfzehn Meter, mit einer schlicht gehaltenen Kajüte im vorderen Teil und einem runden, in den Bodenplanken verschraubten weißen Kunststofftisch mit zwei einander gegenüberliegenden gepolsterten Bänken im hinteren Bereich, einer auf jeder Seite des Schiffs. Als wir abgelegt hatten, hatte das Schweigen wieder eingesetzt. Zuvor waren vielleicht acht oder neun Worte gefallen, allesamt technische Instruktionen für uns Passagiere. Langsam tuckerte William, der das Steuer übernommen hatte, aus dem Hafen und hielt sich danach nah an der Küste, Kurs nehmend auf den Leuchtturm bei Point Lobos.

„Möchte jemand etwas essen?", versuchte meine Mutter die unangenehme Stille auf dem von einem kühlen Wind umwehten Boot für einen Moment zu durchbrechen. Mit übertriebener Hast öffnete sie den Picknickkorb aus hellem Bast, der vor ihren nackten Füßen auf dem Deck stand.

„Ich hab einen Mordshunger", rief William erfreut. Claire reichte ihm ein Sandwich. Edward verneinte dankend und versuchte stattdessen, Blickkontakt mit Taylor aufzunehmen, der neben mir auf der gegenüberliegenden Seite saß. Von Claire wusste ich bereits, dass Edward seine Mutter ebenfalls als kleiner Junge verloren hatte, nur wenige Jahre nach seiner Geburt. Sie war Amerikanerin gewesen. Sally. Meine Mutter hatte beim Saubermachen ein Foto von ihr in seiner Nachttischschublade gefunden – obwohl ich mich schon wunderte, warum sie *in* der Schublade sauber machte. Aber mit sechs kennt man eben noch nicht alle Veranlagungen des eigenen Geschlechts, das kommt erst später, nach und nach, wenn man von einem kleinen zu einem großen Mädchen und schließlich zu einer Frau wird.

Einen Moment lang stellte ich mir Claire und Edward, die nebeneinander auf der Bank saßen, beide ganz in Weiß gekleidet und sorgsam darauf bedacht, einander nicht anzusehen, als Paar vor. Sie war einunddreißig, er mochte ungefähr zehn Jahre älter sein – das passte. Taylor und ich wären dann mit einem Mal Geschwister, eine Idee, mit der ich mich hätte anfreunden können. Doch Edward als Vater? Ich war mir nicht sicher, ob er mir mit seiner depressiven Art zu sehr zusetzen würde. Obwohl ich zugeben muss, dass ich ihm nicht ganz unähnlich war, gelegentlich jedenfalls. Ich hatte immer davon geträumt, einen richtigen Vater zu haben – ohne wirklich beurteilen zu können, wie es war, *zwei* Elternteile zu haben. Denn einen solchen Zustand hatte ich niemals in meinem Leben kennenlernen dürfen. Bei unserem Einzug in das Haus der Teagardens hatte ich Claire gefragt, warum ich eigentlich keinen Vater hatte.

„Schatz", hatte sie geantwortet. „Du ... weißt doch, was ein Puzzle ist?"

Ich hatte genickt, natürlich wusste ich, was ein Puzzle war. Jedes Baby wusste, was ein Puzzle war, und ich war schon sechs.

„Nun, eine Familie ist auch eine Art Puzzle."

Ich hatte den Kopf fragend zur Seite geneigt, denn dieser Vergleich wiederum wollte mir zunächst nicht einleuchten.

„Eigentlich wünscht sich jeder, dass sein Puzzle eines Tages vollständig ist und ein richtig schönes, heiles Bild ergibt. Doch in den meisten Familien gibt es eben ein oder zwei Puzzleteile, die partout nicht in dieses Bild passen wollen. Verstehst du? Teile, die versehentlich in der Schachtel gelandet sind und eigentlich zu einem ganz anderen Bild gehören."

„Okay", hatte ich geantwortet und mich nachdenklich an der Stirn gekratzt. „Und ... wie war es bei euch? Bei dir und meinem Dad, dem Mann von dem Musikfestival?", hatte ich die Idee zu Ende gesponnen. „Hat er nicht in dein Puzzle gepasst oder du nicht in seins?"

Darauf hatte meine Mutter keine Antwort parat gehabt.

Sie hatte geseufzt und mir dann zärtlich mit der Hand übers Haar gestrichen – ihrer kleinen Tochter, die schon so früh anfing, schwierige Fragen zu stellen. Meine Gedanken flogen rüber zu Edward, der auf der gegenüberliegenden Bank saß und sorgenvoll in den Himmel hinauf zu der uns eskortierenden weißen Wolke aus schreienden Möwen blickte, die anscheinend darauf warteten, dass wir die Netze auswarfen. Im Nachhinein habe ich mich oft gefragt, wie er sich wohl gefühlt haben musste, an jenem Tag auf dem Meer, auf seinem bescheidenen Plätzchen in dem Boot, das von seinem übermächtigen Vater aufs Meer hinausgesteuert wurde. Wie er wohl sein Leben betrachten würde, wenn er, wie es sich für einen Chefbuchhalter gehörte, Bilanz zöge. Was bliebe unter dem Strich, wie sah *sein* Puzzle aus? Seine eigene Mutter war ihm genommen worden, als er noch ein kleines Kind war. Sein Vater war im Alter von zweiundsiebzig Jahren noch immer sein Vorgesetzter – in einem Familienunternehmen, das er, Edward, bereits als junger Mann mit seinen intellektuellen Fähigkeiten von einem Handwerksbetrieb in ein Industrieunternehmen verwandelt hatte, ohne jemals Anerkennung dafür einzustreichen in einer Familie, in der nicht unnötig viel Aufhebens um das Leben gemacht wurde und Gefühle eine rare Währung waren.

Und nun hatte er auch noch seine über alles geliebte Frau verloren. Das Einzige, was ihm im vom Wind des Schicksals verwehten Puzzle seines Lebens blieb, war sein Sohn. Taylor.

Sein Sohn, für den er bis vor Elenas Tod eine weit entfernte Nummer zwei gewesen war, ein Mann im Nebel, mit dem man dreimal am Tag pünktlich die Mahlzeiten einzunehmen hatte. Ein Geschäftsmann mit Krawatte und rechteckiger Brille, der als Vater wahrscheinlich nicht viel besser war als William – nur auf eine völlig andere Art. Er war weicher, aber deshalb nicht weniger unterkühlt, was den Umgang mit seinem Sohn betraf. Und ich glaube sogar, er wusste und bedauerte es im selben Augenblick, als wir mit dem Boot den schwarz-weiß gestreiften Leuchtturm bei Point Lobos ansteuerten – unfähig, auch nur das Geringste dagegen unternehmen zu können. Jedenfalls ließ es sein Gesichtsausdruck erahnen.

Taylor bemerkte nicht, dass sein Vater versuchte, mit ihm Blickkontakt aufzunehmen; er schaute gedankenverloren hinaus auf die blauen Wellen, sah verträumt der weißen Gischt hinterher, dem Staub des Meeres, den der Bootsmotor aufwirbelte. Ich erinnere mich an das Bild, als hätte ich es erst gestern mit meinen hungrig umherschweifenden Augen gesehen: Er trug ein taubenblaues T-Shirt, das im Wind flatterte, indigoblaue Sommerjeans und nachtblaue Indianer-Mokassins an seinen nackten, sonnengebräunten Füßen. Taylor war monochrom. Auch später, in all den Jahren, die noch folgen sollten, habe ich ihn nur selten eine andere Farbe tragen sehen als Blau. Es harmonierte auf eine äußerst spektakuläre Weise mit seinen unwiderstehlich strahlenden Augen.

Langsam und behäbig wie ein des Lebens müder Greis pflügte unser Boot durch die schwach an die Bordwand brandenden Wellen. Der Seegang an diesem Tag war so schwach, dass nicht einmal meine Mutter über Übelkeit klagte, die trotz ihrer Abenteuerlust und unstillbaren Begeisterungsfähigkeit für Dinge, die ihr nicht bekamen, für gewöhnlich die Erste war, die seekrank wurde. Wir waren nicht weiter als ein paar hundert Meter von der Küste entfernt, als William am Ruder plötzlich aufschrie.

„Delfine!"

Tatsächlich. Jetzt sahen wir sie auch. Es waren zwei Pärchen, nein, drei, nein mehr. Insgesamt acht oder neun Delfine schwammen mit unserem Schiff. Sie waren beinahe zum Greifen nahe, nicht mehr als drei oder vier Meter von unseren an den Bordwänden verlaufenden Bänken entfernt. Sie pflügten übermütig rechts und links von uns durch das Meer und sprangen voller Lebensfreude in eleganten Bögen aus dem kühlen Nass. Wir alle waren wie gebannt, starrten fasziniert hinüber zu diesen fantastischen Geschöpfen, die keine Seltenheit waren hier draußen in der kalifornischen See, aber denen dennoch vor allem wir Kinder selten so nah gekommen waren wie in diesem Augenblick. Die angespannte Stimmung schien sich mit einem Mal aufzulösen, es war, als könne man das erleichterte Aufatmen der nach der sonntäglichen Messe aufgebrochenen Trauergemeinde an Bord, zusammengeschweißt durch ein eisernes Schicksal durch den zu frühen Tod eines geliebten Menschen, förmlich hören; als würden endlich die Tränen über die Gesichter fließen, die von allen seit vielen Tagen so mühsam zurückgehalten wurden. Aufatmen und Erleichterung, das war es, was in jenem Moment an Bord zu spüren war. Ich wandte meinen Blick von den Delfinen ab und schaute zu Taylor, um zu sehen, ob er dasselbe spürte.

Mein Blick gefror. Wo ... wo ... war Taylor?

Lesen Sie auch von Nora Roberts:

2 Romane in einem Band

Nora Roberts
Passion & Love
Band-Nr. 25807
9,99 € (D)
ISBN: 978-3-95649-098-9
416 Seiten

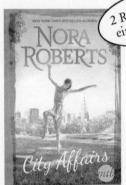

2 Romane in einem Band

Nora Roberts
City Affairs
Band-Nr. 25792
9,99 € (D)
ISBN: 978-3-95649-077-4
400 Seiten

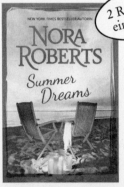

2 Romane in einem Band

Nora Roberts
Summer Dreams
Band-Nr. 25664
8,99 € (D)
ISBN: 978-3-86278-720-3
416 Seiten

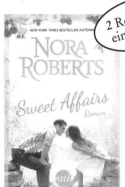

Nora Roberts
Sweet Affairs
Band-Nr. 2577
9,99 € (D)
ISBN: 978-3-95649-044-6
416 Seiten

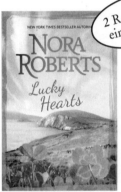

Nora Roberts
Lucky Hearts
Band-Nr. 25699
8,99 € (D)
ISBN: 978-3-86278-837-8
416 Seiten

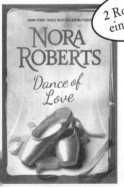

Nora Roberts
Dance of Love
Band-Nr. 25682
8,99 € (D)
ISBN: 978-3-86278-744-9
416 Seiten

Felicia will einfach nur normal sein – und Gideon ist genau der Mann, der ihr dabei helfen kann …

Deutsche Erstveröffentlichung

Susan Mallery
Kuss und Kuss gesellt sich gern

Band-Nr. 25844
9,99 € (D)
ISBN: 978-3-95649-190-0
eBook: 978-3-95649-438-3
352 Seiten

Ein Prickeln erfasst Felicia, als sie die tiefe Stimme hört. Beim letzten Mal hat ihr diese Stimme zärtlich ins Ohr geflüstert … am anderen Ende der Welt, nach der heißesten Nacht ihres Lebens. Nie hätte Felicia gedacht, dass es den coolen Draufgänger Gideon Boylan ausgerechnet in eine Kleinstadt wie Fool's Gold verschlagen würde! Aber da er schon mal hier ist, kann er ihr auch nützlich sein. Denn eigentlich ist Felicia auf der Suche nach Normalität – und einem Mann, der sich von ihrem überdurchschnittlich cleveren Köpfchen nicht abschrecken lässt. Leider hat die Intelligenzbestie keine Ahnung, wie sie sich so einen Normalo-Mann angeln soll. Die geniale Idee: Gideon stellt sich als Coach zur Verfügung und bringt ihr bei, was Männer an Frauen attraktiv finden! Er selbst ist natürlich zu atemberaubend sexy, um sich ihr wieder zu nähern und als Kandidat infrage zu kommen … oder?

„Eine Autorin, die sowohl am Herzen zupft als auch die Lachmuskeln kitzelt."

Romantic Times Bookreviews